Bragelonne
Collection 10 ans

En 2010, les éditions Bragelonne ont fêté le dixième anniversaire de leur création. À l'origine, une petite bande de copains, des bouts de ficelle, les moyens du bord et beaucoup de passion.
La maison est très rapidement devenue le premier éditeur francophone de littératures de l'imaginaire grâce au soutien des libraires et à la ferveur de centaines de milliers de lecteurs en France, en Belgique, en Suisse, au Québec… et ailleurs.
Grâce à vous !
Grâce aussi à des auteurs et à leurs agents qui nous ont fait confiance à un moment où nous avions encore tout à prouver.
À vous, à eux, merci, merci du fond du cœur.

Pour les dix ans, nous avons fêté cet événement avec une opération qui a connu un immense succès. Aussi avons-nous décidé de la réitérer : une édition spéciale – unique en son genre et à tirage limité – de romans-phares publiés une dizaine d'années auparavant, à un prix exceptionnel, pour qu'ils puissent être partagés par le plus grand nombre.
Les anniversaires, c'est encore mieux quand on les fête plusieurs fois.

Avis aux collectionneurs !

Sélection 2023

Mélanie Fazi : *Rêves de cendre*
Stella Gemmell : *La Cité*
Sarah Pinborough : *Poison, Charme, Beauté* (L'Intégrale)
Amy Raby : *Le Jeu de l'assassin*
Patrick Rothfuss : *La Musique du silence*
Antoine Rouaud : *La Voie de la colère*

De la même autrice :

Le Jeu de l'assassin
L'Honneur de l'espion
La Flamme du prince

Amy Raby

Le Jeu de l'assassin

Traduit de l'anglais (États-Unis) par Leslie Damant-Jeandel

Bragelonne

ÉDITION « BRAGELONNE 10 ANS »

Titre original : *Assassin's Gambit*

ISBN : 979-10-281-1350-6

Bragelonne
60-62, rue d'Hauteville – 75010 Paris

E-mail : info@bragelonne.fr
Site Internet : www.bragelonne.fr

Pour Sean et Ethan,
mes joueurs de caturanga.

Prologue

Il bougeait son corps contre le sien. Ses mouvements irritaient la peau de Vitala. Remuant sous lui, elle tenta de se souvenir de son nom. Rennic, peut-être. Un espion en formation qui venait de l'étage des entraînements et avait sauté sur l'occasion de s'adonner à une tout autre forme d'exercice.

— Tu n'es pas trop d'humeur, si ? murmura-t-il en allant et venant au-dessus d'elle.

Ah oui ! elle était censée faire semblant d'aimer ça. Si elle était incapable de mystifier ce Rennic, elle ne duperait jamais l'empereur. Elle gémit et se tortilla, convaincue comme toujours qu'une feinte si grossière ne marcherait pas. Pourtant, si. Il accéléra le rythme. Les muscles fermes de ses bras se raidirent contre elle. Il battit des paupières avant de les fermer.

Elle glissa les mains vers ses reins.

Les paroles de son tuteur résonnaient dans sa tête. *« Souviens-toi du type de magie que l'empereur pratique. Si tu es en décalé, même légèrement, il verra venir l'attaque, et tu échoueras. »*

Elle avait conscience de la difficulté de sa mission et de l'importance d'en maîtriser tous les détails. Elle s'entraînerait jusqu'à ce que chacun de ses gestes atteigne la perfection d'une partie de caturanga bien menée.

Rennic grogna, incapable de parler. Un sursaut le secoua. Il hoqueta. C'était le moment.

Une pensée légère et un mouvement rapide du doigt : de nulle part, un Tesson luisant apparut dans la main de la jeune femme. Elle enfonça brusquement la minuscule lame dans la chair tendre du dos de Rennic. Il n'eut aucune réaction. Peut-être ne l'avait-il même pas sentie. Encore un léger effleurement de l'esprit, et elle relâcha le sort contenu par le Tesson : une vérole blanche bénigne, dont il était facile de guérir. Pas l'autre option, plus radicale.

Lâchant un grognement de plaisir ou de douleur, Rennic s'effondra sur elle, recouvert d'une sueur collante.

Elle retira le Tesson de son dos. Il tressaillit, soudain conscient. Il se retourna pour observer le Tesson noir comme de l'encre, désormais rouge de son sang.

— Tu m'as eu avec ce truc ?

— Heureusement que tu n'es pas l'empereur, dit Vitala, sans quoi tu serais mort.

Chapitre premier

— Vitala Salonius ?

Elle posa sa lourde mallette sur le quai de chêne. L'homme qui s'approchait d'elle était la quintessence kjallane : grand, musclé, cheveux noirs et nez aquilin. Il portait une tenue militaire kjallane, avec un double ceinturon et une épée au côté. Sur son autre hanche reposait un pistolet à platine à silex avec une crosse en noyer et un support en bronze doré, si fin et si poli que Vitala se surprit à le convoiter. L'homme ne portait aucun écusson de sang sur son uniforme orange, marqué uniquement de la faucille et du soleil rayonnant – l'insigne des Legaciatti, les célèbres gardes du corps personnels de l'empereur.

— Oui, monsieur, c'est bien moi, répondit-elle.

Un sourire éclaira le beau visage de l'homme.

— Je m'appelle Remus, et c'est moi qui vous escorterai jusqu'au palais. Laissez-moi porter ça.

Il souleva la valise avec aisance et, d'un geste, désigna la calèche qui les attendait au bout du quai.

Elle le suivit, le pas hésitant sur la terre ferme après deux semaines passées en mer. La pierre fendue de Remus n'était pas visible. La plupart des mages kjallans la portaient autour du cou, accrochée à une chaîne, cachée sous leurs vêtements. Le col de l'uniforme de Remus dissimulait même la chaîne. Il était mage, sans aucun doute – comme tous les Legaciatti –, mais elle ne put définir quelle magie il pratiquait. Était-il mage de guerre ? C'étaient les seuls difficiles à tuer. Elle détendit légèrement son esprit, s'ouvrant aux minuscules failles qui séparaient son monde du monde spirituel, et visualisa les fils d'un bleu spectral qui représentaient les protections du mage. Il était bien armé contre la maladie, les parasites, et même la conception d'un enfant.

Ils arrivèrent à la voiture, un landau tiré par des chevaux bai-brun. Répondant au geste de Remus, elle grimpa à l'intérieur. Il tendit sa mallette à un valet de pied à lunettes, qui la hissa à l'arrière et la sangla. Elle pensait que Remus s'installerait derrière ou devant, avec le cocher, mais il grimpa à son tour dans le landau et prit place sur la banquette en face d'elle. Bien entendu. L'examen commençait là. Il lui ferait la conversation, et elle devrait répondre avec une extrême prudence.

La voiture se mit en branle en cahotant. Par les fenêtres, elle vit la cité impériale de Riat : grandes avenues, rues étroites, imposantes demeures, petites maisons, auberges, boutiques, vendeurs de rue habituels occupant le moindre espace disponible. Elle avisa un chapelier, un armurier, le cabinet d'un Protecteur, et un marché en plein air où l'on trouvait des citrons frais importés. Un petit crieur portant une brassée de journaux faisait l'article à un coin de rue. Les citoyens kjallans se promenaient, achetant, flirtant, échangeant des ragots. L'œil de Vitala s'attarda sur leurs amples syrtos aux coloris vifs tandis que les esclaves vêtus de gris passaient discrètement, telles des ombres. La cité était agréable mais n'avait rien de remarquable. À quoi s'était-elle attendue ? Des maisons de marbre ? Des rues pavées de diamants ?

— Vous êtes une championne de caturanga, paraît-il ? demanda Remus.

— Oui, monsieur. J'ai remporté le tournoi de cette année à Beryl.

— L'empereur a été impressionné par cet exploit.

Il l'observait de ses yeux bleus avec intérêt.

— J'en suis honorée.

— Vous venez de la province de Dahat ?

S'il vous plaît, ne soyez pas vous-même de là-bas. Ce serait une catastrophe s'il cherchait à échanger des souvenirs d'enfance. Elle était déjà allée à Dahat et serait donc capable de fournir quelques détails sur la région, mais elle n'y avait pas grandi.

— En effet, monsieur.

— Et que pensent les gens de l'empereur, là-bas ?

Elle fronça les sourcils. *En voilà une question !*

— Les citoyens de Dahat ont beaucoup de respect pour l'empereur Lucien.

Remus rit.

— Vous croyez que je mets votre loyauté à l'épreuve, n'est-ce pas ? Soyez franche, mademoiselle Salonius. L'empereur Lucien aime connaître l'opinion de ses sujets. Les platitudes et les lieux communs sur la loyauté n'ont aucune valeur à ses yeux. Il recherche l'honnêteté.

Vitala se mordit la lèvre.

— Je suis entrée dans le circuit du caturanga il y a plus de trois ans, monsieur, soit avant le début du règne de l'empereur Lucien. D'après le peu que j'ai entendu en rentrant chez moi, la plupart des citoyens le soutiennent. Certains désapprouvent sa politique et préféraient son prédécesseur. Comme dans toutes les provinces, j'imagine.

— Effectivement, répondit Remus. Il y en a à qui le vieil empereur Florian et son Jardin Impérial manquent. Avez-vous eu le privilège de le visiter ?

— Quoi donc ?

— Le Jardin Impérial de Florian.

— Non, monsieur. C'est la première fois que je me rends au palais.

Vitala était perplexe : il devait bien le savoir.

— Ah ! dit-il. Vous devriez y faire un tour durant votre séjour.

— Avec plaisir, monsieur.

La calèche bascula vers l'arrière. Vitala regarda par la fenêtre. Après avoir traversé la cité, ils amorçaient l'ascension de l'abrupte colline jusqu'au palais impérial. La voiture négocia la première série des nombreux virages. Lorsque Vitala se tourna vers Remus, elle remarqua que son regard avait perdu de son intensité. Quel que fût le test, elle semblait l'avoir réussi.

— Vous êtes la première femme à avoir remporté le tournoi de Beryl, déclara-t-il. Qui était votre professeur ?

Vitala sourit. C'était une question à laquelle on l'avait préparée.

— Mon père m'a appris à jouer quand j'avais quatre ans. Visiblement, j'étais douée. Au bout d'un an, je battais mes cousins. Plus tard, j'ai appris avec Caecus, et, quand j'ai maîtrisé son enseignement, j'ai étudié avec Ralla.

Elle continua ainsi, l'abreuvant des mensonges que son tuteur, Bayard, lui avait fait répéter. Calé sur sa banquette, Remus hocha la tête avec ennui. Il semblait avoir perdu l'intérêt qu'elle avait d'abord éveillé chez lui. Dieux merci.

Tandis que la voiture atteignait le sommet et les derniers lacets, Vitala tendit le cou pour mieux voir le palais impérial. Trois dômes de marbre blanc, chacun surmonté d'un toit doré, se dressaient devant elle, étincelant sous le soleil. Apparurent ensuite les nombreuses annexes et les jardins clos qui entouraient les dômes. L'accès à l'entrée se faisait par une large allée bordée d'arbres.

Les murs intérieurs du palais étaient couverts de tentures de soie d'une valeur inestimable. Des peintures et sculptures précieuses ornaient chaque niche. C'était la première fois que Vitala pénétrait dans un lieu si luxueusement ostentatoire. Quel contraste avec Riorca, ses rues délabrées et ses huttes enterrées en ruine ! Dans quelle mesure ces riches bâtiments avaient-ils été érigés par des esclaves riorcans ?

Deux Legaciatti, des femmes, vinrent à leur rencontre. Vitala les observa, étonnée de trouver des femmes soldats kjallanes. Bayard lui avait dit que les Kjallans ne prenaient pas les femmes au sérieux, ce qui faisait d'elles des assassins parfaits pour les cibles kjallanes. Et c'était vrai : Kjall était un royaume patriarcal, et la loi octroyait bien peu de droits aux femmes. Toutefois, sur le circuit du tournoi, elle avait appris que la réalité était plus complexe. La plupart des Kjallans étaient des soldats, et servaient souvent loin de chez eux. En leur absence, leur épouse devenait chef de famille. Les femmes et les esclaves constituaient la vraie force de l'économie kjallane : rares étaient les hommes qui possédaient d'autres qualités que celles nécessaires à la vie militaire.

— Fouillez-la, ordonna Remus.

L'une des femmes l'appela.

— Venez.

La fouille, si minutieuse qu'elle en fut humiliante, eut lieu dans une pièce à part. Vitala savait ce qu'elles cherchaient : des armes, ou peut-être une pierre fendue. Elles ne trouveraient rien. Elle ne portait pas sa pierre autour du cou. Celle-ci lui avait été implantée chirurgicalement dans le corps, en même temps qu'une pierre de mort qui lui permettrait d'échapper à la torture et aux séances d'interrogatoire si sa mission échouait. Ses armes étaient dissimulées grâce à des enchantements, et seul un briseur de protections pouvait les déceler. Il n'en existait pas chez les Kjallans. Les secrets de cette forme de magie n'étaient connus que des Riorcans.

Tandis qu'elle se rhabillait, les Legaciatti vidèrent sa mallette, cherchant des compartiments cachés, et tâtèrent sa piètre collection de vêtements de rechange, sous-vêtements, poudres et babioles – sans rien dégotter d'inquiétant.

Après avoir refait le bagage, elles conduisirent Vitala le long de deux escaliers de marbre blanc. Les murs étaient concaves. Elle devait être sous l'un des dômes. La chambre qui lui était affectée était la troisième à droite, au sommet des marches. Un jeune garde, le menton recouvert d'un duvet roux clair, était posté devant sa porte. Son uniforme orange n'arborait pas l'insigne de la faucille et du soleil rayonnant. Du duvet roux clair. Elle avait l'impression de le connaître.

Le jeune soldat était étendu sur la couchette, pieds et poings liés. À force de se débattre, il avait fait tomber sa couverture par terre. Ses yeux dilatés de peur se posèrent sur elle. Lorsqu'il la vit, il se détendit légèrement. Il ne s'attendait pas à trouver une adolescente.

— Mademoiselle Salonius ?

Il n'aurait pas dû connaître son nom. Comment le connaissait-il ?

— Mademoiselle Salonius ?

Et pourquoi avait-il une voix de femme ?

Vitala cligna des yeux. Les Legaciatti la dévisageaient, l'air soucieuses.

— Mademoiselle Salonius ? répéta l'une d'elles.

— Désolée.

Dieux ! où était-elle ? Des murs de marbre. Le palais impérial.

— Vous étiez immobile, le regard dans le vide.

— Pardon. J'étais... Peu importe.

Détournant les yeux du jeune garde devant sa porte, elle entra dans la chambre.

C'était une suite. Un salon d'abord, dont le mur incurvé était percé d'une unique fenêtre en ogive. Un lustre en laiton à deux branches pendait au plafond. La pièce était richement meublée de tables en chêne sculpté et de chaises tapissées de soie. Sur le mur du fond, une bibliothèque retint l'attention de la jeune femme. Sur les rayonnages, elle reconnut tous les traités classiques de caturanga, et en repéra même certains qu'elle n'avait jamais vus, de même que des livres traitant d'autres sujets. Un herbier par Lentulus. *Les Tactiques de la guerre*, par Cinna. De nombreux ouvrages de fiction, dont *La Septième Vie de la fille du potier*, réputée osée. Qui donc avait placé un tel livre sur ces étagères, au milieu des volumes sérieux ?

Sur la table au milieu du salon trônait le plus beau jeu de caturanga qu'elle eût jamais vu. Depuis le plateau de marbre poli à deux niveaux, les pièces sculptées dans l'agate l'observaient de leurs yeux de pierres précieuses. Elle prit l'une des pièces de cavalerie rouge, finement taillée jusqu'aux plis de la cape. Le destrier au regard fou avait une expression magnifique, à la fois apeurée et déterminée.

L'empereur Lucien avait-il fait préparer ce salon spécialement pour elle ? Non, bien sûr que non. Il recevait de nombreux champions de caturanga, sans doute tous logés dans cette suite.

La chambre était tout aussi belle, meublée d'un haut lit à baldaquin aux draps de soie et au duvet de damas. Les tentures de soie étaient bleu et rouge. Un fait exprès ? Il s'agissait des deux couleurs traditionnelles des pièces de caturanga.

— Vous résiderez ici jusqu'à ce que l'empereur vous convoque, lui expliqua une Legaciatta. Reposez-vous autant que vous le souhaitez, mais ne vous promenez pas dans le palais. Si vous désirez boire ou manger, demandez au garde à la porte. Si vous voulez vous baigner, il vous escortera aux bains, à l'étage inférieur.

Vitala hocha la tête.

— Merci, madame.

Les Legaciatti s'éclipsèrent, refermant le battant derrière elles. Vitala avança vers la fenêtre – pourvue de vraies vitres – et jeta un coup d'œil au-dehors. En contrebas, un espace clos était dissimulé par la voûte des arbres, à travers laquelle elle perçut du rouge, du violet et de l'orange. Était-ce le fameux Jardin Impérial ? Levant les yeux pour embrasser le paysage du regard, elle remarqua un coin de ciel d'un bleu trop clair et aperçut le Vagabond, la minuscule lune qui brillait d'une lumière bleue la nuit et disparaissait presque totalement le jour. La trajectoire du Vagabond, dieu des inversions et des désastres imprévisibles, était contraire à celle des deux autres lunes, et la voir n'était pas toujours bon signe.

— Ô Tout-Puissant, passe à côté de moi, pria-t-elle machinalement.

Elle quitta la fenêtre et alluma l'un des lumignons en le touchant du doigt. Elle alla prendre *La Septième Vie* sur l'étagère. S'allongeant sur un canapé, elle attendit de pouvoir divertir l'empereur.

Vitala n'était pas son nom de naissance. À son arrivée dans ce monde, le bébé aux cheveux noirs avait été appelé par son père Kolta, qui signifiait « merle ».

Elle avait huit ans quand l'étranger arriva. Papa et Maman le conduisirent dans la chambre pour s'entretenir avec lui. À elle, ils interdirent d'entrer, mais elle colla son oreille contre la porte pour les écouter.

— Nous avons fini les tests, dit l'inconnu, et votre fille correspond exactement à ce que nous cherchons. Intelligente, dotée d'une grande force physique et d'une excellente coordination. Et, bien entendu, elle a les cheveux noirs.

Maman répondit quelque chose d'incompréhensible.

— Au village, peut-être, répliqua l'étranger. Mais, dans le Cercle, les cheveux noirs sont un atout. Elle peut se faire passer pour une Kjallane et s'introduire dans des zones inaccessibles aux autres.

Plus de murmures de la part de Maman.

— Le Cercle est prêt à vous offrir une compensation. Quatre cents tétrals.

Papa hoqueta.

Maman haussa le ton :

— Je ne vendrai pas ma fille !

— Bien sûr que non, rétorqua l'étranger d'une voix rassurante. Cependant, Kolta n'accomplira jamais son potentiel en restant ici, au village. Pas avec les préjugés que les gens entretiennent contre les filles comme elle. Pourquoi la soumettre au harcèlement, à l'ostracisme, quand au sein du Cercle elle sera vénérée et appréciée à sa juste valeur ? L'argent est un cadeau. Un gage pour vous remercier d'aider Riorca en cette période difficile.

Maman se mit à sangloter.

— Treva, il a raison, dit Papa. Ce serait égoïste de garder Kolta ici. Une bâtarde à demi kjallane ne sera jamais acceptée…

— Tu la détestes ! s'écria Maman. Tu veux te débarrasser d'elle !

— Madame, déclara l'étranger, réfléchissez aux avantages qu'il y a pour Kolta à rejoindre le Cercle. Elle recevra une éducation complète, bien meilleure que celle qu'elle aurait ici. Elle sera avec les siens. Nous avons d'autres métisses comme elle, des filles aux cheveux noirs qui savent ce qu'est être riorcane tout en ayant l'air kjallane. Pour la première fois de sa vie, elle aura des amis.

Maman pleurait toujours.

— Treva, penses-y, dit Papa. Quatre cents tétrals ! Tu sais ce que représente une telle somme pour nous. Cet homme a raison. Le Cercle s'occupera bien mieux d'elle que nous.

Maman répondit quelque chose.

— Non, lui objecta l'étranger, ce doit être immédiat. Elle doit commencer les cours de langue dès maintenant, sans quoi elle n'aura jamais un bon accent.

Un long silence s'ensuivit, troublé seulement par les sanglots de Maman. Des paroles douces furent prononcées sans que Kolta les distingue.

L'étranger disait :

— Nous estimons préférable d'éviter les adieux.

La porte s'ouvrit ; l'inconnu allait sortir. Terrifiée, Kolta se faufila dans un coin entre le mur et la porte. Mais le battant s'écarta, dévoilant sa cachette. L'étranger scruta la fillette, surpris.

— As-tu écouté à la porte, Kolta ?

Elle secoua la tête.

Il s'agenouilla pour se mettre à son niveau.

— Dis-moi la vérité, et tu ne seras pas punie. Écoutais-tu à la porte ?

Elle hésita un moment avant d'acquiescer en silence.

— Pourtant, tu ne pleures pas. (La bouche de la fillette se tordit alors que, d'un doigt, il levait son petit menton.) Je m'appelle Bayard. Je vais être ton ami, Kolta. Est-ce que ça te plairait ?

Elle ne répondit rien.

— Les gens d'ici ne sont pas très gentils avec toi, n'est-ce pas ? Ils n'aiment pas les filles aux cheveux noirs. Mais je vais t'emmener ailleurs, dans un endroit où tu seras aimée, Kolta. Veux-tu être aimée ?

Son menton se mit à trembler.

— Bien sûr que oui, poursuivit-il. (Il la serra dans ses bras ; elle fondit en larmes.) C'est ce que nous voulons tous.

Lucien entra dans son bureau en boitant sur sa jambe artificielle. Il se laissa choir dans son fauteuil et posa sa béquille contre le mur. Il régnait depuis trois ans ; pourtant, chaque fois qu'il franchissait le seuil de cette pièce, un frisson lui remontait le long de l'échine. Il avait passé trop de temps sur le siège opposé, de l'autre côté du bureau, face à un père effrayant et colérique qu'il ne parvenait jamais à satisfaire.

Son garde du corps, Septian, dépassait Lucien d'une tête et était deux fois plus large que lui. Il s'avança dans un silence presque complet pour prendre sa position habituelle derrière le fauteuil. Il plaça un mousquet contre son épaule. Cette démonstration relevait plus du spectacle que d'un réel besoin de défense. Rares seraient les ennemis dont Septian ne pourrait venir à bout avec une épée, un couteau ou même à mains nues. Les Legaciatti avaient escorté Lucien sa vie durant mais, depuis son accession au pouvoir, il était devenu très conscient de leur présence, surtout de celle de Septian. L'homme, peu loquace, affichait toujours une expression indéchiffrable. Que pensait-il de Lucien ? Le reconnaissait-il comme un fin stratège militaire ? Ou, comme Florian, levait-il les yeux au ciel en considérant ce jeune estropié comme un bon à rien ?

Lucien se frotta la tempe. Son empire était fragile, précaire. Il avait quantité de problèmes à régler. De *vrais* problèmes. L'opinion de ses gardes du corps à son sujet devait être le cadet de ses soucis.

Septian se racla la gorge.

Lucien leva la tête : un homme se tenait dans l'encadrement de la porte.

— Remus, entrez.

Le Legaciattus s'exécuta, s'inclina en signe de soumission et s'installa sur le siège en face de l'empereur. Les gardes fermèrent le battant derrière lui.

— Quel est le programme du jour ? s'enquit Lucien.

— Vous voyez le légat Cassian Nikolaos ce matin.

Lucien fit la grimace.

— Peste ! Attend-il dehors ?

— Oui, monsieur. Et, cet après-midi, vous êtes censé vous adresser aux nouvelles recrues à la palestre. Ensuite, il y a la réunion avec vos conseillers.

Lucien hocha la tête. La matinée allait être pénible, mais l'après-midi serait moins désagréable. Il aimait parler en public, surtout devant un auditoire composé de jeunes soldats. Il en était un lui-même récemment encore. Et il avait été au cœur de l'action sur le champ de bataille – ce qui, chez les soldats de première ligne, suscitait un certain respect.

Y avait-il un trou dans son emploi du temps ? Sa rencontre avec Cassian ne l'occuperait pas toute la matinée.

— Remus, la femme qui a gagné à Beryl est-elle arrivée ?

Remus sourit.

— Elle a débarqué hier, Votre Majesté Impériale. Elle attend de vous divertir.

Le visage de Lucien s'éclaira.

— Qu'elle se tienne prête à jouer en milieu de matinée.

— Fort bien, Votre Majesté Impériale. Dois-je appeler Cassian ?

— Faites.

Remus quitta la pièce et les gardes laissèrent entrer le légat Cassian Nikolaos, l'officier militaire le plus gradé de l'armée de Lucien. Cassian était un ami de longue date du père de Lucien, l'empereur précédent, et représentait tout ce que Lucien n'était pas. Grand, de forte carrure, entier – en d'autres termes, possédant encore ses quatre membres – et intrépide. D'âge moyen, il avait une longue expérience du commandement, et devoir répondre de ses actes devant un empereur âgé d'une vingtaine d'années lui restait en travers de la gorge.

— Légat, le salua Lucien, l'autorisant ainsi à prendre la parole.

— Votre Majesté Impériale.

Cassian s'inclina.

Lucien plissa les yeux. L'officier ne s'était pas courbé autant qu'il l'aurait dû. C'était à la limite de l'affront, mais le manque de respect était subtil. Lucien aurait l'air idiot s'il le faisait remarquer.

— Asseyez-vous.

Il avait eu recours à diverses approches pour tenter de gagner l'estime de Cassian. La flatterie n'avait pas marché. Ni pointer du doigt les failles évidentes des stratégies qu'il proposait. Lucien avait fini par abandonner et se comportait avec lui comme il l'avait fait avec son père tout aussi intraitable : il adoptait un ton enjoué et une assurance décontractée. Sans succès non plus.

— Lucien, à propos des rebelles riorcans…, commença Cassian.

— Vous êtes prié de m'appeler « monsieur » ou « Votre Majesté Impériale », l'interrompit sèchement Lucien. Et je n'ai pas l'intention de décimer les Riorcans.

Cassian se raidit.

— Monsieur, cela fait bien trop longtemps que vous laissez leurs crimes impunis. Tous les jours, ils manifestent leur manque de respect de mille façons très discrètes. Leur Cercle de l'Obsidienne sabote nos lignes d'approvisionnement et assassine nos officiers.

— J'ai ordonné à un bataillon de passer les collines au peigne fin pour retrouver les membres du Cercle. La tâche n'est pas facile. L'année dernière, nous n'avons découvert que deux enclaves contenant chacune

une vingtaine de personnes tout au plus. Et vous savez sur quoi mes soldats sont tombés quand ils sont entrés.

— Des cadavres, dit Cassian.

— Ils ont préféré se donner la mort plutôt que de prendre le risque d'être interrogés. Nous ignorons tout de leur quartier général et de leurs dirigeants.

— Monsieur, c'est précisément pour cela qu'il faut décimer les villages riorcans. Nous ne pouvons pas trouver le Cercle, mais les villageois qui le soutiennent, si. Punissez-les, et leur soutien prendra fin.

— Cassian… (Lucien s'interrompit, choisissant ses mots avec soin.) Vous êtes l'un des meilleurs commandants de Kjall, et je respecte énormément votre expérience de terrain. Mais vous n'êtes jamais allé à Riorca. Moi, si…

— Vous n'y avez été que deux ans ! cracha Cassian.

— C'est toujours deux ans de plus que vous, et cela a suffi à m'ouvrir les yeux. La plupart des Riorcans ne souhaitent qu'une chose : vivre leur vie et élever leurs enfants en paix. Les rebelles ne sont qu'une minorité. J'ai bien pris note de votre avis, mais ma décision est irrévocable. Nous ne décimerons pas Riorca.

— Entendu, monsieur.

Au lieu de partir, Cassian resta assis en silence sur son siège.

Lucien le regarda en plissant les yeux.

— Vous pouvez disposer, légat.

— Monsieur, à propos du dîner d'État d'hier soir…

Il hésita.

— Mon discours ne vous a-t-il pas plu ?

— Votre oraison était exceptionnelle et la nourriture délicieuse. Mais vous nous avez privés du plus beau bijou de la cour : la princesse impériale.

Lucien serra les lèvres.

— Céleste n'a pas voulu venir.

— Vous l'avez sans nul doute encouragée dans cette voie.

— Elle a treize ans, légat, et à ses yeux les dîners d'État sont ennuyeux.

En effet, il ne pouvait en vouloir à sa sœur de refuser de passer toute une soirée à se laisser dévorer des yeux par des hommes bien plus âgés, cherchant à se caser dans la lignée des successeurs. Dans le cas de Cassian, la manœuvre était particulièrement écœurante, car il était déjà marié. Il divorcerait de sa femme en un rien de temps s'il pensait pouvoir faire un meilleur mariage. Même si les divorces et les unions motivés par la politique étaient monnaie courante à Kjall, Lucien jugeait cette pratique répugnante.

— Peut-être les trouvait-elle ennuyeux lorsqu'elle était enfant, mais c'est une jeune femme, désormais. Les jeunes femmes adorent être au centre de l'attention. Peut-être aimerait-elle assister au prochain dîner donné pour les délégués asclepians ? Je l'y accompagnerais avec plaisir.

Lucien lui jeta un regard dur.

— Non.

— Si jamais vous changez d'avis…, commença Cassian.

— Vous pouvez disposer, légat.

Nerveuse, Vitala arpentait sa suite. Le nouveau garde à la porte – dieux merci, l'autre avait sûrement été relevé – l'avait informée que l'empereur lui rendrait visite plus tard dans la matinée. Le moment n'allait plus tarder, celui pour lequel elle s'était préparée pendant onze ans. Serait-elle capable de séduire l'empereur Lucien, puis de l'assassiner ?

La phase de séduction était la plus facile, mais Vitala n'avait encore jamais eu pour cible un empereur.

« *On en sait très peu sur sa vie amoureuse,* lui avait dit Bayard. *Seulement qu'il en a sans doute une.* »

Et s'il aimait les blondes ou les rousses ? Grands dieux ! et s'il préférait les hommes ?

Elle avait proposé à Bayard de perdre sa première partie de caturanga contre Lucien. Elle avait déjà séduit un officier kjallan en ayant recours à cette technique. Elle avait joué le rôle d'une petite dinde cherchant un gant égaré, qui s'était révélé être sous une chaise. Un soupçon de flatterie, un brin de flirt, des effleurements çà et là, et il était à elle. Cependant, les soldats faisaient des proies faciles. Un empereur, c'était autre chose. Lucien devait être abordé tous les jours par de belles femmes prêtes à s'offrir. Elle allait devoir se démarquer.

« *Tu dois remporter la première partie,* lui avait conseillé Bayard. *Il pourrait se désintéresser de toi s'il croit que tu n'as rien à lui enseigner. De plus, nous ignorons combien de temps il te faudra pour le mettre dans ton lit. C'est un homme puissant. Il a le choix, en matière de femmes. Et peut-être a-t-il des goûts particuliers.*

— *Merci pour les encouragements*, avait-elle répliqué.

— *Nous le soupçonnons d'aimer les femmes de caractère.*

— *Qu'en savez-vous, si vous ignorez tout de sa vie amoureuse ?*

— *C'est que la relation la plus intime qu'il ait entretenue avec une femme était avec sa cousine Rhianne,* avait expliqué Bayard.

— *Celle qui s'est enfuie à Mosar ?*

— C'était une enfant rebelle, et Lucien a été son complice. À ce qu'on dit, elle lui manque beaucoup. Nous pensons que plus tu lui rappelleras Rhianne, plus il s'intéressera à toi. »

Fort bien. Elle gagnerait la première partie, mais ensuite ?

On frappa à sa porte.

— Mademoiselle Vitala ? Sa Majesté Impériale va vous recevoir.

Chapitre 2

Lucien Florian Nigellus. Vitala ne l'avait jamais vu ; il avait pourtant occupé ses pensées et orienté ses études pendant des années. Sa biographie brossait le portrait d'un homme isolé. Ses deux frères aînés étaient morts. Son père, renversé, avait été emprisonné sur l'île de Mosar. Célibataire, Lucien n'avait pas d'héritier. Ses seuls proches parents étaient une tante, une cousine et une sœur cadette, dont aucune n'accéderait au trône. *« C'est un estropié et il est seul,* avait dit Bayard. *Tue-le, et ce sera le début d'une guerre de succession qui déchirera l'empire. »*

Tandis qu'elle se dirigeait vers les quartiers de l'empereur, escortée par deux Legaciatti, elle jeta un coup d'œil aux tentures murales et aux plafonds sculptés, apaisant son esprit pour visualiser la magie implantée en eux. D'habitude, celle-ci se dissipait rapidement. Certains mages tiraient un peu de magie de la Faille et l'utilisaient à certaines fins, puis elle s'estompait. Mais d'autres – les Protecteurs – avaient le pouvoir de l'ancrer dans le monde physique de manière durable. La magie ancrée était invisible aux yeux de la plupart des gens, mais Vitala était capable de la déceler.

Les tentures murales diffusaient une lueur bleue : elles avaient été protégées contre les parasites. La faible ligne rouge en travers de la porte qu'elle franchit était une protection contre l'ennemi, censée donner l'alarme si quelqu'un la passait avec l'intention de nuire. Chaque sortilège de protection était doté d'un minuscule point de contact – littéralement un trou dans la Faille – à travers lequel la magie était ancrée et pouvait persister. Vitala voyait ces points de contact. Elle était capable de les briser et de renvoyer la magie dans la Faille sans dommages.

Où étaient donc toutes les lueurs de chaleur ? Depuis son arrivée au palais, elle n'en avait décelé aucune. Elles faisaient mal aux yeux, mais, sans elles, comment le personnel impérial chauffait-il les lieux ? Peut-être étaient-elles cachées dans les murs ou derrière les tentures.

Son escorte ralentit le pas. Juste devant elle, quatre Legaciatti montaient la garde devant une double porte. Elle venait d'atteindre les quartiers de l'empereur.

— Vitala Salonius ?

Le garde de la porte avait posé la question directement à son escorte.

— C'est bien Mlle Salonius, confirma l'un de ses accompagnateurs.

— L'empereur est prêt à la recevoir.

Ils ouvrirent les doubles battants. Vitala détendit son esprit pour vérifier les protections sur le seuil.

Il n'y en avait aucune.

Comment était-ce possible ? Bayard l'avait assurée qu'ils utilisaient des protections contre les ennemis dans le palais. Elle en avait déjà vu une, dans une autre porte. Avaient-ils créé une protection invisible à ses yeux ? Allait-elle la déclencher si elle s'avançait ?

L'un des gardes de la porte la regarda en haussant un sourcil.

— Mademoiselle Salonius ?

— Désolée, balbutia-t-elle, je suis un peu nerveuse.

Il lui adressa un clin d'œil.

— Inutile. Il n'a rien à voir avec son père.

Vitala avait les nerfs à vif en franchissant les battants, mais rien ne se passa. Il n'y avait donc aucune protection à cet endroit. Pour quelle raison ?

Elle se retrouva dans un salon semblable à celui de sa suite, en plus vaste. Elle vérifia les sols : rien à signaler. Elle leva les yeux vers une table à l'autre bout de la pièce, où un homme était assis devant un jeu de caturanga. L'empereur Lucien.

Elle avait passé tant d'années à l'étudier et à comploter contre lui qu'elle ressentit en sa présence une sorte d'intimité perverse et malvenue. Ne disposant que d'une vague description physique, elle s'était figuré mentalement le personnage. Dans les grandes lignes, elle ne s'était pas trompée, mais dans les détails... Il était plus grand qu'elle ne l'avait imaginé, de carrure mince et musclée. Tandis qu'il se levait de son siège avec difficulté et glissait une béquille sous son bras, elle ne put s'empêcher de remarquer ce qui le caractérisait le plus : il lui manquait la moitié de la jambe gauche. Elle le savait amputé, mais le voir réellement, c'était différent. Elle déglutit, mal à l'aise.

Il avait une jambe de bois toute simple : un poteau droit en acajou rayé d'or. Il avançait en boitant, s'aidant d'une béquille assortie. Alors qu'il se dirigeait vers elle, un grand sourire aux lèvres, elle s'obligea à détourner les yeux de sa jambe. Il portait un beau syrtos de soie bleue sur lequel brillait un loros en pierres précieuses, la marque de son rang. Comme la plupart des Kjallans, il avait le nez aquilin. Couplé aux lignes nettes et masculines de son visage, il lui donnait un air autoritaire malgré son jeune âge. Ses cheveux noirs légèrement ébouriffés retombaient sur son front. Il avait besoin d'une bonne coupe. Ses yeux, si foncés qu'ils semblaient presque noirs, l'observaient avec intensité et intelligence.

Il ne ressemblait pas à un homme capable d'assujettir la moitié du peuple de Vitala et d'affamer l'autre en exigeant qu'on lui rende toutes sortes d'hommages extravagants. Il ne ressemblait pas à l'homme qui avait massacré son peuple à Stenhus. Toutefois, les apparences pouvaient être trompeuses.

Elle exécuta une révérence de soumission, marquant ainsi l'énorme écart de rang qui les séparait.

Il lui prit la main et l'invita à se redresser.

— Vitala Salonius.

— Votre Majesté Impériale, le salua-t-elle.

Il l'étudia de la tête aux pieds, les sourcils levés, et afficha un sourire appréciateur.

— J'avais hâte de vous rencontrer.

Il la conduisit à la table. Elle resta bouche bée devant le plateau de caturanga. Jamais elle n'avait vu un si bel objet, pas même au tournoi de Beryl. La pièce d'eau, la plus proche d'elle, était un tourbillon de brume bleue – manifestement enchantée. Sans y penser, Vitala approcha la main. Ses bonnes manières lui revenant, elle la retira brusquement.

— Puis-je ?

— Allez-y.

Lucien posa sa béquille contre le mur et s'installa sur un siège.

Elle prit la pièce. Sous son sortilège pyrotechnique, elle était faite de pierre. De l'agate sculptée, peut-être – comme le jeu dans son salon. La brume s'enroula entre ses doigts.

— C'est merveilleux. Je n'ai jamais rien vu de tel.

Lucien sourit.

— Mon personnel compte des pyrotechniciens de talent.

Elle reposa la pièce d'eau et prit le Traître. Dans la paume de la jeune femme, il remuait comme s'il était vivant, observant les alentours et cachant une dague dans son dos. Elle avait beau le retourner, il faisait passer son arme d'une main à l'autre de manière qu'elle reste invisible. Curieuse, Vitala détendit son esprit et avisa le point de contact qui maintenait l'enchantement dans le monde physique.

Son esprit déjà conditionné, elle jeta un coup d'œil vers Lucien pour visualiser ses protections. Un sort de stérilité luisait d'une nuance bleu-violet. C'était tout. Impossible! Elle l'observa mieux, convaincue de s'être trompée. Non, c'était bien ça, à moins que les Kjallans aient inventé une nouvelle sorte de protection invisible à ses yeux. Rien ne le prémunissait contre la maladie ou les parasites. Il voulait éviter d'engendrer des bâtards, mais il se moquait de tomber malade? Cela n'avait aucun sens.

Obligeant son esprit à revenir au monde physique, elle reposa la pièce.

—Je suis sans voix.

Elle désigna le Soldat, le Sage et le Vagabond. Chaque pièce était une lune lumineuse flottant dans les airs: l'une orange, l'une blanche et l'autre bleue.

—Celles-là, je n'ose même pas les toucher.

Lucien saisit le Sage blanc brillant, le fit rouler dans sa main et le relâcha.

—Vous ne craignez rien. Ce n'est que de la magie. Commençons. Le temps m'est compté.

Elle s'assit. Vu la façon dont le plateau était disposé, elle aurait les bleus et Lucien les rouges.

—Ça fait tellement longtemps que j'attends de pouvoir jouer! s'exclama Lucien. C'est la première fois que mon adversaire au caturanga est une femme. Enfin, à part ma cousine, mais elle déteste ce jeu. Vous, en revanche... Vous avez gagné à Beryl!

Elle hocha la tête, hésitante, se demandant s'il attendait de sa part une manifestation de modestie ou de fierté.

—J'ai eu d'excellents professeurs, dit-elle avant de reporter son attention sur le plateau.

Comme elle avait les bleus, ce serait à elle de jouer en premier. Elle choisit une ouverture souple, le Gambit du Soldat modifié. Cela lui conférait un léger avantage pour contrôler le milieu du niveau supérieur.

Il répondit par un Contre-Gambit ilonian. Elle sourit. Ainsi, c'était ce genre de joueur... Par ce déplacement agressif, il lui cédait le milieu du niveau supérieur, mais revendiquait les ailes, par où il pourrait contourner l'obstacle. Elle allait s'amuser.

Elle tenta de remporter l'influence du Sage et la gagna. Lucien le lui fit payer en lui prenant deux unités de cavalerie et en affaiblissant sa position centrale. Il piégea aussi son Tribun derrière une montagne.

Vitala se mordit la lèvre. Ce n'était pas si facile. C'était l'empereur: un homme bien trop occupé pour passer huit heures par jour, comme elle, à pratiquer les stratégies du caturanga. Elle devrait avoir l'avantage. Malgré tout, il faisait preuve d'une brillante intelligence, et avait sans aucun doute bénéficié d'un enseignement de qualité. Elle tenta une ruse de ligne d'approvisionnement, qu'il anticipa et rompit. Elle fit passer son Traître dans les rangs arrière, prête à causer de gros dégâts, mais il lança une contre-attaque qui l'obligea à battre en retraite et à regrouper ses troupes. C'était exaspérant!

Elle secoua la tête et sourit: elle prenait beaucoup de plaisir.

Lucien se penchait sur le plateau comme un ressort comprimé, prêt à bondir pour passer à l'action. Ses yeux allaient et venaient d'un point à un autre. Elle le sentait préoccupé, calculateur. Quand elle jouait un bon coup, le rouge montait aux joues de Lucien.

Si elle arrivait ne serait-ce qu'à éviter le piège d'eau qu'il avait placé pour ses bataillons, elle pourrait mettre ses troupes sous l'influence du Soldat. Son Traître était bien placé pour prendre l'avantage sur le Vagabond, et elle détenait déjà le Sage. Toutefois, son Tribun était menacé, ce qu'elle ne pouvait ignorer. *Par tous les dieux!* Elle se carra sur sa chaise, scrutant le plateau.

Lucien sourit et tira d'un air absent sur son lobe gauche.

Pouvait-elle l'induire en erreur avec Pelonius? Peut-être. Il négligeait un peu le niveau inférieur, se concentrant sur celui du haut. En déplaçant quelques pions, elle prépara son traquenard et appâta Lucien avec son Tribun. Il bondit sur l'occasion et s'en empara. Vitala contourna l'obstacle. L'empereur était coincé: quel que pût être son prochain coup, il affaiblirait sa position. Les sourcils froncés, il opta pour la solution la moins désavantageuse. Vitala avança pour lui porter le coup fatal. Six tours plus tard, la partie était finie.

— Excellente partie, Votre Majesté Impériale.

Elle tendit le bras vers lui. Ils se saisirent mutuellement le poignet. Lucien ne quittait pas des yeux le carnage sur le plateau.

— Je n'y crois pas.

— Vous êtes un très bon joueur, le rassura-t-elle. J'admire l'audace de votre style.

— Mais comment...? Je croyais que vous alliez... (Il secoua la tête.) Votre Tribun. Vous l'avez sacrifié par ruse, n'est-ce pas?

— En effet. Le Bourbier de Pelonius, Votre Majesté Impériale.

— Oui, je connais Pelonius, mais on ne joue pas ce coup sur le niveau inférieur, normalement.

— Non, c'est une stratégie pour le niveau supérieur. Je l'ai adaptée.

Il secoua tristement la tête.

Peut-être Bayard se trompait-il. Peut-être aurait-elle mieux fait de perdre. Elle l'avait embarrassé. Pire: elle s'était tellement laissé prendre au jeu qu'elle avait oublié tout le volet séduction.

Soudain, il éclata de rire.

—Trois dieux ! ça faisait des lustres que je ne m'étais pas autant amusé ! Il faut absolument que nous fassions une autre partie. (Il ramassa les pièces rouges et commença à les replacer sur le plateau.) Dépêchez-vous, j'ai un rendez-vous cet après-midi.

Soulagée, elle replaça les pièces bleues pour une nouvelle partie.

—J'ai battu les deux derniers champions de Beryl qui sont venus ici, se vanta-t-il. Cependant, je ne suis pas certain d'avoir réellement gagné. Je crois qu'ils ont fait exprès de perdre.

—Ça m'étonnerait, Votre Majesté Impériale.

—S'il vous plaît, appelez-moi Lucien. (Il posa le Soldat, le Sage et le Vagabond sur leurs niveaux respectifs.) Je suis content de voir que vous n'avez pas peur de me battre. Si je veux progresser à ce jeu, il me faut un adversaire capable de me défier.

—Vous jouez très bien, répliqua-t-elle en s'installant de nouveau sur sa chaise. Ce serait vous insulter que de ne pas donner le meilleur de moi-même.

—Je vais vous battre, cette fois-ci. Ou la prochaine. (Il posa les coudes sur la table et mit son menton dans ses mains.) Refaites-moi un Pelonius, si vous l'osez.

Elle sourit et s'empara d'une unité de cavalerie, essayant une ouverture différente.

Il tira sur son lobe.

On frappa lourdement à la porte.

—Votre Majesté Impériale, appela une voix étouffée.

—Peste, marmonna Lucien. Entrez, Remus.

Les doubles battants s'ouvrirent. Remus observa Vitala d'un air gêné.

—Monsieur, nous avons reçu un message de Tasox.

—Un signal ?

—Non, monsieur. Un message, délivré par un cavalier.

—Et que dit-il ? demanda Lucien.

Remus désigna Vitala du regard. Son message silencieux était clair : *Pas devant elle.* Il traversa la pièce et chuchota à l'oreille de Lucien.

Ce dernier grimaça.

—Annulez mes rendez-vous de l'après-midi. (Il se tourna vers Vitala.) J'ai bien peur de devoir remettre notre partie à plus tard. Les gardes vont vous escorter.

Il se mit difficilement debout, plaça la béquille sous son bras et se dirigea vers la porte sur les talons de Remus.

Étrangement, Vitala se sentit triste. Elle avait tant apprécié l'enthousiasme et la féroce énergie de l'empereur qu'elle avait presque oublié qui il était, et la raison de sa présence. Elle n'avait accompli aucun progrès concernant la phase de séduction. Lucien paraissait si agréable – pas franchement du genre à infliger des horreurs au peuple de la jeune femme. *N'oublie jamais*, se sermonna-t-elle tandis qu'il disparaissait. *Cet homme a commis des atrocités, et tu es là pour le tuer.*

Il faisait froid dans la grotte. Bouche bée, Kolta regardait les gens autour d'elle. Des hommes, des femmes, des enfants et des adultes, des Riorcans aux cheveux blonds et des Kjallans aux cheveux noirs. Sauf que ceux qui ressemblaient à des Kjallans n'en étaient pas vraiment. Comme elle, d'ailleurs. Elle frissonna.

Bayard la fit avancer d'un geste doux, mais ferme.

L'homme près de la coupe la saisit par le bras et tira un couteau. Poussant un cri aigu et terrifié, elle essaya de se libérer pour fuir, mais Bayard la maintenait.

L'homme lui entailla le poignet, répandant quelques gouttes de sang dans la coupe. Après quoi il fit courir son doigt le long de la blessure. La douleur cessa aussitôt. Son poignet était encore maculé de sang, mais il était guéri.

Kolta ne se débattit plus.

— Vous êtes un Guérisseur.

L'homme au couteau sourit.

— Oui.

Elle avait entendu parler de ceux qui possédaient ces pouvoirs, mais c'était la première fois qu'elle en rencontrait un.

Il prit la coupe et la porta aux lèvres de l'enfant.

— Bois.

Elle regarda le contenu du récipient et fronça les sourcils : il y avait là-dedans bien plus de sang que ce qui avait coulé de son poignet. Hors de question qu'elle avale ça.

— Tout le monde y a contribué, expliqua Bayard. Moi inclus. Bois, juste une gorgée, et tu seras l'une des nôtres. Si tu refuses de te joindre à nous, tu devras retourner auprès de ta famille.

Elle déglutit et contempla de nouveau la coupe. Elle voulait appartenir à leur communauté. Elle voulait faire partie de ces gens. La plupart du temps, ils avaient été gentils avec elle. Tous les jours, et pas seulement les bons, ils lui avaient donné à manger, et ils avaient des Guérisseurs magiques. Elle fit la grimace et but.

Bayard lui ôta la coupe des lèvres.

— Maintenant et pour toujours, tu es l'une des nôtres. (Il éleva la voix pour s'adresser à l'assemblée.) Bienvenue, Kolta, dans le Cercle de l'Obsidienne.

— Bienvenue, répéta la foule.

— Pour honorer ta venue parmi nous, je te donne ton nouveau nom, déclara Bayard. Tu ne porteras plus celui que tu as reçu pour marquer la honte de ta naissance. Désormais, ton nom représentera ton objectif : aider le Cercle à restaurer les jours heureux et la lumière à Riorca. Tu te nommes Vitala, « donneuse de vie ».

Lucien ne demanda pas à la revoir ce jour-là. Vitala lut, joua seule au caturanga, but du thé dahatrian, et, le soir, se rendit aux bains impériaux : des piscines chaudes et parfumées – un luxe qui dépassait presque les limites de son imagination. Se baigner parmi d'autres femmes nues fut une étrange expérience, mais celles-ci ne semblaient pas gênées. Pour le thé, elle demanda de la citronnelle, mais les gardes l'informèrent que la plante était interdite dans l'enceinte du palais, sur ordre de l'empereur Lucien. Elle savait qu'il détestait la citronnelle, mais de là à l'interdire !

Deux jours plus tard, les Legaciatti lui apportèrent une lettre de l'empereur Lucien. Apparemment, il l'avait écrite lui-même : la signature à la fin du message correspondait au texte. Il écrivait avec des boucles nettes.

> « À mon illustre adversaire,
> Je compte les heures qui nous séparent de notre prochaine bataille. Pour m'excuser de vous faire attendre, je vous offre le jeu de caturanga qui se trouve dans vos appartements. Je vous invite également à un dîner d'État demain soir, donné en l'honneur des délégués d'Asclepia. J'espère que cela vous divertira agréablement. Remus a proposé de vous accompagner. »

Elle fit la moue. Remus, encore lui ! Comme il faisait partie du service de sécurité de Lucien, il l'effrayait un peu. Il lui faudrait surveiller ses propos.

Elle se dirigea vers le jeu de caturanga, prit une pièce de cavalerie et la caressa, son cœur se gonflant de joie. Elle n'avait jamais rien possédé de si beau. En fait, elle n'avait jamais rien possédé tout court. Ses quelques affaires appartenaient au Cercle. Malheureusement, elle devrait sans doute abandonner le jeu. Une fois sa mission accomplie, et si elle y survivait, il lui faudrait quitter les lieux précipitamment, sans s'encombrer de quoi que ce soit.

Et le dîner ? Elle n'avait rien à se mettre pour une telle occasion. Les convenances et le besoin de s'intégrer mis à part, si Lucien venait, elle devait apparaître sous son meilleur jour. Elle s'apprêtait à demander qu'on lui envoie Remus pour le supplier de l'aider lorsqu'une jeune esclave riorcane arriva à sa porte avec diverses toilettes.

Vitala vivait à Kjall depuis des années à présent, assez longtemps pour que la vue des esclaves riorcans ne la choque plus. Malgré tout, elle trouva la situation terriblement gênante, surtout devant les difficultés de communication de la fille, qui s'exprimait dans un kjallan hésitant. Elle ignorait que Vitala et elle auraient pu parler en riorcan.

L'esclave aida Vitala à essayer chaque tenue. La jeune femme opta pour une robe de soie bleu roi. La fille l'emporta pour la faire retoucher, et Vitala s'installa pour entamer une partie en solo avec son jeu de caturanga.

Après son initiation, ils ne restèrent pas dans la grotte. Ils en rallièrent une autre, à plusieurs jours de là. Vitala y intégra une classe composée de filles, dont certaines avaient son âge et d'autres étaient un peu plus âgées. Toutes avaient les cheveux noirs.

— Travaille bien, Vitala, dit Bayard. Si tes résultats sont satisfaisants, nous nous reverrons dans quelques années.

Elle s'agrippa à sa main. C'était son sauveur ; il était tout pour elle.

— Je ne veux pas rester ici. Je veux aller avec vous.

— Ce n'est pas mon enclave, dit-il. Et tu n'es pas encore prête.

Ses larmes ne l'émurent pas. Lorsqu'il repoussa sa main et ferma la porte derrière lui, elle n'eut d'autre choix que de concentrer son attention sur la femme corpulente au visage dur qui serait son professeur.

— Bienvenue, Vitala, la salua-t-elle.

Elle s'agenouilla pour épingler un morceau de tissu blanc sur la tunique de la fillette. Dessus, un drôle de mot était écrit non pas avec les runes de l'alphabet riorcan, mais avec les boucles curieuses de la langue kjallane.

Les autres élèves arboraient des étiquettes semblables accrochées à leurs vêtements. Sur certaines, c'était le même terme, tandis que sur d'autres on lisait un mot différent. Vitala n'en reconnut aucun.

— Qu'est-ce que ça veut dire ? s'enquit-elle.

Le professeur pointa un doigt.

— Ça veut dire « roturière » en kjallan. Aujourd'hui, c'est ce que tu es. (Elle désigna une fille plus âgée.) Elle, c'est Arvina. Aujourd'hui, c'est l'épouse d'un préfet. (Elle indiqua une troisième fille). Ista, elle, est la fille d'un tribun. Socialement, elles sont supérieures à toi. Tu dois te comporter avec elles en conséquence. Si tu commets une erreur, elles te puniront.

Vitala fronça les sourcils.

— Kjall est une société sensible au rang social. Les règles sont enseignées aux petits Kjallans dès leur plus jeune âge. Pour t'intégrer et te faire passer pour une Kjallane, tu dois les assimiler jusqu'à ce qu'elles soient aussi

naturelles pour toi que la marche. Les enfants, si vous êtes assis et que vous croisez une personne d'un rang plus élevé, que faites-vous ? Vous pouvez répondre en riorcan.

— On se lève, psalmodia la classe.

— Avez-vous le droit de saluer une personne d'un rang plus élevé ?

— Non, répondit le groupe.

— Alors, comment vous adressez-vous à elle ?

Elle interrogea Ista, qui avait le doigt levé.

— On fait une révérence, répliqua-t-elle. Une révérence de bienvenue si l'écart de rang n'est pas trop grand, ou une révérence de soumission s'il est important.

Le professeur fit répéter la classe jusqu'à ce que Vitala en ait le tournis et se sente nauséeuse. Elle avait tellement de choses à apprendre ! Tant de règles !

— À partir de maintenant, vous ne parlerez qu'en kjallan, ordonna le professeur.

Vitala se raidit.

— Je ne connais pas le kjallan.

Le professeur sourit.

— Ça viendra.

Chapitre 3

Ce soir-là, Remus vint la chercher dans son uniforme de Legaciattus. Pour un dîner d'État, elle s'attendait à le voir porter un syrtos habillé, mais qu'en savait-elle ? Le Cercle ne comprenait pas tout du fonctionnement de l'aristocratie kjallane. En arrivant dans la salle du banquet, elle se rendit compte que la tenue de Remus ne faisait pas tache. Tous les militaires portaient l'uniforme, leurs rang, médailles et insignes ouvertement affichés.

Elle repéra tout de suite l'empereur Lucien. Au milieu de la salle couverte d'un dôme, on ne pouvait pas le manquer avec sa jambe de bois, sa béquille, son loros de pierres précieuses et le gigantesque garde du corps qui se dressait au-dessus de lui. Suivait-il toujours l'empereur ? Vitala l'imagina en faction dans la chambre tandis que Lucien faisait l'amour. Pire, ce garde était sans doute un mage de guerre, donc bien plus fort qu'elle. L'empereur se trouvait en compagnie de trois autres hommes avec lesquels il entretenait une conversation animée. Une femme se tenait à son bras. Vitala sentit son cœur se serrer.

Un esclave conduisit Remus et la jeune femme à une table. Ils s'assirent dans un coin avec six petits dignitaires, aussi loin qu'il était possible de la table impériale, située au milieu de la salle. Vitala salua les convives, qui s'adressèrent à elle avec chaleur jusqu'à ce qu'ils sachent qu'elle n'était qu'une roturière. Elle perdit alors tout son intérêt. Elle jeta des regards en douce à la dame assise au côté de Lucien. Elle portait une robe d'argent étincelant qui renvoyait des reflets au moindre mouvement. L'argent ne seyait pas à Vitala : il l'affadissait. Cette femme avait la peau juste assez mate pour que la teinte lui aille. Sa chevelure d'un roux doré, indiquant qu'elle avait du sang étranger, descendait en cascade dans son dos. Son visage était si parfait qu'on aurait dit une sculpture. Vitala était battue à plate couture. Elle se savait séduisante, mais sa concurrente la surpassait largement.

Un esclave posa un bol de soupe devant elle. Crémeuse, elle avait un goût de coquille Saint-Jacques.

— Les hommes avec l'empereur, dit-elle à Remus, sont-ils les délégués d'Asclepia ?

— Oui, répondit Remus. Ils veulent construire une digue sur une rivière, au nord.

— Et la femme ? Vient-elle d'Asclepia, elle aussi ?

— Oui.

— Elle est très belle.

Remus sourit et la regarda en haussant les sourcils.

— Ce n'est pas la seule beauté présente.

Trois dieux ! Remus flirtait-il avec elle ? Intéressant. Pouvait-elle en profiter, et peut-être susciter la jalousie chez Lucien ? Peut-être pas. Cela pourrait se retourner contre elle. Remus était un Legaciattus de haut rang. D'après ses sources, la relation amicale que Lucien et lui entretenaient les empêchait de chasser les conquêtes de l'autre.

Une fois le dessert servi, on baissa les lumières et l'orchestre commença à jouer. La première danse était réservée à l'empereur et à sa tablée. Les délégués asclepians se mirent en couple avec les beautés du palais, tandis que Lucien restait sur le bord de la piste avec l'Asclepiane. Elle semblait frustrée de se retrouver avec le seul partenaire de la salle incapable de danser, même si c'était l'empereur. Vitala se prit de pitié pour Lucien. Que ressentait-on lorsqu'on était estropié et entouré de tant d'exemples de perfection physique ?

Peut-être devait-elle réserver sa compassion à la femme. La délégation l'avait très certainement jetée dans les bras de Lucien pour l'amadouer et obtenir ce qu'elle voulait. La femme avait-elle été obligée d'accepter ce rôle, ou s'était-elle portée volontaire ? Elle avait peut-être à gagner autant que les hommes dans la construction de cette digue.

Non, l'Asclepiane n'était pas à plaindre. Ce n'était pas franchement une torture que de devoir coucher avec Lucien. Il était beau, et peut-être manifestait-il autant de passion au lit que devant un plateau de caturanga. Quant à sa jambe amputée, elle ne dégoûtait plus Vitala comme au début, et attisait même sa curiosité. À quoi ressemblait-elle sans vêtement et sans cette prothèse tapageuse de bois et d'or ?

La première danse s'acheva. D'autres couples s'avancèrent sur la piste.

Remus lui tendit la main.

— Vous dansez, mademoiselle Salonius ?

Elle sourit.

— Avec plaisir.

Danser lui permettrait de se rapprocher de l'empereur, qui se tenait toujours près de la table impériale. Peut-être l'avait-il remarquée – même s'il paraissait concentré sur sa compagne, ce qui se révélait extrêmement frustrant.

Remus avait la main chaude et sèche. Il la conduisit avec assurance jusqu'à la piste et passa un bras autour de sa taille. C'était un danseur accompli ; toutefois, il manquait d'élégance et de style. Peu importait. Il la menait plus près de la table impériale. Ça ne ferait pas de mal de piquer un peu la jalousie de Lucien. En passant devant lui, elle plongea son regard dans celui de Remus avec un air d'adoration.

Ils firent trois tours de piste. À la fin de la danse, ils se retirèrent à leur table, euphoriques et les joues en feu. Les autres invités n'y étaient plus, probablement partis à la recherche d'une compagnie plus prestigieuse. Un esclave vint emplir de nouveau leurs verres à vin. Vitala but à grandes gorgées. À sa grande surprise, elle dut admettre qu'elle s'amusait.

Soudain, Remus se leva.

Voulant l'imiter, Vitala reposa son verre et renversa quelques gouttes. Elle se mit debout.

— Restez assis, je vous en prie, dit l'empereur Lucien.

Toujours à son bras, la femme asclepiane jaugea Vitala. Sa déconfiture l'amusa. Les Kjallans étaient drôles. Le rang était encodé directement dans leur langue, qui comprenait trois formes grammaticales distinctes : une pour s'adresser à un inférieur, une pour un égal, et une pour un supérieur. Ainsi, avant même d'ouvrir la bouche, les Kjallans devaient déterminer à quel rang leur interlocuteur appartenait. En général, c'était facile : les Kjallans portaient des insignes marquant leur statut, et les femmes nobles kjallanes, dont le rang dépendait de leur ascendance masculine, étaient parées de bijoux donnant également des indices. Tout en bas de l'échelle sociale, Vitala ne possédait pas de parures de ce genre. Son rang était donc évident.

Vitala et Remus se rassirent. L'empereur s'installa sur l'une des chaises vacantes et invita l'Asclepiane à l'imiter. Le garde du corps Legaciattus se plaça discrètement derrière eux tandis qu'un esclave rapportait du vin.

— Vous amusez-vous ? s'enquit Lucien.

— Beaucoup, Votre Majesté Impériale, répliqua Vitala. Je passe un moment très agréable, même si j'avoue me sentir intimidée en pareille compagnie.

Lucien désigna sa compagne.

— Je vous présente Nasica Vestinius, venue nous rendre visite de la province d'Asclepia. Nasica, voici Vitala Salonius.

Nasica lui tendit une main parfaitement manucurée et un poignet orné d'une multitude de bracelets.

Vitala et elle se serrèrent le poignet.

— Chaque année, un tournoi de caturanga a lieu dans la cité de Beryl, expliqua Lucien, et j'invite le gagnant au palais. Ainsi, je peux apprendre des meilleurs professeurs. Cette année, c'est Mlle Salonius qui l'a remporté.

Pendant une seconde, Nasica afficha un air surpris, limite désapprobateur.

— Je vois. Vous jouez au caturanga?

Elle employait un langage diplomatique : elle ignorait donc totalement à quel rang appartenait Vitala et prenait soin de ne pas l'offenser.

— Oui, madame. (Vitala corrigea l'erreur de Nasica en lui répondant par la forme réservée à un supérieur.) C'est mon père qui m'a appris à jouer.

Nasica passa en douceur à la forme autoritaire :

— Et ton père, qui est-ce?

— Un soldat.

Nasica pencha la tête.

— Quel grade?

— C'était un commandant de section.

— Oh! (Nasica regarda ailleurs : son intérêt venait de s'émousser.) Tu dois être très fière d'avoir parcouru tout ce chemin – pour arriver jusqu'ici, au palais impérial.

— En effet, madame.

Nasica ne dit rien de plus, et Vitala resta assise dans un silence gêné. L'Asclepiane la surpassait socialement; Vitala n'était donc pas libre de mener la conversation. D'ailleurs, elle n'aurait pas vraiment su comment l'alimenter.

Lucien se leva, agacé. Les trois autres firent de même, inclinant la tête par respect. Le garde du corps tendit sa béquille à l'empereur.

— Buvez et dansez tant qu'il vous plaira, je vous prie. (Lucien s'adressa à Vitala.) Toutefois, gardez l'esprit vif, car j'espère pouvoir vous affronter bientôt au caturanga.

Il s'éloigna en boitant, la belle Nasica à ses côtés.

Le lendemain après-midi, Lucien la convoqua pour une partie de caturanga. Quand Vitala arriva devant ses appartements, la porte était ouverte, mais une poignée de Legaciatti se tenait dans l'encadrement, fermant le passage. Son escorte la fit s'arrêter et patienter. Elle obéit, mais tendit le cou pour mieux voir ce qui se passait.

Lucien se tenait au milieu du groupe, une main posée sur sa béquille et l'autre sur l'épaule d'un homme agenouillé. Du doigt, ce dernier traça une ligne magique rouge sur le seuil de la porte.

Une pointe d'appréhension chatouilla la nuque de Vitala. L'homme mettait en place une protection contre l'ennemi ! Voilà pourquoi Lucien avait une main sur lui : accorder un sortilège de protection nécessitait un contact physique. Elle n'en avait vu aucun jusque-là, et désormais la porte qu'elle s'apprêtait à franchir était protégée. Pourquoi ce changement ? Lucien avait-il été averti d'un potentiel danger ?

Puisqu'il ne faisait aucun doute qu'elle déclencherait l'alarme en passant la porte, il lui faudrait briser le charme avant de s'engager.

Lucien leva la tête et repéra la jeune femme. Ses yeux lui sourirent.

— Vitala.

Elle s'inclina pour exécuter une révérence de soumission.

— Votre Majesté Impériale.

— Entrez donc. Nous avons terminé.

D'un geste, il intima aux gardes de s'écarter pour la laisser passer.

Vitala détendit son esprit pour trouver le point de contact du sortilège de protection, en vain. Il n'y en avait pas. Et pas de protection non plus ! Trois dieux ! elle venait d'en voir la mise en place ! Où était-elle passée ?

Les gardes se rapprochèrent, la forçant à s'avancer. Elle n'eut d'autre choix que de franchir le seuil. Son cœur battait la chamade lorsqu'elle passa dans l'encadrement de la porte, mais rien ne se produisit. Pas de protection.

Le Protecteur était-il incompétent ? Cela lui paraissait impossible : un Protecteur savait quand ses sorts étaient placés correctement. Il avait dû le faire sciemment, ce qui signifiait qu'il trahissait son empereur.

Lucien boita vers le plateau de caturanga. Le pauvre, non seulement les Riorcans le détestaient, mais son propre peuple aussi. Le Protecteur agissait-il seul, ou avait-il des complices ? *Que les dieux le maudissent.* De quel droit ces gens complotaient-ils contre Lucien ? L'homme était sa cible à elle. Elle s'entraînait depuis des années dans le dessein de le tuer. De plus, elle avait une raison – et une bonne. Tandis que les autres… Quelle était leur motivation ? Le pouvoir ?

Bien entendu. C'étaient des Kjallans. Elle était face à une bonne vieille tentative de putsch, tout simplement. Une grosse brute de Kjallan avait des vues sur le trône, et le Protecteur l'aidait à y accéder. Mais qui était-il ? Plus elle y réfléchissait, plus le malaise la gagnait. Son peuple avait lancé l'opération en supposant que la mort de Lucien, qui n'avait pas d'héritier, entraînerait l'empire kjallan dans le chaos, et peut-être même dans la guerre civile. Mais si un autre homme attendait dans les coulisses, prêt à entrer en scène pour prendre les rênes du pouvoir ? Il n'y aurait alors ni guerre ni désordre.

Et si ce prétendant au trône était pire que Lucien ?

— Que vous arrive-t-il ? s'enquit l'empereur.

Vitala cligna des yeux.

— Rien, sire.

Elle s'assit à la table de caturanga.

Lucien jouait avec les bleus, aussi commença-t-il la partie.

— Vous savez, j'ai passé la nuit à me documenter sur Pelonius et toutes ses variantes.

Elle sourit.

— Dans ce cas, je vais devoir faire preuve de créativité. Je suis étonnée que vous ayez le temps de jouer, aujourd'hui. Les Asclepians sont-ils partis ?

— Oui.

Il ouvrit la partie avec la Double Cavalerie.

Elle répondit par un bataillon. Cette fois, mieux valait qu'elle se concentre sur la rangée inférieure.

— J'ai entendu dire qu'ils voulaient construire une digue.

— C'est bien ça. Je n'ai pas accédé à leur requête.

Il déplaça l'une de ses montagnes.

Elle se demanda s'il avait d'abord couché avec Nasica.

— Puis-je savoir pourquoi, si vous le permettez, Votre Majesté Impériale ? Désolée si ma question vous semble impertinente, mais j'ai rarement l'occasion d'être aux premières loges en matière de politique impériale.

Il haussa les épaules.

— Pas de problème. Je regrette que si peu de personnes s'intéressent à la question. Si j'ai refusé, c'est parce que ça n'apporterait rien de bon à Kjall. Nous utilisons l'aval de la rivière pour le transport, et les fermiers qui habitent près du cours d'eau s'en servent pour irriguer leurs terres. La digue gênerait les uns et les autres. (Il déplaça sa pièce et se carra sur son siège, les bras croisés.) Les Asclepians essaient de s'approprier la plus grosse part des bénéfices engendrés par la rivière, aux dépens de tous les autres.

— Alors je suis contente que vous ayez rejeté leur requête, sire.

Il haussa les épaules.

— Kjall connaît trop de difficultés pour qu'il en soit autrement, mais je suis désolé d'avoir perdu le soutien de cette famille.

— Avec tous mes respects, pourquoi auriez-vous besoin de leur soutien ? Vous êtes l'empereur. Ils devraient se bousculer pour obtenir le vôtre.

— Il est très important pour moi de garder le soutien de mes commandants de haut rang, ainsi que celui des familles les plus puissantes.

Peut-être l'empereur n'était-il pas aussi omnipotent qu'elle l'avait cru. Après tout, son propre personnel complotait contre lui juste sous son nez. Elle contra son attaque.

— Est-ce à cause des Asclepians que vous m'avez quittée précipitamment, l'autre jour ?

— Oh ! non, répondit Lucien. C'était pour autre chose. De l'agitation à Tasox.

Elle laissa planer sa main au-dessus du plateau.

— Quel genre d'agitation ?

— Des soldats désœuvrés reconvertis dans le banditisme terrorisent les citoyens. J'ai envoyé des hommes régler le problème.

Vitala inspecta le jeu. Lucien était un joueur agressif et innovant, ce qui rendait ses coups difficiles à anticiper. Il installait des obstacles sur le terrain du niveau inférieur, mais avait déplacé son Tribun de manière étrange : il s'apprêtait certainement à poursuivre le Vagabond. Il avait laissé des brèches à divers endroits. Le Traître de Vitala pourrait peut-être traverser les lignes ennemies. Pour le moment, elle s'efforça de mettre sa cavalerie en position.

Trois dieux ! elle était censée le séduire, et une fois de plus elle se retrouvait absorbée dans la partie de caturanga.

— Et Nasica, est-elle rentrée, elle aussi ?

Il pouffa de rire, comme s'il s'agissait d'une plaisanterie connue de lui seul.

— Oui.

Il fit de nouveau avancer son Tribun.

Vitala grimaça. Cette fois, plus de doute : il voulait attraper le Vagabond. Il était temps de déplacer sa cavalerie pour le bloquer. Non : il était temps de se concentrer sur sa mission, et non pas sur ce maudit jeu. Nasica écartée, l'occasion se présentait enfin.

Elle faisait mine de vouloir attraper une pièce de cavalerie quand, l'air de rien, elle renversa le Tribun de Lucien qui tomba du plateau et atterrit aux pieds de l'empereur.

— Pardon.

Elle se pencha pour ramasser la pièce et il fit de même. Lorsque leurs doigts s'effleurèrent, elle ne retira pas sa main. Sous la table, ils se regardèrent dans les yeux. Elle entrouvrit les lèvres et se sentit rougir – une réaction qui lui vint naturellement, et fort à propos. Elle baissa les yeux et lâcha la pièce.

Il se redressa et posa son Tribun sur le plateau. Elle déplaça son cavalier, le visage encore rouge. Il ne la quittait pas des yeux.

— Je me demandais, dit-il lentement, si vous aimeriez revenir plus tard dans la soirée.

— Avec joie, sire, répliqua-t-elle.

— D'abord, finissons cette partie.

Il lui prit son Traître, qui n'était plus qu'à un coup de se rendre derrière ses lignes ennemies.

— Oui, sire. Mais c'est déjà fini.

En un coup de Double Cavalerie, elle captura son Tribun et un bataillon.

Choqué, il leva les mains.

— Trois dieux !

Il essaya de s'en remettre, en vain. Six coups plus tard, elle contrôlait les trois lunes.

— Rafle du Soldat.

— Peste ! s'exclama-t-il. Je demanderais bien une revanche, mais… (Il regarda son garde du corps.) Septian ?

Le géant secoua légèrement la tête.

Lucien regarda Vitala dans les yeux.

— Bon. À ce soir, alors ?

— Oui, sire.

Elle observa sa bouche et passa sa langue sur ses lèvres.

Il la contempla un moment. Après un silence gêné, il dit :

— J'ai hâte d'y être. Laissez-moi vous raccompagner jusqu'à la porte.

Il glissa sa béquille sous son bras gauche. Elle marcha avec lui, ralentissant son allure pour caler son pas sur le sien.

Une fois à la porte, elle se tourna et le salua d'une révérence d'adieux. Lorsqu'elle se releva, il tendit une main vers son visage pour repousser une mèche échappée sur son front. Elle crut qu'il allait dire quelque chose, mais il se ravisa. Il sourit et appela les gardes.

Son escorte la ramena vers ses appartements. Dieux ! comme ç'avait été simple ! Elle aurait dû s'y attendre. Lucien devait avoir l'habitude que les femmes lui fassent des avances, même subtiles.

Elle avait progressé. À présent, il restait simplement à finir le travail.

Bayard revint un an plus tard. Non pour Vitala, mais pour Ista.

Vitala brûlait de jalousie. Ista. Cette petite dinde ! Plus âgée qu'elle, cette fille était bonne en tout, la plus intelligente de la classe, la préférée du professeur. Mais Vitala était aussi capable qu'elle – du moins elle le serait d'ici quelque temps. Ce n'était pas sa faute si elle était plus jeune.

Bayard n'emmenait que les meilleurs éléments des quatrième année, et avant sa venue pour Ista il s'était écoulé deux ans sans qu'il vienne chercher quiconque. Tout le monde savait qu'il entraînait les assassins. Les autres filles de quatrième année partaient avec divers entraîneurs. Certaines deviendraient espionnes, d'autres rejoindraient le personnel de soutien. Toutes auraient un rôle, mais les assassins étaient les membres les plus importants du Cercle. Ils apprenaient la magie. Comment se battre, et tuer. C'étaient ceux grâce à qui les choses changeraient. Ceux qui, un jour, libéreraient Riorca.

Vitala leur montrerait. Elle serait la meilleure de son année. Elle étudierait nuit et jour. Elle travaillerait plus dur que les autres. Puis, quand elle aurait achevé son cursus, Bayard viendrait la chercher. Et elle lui prouverait à quel point elle valait mieux qu'Ista.

Chapitre 4

— Le fantassin kjallan. (La voix de Lucien résonnait dans la vaste salle, lui revenant avec un léger écho.) Je m'en suis fait une idée à Riorca, quand j'ai combattu à ses côtés.

Il s'interrompit pour laisser ses paroles pénétrer les esprits. Il n'était pas un aristocrate mou, mais un vétéran de guerre expérimenté. Des visages jeunes, pleins de ferveur, le contemplaient, le regard brillant. Les hommes portaient des uniformes neufs et encore raides.

— Je connais sa patience, son courage et son infaillible détermination. Je l'ai vu marcher du matin au soir, dans le vent et sous la pluie, courbé sous le poids de son sac trempé, puis se mettre en position pour le combat, le dos droit, ses forces intactes.

» Aujourd'hui, vous allez rejoindre la meilleure armée du monde. Vous avez été bien équipés et bien entraînés, mais ce n'est pas en cela que réside la clé de votre réussite. (Il contempla la foule, croisant le regard de quelques soldats, qui déglutirent et battirent des paupières.) Elle réside dans votre cœur de Kjallan. Vous êtes nés pour cette charge, comme vos pères avant vous, et leurs pères avant eux. Ils ne sont pas restés assis là à se tourner les pouces, se reposant sur les faits d'armes de leurs ancêtres. Au lieu de ça, ils ont gravé l'héritage kjallan sur la poitrine de leurs ennemis.

Il balaya la foule silencieuse du regard.

— Vous allez devoir prouver que vous êtes à la hauteur. Je ne vous dis pas cela pour vous impressionner – ce qui d'ailleurs n'est pas dans la nature du fantassin kjallan. Il conquiert les prairies, les collines et les montagnes. Il vogue sur la mer du Grand Nord soumise aux caprices du temps et du vent. Il reste stoïque sous les coups de feu. Il se tient baïonnette à la main devant la charge de la cavalerie, et s'efforce d'aller à la rencontre de l'ennemi. Il n'a peur de rien, mais je peux vous garantir que ses ennemis, eux, le craignent. Fils de Kjall, bienvenue dans le corps traditionnel le plus prestigieux de ce pays. Il est temps pour vous de lui apporter votre propre contribution.

Lorsqu'il descendit de l'estrade, la foule l'acclama et tapa des pieds. Il serra le poignet de plusieurs soldats situés au premier rang jusqu'à ce que ses Legaciatti se regroupent autour de lui et l'escortent vers la porte.

— Ça s'est bien passé, déclara-t-il à la cantonade.

— En effet, gronda une voix grave à ses côtés. Votre Majesté a fait preuve d'une éloquence surprenante.

Trois dieux ! Septian venait-il de parler ?

— Comment ça, « surprenante » ? demanda-t-il pour le taquiner.

Septian répondit sans humour :

— Parce que votre père n'a jamais possédé ce talent.

C'était vrai. Lucien était un meilleur orateur que son père. Personne ne l'avait jamais admis, sauf pour tenter de gagner ses faveurs. Il sourit devant ce compliment inattendu.

Peste. Remus se tenait devant son carrosse. Le sourire de Lucien s'évanouit.

— Encore un désastre ? lança-t-il.

— Comme la fois précédente, répliqua Remus. Puis-je rentrer avec vous ?

Lucien hocha la tête sans mot dire et grimpa dans la voiture. Remus le suivit. Lucien venait à peine de s'installer que le carrosse se mit en branle en cahotant. Le jeune homme se pencha pour masser son moignon, à l'endroit où il attachait sa prothèse. Elle l'irritait souvent quand il marchait avec.

— Alors, c'est de pire en pire à Tasox ?

— Plusieurs des groupes les plus importants de bandits se sont alliés pour prendre le contrôle de la ville. Ils ont battu les troupes que vous aviez envoyées et le gouverneur a fini empalé en place publique.

— Quel est notre journal à Tasox ? *La Tribune* ?

— Ils l'ont fermé.

— Qui mène les bandits ?

— Un homme du nom de Gordian.

— Jamais entendu parler. Un ancien officier ?

— Un ancien préfet, le corrigea Remus.

Lucien s'affala contre le dossier peluché de la banquette. Quel chantier ! Il allait devoir envoyer tout un bataillon. Pire, la situation devait être prise avec des pincettes, sans quoi elle pourrait lui échapper.

— Nous enverrons le Faucon Bleu.

— Entendu, sire.

—Annulez mes rendez-vous et transmettez la nouvelle. Je les accompagnerai.

Remus le dévisagea.

—En personne?

—L'affaire requiert une main délicate. Il faut que je sois présent.

—Nous veillerons la moitié de la nuit pour procéder aux préparatifs...

—C'était un ordre, Remus.

—Oui, sire.

Double peste. Annuler ses rendez-vous signifiait qu'il allait devoir remettre à plus tard son entrevue galante avec Vitala, qu'il attendait avec impatience. Elle lui avait fait du charme de manière si évidente qu'il se demandait ce qu'elle voulait de lui. Une promotion pour son père, peut-être? Un cadeau de grande valeur? De temps à autre, il tombait sur une femme qui ne souhaitait rien d'autre que la notoriété après avoir couché avec l'empereur, mais ce n'était sûrement pas le genre de Vitala, avec son esprit stratégique. Elle cherchait quelque chose.

Qui était-il pour la repousser? Elle n'était pas une Nasica, prête à construire un barrage et mettre à mal l'entreprise de sa famille. Vitala était une roturière, avec des besoins de roturière. Peu importait le service qu'elle lui demanderait, il serait simple. Il l'aiderait avec joie. Il le ferait sans doute même si elle ne couchait pas avec lui. Elle méritait davantage le secours impérial que la plupart de ces aristocrates écervelées à qui il avait dû faire des concessions.

Vitala était vraiment une femme étrange. Il émanait d'elle une certaine dureté, une distance. Sa cousine Rhianne, aimante, se confiait facilement et ne gardait aucun secret – du moins elle les partageait toujours avec Lucien. Mais Vitala dissimulait quelque chose, ce qui le fascinait. Il avait envie d'ôter les couches successives derrière lesquelles elle se cachait pour la percer à jour. Que voulait-elle? Quelles étaient ses motivations?

Il repensa au dîner d'État et à l'apparition de la jeune femme dans la robe bleue qu'elle avait empruntée. Oh oui! il avait bien envie de lui ôter quelques couches.

Maudite Tasox.

Un jour, en entrant dans la classe, Vitala trouva sur chaque table une étrange structure à double niveau. Sur chacun d'eux étaient posées des pièces bleues et rouges grossièrement sculptées.

—Ce sont des jeux de caturanga, expliqua son professeur après l'arrivée des autres élèves. Lucien, le fils cadet de l'empereur, en est féru, et nous pensons qu'il serait avantageux pour vous d'apprendre à y jouer.

Le caturanga se révéla être un jeu de guerre. L'objectif était de contrôler les trois lunes – le Soldat, le Sage et le Vagabond – en utilisant les fantassins, la cavalerie et les prétendus Principes, des pièces puissantes telles que le Tribun, qui avait des facultés spéciales. Les pièces de terrain pouvaient aussi servir à avancer plus vite ou à entraver la progression de l'adversaire.

Vitala se rendit vite compte que ses camarades de classe étaient des proies faciles. Elles déplaçaient leurs pièces dans une intention défensive, tentant de les protéger tout en avançant lentement vers les objectifs. Vitala était plus téméraire. Elle envoyait son Traître derrière les lignes ennemies. Elle faisait avancer sa cavalerie directement en territoire adverse. Elle apprit à feinter sur une aile du plateau, puis à porter un coup décisif sur l'autre.

Bientôt, plus aucune fille ne voulut jouer contre elle.

Jouer contre Lucien avait généré de la tension chez Vitala. Souffrant de maux de tête, elle commit l'erreur de s'allonger. Elle s'endormit et sombra dans l'un de ses cauchemars : le jeune soldat lui parlait sans qu'elle l'entende. Il articulait les mots en silence, d'abord calmement, puis avec une ferveur et un désespoir croissants – toujours sans qu'aucun son sorte. Elle était trop pétrifiée pour répondre.

Elle se réveilla, perdue et au désespoir.

Elle regarda par la fenêtre : le soleil n'était pas trop bas. Elle avait encore le temps d'aller se rafraîchir aux bains.

Elle contempla ses mains et agita les doigts. Sur chacun d'eux, dix minuscules points de contact brillaient, visibles d'elle seule. Les Protecteurs étaient capables d'une autre forme de magie, peu connue. Non seulement ils ancraient leur magie du monde spirituel dans le monde physique, mais ils savaient également faire l'inverse. Ils pouvaient tirer un objet du monde physique pour le cacher dans le monde spirituel. Cela était possible avec les tout petits objets seulement. Les Tessons, par exemple, pas plus gros qu'une tête de flèche. Elle en avait stocké assez pour tuer dix personnes, mais elle espérait n'avoir besoin que d'un.

Elle n'était pas impatiente d'achever sa mission. Elle avait du mal à associer le Lucien qui asservissait son peuple au joueur de caturanga. Le premier était un tyran diabolique, tandis que le second semblait presque aimable. Il devait souvent en être ainsi. Les gens se comportaient d'une certaine manière dans une situation donnée, et agissaient bien différemment dans une autre. Un légat pouvait faire empaler une centaine de Riorcans avant de rentrer chez lui choyer femme et enfants.

Du moment qu'elle parvenait à rester concentrée et à garder ses visions sous contrôle, peu importait qu'elle veuille ou non tuer Lucien. Même s'il était innocent de tous les crimes dont on l'accusait, ce qui n'était pas le cas, il devait mourir, pour la simple et bonne raison qu'il empêchait la libération de Riorca. Lucien représentait un sacrifice stratégique, comme le Tribun avec lequel elle l'avait appâté pendant leur première partie de caturanga. Si le tuer signifiait plus de cauchemars pour elle, plus de visions, qu'il en soit ainsi. Lucien n'était pas le seul sacrifice, dans cette histoire.

On frappa doucement à la porte. Elle sursauta.

— Entrez.

Le garde introduisit Remus, qui tenait une rose d'un violet profond.

— Mademoiselle Salonius, j'ai un message pour vous de la part de l'empereur.

Son estomac se noua.

— Oui ?

— Il vous fait savoir qu'il regrette de ne pouvoir venir. Il doit partir demain pour Tasox et veillera une bonne partie de la nuit pour se préparer.

— Oh.

Par tous les dieux ! l'occasion était manquée de peu.

Remus lui tendit la rose.

— Cependant, votre présence lui ferait grand plaisir et il demande que vous l'accompagniez à Tasox, demain matin.

Elle s'illumina. Se rendre à Tasox avec Lucien serait encore mieux que de le voir le soir même. En déplacement, sa garde serait moins rapprochée qu'ici, au palais. Non seulement cela augmenterait ses chances de réussite, mais en plus elle pourrait peut-être quitter la scène sans avoir recours à la pierre de mort. Après tout, bien que désireuse de mourir pour sa cause, elle n'avait pas hâte que cela se produise.

— Je serais honorée d'accompagner Sa Majesté Impériale.

Remus sourit.

— Je lui rapporterai la bonne nouvelle. Nous partirons avec le bataillon du Faucon Bleu tôt demain matin. Un garde viendra vous chercher à l'aube. Soyez prête.

Vitala balaya du regard les rares effets personnels qu'elle avait apportés. Lucien passerait peut-être la moitié de la nuit à se préparer, mais, pour elle, dix minutes suffiraient.

— Merci, monsieur, je serai prête.

Il n'était pas rare pour les membres du Cercle de devoir changer d'endroit. La nouvelle arrivait brusquement. Vitala et les autres avaient pour consigne de plier leurs maigres bagages. En un rien de temps, le sanctuaire dans la montagne ne serait qu'une coquille vide, et ses habitants marcheraient jusqu'à leur nouveau repaire, empruntant des routes différentes par groupes de trois ou quatre.

Au cours de la quatrième année, ils déménagèrent cinq fois. La cinquième fois, à l'arrivée de Vitala, un visage familier l'attendait.

—Bayard! s'écria-t-elle en se précipitant dans ses bras.

—Ma chère Vitala, murmura-t-il, tu as surpassé tous nos espoirs.

—C'est pour moi que vous êtes venu, cette fois, n'est-ce pas?

—Oui, pour toi, confirma-t-il. Je vais faire de toi un assassin, mais je crains que ce soit la dernière fois que tu éprouves tant d'affection à mon égard.

—Mais vous m'avez sauvée.

—Pour un objectif précis, et difficile. Les meilleures armes sont façonnées dans les forges les plus chaudes, et je vais faire de toi une lame si tranchante, si brillante, que la famille impériale pleurera pour avoir croisé ton chemin.

Ils voyagèrent jusqu'à une autre enclave. Là, de nouveaux professeurs continuèrent à lui enseigner le caturanga, l'histoire, la littérature, et elle commença à étudier de nouvelles matières. Elle apprit à pratiquer plusieurs danses, certaines pour les salles de bal, d'autres pour la chambre. Une matrone sévère passa des heures interminables à lui enseigner comment marcher avec élégance et balancer les hanches sans trop en faire. Une autre femme lui apprit la mode kjallane, et comment soigner sa peau et ses cheveux.

Une autre femme encore commença à lui enseigner les affinités avec la Faille pour la préparer à l'impression de son esprit.

Quant à Bayard, il lui apprit à combattre.

Chapitre 5

Le jour qui se leva fut humide et étouffant. Il se poursuivit avec une aube sombre et brumeuse. Aux côtés du Legaciattus qui portait sa mallette, Vitala se blottit dans l'imperméable qu'on lui avait prêté et scruta la rangée de soldats en formation parfaite dans la cour devant elle, manifestement indifférents à la pluie. Quatre magnifiques chevaux gris trottèrent vers elle, envoyant des gerbes de boue sur la route gravillonnée. Ils tiraient un grand carrosse élégant – sans nul doute celui de Lucien. Barrés d'or, ses panneaux bleus latéraux étaient incrustés de peintures aux couleurs vives. Tandis que Vitala s'écartait pour laisser passer la voiture et son escorte de Legaciatti, elle plissa les yeux pour observer les tableaux, curieuse de voir ce qu'ils représentaient.

Avant qu'elle ait pu les distinguer, les chevaux, protégés de peaux de chats bringées, s'arrêtèrent et attendirent en s'ébrouant, la tête haute. La portière s'ouvrit, révélant un groupe de personnes. Vitala entendit la voix de Lucien, suivie du rire d'une jeune femme. Elle se pétrifia. Lucien lui avait-il donné une fausse excuse pour la veille ? Avait-il préféré une autre compagnie ?

Le carrosse commença à se vider. Une Legaciatta en uniforme fut la première à descendre, suivie par une matrone à l'air gentil, une jeune femme enveloppée dans un imperméable, et enfin une autre Legaciatta. Vitala tendit le cou pour mieux voir sa rivale, mais les Legaciatti lui bouchaient la vue. *A priori*, la femme était jeune et petite – peut-être même était-ce une toute jeune fille. Et si c'était la sœur de Lucien, la princesse impériale ?

Depuis l'intérieur du carrosse, l'empereur lui fit signe.

— Montez.

Elle jeta un coup d'œil derrière elle pour voir s'il ne s'adressait pas à quelqu'un d'autre. Elle s'attendait à voyager avec le personnel de Lucien, non dans la voiture impériale.

— Mademoiselle Salonius, faites la route avec moi, lança Lucien.

Là, plus de doute. On emporta sa mallette et la jeune femme grimpa dans le carrosse, essayant de ne pas mettre de boue sur le plancher.

— Votre Majesté Impériale, le salua-t-elle en exécutant une révérence maladroite.

Il lui prit la main et l'aida à prendre place.

— Je vous en prie, oublions les bonnes manières.

Même si le carrosse était moins empli qu'avant, ils n'étaient pas seuls : le garde du corps était assis sur la banquette d'en face. Pas de tentative d'assassinat possible à bord du véhicule. Dans ces conditions, elle espérait que Lucien passerait le temps du voyage autrement qu'en lui faisant la cour.

— Était-ce la princesse impériale que j'ai aperçue à l'instant ? s'enquit-elle.

Lucien sourit.

— En effet. C'était ma sœur, Céleste. Elle voulait me faire ses adieux ; je l'ai donc laissée monter avec moi jusqu'au portail.

Quel soulagement ! Après tout, ce n'était pas une concurrente.

— Êtes-vous proches, tous les deux ?

Le sourire de Lucien devint triste.

— J'ai neuf ans de plus qu'elle. Le temps qu'elle sache parler, je m'entraînais déjà à la palestre et à l'académie, puis je partais pour Riorca. Presque toute notre existence, nous avons été étrangers l'un à l'autre. Mais c'est la seule famille qu'il me reste, et il me tient à cœur d'apprendre à mieux la connaître.

Le carrosse se mit en branle. Vitala regarda par la fenêtre les soldats à mousquets qui désormais marchaient sur le côté droit de la route.

— Comment ces hommes vont-ils réussir à ne pas se laisser distancer ? demanda-t-elle à Lucien.

— Les fantassins ne le peuvent pas. Nous prendrons de l'avance avec la cavalerie et installerons le campement. Ils nous rejoindront dans la soirée.

Elle tendit le cou et aperçut la cavalerie. Les chevaux commençaient tout juste à avancer, un rang après l'autre, au trot. Si le carrosse progressait à leur rythme, le voyage risquait d'être long.

— Je suis désolé qu'on ne puisse jouer au caturanga ici, regretta Lucien.

Elle hocha la tête. La voiture était bien suspendue et la route en bon état, mais cela ne suffisait pas à permettre une partie de caturanga.

— Cela dit, j'en ai apporté un. Pour plus tard.

— Moi aussi, lui avoua Vitala. (C'était le jeu qu'il lui avait offert, qu'elle espérait pouvoir garder par la suite.) Pourquoi devez-vous aller à Tasox de façon si urgente ? Si je puis me permettre, Votre Maj…

— Lucien, la corrigea-t-il. Il se trouve qu'à Tasox un homme du nom de Gordian a rassemblé plusieurs groupes de bandits pour prendre le contrôle de la ville. Il a assassiné le gouverneur et les fonctionnaires.

— Trois dieux !

— Pire, la plupart de ces gredins sont d'anciens soldats, des recrues des bataillons de l'Étoile Blanche et de l'Aigle Rouge, dissous l'été dernier. (Il secoua la tête.) La situation est épineuse, car tuer des compagnons d'armes ne plaira pas à mes soldats. Le problème est si sensible que ma présence semblait requise. Vous savez ce que dit Plinius… L'avez-vous lu ?

Elle fit « non » de la tête.

— « Le seul stratège est l'homme de terrain. » Autrement dit, il faut voir la situation de près pour prendre les bonnes décisions.

— Que prévoyez-vous de faire ?

— D'abord, reprendre les rênes de la cité. Ensuite, rendre justice.

Vitala se mordit la lèvre. Il allait encore condamner des gens à l'empalement. Elle avait vu des victimes de ce supplice à Riorca. Les Kjallans laissaient les corps sur des pieux pendant des semaines, à pourrir au soleil, en guise de sinistre rappel de leur pouvoir et de leur cruauté.

— Peut-être devrions-nous changer de sujet, proposa Lucien.

Vitala acquiesça en silence.

— Parlez-moi de votre parcours au caturanga, poursuivit-il. Des gens qui vous ont appris à jouer, des tournois auxquels vous avez participé. Je veux savoir comment vous avez fait pour atteindre un tel niveau.

Elle se lança dans une histoire bien apprise, un conte totalement inventé dans lequel un père qui adorait le caturanga et qui n'avait pas de fils avait enseigné le jeu à sa fille aînée. Elle s'était révélée si prometteuse qu'elle était passée d'un auguste professeur à l'autre.

— Je vous envie, dit Lucien. Tout ce temps pour étudier ! Je n'ai jamais pu apprendre à jouer comme je l'aurais voulu.

Vitala afficha un sourire ironique.

— L'empereur de Kjall envie une rien-du-tout comme moi ?

— Ne vous qualifiez pas ainsi. Je connais un certain nombre d'aristocrates qui auraient eu toutes les occasions du monde de faire quelque chose de leur vie et qui sont restés les bras croisés. Tandis que vous, vous n'aviez aucun privilège et êtes pourtant devenue une championne de caturanga.

— Merci.

— Par ailleurs, ajouta-t-il, je vous envie d'avoir un père qui aime ce jeu. Le mien, l'empereur, estimait que c'était une incroyable perte de temps.

— On ne choisit pas ses parents.

— Et les parents ne choisissent pas leurs enfants, ce qui pour moi est plutôt une chance. (Il s'interrompit.) Vitala, attendez-vous quelque chose de moi ?

Perplexe, elle se tourna vers lui.

— Seulement l'honneur de pouvoir jouer contre vous au caturanga.

— Mais… y a-t-il un service quelconque que je puisse vous rendre ? J'aimerais vous aider, Vitala. Selon vos besoins.

Il leva une main et repoussa une mèche de cheveux échappée sur le visage de la jeune femme. Elle ressentit des picotements là où il l'avait effleurée.

À présent, elle comprenait. Il pensait qu'elle avait un intérêt pragmatique. Elle voulait quelque chose de lui, et il souhaitait savoir quoi avant de s'engager. Pour Nasica, c'était la digue. Pour Vitala, c'était… Il refuserait de payer le vrai prix.

Lucien lui tendait-il un piège ? Si elle répondait qu'il y avait quelque chose, il se sentirait peut-être insulté et l'enverrait faire ses bagages. Ou l'inverse. Si elle faisait semblant de ne rien vouloir, il se méfierait peut-être, se demanderait ce qu'elle cachait, et quel prix elle exigerait de lui plus tard.

— Sire, répliqua-t-elle, je ne veux rien de vous hormis… votre compagnie. Vous avez déjà tant fait pour moi.

— Quoi donc ?

— Vous m'avez donné un jeu de caturanga.

Son regard s'illumina.

— Ah oui ! j'avais oublié. Je suis ravi qu'il vous plaise.

Elle ferma les yeux, soulagée. Apparemment, la gratitude était un terrain sûr : elle ne provoquait ni soupçons ni réprobation.

— Vitala. (Son regard doux brûlait de désir.) Vous êtes très belle.

Il se pencha vers elle.

Peste. Il espérait donc passer un moment galant en sa compagnie dans le carrosse. Avec un garde du corps assis juste en face !

Un baiser… Passe encore, non ? Elle entrouvrit les lèvres.

N'ayant nul besoin d'autres encouragements, il les prit aussitôt. Il avait une bouche chaude et douce. Son baiser était assuré sans être rude. Tant de Kjallans embrassaient mal ! Surtout les jeunes. Lucien n'avait que vingt-deux ans, mais, grâce à sa position, il avait dû connaître une centaine de femmes, voire plus. Il avait une expérience certaine.

Il fit glisser sa main sur la nuque de la jeune femme, cherchant sa peau. Elle remua pour se rapprocher de lui. Dieux ! comme c'était bon ! Elle avait la chair de poule à son contact. Une vague de chaleur et de plaisir l'envahit et s'installa entre ses cuisses, où elle se diffusa lentement. *Peste, peste, peste.* Elle avait laissé sa cible la séduire. Ce n'était pas bon du tout.

Je déteste cet homme. Je le déteste. Je le déteste. Si elle le répétait suffisamment, peut-être retrouverait-elle le contrôle des réactions ridicules que Lucien provoquait en elle.

Il la relâcha.

— Vous allez bien ? Je vous sens tendue.

— Oui. Oh, oui ! répondit-elle, le souffle court. C'est juste que...

Elle se tourna vers le garde du corps, qui les dévisageait, l'expression neutre. Dieux ! était-ce à cela que se résumait la journée de travail de cet individu ?

Lucien pouffa de rire.

— Vous n'aimez pas avoir un public.

Vitala hocha la tête, les joues rouges.

— Je suis habitué à la présence de Septian, mais je comprends que ce ne soit pas votre cas. (Il haussa les épaules.) Nous reprendrons plus tard, si vous voulez.

— Oui, plus tard, l'approuva-t-elle. Quand je pourrai vous avoir pour moi toute seule.

Lucien sourit.

— Quand nous aurons atteint notre terrain de campement, vous m'aurez pour vous toute seule. Mais rendez-moi service d'ici là.

— Comment ?

— Dites-moi tout ce que vous savez à propos de la défense cartasiane. Parce que, si vous ne changez pas de sujet très vite, je vais rester dur tout le chemin.

Elle éclata de rire. *Allons-y pour la défense cartasiane.*

Vitala ne tarda pas à se rendre compte que Bayard avait dit vrai. Son affection pour lui diminuait rapidement, et elle en venait à redouter les séances avec lui en salle d'entraînement.

Bayard écrasa sa garde, tourna autour d'elle et, du plat de son épée de bois, lui assena un violent coup sur les fesses. Vitala hoqueta de surprise et de douleur.

— Où était ta défense ? lui reprocha-t-il.

Vitala le dévisagea.

— Ne reste pas plantée là comme une idiote. (Il brandit son arme.) Garde intérieure. Tout de suite.

Elle se prépara à une nouvelle attaque.

— Ta position, Vitala! Regarde tes pieds.

Oups! elle avait oublié. La garde intérieure requérait une posture inversée, menée avec la jambe opposée. Dès qu'elle modifia son appui, Bayard fondit sur elle. Elle para ses attaques, tournant et se contorsionnant, mais il la força à reculer. Il la déséquilibra et elle tomba lourdement sur son coccyx.

— Tu es plus petite et plus faible que moi. (Bayard se tenait au-dessus d'elle, balançant son épée.) Crois-tu que tu puisses te permettre d'être aussi plus lente?

—Je ne suis pas ce genre d'assassin, se justifia Vitala. Je ne tue pas avec une épée.

—Mauvaise réponse. (Bayard la tira pour la relever, lui assenant un autre coup douloureux.) Ta cible est un empereur. Il est protégé par les Legaciatti, les meilleurs guerriers de Kjall. Pour atteindre une cible si haut placée, tu dois être tous les genres d'assassin. Tu ne sais pas comment les choses vont se passer, contre quoi tu devras peut-être te défendre. Garde intérieure.

Essayant de faire fi de sa douleur du mieux qu'elle put, Vitala reprit la bonne posture.

—Plus vite, cette fois, ordonna Bayard, sinon tu vas souffrir, ce soir.

Chapitre 6

Une fois arrivés sur le site, des serviteurs prirent les piquets et les toiles dans les charrettes à bagages pour monter les tentes. Pendant ce temps, un mage du feu fit une flambée à partir de bois humide et un domestique apporta à Vitala et Lucien des tasses fumantes de vin épicé.

— Je vais prendre de mauvaises habitudes, fit remarquer Vitala en s'asseyant sur un siège rembourré, les mains autour de sa tasse brûlante.

— Vous croyez ? répondit Lucien. Vous savez, j'ai bien réfléchi. J'aimerais compter quelqu'un comme vous dans le personnel impérial, pour enseigner le caturanga. À moi, d'abord, et plus tard à mes enfants.

Vitala afficha un air surpris.

— Vraiment ? Mais vous n'en avez pas.

Il haussa les épaules.

— J'en aurai un jour.

— Si vous me proposez un poste au palais, j'accepte. (Le vin était fort, surtout qu'elle avait l'estomac vide, mais elle le but malgré tout.) Puisqu'on parle descendance, songez-vous à vous marier ?

— Pas dans l'immédiat. Toutefois, je dois engendrer un héritier, rien que pour soulager la pression qui pèse sur Céleste, et ça implique de trouver une épouse. Je ne veux pas de bâtards.

Vitala réprima une grimace. Voilà qui était vexant, même si l'insulte n'était pas intentionnelle. Il ne pouvait pas savoir qu'elle-même était une enfant illégitime.

— Je croyais que c'était une tradition chez les empereurs d'avoir des petits bâtards.

— Si par « tradition » vous entendez « pratique courante », alors oui. Mais ça complique sacrément la succession. Saviez-vous que mon arrière-grand-père était un bâtard ?

— Non.

— Il a assassiné son demi-frère, l'héritier légitime, et a revendiqué le trône. Je devrais sans doute lui en être reconnaissant : c'est grâce à lui si je suis empereur. Cependant, avoir trop d'héritiers potentiels est dangereux. Les gens se mettent à subir toutes sortes d'accidents mortels.

— Finalement, votre père a eu besoin de ses trois héritiers.

Lucien afficha un sourire ironique et, inconsciemment peut-être, jeta un coup d'œil à sa jambe manquante.

— Il a juste été complètement idiot de nous envoyer, mes frères et moi, à Riorca en même temps, ce qui a permis aux assassins de nous atteindre facilement. Et, oui, je vous offre un emploi au palais. Pour le montant de vos gages, je m'entretiendrai avec mes conseillers, qui vous feront une proposition officielle à notre retour.

— Merci, sire.

Un emploi au palais impérial ! Voilà qui lui laissait plus de temps pour accomplir sa mission – si, pour une raison ou pour une autre, elle ne pouvait s'en acquitter au cours de ce voyage. Elle but son vin à petites gorgées et observa les ouvriers qui fourmillaient dans le campement.

Ils étaient installés sur une vaste prairie, qui visiblement avait déjà servi de terrain de campement. De grandes étendues circulaires dénuées d'herbe indiquaient les endroits où des feux avaient été allumés, tandis que des trous dans la terre marquaient la place d'anciens piquets. Le personnel de Lucien montait les tentes, certaines petites, d'autres immenses. Plus loin, dans un autre champ, la cavalerie débridait et dessellait les chevaux et leur faisait prendre l'air, entravant leurs jambes pour qu'ils puissent paître sans s'éloigner.

Remus s'approcha et s'inclina.

— Sire.

— Oui, Remus ? dit Lucien.

— Nous avons reçu un autre message de Tasox.

Il jeta un coup d'œil en biais à Vitala.

Lucien soupira.

— Fort bien. Ma tente est-elle montée ?

— En partie, sire. On peut l'utiliser.

— Mademoiselle Salonius. (Il lui prit la main et y déposa un baiser.) Je vous demanderai de me rejoindre plus tard dans la soirée.

Il se leva et traversa le champ en boitant.

Frissonnante, Vitala se frotta les bras et se rapprocha du feu. Elle était contente d'être provisoirement débarrassée de Lucien. Sa compagnie la rendait nerveuse : elle craignait de déraper et de dire une bêtise. Par tous les dieux ! il venait de lui offrir un emploi ! Une partie d'elle-même était tentée d'oublier sa mission pour se consacrer entièrement à l'enseignement du caturanga.

C'était parfaitement ridicule. Tandis qu'elle se la coulerait douce au palais, son peuple mourrait de faim et se ferait massacrer !

Malgré tout, l'occasion restait trop belle. Elle devait trouver un autre moyen de gagner sa vie. Elle avait cru que ses visions avaient cessé, mais non. Le garde à la porte en avait provoqué une par sa simple ressemblance avec le jeune soldat qui peuplait ses cauchemars. Lucien lui ressemblait aussi, mais pas autant. Elle avait de la chance que seul le garde suscite ces visions, et pas Lucien.

Elle n'était pas le premier assassin du Cercle de l'Obsidienne à connaître ce phénomène, et ne serait pas le dernier. Toutefois, les autres avaient été retirés du terrain. Comme les visions pouvaient arriver n'importe quand, l'assassin n'était plus aussi fiable. Qui aurait pu la remplacer ? Personne, pas même Ista. Personne d'autre qu'elle ne pouvait ainsi s'immiscer dans l'intimité de Lucien. Elle garderait ses problèmes pour elle et épargnerait ainsi à ses responsables d'avoir à prendre une décision dont ils se passeraient volontiers.

Peut-être en parlerait-elle à Bayard après avoir tué Lucien. C'était tout de même dommage. Officiellement, elle n'avait qu'une seule cible abattue à son tableau de chasse, sans compter celles de l'entraînement, tandis qu'Ista en avait neuf. Au moins, la mort de Lucien serait spectaculaire : un empereur représentait une cible plus prestigieuse que les petits fonctionnaires du gouvernement ou les officiers militaires qu'Ista avait éliminés. Peut-être que, par la suite, elle pourrait être rétrogradée et remplir une fonction de service, comme maître d'armes.

Elle renifla. Dieux ! qui croyait-elle donc tromper ? Elle pourrait déjà s'estimer heureuse de s'en sortir vivante.

— Tout va bien, Vitala, la rassura Bayard. Il ne peut pas te faire de mal.

Vitala s'approcha. Bien sûr que le soldat était inoffensif. Il était attaché à une chaise ! Il tirait sur les cordes qui lui entravaient les membres, en vain. Et, comme il était bâillonné, il ne pouvait même pas l'insulter.

Pourtant, il en mourait d'envie. Il était en sueur, le visage rouge, et ses yeux pleins de rage lui sortaient de la tête alors qu'il la regardait venir vers lui.

Elle rompit un de ses points de contact. Un Tesson se matérialisa de la Faille. Elle saisit entre ses doigts le minuscule morceau d'obsidienne. Qu'était-il arrivé au camarade du prisonnier ? Au départ, ils étaient deux : deux Kjallans imprudents qui avaient commis l'erreur de s'introduire dans l'enclave des sentinelles.

Le soldat projeta son menton en avant : il essayait de cracher sur elle. Sans succès, puisqu'il était bâillonné. Le pauvre.

La voix de Bayard se fit plus dure :

— Fais-le, Vitala. Fini de tergiverser. Faut-il que je te tienne le bras ?

Elle jeta à Bayard un regard de dégoût. Puis, avec le Tesson, elle frappa le soldat à la gorge.

La tente de Lucien était quasiment la réplique de ses appartements du palais. La première pièce était un salon, dans lequel une porte menait probablement à la chambre. Les meubles étaient disposés presque de la même façon. Il manquait les bibliothèques et le jeu de caturanga magique, tout comme les tentures murales et les fenêtres qui donnaient sur la cour du palais. Toutefois, un autre jeu de caturanga était posé sur la table, placée au même endroit. Les pièces, semblables à celles du jeu qu'il lui avait donné, étaient taillées dans l'agate.

Lucien traversa le salon en boitant. Les gardes qui l'escortaient sortirent de la tente. Seul Septian demeura, posté discrètement près de la porte. Elle espérait qu'il resterait là et ne les suivrait pas dans la chambre.

— J'ai pensé à vous tout l'après-midi, annonça Lucien.

Elle sourit.

— N'étiez-vous pas censé penser à Tasox ?

— Tasox ? Connais pas. (Il lui fit un clin d'œil, puis suivit son regard : elle observait le jeu de caturanga.) Une partie vous tenterait ?

Sa bouche se tordit.

— Et vous ?

— Grands dieux, non ! Et si nous dînions ? Avez-vous faim ?

D'un geste, il indiqua un plateau couvert posé sur une table.

Elle n'avait rien mangé depuis le midi, mais, si elle avalait quoi que ce soit, elle craignait de vomir. Elle s'obligea à sourire.

— En fait, je me sens assez vulnérable à cet instant. Le Vagabond a sans doute trop d'influence sur le jeu, et mes Principes sont menacés.

Il se mit à rire.

— Ah oui, vraiment ?

— Je ne vois qu'une solution pour y remédier. Un coup audacieux.

Elle alla vers lui.

Il se raidit sur sa béquille, prêt à l'accueillir.

— Vous venez de frapper fort, en effet, murmura-t-il avant de l'embrasser avec avidité.

Frapper fort… Si seulement il savait ! Tout l'après-midi, elle n'avait été qu'un paquet de nerfs, tendue et angoissée à l'idée de la tâche qui l'attendait. À présent, dans l'étreinte chaude de Lucien, elle sentait son corps se détendre. Lucien ne fermait pas les paupières ; il l'observait de ses yeux noirs, calculateurs. Il était légèrement déconcertant de penser que, cette fois, il n'analysait pas la position de caturanga, mais elle. Pourtant, être le centre de son univers, à cet instant précis, ne déplaisait pas à Vitala.

Elle remarqua à peine sa langue se faufiler entre ses lèvres. Il l'avait taquinée avec, et voilà qu'il prenait des libertés. Un picotement délicieux parcourut son dos. Elle s'appuya contre lui, regrettant soudain que leurs vêtements soient une barrière entre eux. Ne serait-ce pas merveilleux de sentir sa chair contre la sienne ? Elle poussa de petits gémissements complètement incontrôlés. Elle avait envie de le dévorer. Elle se pressa tant contre lui qu'il manqua de tomber à la renverse.

Elle le rattrapa.

— Attention, la gronda-t-il. (Il avait le visage empourpré, les yeux pleins de désir.) Je ne tiens pas bien debout. Devrions-nous… ?

D'un geste, il désigna la porte.

Elle hocha la tête.

— Je vous porterais bien, mais…

Il haussa les épaules.

Elle pouffa de rire. C'était comme si elle avait trop bu. Au fond d'elle, elle s'étonnait de son comportement absurde. Il avait chancelé, mais c'était elle qui avait l'impression de perdre l'équilibre. Pourquoi son corps répondait-il à cet homme avec tant d'enthousiasme ?

C'est un tyran. Tu le détestes.

Son corps n'écoutait rien.

Lucien la conduisit jusqu'au lourd morceau de cuir qui faisait office de porte à la chambre. Il défit le panneau, l'écarta pour entrer et le referma derrière lui. Les dieux soient loués, Septian ne les accompagna pas. Cependant, le rabat de cuir avait beau être épais, il n'étoufferait pas les bruits. Elle espéra que ce ne serait pas un problème. Si elle s'y prenait bien, il n'y aurait pas de lutte. Et, dans le cas contraire, le garde du corps croirait peut-être à une étreinte fougueuse.

Lucien l'entraîna jusqu'au lit. Elle eut à peine le temps d'apercevoir du bleu et or – la couleur de sa literie. Sa béquille était déjà par terre et lui à quatre pattes au-dessus d'elle, l'embrassant et tirant sur la ceinture de son syrtos. Debout, il était maladroit, mais sur un lit il se révélait aussi agile qu'un chat. Emporté par l'enthousiasme, il lui mordit légèrement la lèvre inférieure. Elle laissa échapper un petit cri de surprise.

— Pardon, souffla-t-il. Vous trouvez que je vais trop vite ? C'est juste que… Dieux ! Vitala, j'ai tellement envie de vous !

— Non, vous n'allez pas trop vite, assura-t-elle.

En fait, le plus vite serait le mieux. Elle l'aida à défaire le syrtos qu'elle portait, puis se rendit compte qu'elle serait déçue qu'il lui fasse l'amour tout habillé. Elle voulait le voir, intégralement, avant de commettre son acte atroce. Elle le renversa sur le lit et grimpa sur lui, permutant leurs positions. Il était plus fort qu'elle, mais il la laissa faire, levant vers elle des yeux emplis de curiosité.

— Je veux vous voir, expliqua-t-elle.

Elle se demanda quelle était la meilleure méthode pour le débarrasser de sa tenue.

Il portait toujours le loros impérial scintillant. C'était un objet précieux, une relique kjallane qu'elle hésitait à toucher. Elle avança les mains avant de se raviser.

— Je m'en charge, dit-il.

Il fit passer le loros par-dessus sa tête, le plia soigneusement et le posa sur la table de nuit. Il ôta aussi sa jambe de bois, débouclant les deux lanières de cuir qui la maintenaient en place, et posa le tout par terre. Puis il s'allongea, se soumettant de nouveau à la jeune femme.

Elle s'assit sur lui, fascinée. Elle aurait pu passer la journée à contempler son visage. C'était un vrai cours sur les contrastes : la peau blanche, les cheveux noirs, les lèvres rouges à force d'avoir été embrassées. Et ces pommettes... Quel dieu les lui avait attribuées ? D'un doigt, elle caressa sa joue et traça une ligne de son menton jusqu'à la chair tendre de son cou. Sa pomme d'Adam remua, son pouls s'accéléra. Il la suivait de ses yeux noirs, intenses.

Elle entreprit de le déshabiller, avec lenteur et méthode. D'abord, elle dénoua ses deux ceintures. Elle écarta les pans du syrtos, révélant son cou et sa poitrine. Elle vit sa pierre fendue au bout de sa chaîne : la topaze jaune d'un mage de guerre. Cette pierre était la raison précise pour laquelle elle devait le séduire. Elle aurait pu tuer tout autre mage – ou non-mage – plus simplement.

Elle eut envie de la toucher, mais sut se retenir. Les mages protégeaient leur pierre fendue plus jalousement que leurs parties intimes.

Elle continua à le dévêtir. Il se laissa faire, mais un muscle sur son bras se contracta. Il luttait pour rester immobile. Elle dévoila le bas de son corps et le trouva déjà en érection. La vue d'un membre raidi ne présentait rien de neuf pour elle. Elle était davantage intéressée par sa jambe manquante.

Il déglutit.

— Vas-y, tu peux regarder. Ça ne m'ennuie pas.

Elle acheva de lui ôter son syrtos. Le moignon de sa jambe gauche se trouvait à quelques centimètres à peine sous son genou. Il était laid et difforme, marbré de taches rouges aux endroits où sa prothèse et les lanières l'irritaient. Elle le caressa. Il grimaça.

Aussitôt, elle retira sa main.

— Ça fait mal ?

— Non, répondit-il. C'est juste sensible. Tu peux toucher, si tu veux.

Sa curiosité satisfaite, elle se redressa pour le voir en entier. Hormis la jambe, il était très bel homme. Il n'avait pas une carrure imposante, mais son corps était ferme, élancé, et étonnamment musclé. Comment était-ce possible ? Il pouvait difficilement faire de l'exercice avec sa jambe manquante. Peut-être était-ce grâce à sa magie.

— Arrête de me regarder, gronda-t-il.

Il remua les mains, si vite que ses gestes étaient à peine décelables, et le monde de Vitala fut inversé. Elle se retrouva de nouveau sur le dos, Lucien au-dessus d'elle. Sa force l'émerveillait, mais après réflexion, elle sut que cela ne devrait pas la surprendre. Elle était face aux talents du mage de guerre : une vitesse et une puissance surnaturelles, couplées à une capacité extrêmement dangereuse – la faculté d'anticiper. Un mage de guerre pouvait sentir une attaque avant même qu'elle ne se produise. Pour percer ses défenses, il fallait le distraire au point qu'il oublie tout du monde extérieur.

Lucien commença à tirer sur le syrtos de la jeune femme, s'arrêtant de temps à autre pour l'embrasser fougueusement, comme s'il n'arrivait pas à se décider entre la dévorer des yeux ou des lèvres.

En moins d'une minute, elle se retrouva nue sur le lit. Il la contempla, les yeux embués de désir.

— Dieux ! Vitala. (Il déglutit.) Qu'est-ce que tu aimes ? Qu'est-ce que tu veux ?

— Toi, ronronna-t-elle. En moi.

Il s'interrompit pour réfléchir, puis sourit.

— Non.

Il baissa la tête vers sa poitrine et fit quelque chose avec sa langue sur son mamelon. Elle hoqueta. Tout son corps se contracta et un frisson de plaisir aussi intense que soudain la secoua.

Il se mit à rire.

— J'ai l'impression que ça te plaît.

— Lucien…

— Chut.

Il continua à l'explorer avec ses mains et sa langue, la caressant, la goûtant. Elle se tortilla, perdant tout contrôle, à demi terrifiée de ce qui se passait en elle, à demi consumée de désir. Elle voulait qu'il s'arrête. Mais elle en voulait plus. Les mains de Lucien s'aventurèrent plus bas.

— Et ça ? murmura-t-il.

Elle frissonna encore et laissa échapper un gémissement. Il l'avait touchée doucement, très délicatement, mais l'effet était impressionnant. Un feu brûlait entre ses cuisses.

C'était ridicule. Il fallait qu'elle se maîtrise. Qu'il cesse… ce qu'il était en train de faire. Elle chercha à saisir son membre raidi.

Il frissonna et s'écarta d'elle.

— Pas tout de suite, la réprimanda-t-il avant de l'embrasser pour s'excuser. Sinon la nuit risque d'être très courte.

Elle essaya de nouveau de le saisir.

Il s'esquiva. *Que les dieux maudissent les réflexes des mages de guerre.* Elle lui jeta un regard noir. Il sourit et descendit le long de son corps, se tenant hors de portée. Elle sentit alors sa langue pénétrer entre ses jambes. Un tel plaisir la parcourut qu'elle n'osait plus bouger, et encore moins lui demander d'arrêter. Il n'était pas le premier à la toucher à cet endroit, mais la plupart des hommes se montraient trop rudes. Ils ignoraient totalement à quel point la zone était sensible. Lucien semblait savoir doser la pression. C'était sans aucun doute un talent qu'il possédait à force de pratique : il avait dû donner du plaisir à bon nombre de femmes avant elle. Pourquoi cela l'ennuierait-il ? C'était l'empereur, il n'avait nul besoin d'être un bon amant pour attirer les femmes dans son lit.

Cependant, pour une raison qu'elle ignorait, il avait tiré profit de chaque occasion. Il perçut son rythme et ajusta la cadence, accélérant parfois ses caresses, les ralentissant ou les interrompant complètement jusqu'à ce qu'elle soit sur le point d'exploser de frustration. Puis il recommençait, et le plaisir montait, plus intense encore.

Quand elle commença à se cabrer, il la prit par les hanches. Le monde de Vitala vola en éclats. Ayant perdu tout contrôle, elle ne pensait plus à rien. Elle n'était plus qu'un frisson de plaisir. Après quoi elle retomba sur le dos, essoufflée et en sueur. Elle ferma les yeux. Son corps palpitait doucement. Lorsqu'elle souleva les paupières, Lucien était là, la regardant dans les yeux. Il l'embrassa.

Trois dieux ! songea-t-elle. *Quel orgasme !* Elle avait eu très souvent des relations sexuelles, s'entraînant précisément pour cette nuit-là, mais aucun de ses partenaires ne s'était suffisamment soucié d'elle pour l'amener au plaisir.

Elle sentit le sexe de Lucien appuyer contre le sien, prêt à la pénétrer.

Elle se prépara mentalement. Le moment où elle allait devoir tuer cet homme arrivait.

Il s'introduisit en elle. La vision la saisit.

— *Dieux !*

Le jeune soldat battait des paupières tandis qu'il la pénétrait. Ses cheveux noirs, trop longs, retombaient sur son front. Elle sentait son énergie, son excitation, sa puissance toute masculine. Ses lèvres trouvèrent celles de la jeune femme ; il l'embrassa avec fougue.

— Qui es-tu ? demanda-t-il. Dis-moi.

Elle s'était murée dans le silence, inerte sous lui.

Il soupira de plaisir, remuant les hanches.

— Tu es si belle. Dis quelque chose, la supplia-t-il. Es-tu prisonnière, toi aussi ?

Il sourit tristement et enroula une mèche des cheveux de la jeune femme autour de son doigt.

— Je ne comprends pas. Tu t'offres à moi, mais tu refuses de parler. Ils t'ont coupé la langue ?

— Vitala, que se passe-t-il ? demanda Lucien, l'arrachant à ce mauvais souvenir. (Il s'immobilisa.) Peste. J'entends quelque chose, moi aussi. J'entends quelque chose !

Il roula pour se dégager.

Vitala se redressa, reprenant conscience. Elle aussi entendait : des cris et des épées qui s'entrechoquaient. Tout près.

— Septian ! appela Lucien.

Pas de réponse. D'après le bruit, l'action devait se dérouler près de l'entrée de la tente de Lucien.

Le jeune homme quitta précipitamment le lit et sautilla jusqu'à la table de chevet.

Vitala tremblait, confuse. Par l'enfer du Soldat ! que se passait-il ? Les ennemis de Lucien avaient-ils choisi ce moment précis pour l'attaquer ? Et, si oui, que faire ? Combattre ? Rester les bras croisés ?

Dans un tiroir, Lucien dégotta un pistolet et un couteau à la lame effilée. Il regarda la jeune femme droit dans les yeux et dit :

— Attrape ma béquille.

Ces paroles tirèrent Vitala de sa torpeur. Elle bondit hors du lit, saisit la béquille et la lança à Lucien. Dieux ! et ils étaient nus tous les deux ! Il aurait aussi besoin de sa jambe de bois. Elle la ramassa, mais Lucien était déjà en action.

Il traversa le lit à quatre pattes puis, sautillant et appuyé sur sa béquille, se dirigea vers le fond de la tente.

— Apporte-la ici, dit-il.

Vitala le rejoignit tandis que, agenouillé par terre, il donnait des coups de couteau dans la toile de tente. Il se mit à tirer un pan de toile vers le bas, ménageant une ouverture. Le cuir était épais. Cela lui demandait un effort : il tenait le couteau à deux mains, les muscles tremblants. Sans sa magie de guerre, il n'en aurait sans doute jamais été capable.

Il avait ouvert le cuir sur la longueur d'un bras quand la pointe d'une épée s'engouffra dans l'ouverture. Vitala hurla ; Lucien recula d'un bond avec un cri de surprise. Il regarda autour de lui, désespéré. Ils étaient pris au piège.

— Cache-toi sous le lit ! Septian ! appela-t-il une fois de plus.

Vitala entendit quelqu'un décrocher le panneau de la porte. Les intrus étaient tout proches ! Elle plongea au sol, sans lâcher la jambe de bois de Lucien, et rampa sous le lit. Elle ignorait totalement quoi faire. Sa mission consistait à éliminer Lucien. Ces hommes avaient sans doute la même intention. Allait-elle les laisser s'acquitter de la tâche ? Mais que feraient-ils d'elle ? Ils la tueraient certainement, pour éliminer tout témoin.

Devait-elle lutter ? Dans le plus simple appareil, elle ne serait guère efficace, surtout face à des adversaires munis de pistolets et d'épées. Avec Lucien l'estropié comme seul allié, leurs chances étaient considérablement réduites, surtout si les ennemis s'étaient déjà débarrassés de Septian, comme elle le craignait. Ou pire : Septian faisait partie des traîtres.

Elle entendit le panneau s'ouvrir. Elle jeta un coup d'œil de sous le lit : plusieurs paires de bottes pénétrèrent dans la chambre. Un coup de pistolet claqua, et un homme en uniforme de Legaciattus s'effondra. Du sang coulait de son front. D'autres pieds bottés entrèrent. Le pistolet de Lucien tomba par terre, désormais inutile après avoir tiré un seul et unique coup. Il ne lui restait plus que le couteau. Elle compta six paires de bottes, mais peut-être y en avait-il d'autres à l'extérieur.

Les bottes s'avancèrent. Les armes s'entrechoquèrent. Même s'il n'avait que sa béquille, Lucien se mouvait avec une agilité surprenante. Un homme cria de douleur. Elle entendit encore le fracas du métal, et Lucien tomba en poussant un cri de détresse, se tenant la jambe droite. De son point de vue privilégié, elle vit que son visage crispé avait pris une teinte grise, mais à aucun moment il ne regarda vers elle. Elle comprit avec une pointe de honte qu'il la protégeait.

— Sale bon à rien, cracha l'un des hommes.

Elle reconnut la voix de Remus. Sa colère était telle qu'elle bouillonnait intérieurement.

Lucien plongea avec son couteau et l'enfonça dans la jambe de l'homme le plus proche de lui.

Le chaos s'ensuivit.

— Bons dieux ! Retirez-lui ça ! rugit Remus.

L'un des traîtres marcha sur le poignet de Lucien, coinçant la main qui tenait le couteau, et un autre donna un coup de pied dans l'arme. Remus se plaça ensuite sur Lucien pour lui marteler le visage de coups de poing : une fois, deux fois, trois fois. Vitala grimaça à chaque coup. La respiration de Lucien se fit rauque. Elle percevait sa peur, mais il refusa de crier, privant ses attaquants de ce plaisir.

— Sale baiseur de chevaux, grogna Remus. (Il se tourna vers ses hommes.) Et Eustace, il est mort ?

Quelqu'un posa une main sur la gorge de l'homme touché par Lucien.

— Oui.

— Il est nu, déclara une voix qu'elle n'identifia pas. Y avait-il une femme avec lui ?

— Vérifiez sous le lit, ordonna Remus.

Terrifiée, Vitala se pétrifia. *Peste, peste, peste.* Deux visages apparurent sous le bord du lit. Deux pistolets la visaient.

— La voilà !

— Sortez-la de là-dessous, dit Remus.

Elle mourait d'envie de faire apparaître un Tesson. Les hommes rangèrent leurs armes ; ils n'imaginaient pas qu'elle saurait se défendre. Elle pouvait en tuer un, voire deux. Mais les cinq ? Non, aucune chance.

Les deux hommes la saisirent par les bras et la tirèrent hors de sa cachette. L'un d'eux lui prit la jambe de bois. Parmi les traîtres, elle reconnut Remus et le Protecteur, mais tous portaient l'uniforme des Legaciatti.

Les hommes en profitèrent pour se rincer l'œil ; l'un d'eux émit un sifflement d'approbation.

La bouche de Remus se tordit, réprobatrice.

— C'est la joueuse de caturanga.

— Laissez-la partir, dit Lucien d'une voix étouffée. (Toujours maintenu au sol par deux hommes, il saignait du nez, de la bouche et de sa jambe valide.) Elle n'a rien à voir là-dedans.

— C'est un témoin, lui objecta Remus. Tuez-la.

Aucun ne bougea, même parmi ceux qui la retenaient.

— On pourrait d'abord la baiser, proposa le Protecteur.

Remus regarda de nouveau Vitala, l'air plus appréciateur.

— Pourquoi pas. Il faut que quelqu'un surveille la pierre fendue. Assurez-vous que personne ne s'enfuie avec.

— Premier ! dirent deux hommes en même temps.

— C'est moi, le premier, bande d'imbéciles ! gronda Remus. Ligotez-la. Les chevilles ensemble, les poignets aux montants du lit.

Les hommes qui la tenaient tirèrent des cordes attachées à leur ceinture, poussèrent Vitala sur le lit et commencèrent à l'entraver. Elle tendit les muscles de ses poignets et de ses chevilles dans l'espoir de donner un peu de mou aux nœuds.

— Le voilà, dit Remus.

Vitala tourna la tête pour voir de quoi il parlait. Il avait trouvé le loros plié et le tenait avec respect sur sa poitrine. Était-ce lui qui cherchait à s'emparer du trône ?

Remus marcha jusqu'à Lucien et se pencha. Il saisit la pierre fendue qui pendait autour de son cou et tira dessus, brisant la chaîne.

— Tenez-le bien à l'écart de sa pierre fendue, ordonna-t-il. Je vais rester avec la catin experte au caturanga. Envoyez quelqu'un me relever dans une demi-heure.

— Si longtemps que ça ? le taquina l'un des hommes.

Remus le gratifia d'un mince sourire.

— Partez.

L'un des traîtres prit une longueur de corde, en fit un nœud et le passa autour du cou de Lucien.

— Debout, l'estropié.

Il tira cruellement sur la corde. Lucien se mit à quatre pattes et voulut attraper sa béquille. Remus l'écarta d'un coup de pied, et le soldat qui portait la jambe de bois la ramassa.

— Je ne peux pas…, commença Lucien.

Remus lui décocha un violent coup de pied, provoquant chez l'empereur un hoquet de douleur.

— On se remue, Majesté !

Lucien rampa vers le rabat de la tente, laissant des traces de sang dans son sillage. Un soldat le tirait par la corde tandis que les autres l'entouraient, riant, le raillant, lui distribuant des coups de pied bien placés pour l'exhorter à avancer.

Le cœur de Vitala souffrait pour Lucien. Apparemment, ils n'allaient pas se contenter de le tuer : ils tenaient aussi à l'humilier. De vrais amateurs.

Les soldats quittèrent la tente, entraînant leur malheureux prisonnier. Seul Remus resta en arrière. Il posa le loros sur la table et entreprit de défaire la ceinture de son syrtos.

Elle lui jeta un regard plein de défi. *Viens donc me baiser, Remus. Je t'attends.*

Chapitre 7

Vitala observa avec attention Remus poser sa double ceinture, son épée, son couteau et son pistolet. Elle espérait qu'il découvrirait sa poitrine pour laisser apparaître sa pierre fendue. Si ce n'était pas la topaze d'un mage guerrier, elle pourrait le tuer avant qu'il ne la prenne et s'épargner un moment très désagréable.

Cependant, il ne semblait pas en avoir l'intention. Il défit son syrtos sans l'ôter. De plus, il portait quelque chose dessous : une cotte de mailles, ce qui signifiait qu'il y avait encore une couche après ça.

Remus grimpa dans le lit, s'agenouilla aux côtés de la jeune fille et vérifia les liens qui maintenaient ses poignets attachés aux montants.

— Quelque chose m'échappe, dit-il. J'ai vu des dizaines de jolies femmes comme toi se jeter dans les bras de Lucien. Tout ça pour quoi ? Des cadeaux ? De l'argent ?

— Du thé dahatrian. Avez-vous déjà goûté la variété cultivée à l'extérieur du palais ?

Remus lui jeta un regard méprisant. Il dénoua les nœuds pour les refaire, tirant dessus à coups secs pour les serrer fermement jusqu'à ce qu'elle grimace.

— Tu te crois drôle, à plaisanter sur ta médiocrité ? Sale catin.

— C'est vrai que vous, vous êtes un parangon de vertu, rétorqua Vitala.

Il se mit à rire. Satisfait des nœuds aux poignets de sa captive, il descendit et détacha ses chevilles. Elle aurait voulu que la pierre fendue sorte de ses vêtements, mais elle demeurait cachée.

Il remonta son syrtos et baissa ses chausses, révélant son sexe avec fierté, comme s'il pensait qu'elle allait s'extasier dessus. Il se tenait au-dessus d'elle, couvrant son corps du sien.

— Embrasse-moi, ordonna-t-il.

Elle s'exécuta sans enthousiasme.

— C'est bien, murmura-t-il. Détends-toi, et il se pourrait que ça te plaise.

Elle siffla de douleur lorsqu'il la pénétra. Elle était encore un peu humide après son rapport avec Lucien, mais pas suffisamment. Remus ne remarqua rien, ou bien il s'en moquait. Il lui donnait des coups de reins, l'embrassant de temps à autre ou jouant avec ses seins. Elle essaya de l'ignorer. *Ce n'est qu'un mauvais moment à passer*, s'encouragea-t-elle. *Juste un mauvais moment, rien de plus.*

Elle fit apparaître un Tesson dans sa main droite. Elle le retourna entre ses doigts pour positionner le côté affûté comme une lame de rasoir vers la corde qui entravait son poignet. Remus ne se rendait compte de rien. Elle ne pouvait faire levier et manquait donc de force, mais le Tesson trancha les fibres de la corde une par une. Ses liens se distendirent. Ayant plus d'espace pour manœuvrer, elle coupa les dernières torsades, libérant ainsi son bras droit endolori par la position. Malgré tout, elle ne le bougea pas et le laissa appuyé contre le montant du lit.

Elle se retrouvait face à un problème. Dans ses répétitions avec Bayard, jamais on ne l'avait attachée. Elle gardait toujours une main près du corps de sa cible, souvent posée sur son dos. Cela lui permettait de frapper à une vitesse vertigineuse, ce qui était nécessaire – avec la distraction – pour surpasser les capacités d'anticipation d'un mage de guerre. Mais, dans ce cas précis, sa main était éloignée. Pouvait-elle lui assener un coup assez rapidement pour le tuer ? La distance pour y arriver était importante.

Jusque-là, elle n'avait pas répondu aux baisers, aux pincements et aux coups de hanches de Remus. Désormais, elle lui rendait ses baisers en gémissant et bougeait son corps au même rythme que lui.

Remus rit, s'enfonçant plus vite et plus profondément en elle.

Elle fit glisser sa main droite le long du lit. Quand l'attention de Remus se reporta brièvement sur sa main, elle geignit, comme consumée par le désir, et l'attira de nouveau contre elle. Lentement, un centimètre après l'autre, elle continua à rapprocher sa main.

Le corps de Remus se raidit d'une manière qui lui était très familière. Elle ne pouvait plus attendre.

Elle enfonça le Tesson dans la chair tendre de sa hanche et relâcha le sort de mort qu'il contenait. Aussitôt, son agresseur fut pris de soubresauts. Elle se dégagea de lui, retira le Tesson de sa hanche et, dégoûtée, écarta d'un coup de pied le corps secoué de spasmes. Elle trancha les cordes qui entravaient son poignet gauche.

Remus se contorsionnait en laissant échapper de petits hoquets. Il la dévisageait, les yeux écarquillés. Il était encore conscient, mais incapable de parler : le sort lui avait paralysé la gorge. Une mousse teintée de sang apparut aux commissures de ses lèvres. Elle eut envie de lui dire : « Détends-toi, il se peut que ça te plaise », mais la raillerie n'avait rien de professionnel. Elle ramassa son syrtos par terre.

Combien de temps lui restait-il ? Peu. Remus avait parlé d'une demi-heure, mais le candidat suivant pouvait très bien arriver en avance.

Remus lâcha un dernier hoquet convulsif avant de s'immobiliser enfin. Vitala revêtit son syrtos, marcha jusqu'au corps trempé de sueur de Remus, et écarta la cotte de mailles et la tunique de son cou. La pierre fendue était là. Une topaze. Elle avait pris la bonne décision. Elle fit passer la minuscule pierre par-dessus la tête du mort. Il détenait aussi celle de Lucien. Elle fouilla ses vêtements, trouva la pierre et l'empocha.

Un frisson la secoua. Elle se laissa tomber au sol et plongea sa tête entre ses genoux pour affronter le vertige qui s'était emparé d'elle. Elle fut prise de nausées. Heureusement qu'elle n'avait rien mangé ! *Ressaisis-toi, Vitala. D'autres hommes vont arriver. Tu comptes revivre ça ?*

Elle se leva, tremblant toujours, et s'arma du couteau, de l'épée et du pistolet de Remus. Elle s'interrompit un moment pour vérifier que le pistolet était bien chargé. La lourde bourse attachée à la ceinture de Remus était remplie de pièces. Elle la prit, ainsi que le loros orné de pierres précieuses, qu'elle emballa dans une couverture. Ce serait un sacré trophée à apporter au Cercle. Le rabat qui servait de porte à la chambre pendait, ouvert. Elle le franchit pour gagner le salon.

Gisant par terre, Septian la regardait de ses yeux vitreux. Il y avait quatre autres cadavres dans la pièce. Un homme s'était effondré sur un canapé deux places, étalé comme dans une imitation macabre d'aristocrate avachi. Du sang formait une mare sous lui. Avait-elle le temps de fouiller les corps pour s'emparer de leurs pierres fendues ? Certaines variétés étaient rares à Riorca.

Entendant un bruit sourd de bottes sur l'herbe, devant la tente, elle tira le couteau de sa ceinture.

L'homme entra directement par la porte ouverte.

— Remus ? appela-t-il.

C'était le Protecteur. Ce qui signifiait, dieux merci, que ce n'était pas un mage de guerre. *Approche donc*, songea-t-elle en tripotant le couteau, qui n'était pas aussi équilibré qu'elle l'aurait voulu pour être lancé.

Quand l'homme la remarqua, ses yeux s'agrandirent.

— Attends. Tu es… ?

Il posa la main sur son pistolet.

Vitala lança le couteau. Elle avait visé sa poitrine, mais la lame se ficha dans son épaule. Il chancela et, comme soûl, visa Vitala avec son pistolet. Elle se précipita vers lui, lui fit lâcher le pistolet en le frappant à la main, et fit céder ses jambes sous lui. Il tomba avec un bruit mat. Elle dégagea le couteau de son épaule et l'égorgea.

Son cœur battait la chamade. Son tableau de chasse comptait désormais deux personnes de plus. Elle prit la pierre fendue autour du cou du Protecteur. Elle pourrait présenter trois pierres au Cercle, sans parler du loros, mais devrait abandonner le reste. Elle sortit en courant dans la nuit.

Tout était étonnamment calme dehors. Quand elle était entrée sous la tente, le soleil n'était pas encore complètement couché. À présent, il faisait noir. Il lui fallut un moment pour prendre ses repères. Le campement formait une série de cercles concentriques. Elle se trouvait au centre, entourée des tentes des gardes et des domestiques de Lucien. Tout était silencieux : elle ne vit aucun signe d'activité. Éparpillées çà et là, des masses informes jonchaient le sol et ressemblaient malheureusement à des cadavres. Remus et ses hommes s'étaient d'abord occupés des serviteurs.

Au-delà des tentes s'étendait un anneau de ténèbres : le large périmètre qui séparait Lucien et le personnel impérial des simples soldats du bataillon. Encore plus loin, les points lumineux des feux de camp rappelaient la menace qui pesait sur la jeune femme, cernée par l'ennemi. Lucien avait fait dresser sa tente au cœur de son armée, une mesure de sécurité qui, avec le recul, soulignait l'ironie de la situation.

Partiellement masquées par les tentes intermédiaires au sud, les volutes de fumée d'un grand feu s'élevaient vers le ciel. Vitala ferait mieux de l'éviter : c'était sans doute là que Lucien et les Legaciatti se trouvaient. Mais pouvait-elle se contenter de partir ? Elle ignorait ce qu'ils allaient faire de Lucien. Le tuer, probablement. Mais peut-être avaient-ils un autre plan ? Dans ce cas, elle aurait l'air d'un amateur, voire d'une idiote si elle retournait auprès du Cercle pour annoncer à ses supérieurs : « Je crois qu'il est mort, mais je ne pourrais pas en jurer. »

Elle devait s'en assurer.

Elle retourna en courant sous la tente de Lucien et déshabilla le cadavre du Protecteur. Elle songea à enfiler sa cotte de mailles puis se ravisa : elle n'avait pas la carrure ni la force d'un homme, et, si elle devait se battre, la lourde armure entraverait ses mouvements. Elle revêtit l'uniforme, en en repliant certaines parties pour dissimuler les taches de sang.

De retour à l'extérieur, elle décrivit un cercle vers le sud et se dirigea vers la grande flambée, se cachant derrière les tentes. De loin, son uniforme de Legaciattus était peut-être trompeur, mais en passant à côté d'elle le premier venu remarquerait qu'elle nageait dedans. Sans compter que les Legaciatti se connaissaient sûrement tous de vue. À mesure qu'elle avançait discrètement, elle entendait des voix et des éclats de rire soudains. Oui, ça ne faisait aucun doute : ils étaient bien là-bas.

Elle identifia rapidement deux sentinelles. L'une d'elles était postée de l'autre côté du feu et ne regardait pas vers elle – ce qui n'était pas le cas de l'autre. Vitala continua à se faufiler derrière les tentes pour atteindre la sentinelle la plus proche et la contourna avec soin. Puis elle scruta la scène.

La flambée avait été allumée dans le périmètre noir, juste au sud des tentes, sur une prairie ouverte, à découvert. Les flammes grimpaient vers le ciel en rugissant, envoyant des flammèches danser dans les airs.

—Attrapez-le ! Attrapez-le ! cria quelqu'un.

Une silhouette nue se découpa dans la lueur orange du feu et traversa l'étendue d'herbe à quatre pattes. Quelqu'un la poursuivait à pied, brandissant un long bâton au bout rougeoyant. Il frappa l'homme à terre. Elle n'entendait pas grand-chose à cause du crépitement du feu, mais elle imaginait sans peine le grésillement des chairs brûlées, et les cris de douleur de Lucien. Les hommes riaient.

Vitala serra les mâchoires. Quelle bande de crétins ! Pourquoi ne s'étaient-ils pas contentés de le tuer, simplement ? Sa cible n'était pas encore morte et ne le serait sans doute pas avant un moment. S'ils ne l'avaient pas encore achevé, c'était sûrement pour une bonne raison.

Qui était derrière tout ça ? Remus semblait responsable des hommes présents, mais ce n'était pas lui qui revendiquait le trône, sans quoi il aurait aussitôt enfilé le loros pour asseoir son autorité. Alors qui était le chef ?

Elle se ressaisit, observant la scène en silence, tandis qu'un soldat en uniforme s'approchait de la sentinelle la plus au nord.

—Jardin Impérial de Florian, dit-il.

Vitala cligna des yeux. Dieux ! elle avait déjà entendu ça ! Remus avait prononcé cette phrase lorsqu'il l'avait escortée depuis les quais jusqu'à la voiture. Ce devait être le mot de passe entre les comploteurs.

La sentinelle laissa passer l'homme.

S'il existait un mot de passe, les comploteurs devaient être nombreux. Quelles seraient les conséquences pour Riorca et le Cercle ? Si elle devait tuer Lucien, ce n'était pas par hasard : ce meurtre était censé déclencher une bataille de succession dans le dessein de déstabiliser l'Empire kjallan, qui peut-être sombrerait même dans une guerre civile. Mais cela allait-il réellement se produire ? La tête pensante de ce complot était puissante. Cette personne était prête à s'emparer du trône. Peut-être aurait-elle un adversaire, mais peut-être pas. D'un autre côté, si Lucien s'en sortait indemne, il s'opposerait sans doute à l'usurpateur – garantissant ainsi de manière quasi certaine qu'une guerre surviendrait.

Elle passa rapidement en revue les différentes hypothèses à la suite de ce putsch. Cela ressemblait à une partie de caturanga : quelqu'un avait déplacé un pion de manière inattendue, la position avait changé, et il lui fallait établir une nouvelle stratégie. L'idée de tuer Lucien ne l'avait jamais transportée de joie, et peut-être n'y était-elle plus obligée. Peut-être rendrait-elle un plus grand service à son peuple en lui sauvant la vie.

Elle compta les cibles. Une, deux, trois... huit si on excluait Lucien. Plus les deux sentinelles. Elle avait ses Tessons, un pistolet armé d'une seule balle, et une épée. Si elle les prenait un par un, elle était capable de tuer les dix hommes – à condition qu'il n'y ait pas de mage de guerre parmi eux –, mais envisager de les attaquer en même temps, c'était ridicule.

Lucien se recroquevilla par terre en se tenant le flanc. Elle le vit relever la tête et la regarder bien en face.

Le cœur battant à tout rompre, elle plongea derrière la tente qu'elle avait contournée pour examiner les lieux. Comment avait-il fait pour la repérer ? Non seulement il faisait noir, mais elle prenait soin de rester cachée.

Sa pierre fendue. Bien sûr. L'âme des mages était liée à leur pierre fendue. Elle l'avait sur elle et il l'avait sentie. En la rapprochant de Lucien, elle lui avait rendu sa magie de guerre. Il l'aiderait peut-être à combattre, mais, dans son état, il ne lui serait pas d'une grande utilité.

Vitala avait besoin d'une diversion.

Elle quitta son point de vue privilégié, traversa le campement en sens inverse et trouva un feu de cuisson couvert près de l'une des tentes des domestiques. Elle enflamma un piquet qu'elle tint contre la tente impériale. Celle-ci mit du temps à prendre, mais des flammes ne tardèrent pas à lécher les parois. Pour faire bonne mesure, elle répéta son geste, créant deux nouveaux départs de feu.

Satisfaite, elle se faufila de nouveau vers la flambée. Tandis qu'elle se cachait derrière une tente d'approvisionnement, un groupe d'hommes courut à côté d'elle dans la direction opposée : des Legaciatti, espérait-elle, qui se précipitaient vers la tente impériale en flammes.

De retour à son poste d'observation initial, elle posa le loros enveloppé dans une couverture et évalua la situation près du feu. Elle avait sensiblement réduit le nombre de ses adversaires. Il ne restait plus que les deux sentinelles et deux Legaciatti, qui forçaient Lucien à rester par terre en le menaçant de la pointe de leur épée et tendaient le cou pour regarder l'incendie.

Ce n'était pas l'idéal, mais elle n'aurait pas de meilleure occasion.

La sentinelle la plus éloignée n'observait plus le champ désert au sud et s'était retournée pour contempler la tente enflammée.

Avec maintes précautions, Vitala fit le tour de la flambée, s'efforçant de rester à l'écart du halo lumineux, se cachant derrière des tentes tant qu'elle le put, jusqu'à ce qu'elle ait contourné la sentinelle. Tirant son couteau, elle s'avança derrière elle à pas de loup, aussi silencieuse que la mort. Quand elle fut assez près de sa cible pour sentir l'odeur de sa transpiration, elle lui enfonça le couteau dans le dos, la lame vers le bas, cherchant à atteindre un rein. L'homme fut pris de soubresauts. Elle l'attrapa au moment où il s'effondrait et lui trancha la gorge, éprouvant une certaine reconnaissance pour les rugissements du feu qui couvraient le bruit.

Au tour de la deuxième sentinelle. Elle empocha son couteau ensanglanté, rajusta son uniforme trop grand, et s'avança directement vers l'homme.

—Jardin Impérial de Florian.

La sentinelle l'observa en clignant des yeux, se demandant à qui elle avait affaire.

Vitala fit apparaître un Tesson, referma partiellement son poing dessus et le tendit à l'homme.

—Remus m'a dit de te donner ça.

La sentinelle parut soulagée.

—Il va bien ? Il est sorti ?

Le garde tendit la main. Quand leurs doigts entrèrent en contact, Vitala plongea son Tesson dans la paume de l'homme et relâcha le sort de mort. La sentinelle s'étouffa et s'effondra, secouée de spasmes.

—Hé ! qu'est-ce qui lui arrive ? lança un des gardes près du feu.

Les deux Legaciatti regardaient vers elle, tout comme Lucien, dont les yeux étaient vifs et alertes.

—Je ne sais pas ! s'écria-t-elle. On dirait qu'il a une attaque. Venez m'aider !

Elle espérait attirer l'un des deux hommes de façon à les affronter séparément, mais ils hésitèrent à abandonner leur prisonnier.

—Il respire ? demanda l'un d'eux. Défais son col !

—Amène-le ici ! répliqua l'autre.

Par tous les dieux ! ils ne mordaient pas à l'hameçon ! Lequel des deux avait le moins de chances d'être un mage de guerre ? Elle opta pour le plus petit.

—Je vous l'amène ! cria-t-elle.

Elle traîna le mort à mi-chemin du feu, puis sortit son pistolet et tira sur le plus petit, qui tomba au sol.

Le plus grand s'empara lui aussi de son pistolet, mais Lucien lui donna un coup dans le genou. Le garde s'effondra à son tour, l'arme volant dans les airs. Vitala dégaina son épée et chargea.

En un éclair, son adversaire était de nouveau debout, son épée tirée au clair. La lame s'abattit sur elle dans un sifflement. Elle para l'attaque avec peine. Il voulut la frapper une deuxième fois, avec une rapidité extrême. *Un mage de guerre.* Hors de question de tenter l'option séduction.

Vitala maniait l'épée avec brio. On l'avait entraînée à des techniques qui compensaient sa petite taille et sa faiblesse physique, mais ses mouvements légers et rapides, pourtant si redoutables en salle d'entraînement, lui paraissaient désormais lents et maladroits comparés à ceux de son adversaire. Elle se vit contrainte de reculer, pas à pas, luttant contre des coups qui non seulement pleuvaient avec une telle rapidité que c'en était ridicule, mais en plus étaient assenés avec violence. Son bras lui faisait mal à force de les contrer.

Elle n'était pas à la hauteur de cet adversaire. Elle ne pouvait ni le vaincre ni le fuir. Dès qu'elle lui tournerait le dos, il lui porterait le coup fatal.

Désespérée, elle tenta de l'atteindre à l'entrejambe. Il changea de position pour esquiver. Soudain, il écarquilla les yeux, la bouche ouverte. Son bras d'épée devint flasque. Perplexe devant l'occasion qu'il lui offrait, elle plongea sa lame dans sa poitrine.

Tandis qu'il tombait en avant sur la lame, Vitala vit le manche du couteau qui saillait de ses reins.

Elle regarda vers Lucien.

— Viens, dit-il, nous devons partir avant qu'ils ne reviennent. Prends ma béquille et ma jambe de bois. Elles sont là-bas. (Il les montra du doigt.) Je n'arrive pas à y croire. Ces maudits traîtres !

Vitala alla chercher la béquille et la prothèse de Lucien, puis jeta son pistolet et en prit un autre, accroché à la ceinture du garde le plus petit. L'étui de son couteau était vide. Lucien avait eu le choix entre le pistolet et le couteau, et il avait opté pour l'arme blanche.

Lucien sangla sa jambe artificielle.

— Des vêtements ? Dieux ! j'ai juste envie de les tuer tous.

— Tiens.

Elle ôta l'uniforme de Legaciattus qu'elle portait par-dessus son syrtos et le lui tendit.

Il l'enfila à la hâte, nouant les ceintures de manière approximative, et s'empara de l'une des bottes du cadavre du plus petit garde.

— Ma pierre fendue, demanda-t-il.

— Plus tard, répliqua-t-elle. Il faut panser l'entaille que tu as à la jambe.

— Vas-y, répondit-il.

Elle enroula une bande autour de la blessure et la serra pour endiguer l'hémorragie. Lucien crispa les mâchoires mais ne se plaignit pas. Elle fit un nœud et jeta un coup d'œil vers la tente impériale. Celle-ci brûlait toujours ; l'incendie n'était pas encore maîtrisé.

— Ouvre l'œil, dit-elle à Lucien. Préviens-moi si tu vois quelqu'un revenir.

— On ferait mieux de partir, non ? demanda Lucien. Si on peut avertir le commandant du bataillon…

— Non ! Il fait partie des traîtres.

Peut-être ou peut-être pas. Elle n'en avait pas la moindre idée. Elle attrapa le corps du plus petit garde, le déshabilla à l'aide de son couteau, et jeta les vêtements dans le feu.

— Mais qu'est-ce que tu fabriques ? siffla Lucien.

— Je mets ta mort en scène. Surveille !

Elle dégaina son épée et, rassemblant ses forces, assena un coup sur la jambe gauche du mort pour la trancher sous le genou. Elle jeta ensuite le corps dans les flammes. Des volutes de fumée noire et grasse s'élevèrent.

— Trois dieux ! dit Lucien en toussant, la main plaquée sur son nez et sa bouche.

— Allons-y.

Elle prit le loros enveloppé dans la couverture et, avec beaucoup moins d'enthousiasme, la jambe coupée. Elle tira Lucien pour le relever.

— Tu peux marcher ?

Sa jambe valide étant blessée, cela lui parut difficile.

Il avança en chancelant sur quelques pas, s'appuyant lourdement sur sa béquille. Il la fit passer du côté droit.

— Peut-être que si je la porte de ce côté…

— Tu es trop lent, se plaignit Vitala en passant le bras de Lucien sur son épaule pour qu'il se serve d'elle comme d'une deuxième béquille. Il faut s'en aller, et vite !

Ils se dirigèrent vers le sud dans les ténèbres du champ désert. Soutenir Lucien n'était pas aussi gênant qu'elle l'aurait cru. Peut-être s'aidait-il de ses réflexes de mage de guerre, ce qui lui conférait une certaine grâce malgré les légers grognements qui lui échappaient à chaque pas.

Une fois hors de vue, ils décrivirent un cercle vers l'est puis vers le nord, restant dans le périmètre du camp impérial. Si les Legaciatti ne se laissaient pas duper, ils imagineraient que Lucien aurait fui vers la route et trouvé un moyen de locomotion pour se diriger vers le sud et la cité impériale. Elle devait donc l'emmener dans la direction opposée. Bientôt, ils furent suffisamment près des feux de camp au nord pour distinguer des flammes et non plus des lueurs orange. Ils venaient de rejoindre le campement du bataillon. Elle espérait que tout se déroulerait sans heurt. Lucien portait un uniforme de Legaciattus, ce qui était censé lui conférer une certaine légitimité. Quant à elle, elle n'était vêtue que d'un syrtos. Elle les intéresserait peut-être en tant que femme, mais ne devrait pas représenter de menace à leurs yeux.

— Il faut trouver le commandant, dit Lucien d'une voix crispée par la douleur. Il nous aidera. Cherche une tente qui a…

— Non, je te le répète : il fait partie des traîtres ! Nous devons quitter le campement.

— La peste soit d'eux, nous devons les arrêter ! On ne peut pas les laisser s'en tirer à si bon compte !

— On ne peut pas les affronter. Ils sont trop nombreux.

— Comment sais-tu que le commandant est un traître ? l'interrogea Lucien. Qui es-tu, et quel est ton rôle exactement ?

— Je t'expliquerai tout quand nous serons hors de danger.

Ils passèrent péniblement devant les tentes légères des fantassins, quelques feux de cuisson, des ânes attachés çà et là à des piquets, et même devant un groupe d'hommes jouant aux dés qui les observèrent d'un air curieux sans faire mine de les arrêter.

Tout au bout du campement, ils atteignirent un champ de haricots.

— As-tu de l'eau ? demanda Lucien d'une voix rauque.

— Non, désolée.

Peste, elle n'y avait pas du tout pensé ! Ils n'avaient aucune réserve et Lucien était grièvement blessé. Combien de temps tiendrait-il ? Il ralentissait déjà l'allure. Au moins, personne ne les poursuivait – pour le moment. Elle savait que cela ne durerait pas.

Elle fit asseoir Lucien dans le champ et se laissa choir pour s'accorder une courte pause.

Lucien s'allongea, haletant.

— Nous n'allons pas dans la bonne direction, fit-il remarquer de sa voix éraillée.

— Non, en effet.

— Il faut rejoindre la route. Trouver une calèche pour rentrer au palais. (Il roula sur le côté et grogna.) J'ai besoin d'un Guérisseur. Et de retourner auprès de Céleste.

— Nous serons recherchés, là-bas. Il faut s'en tenir aux champs. En plus, il n'y aura aucune voiture en pleine nuit.

— Ils fouilleront aussi les champs, insista-t-il, essoufflé. Peu importe. Il nous faut un moyen de transport, et on ne sait jamais sur quoi on peut tomber. Donne-moi ma pierre fendue.

— Pas tout de suite.

Elle scruta l'horizon en quête d'éventuels poursuivants.

— Donne-la-moi, répéta Lucien. C'est un ordre de l'empereur.

Vitala se mit à rire, mais, lorsqu'elle se tourna vers lui, elle se retrouva nez à nez avec le canon d'un pistolet. Lucien avait beau être affaibli, il tenait l'arme d'une main ferme. Elle réfléchit à toute vitesse : comment avait-il réussi à s'en emparer ? C'était sûrement le pistolet que le mage de guerre avait voulu utiliser contre elle ; celui qui lui avait échappé quand Lucien l'avait fait tomber au sol.

— Donne-la-moi.

— Tu n'oserais pas me tirer dessus, répondit-elle.

Il retira le cran de sûreté.

— Oh, que si ! Et je ne rate jamais ma cible.

— Si tu tiens à conduire les équipes de recherches jusqu'à nous, appuie sur la détente.

Il avait l'air menaçant.

— J'ignore qui tu es et ce que tu es, mais, si tu refuses de me rendre ma pierre, tu n'es pas de mon côté.

— Je t'ai sauvé la vie. Et à vrai dire, Lucien, je suis tout ce qui te reste. Tu es blessé, estropié, et les gens qui te cherchent veulent te voir mort. Même si le coup de feu n'attire personne, tu ne tiendras pas un jour sans mon aide.

Au bout d'un moment, il baissa son arme.

— S'il te plaît. J'ai besoin de la pierre. C'est mon seul moyen de défense.

— Elle fonctionne tant qu'elle est près de toi. Reste à mes côtés, et il n'y aura aucun problème.

Les traits de Lucien se tordirent de fureur et de frustration.

— Que les dieux te maudissent ! Et si nous sommes séparés ? En m'empêchant de la récupérer, tu commets un acte de trahison. Je suis ton empereur !

Vitala rit.

— Non, tu n'es pas mon empereur.

Lucien ne répondit pas. Elle ne lui laissa pas le temps de réfléchir à ces paroles et ajouta :

— Pour l'instant, tu n'es l'empereur de personne. Tu as été déchu.

— Je me moque de ce qu'a fait cette bande de traîtres. Je suis toujours…

— Chut, siffla-t-elle. Tu entends ?

Ils se turent. La brise charriait des éclats de voix, encore lointains, mais plus pour longtemps. Vitala ne distinguait pas les échanges, mais c'était peut-être une équipe de recherches.

— Ne restons pas là.

Fulminant toujours, Lucien hocha la tête.

Elle glissa son épaule sous son aisselle et ils reprirent leur route. Le champ de haricots semblait s'étendre à l'infini. Au-delà se trouvait un champ de foin, suivi d'un autre champ plein de plantes grimpantes. Vitala se moquait bien de savoir ce qu'il y poussait. Épuisée, elle avançait en chancelant, s'obligeant à mettre un pied devant l'autre. Lorsqu'elle se crut incapable de faire un pas de plus, elle avisa une vieille grange au toit en partie effondré. La porte pourrie s'ouvrit en pivotant sur ses gonds. Elle tira Lucien, au bord de l'évanouissement, à l'intérieur et l'allongea sur le sol de terre battue. La grange était vide. Il n'y avait ni bottes de foin ni paille fraîche sur lesquelles s'étendre pour se réchauffer.

Elle posa une main sur le bras de Lucien. Il avait la peau moite. C'était mauvais signe. Elle sortit le loros de la couverture. Elle le déposa par terre ; c'était la couverture qui l'intéressait. Elle la jeta sur Lucien et, à son tour, se blottit dessous. Elle la coinça sous eux, prit Lucien dans ses bras et pria pour que la chaleur de son corps le maintienne en vie jusqu'au lendemain matin.

Chapitre 8

Quand Vitala se réveilla, le soleil entrait à flots par le trou dans le toit de la grange, éclairant le sol de terre battue. Des particules de poussière dansaient dans la lumière. Lucien n'avait pas bougé, mais il était chaud dans ses bras, et il respirait.

Elle se dégagea de son étreinte, puis de la couverture. Lucien portait toujours le pistolet qu'il avait pointé sur elle un peu plus tôt. Elle l'ôta de sa ceinture et le coinça dans la sienne. Alors qu'elle s'apprêtait à sortir, ses yeux se posèrent sur la jambe coupée qui gisait, couverte de mouches, devant la porte. Dieux ! avait-elle vraiment porté cette horreur tout ce chemin ? Elle la prit par un orteil raidi, fit la grimace et sortit. Une nuée de mouches vola autour d'elle. Vitala jeta la jambe non loin de la grange. Elle aurait dû l'enterrer, mais ne disposait d'aucun outil.

À leur arrivée, elle était trop épuisée pour inspecter les alentours. Les plantes grimpantes qu'elle avait piétinées la nuit précédente étaient des haricots verts qui poussaient en s'enroulant autour de leurs tuteurs à trois pieds. Où qu'elle pose le regard, il n'y avait personne en vue, seulement des champs déserts. Elle repéra une ferme perchée sur une colline, sans doute à une demi-heure de marche tout au plus. Cela lui parut une bonne destination. D'après son expérience, les fermiers se faisaient un plaisir de vendre leurs produits aux voyageurs de passage, et elle ne fut pas déçue en arrivant là-bas. Elle repartit avec deux outres en peau, quelques pommes ridées, du pain et du fromage. À son retour, Lucien dormait toujours.

Elle lui fourra une outre entre les mains.

— Bois.

Il ouvrit les paupières, attrapa l'outre et avala la moitié de son contenu. Il désigna la deuxième.

— Et celle-là, c'est pour toi ?

— Non, j'ai bu à la ferme. Elle est aussi pour toi, mais garde-la pour plus tard.

Tandis qu'il s'attaquait au petit déjeuner, elle sortit et, se servant de la béquille de Lucien comme d'une pelle, ensevelit grossièrement la jambe coupée qu'elle recouvrit de quelques centimètres de terre.

De retour dans la grange, elle trouva Lucien qui chipotait sur la nourriture. Les rayons du soleil, balayant le sol, finirent par tomber sur le loros. Parsemé de diamants, négligemment plié par terre, il s'illumina comme un minuscule lustre.

— Tu as sauvé le loros ! s'écria Lucien.

— Oui.

Elle était un peu ennuyée de n'avoir pas songé à le cacher, mais il aurait de toute manière fini par le découvrir.

— Tant mieux ! Cassian va avoir une surprise.

— Cassian ?

— La tête pensante du complot.

— Tu étais au courant ?

— Non, répondit Lucien, mais avec le recul c'est la seule personne qui puisse avoir à la fois le désir et les capacités de me renverser.

— Qui est ce Cassian, et que te reproche-t-il ?

Lucien soupira.

— C'est le légat responsable des bataillons du Sud. Un sale type, dévoré par l'ambition. Il voulait épouser Céleste, ce qui aurait fait de lui le prochain héritier. En m'éliminant, il deviendrait empereur. Tu te souviens quand je t'ai raconté que mon arrière-grand-père avait assassiné l'empereur légitime pour s'emparer du trône ?

— Oui.

— Cassian est un descendant direct de l'empereur assassiné. Pour lui, il s'agit sûrement de rectifier l'histoire. Une fois débarrassé de moi, il obligera Céleste à l'épouser. Ce qui veut dire qu'il faut rentrer.

Vitala fit la moue. En quoi ces détails allaient-ils changer la donne pour Riorca ? Cela ne présageait sans doute rien de bon. Cassian était en position de force, surtout s'il se mariait avec la sœur de Lucien.

— Hormis Cassian, y a-t-il d'autres personnes qui pourraient avoir des vues sur le trône ?

Lucien secoua la tête.

— Non. Ce complot porte sa marque. Nous devons rentrer avant qu'il ne fasse du mal à Céleste.

— C'est ridicule. Nous ne pouvons pas retourner au palais.

En effet, si hormis Lucien il n'y avait personne pour affronter Cassian et déclencher une guerre civile, Vitala devait d'autant plus veiller à sa sécurité. La jeune fille ne pouvait être sauvée. Et pourquoi Lucien picorait-il ainsi ?

— Mange, ordonna-t-elle.

— J'essaie.

Elle croisa les bras.

— Serais-tu trop bien né pour te contenter de pain et de fromage de ferme ?

— Non, répliqua-t-il, mais je ne me sens pas très bien, et je ne suis pas sûr d'arriver à tout garder. J'ai répondu à tes questions. Maintenant, à ton tour. Qui es-tu ?

— Tu le sais déjà.

— Tu es plus qu'une joueuse de caturanga. Tu as tué la sentinelle avec un sort de mort. Je t'ai vue faire. Si tu es une Guérisseuse, j'aurais bien besoin de tes services tout de suite.

— Je n'en suis pas une. Si je l'étais, crois-tu vraiment que je t'aurais traîné sur des kilomètres à travers champs, en pleine nuit, alors que j'aurais pu soigner ta blessure et m'épargner tout ce mal ?

— J'ignore absolument tout de toi et de tes motivations, rétorqua sèchement Lucien. Et comment fais-tu pour jeter des sorts de mort si tu n'es pas Guérisseuse ?

— Je ne suis pas là pour subir un interrogatoire, se défendit Vitala, mais pour te mettre à l'abri.

La colère assombrit le visage de Lucien. Il tendit la main vers son pistolet, mais ne rencontra que du vide. Il baissa les yeux vers la ceinture de la jeune femme, où l'arme se trouvait désormais.

— Mange, répéta-t-elle. Nous devons partir, et tu as besoin de forces.

Il parvint à avaler encore un peu de pain. Elle emballa les restes, ainsi que le loros, nouant le tout dans la couverture. Une brève incursion à l'extérieur de la grange lui apprit qu'aucune équipe de recherches n'était en vue. Ils se mirent en route.

Lucien était encore plus faible que la nuit précédente. Il avait le teint pâle et transpirait abondamment malgré la fraîcheur du matin. Boitant lourdement, il restait à l'arrière. Vitala lui demanda s'il préférait s'appuyer de nouveau sur elle, mais il lui grogna de le laisser tranquille.

À l'évidence, ils n'iraient nulle part à pied. Malgré les risques qu'ils encouraient, Vitala mena Lucien vers la route. Ils avancèrent parallèlement à elle, à demi dissimulés dans les champs, guettant les éventuelles voitures de passage.

Elle repéra un chariot rempli de tas de carottes.

— Reste là, souffla-t-elle à Lucien avant de bondir sur la route.

— Monsieur ! appela-t-elle. (Elle agita les bras et se posta devant le chariot.) Mon compagnon et moi aurions besoin d'être déposés à Tasox. J'ai de quoi payer.

Elle sortit quelques tétrals de la bourse de Remus.

Le fermier tira sur les rênes de ses vieux chevaux bais et la regarda avec méfiance, les sourcils froncés.

— Je ne prends pas de passagers, et à votre place j'éviterais d'aller à Tasox. Ça grouille de bandits.

— Monsieur, ceci vous persuaderait-il ?

Elle ajouta quelques pièces à celles qu'elle lui proposait déjà.

Le fermier refusa de la tête et fit claquer sa langue pour inciter ses bêtes à repartir.

Vitala sortit son pistolet et le pointa sur le fermier.

— Descendez de là.

— Madame ! (Il arrêta ses chevaux.) Je… Non ! Vous me mettriez dans une position bien difficile !

— Emmenez-nous à Tasox, mon compagnon et moi. Nous irons là-bas. Vous pouvez voyager avec nous, ou mourir – comme vous voulez.

Le fermier déglutit.

— Je vous emmène à Tasox.

Visant toujours l'homme avec son arme, Vitala appela Lucien, qui sortit du champ en boitant et se dirigea vers l'arrière du chariot.

Le fermier eut l'air horrifié.

— Votre compagnon est malade !

— Blessé, le corrigea-t-elle.

Mais, en y réfléchissant, il avait raison : Lucien avait vraiment l'air malade. Il était blême, faible et transpirant… Pas tout à fait normal pour une simple blessure, non ? Elle sentit son estomac se nouer. Lucien n'était plus protégé. Et s'il avait attrapé une maladie ?

Par quelque miracle, malgré son état, il parvint à grimper sur le côté du chariot et s'y laissa choir.

— Faites attention aux carottes, supplia le fermier.

Vitala rangea son pistolet et grimpa sur le véhicule aux côtés de Lucien. Une dizaine de carottes se rompirent sous elle. Elle regarda le fermier qui, après avoir affiché un air affligé, se retourna et, d'un claquement de langue, fit avancer ses chevaux. Le chariot se mit en branle.

Elle toucha la joue de Lucien : elle était brûlante.

— Comment te sens-tu ?

Il serra fort les paupières.

— Comme si un attelage de quatre chevaux m'était passé dessus.

— Tu as peut-être contracté la fièvre traumatique. Tu n'es pas protégé.

— C'est ridicule. Bien sûr que je le suis.

— À ta place, je n'en jurerais pas. Ton Protecteur faisait partie des traîtres.

Lucien ne bougeait plus.

Craignant qu'il ne se soit évanoui, elle le secoua légèrement.

— Que faut-il faire pour soigner la fièvre ? Comment la guérit-on ?

— Je n'en sais fichtre rien, murmura-t-il. Il y a un Guérisseur à Tasox. Conduis-moi auprès de lui.

L'idée de se rendre à Tasox ne l'enchantait pas, étant donné les troubles qui agitaient les lieux, sans oublier que c'était la destination du bataillon. Mais Vitala n'avait guère le choix. Il n'y avait rien dans les parages hormis de grands champs cultivés. C'était soit Tasox, soit un retour dans la cité impériale de Riat. Au moins, Tasox se trouvait dans la bonne direction.

Elle posa une main sur le dos de Lucien, comme s'il lui appartenait et que le geste lui permît de tenir la mort à l'écart. La respiration du jeune homme se fit profonde et régulière. Il s'était endormi.

Lucien dormit presque tout le trajet. Dans ses périodes de réveil, il était irritable et s'exprimait sèchement. Parfois même il délirait. Une fois, il sembla persuadé d'être un soldat combattant au sein du bataillon de l'Aigle Blanc, dans les montagnes de Riorca. Il parla d'égorger un homme.

Ce soir-là, avant qu'il ne se réveille, elle défit le bandage grossier qui entourait sa jambe et trouva la blessure rouge et enflée. Elle n'était pas belle et n'avait pas l'air de guérir du tout.

— Les bandits nous empêcheront-ils d'entrer dans la ville ? lança-t-elle au conducteur.

— Nous leur graisserons la patte, répliqua-t-il.

— Vous savez que le bataillon s'apprête à rallier la ville ?

— Oui, madame. C'est pourquoi je suis pressé. Plus personne ne voudra acheter de légumes une fois que les effusions de sang auront commencé.

— Les gens auront toujours besoin de manger, lui objecta Vitala.

— S'ils ont un peu de jugeote, ils auront pensé à faire des provisions. Mieux vaut souffrir de la faim que de se faire empaler.

Ils arrivèrent à Tasox le lendemain après-midi. Un groupe de bandits vêtus de couleurs criardes les arrêta à l'entrée et exigea un « prix d'accès à la ville ». Le fermier paya. Ils reprirent leur route et arrivèrent sur un marché en plein air, où l'homme déposa Vitala et Lucien, à demi conscient. Même si elle avait dû menacer le fermier avec son arme pour qu'il les emmène, elle lui remit le prix de leur transport. Peut-être resterait-il discret à leur sujet si on l'interrogeait.

Bien qu'elle soit classée comme ville, Tasox n'était pas aussi grande que Riat. C'était plutôt un bourg. Vitala remarqua très vite qu'il était plutôt prospère, ou qu'il l'avait été avant la prise de pouvoir des bandits. Les cités kjallanes abritaient leurs pauvres dans des immeubles branlants à trois niveaux, mais en arrivant ici Vitala n'en avait vu aucun. Au lieu de quoi ils étaient passés devant des villas à un étage et de jolis bâtiments érigés en petits carrés autour de cours centrales communes.

Les rues, propres et bien entretenues, étaient peu fréquentées. Un tiers seulement des étals du marché étaient ouverts, et les clients qui faisaient la queue paraissaient nerveux. Ils regardaient fréquemment autour d'eux, surveillant les groupes de bandits qui arpentaient les rues. Ils étaient facilement reconnaissables aux armes qu'ils portaient ostensiblement. Une fois leurs affaires réglées, les gens retournaient furtivement chez eux.

Assis au bord d'une fontaine publique pour manger, un groupe de bandits les observaient, Lucien et elle. Elle était presque certaine qu'une fois leur déjeuner avalé ils viendraient l'ennuyer.

Elle appela un gamin des rues.

— Connais-tu Mme Hanna ?

L'enfant hocha la tête.

Elle lui donna un tétral.

— Tu en auras deux de plus si tu vas me la chercher tout de suite. Préviens-la que j'ai avec moi un homme qui a un Tesson dans la jambe. Dis-lui exactement ces mots : un Tesson dans la jambe. Tu as compris ? Répète, pour voir.

L'enfant répéta les mots exacts et Vitala le laissa partir.

Un quart d'heure plus tard, Mme Hanna arriva, tout essoufflée, accompagnée du gamin et d'une esclave riorcane. La femme, bien en chair, avait dans les cinquante ans. Ses cheveux grisonnants, tirés en arrière, étaient attachés sur sa nuque. Autour du cou, elle portait une chaîne d'argent, et ses poignets étaient ornés d'une série de bracelets du même métal.

— Tante Hanna, la salua Vitala.

Hanna lui jeta un bref coup d'œil – elles ne s'étaient jamais rencontrées de leur vie – et s'approcha de Lucien, fiévreux.

— Tu dis qu'il a un Tesson dans la jambe ?

— Oui.

— Ramenons-le à la maison. Les rues ne sont pas sûres.

Vitala paya l'enfant puis souleva Lucien sous les bras tandis que l'esclave le prenait par les cuisses. Hanna les mena sur plusieurs pâtés de maisons jusqu'à un immeuble qui entourait une cour centrale. Ils entrèrent ;

Hanna ferma la porte derrière eux. Un chien au pelage cuivré tacheté de blanc trotta vers Vitala en agitant une queue semblable à un plumeau. Il avait dans la gueule quelque chose de gris et mou qu'elle n'identifia pas. Elle espérait que ce n'était pas le cadavre d'un rat.

— Je ne suis pas Guérisseuse, déclara Hanna. Je suis sage-femme.

Vitala jeta un rapide coup d'œil à la pièce où elle se trouvait. C'était un salon orné d'une cheminée et doublé d'une cuisine. Au fond, deux portes menaient sans doute aux chambres. Une troisième donnait sur la cour. Il régnait dans l'air une odeur d'herbes et de bons petits plats.

L'esclave indiqua l'une des chambres. Vitala l'aida à y porter Lucien, qu'elles installèrent sur l'un des lits. Le chien les suivit d'un pas feutré et se blottit au pied du lit, son mystérieux objet toujours dans la gueule.

— Y a-t-il un Guérisseur à Tasox à qui nous pourrions le montrer ?

— Non, répondit Hanna. Les hommes de Gordian ont tué l'un des deux et retiennent l'autre en otage.

Cette nouvelle découragea Vitala. Sans l'intervention d'un Guérisseur, Lucien avait peu de chances de survivre.

— Pouvons-nous parler à Gordian ? lui proposer de l'argent en échange d'un soin ?

— Non. N'approchez pas de Gordian. Qui est cet homme ?

Hanna ôta les bottes de Lucien et commença à le déshabiller. L'esclave riorcane s'approcha pour l'aider.

Vitala lui lança un regard hésitant.

— Tu peux parler librement, mon enfant, l'encouragea Hanna. Glenys est des nôtres.

Vitala sourit. Leur couverture était idéale pour une opération d'espionnage. Hanna ressemblait à une Kjallane. Comme Vitala, elle devait être métisse, tandis que Glenys était à cent pour cent riorcane. Une sage-femme et son esclave pouvaient se déplacer librement dans le bourg et rendre visite à de nombreuses familles. Elles devaient en apprendre beaucoup. Peut-être ne se passait-il pas grand-chose à Tasox sans qu'elles soient au courant, toutes les deux.

— C'est l'empereur de Kjall.

Hanna ricana.

— Même pas drôle.

— Je ne plaisante pas ! C'est l'empereur Lucien. Ses hommes se sont retournés contre lui. C'est tout juste si j'ai réussi à le récupérer en vie.

— Je n'ai pas entendu parler de ça.

— Ça vient de se produire, expliqua Vitala. Un bataillon va arriver ici pour s'occuper des bandits. Je doute que les soldats cherchent Lucien. Ils le croiront mort. Mais je ne peux le jurer.

Hanna regarda Lucien endormi et s'attarda sur sa jambe de bois aux bandes dorées, son corps maigre, son teint pâle et ses traits bien dessinés.

— Il nous entend ?

— Je ne sais pas, répliqua Vitala.

— On va dire que oui. (Elle posa une couverture sur lui.) Passons à côté.

Elles laissèrent Lucien, fermèrent la porte et allèrent dans le salon. Hanna s'assit dans un tintement de bracelets.

— Si c'est bien l'empereur, tu devrais le laisser mourir.

— Non. (Vitala s'était installée en face d'elle.) Je dois le ramener dans le Cercle à Riorca.

Glenys écarta les mains.

— Mais pourquoi ? Le Cercle veut sa mort.

— Plus maintenant, répondit Vitala. Il y a eu un putsch. Un homme appelé Cassian s'est emparé du trône impérial. Si Lucien meurt, Cassian gouvernera le pays de manière incontestée. Nous avons besoin de Lucien pour lever une armée et déclencher une guerre civile, ce qui donnera à Riorca l'occasion de gagner son indépendance.

— Ce jeune homme ne m'a pas l'air capable de lever une armée, constata Hanna.

Vitala se mordit la lèvre. Elle devait le reconnaître, et c'était un point délicat. Pourtant, quelque chose l'incitait à ne pas se fier aux apparences.

— C'est notre meilleure chance. De plus, j'ai reçu des ordres.

C'était vrai : elle avait reçu des ordres. Mais pas ceux-là.

— Qu'es-tu au juste ? Une espionne ? Un assassin ? s'enquit Glenys.

— Assassin et briseuse de protections.

Elle souleva ses cheveux et montra les deux zones dures sur son cou où étaient implantées sa pierre fendue en obsidienne et sa pierre de mort.

Les deux femmes s'approchèrent pour les toucher, puis se redressèrent, échangeant un regard. Les assassins étaient des personnages très respectés dans le Cercle de l'Obsidienne.

— Bon, d'accord, dit Hanna. Je ferai de mon mieux pour le sauver, mais je ne te promets rien. Que sait-il exactement ?

— Seulement que je l'ai secouru. Il ignore que j'appartiens au Cercle.

— Eh bien, qu'il continue.

Elles retournèrent auprès de Lucien, toujours inconscient sur le lit, avec le chien pour lui tenir compagnie.

— Comment s'appelle ton chien ? demanda Vitala. Et qu'est-ce qu'il a dans la gueule ?

— Flavia, et c'est un bandage enroulé qu'elle aime bien balader. Sais-tu quel est le problème de Lucien ? l'interrogea Hanna.

— Je pense qu'il souffre d'une fièvre traumatique. Son Protecteur faisait partie des traîtres.

Vitala remonta le syrtos de Lucien et défit le bandage.

Hanna siffla devant le spectacle.

— Oui, c'est bien la fièvre traumatique.

Vitala se mordit la lèvre.

— Il va s'en sortir ?

— Sûrement, répondit Hanna. Ce n'est pas encore marbré. Mais il faut qu'il soit protégé avant que la maladie ne gagne du terrain. Glenys, va chercher Antonius.

La Riorcane se hâta de sortir.

— Une fois qu'il sera protégé, son état ne devrait pas s'aggraver, expliqua Hanna. Cependant, guérir la maladie déjà en place peut se révéler difficile. (Elle examina son dos et ses flancs.) Il a aussi des brûlures.

— Sont-elles graves ?

— Elles doivent être très douloureuses. Elles laisseront sûrement des marques. Mais les cloques n'ont pas éclaté, et c'est plutôt bon signe. Je vais y appliquer un baume.

— Que puis-je faire pour me rendre utile ? s'enquit Vitala.

— Rien pour l'instant, répondit Hanna. Mais, une fois qu'il sera de nouveau protégé et que j'aurai récupéré des remèdes, tu veilleras sur lui. Glenys et moi devons poursuivre notre travail de sages-femmes. Tu comprends ? Nous pouvons être appelées à tout moment.

— Oui, bien sûr.

— Pour l'heure, je vais faire ce que je peux.

Hanna quitta la pièce et alluma un feu dans la cheminée. Elle y posa une bouilloire et y fit une décoction d'herbes. Vitala jeta le bandage imprégné de sang, défit les lanières de la jambe de bois de Lucien pour la lui ôter, et posa la couverture sur la partie inférieure de son corps pour la cacher. Le visage de l'ancien empereur était méconnu du grand public de Kjall, mais sa jambe constituait son signe particulier.

Le Protecteur, Antonius, arriva et fut introduit dans la chambre du fond. C'était un homme âgé au visage doux et ridé.

— Vous voulez les protections de base ? demanda-t-il.

— Oui, monsieur, celle de la stérilité incluse, répliqua Vitala. D'abord le patient, puis moi.

Elle aimait regarder mettre en place des protections puisque, au contraire de la plupart des gens, elle pouvait les voir. Elle apaisa son esprit tandis que, du bout des doigts, le Protecteur traçait des symboles dans l'air, invoquant la magie de la Faille et l'ancrant en Lucien et en elle-même. Fort habile, il appelait ce dont il avait besoin avec le minimum de gestes. Vitala sourit en voyant les filaments bleu et violet laissés par son œuvre. Elle le paya et lui laissa un pourboire avec l'argent de Remus.

Après le départ d'Antonius, Hanna apporta la bouilloire fumante dans la chambre et la posa à côté du lit de Lucien. Elle versa une poudre dans l'eau bouillante, la remua et y trempa un chiffon qu'elle retira avec des pinces et qu'elle tendit à Vitala.

— Laisse-le refroidir un moment puis place-le sur sa jambe. La blessure doit être mouillée pendant quinze minutes.

Vitala prit les pinces. Elle attendit que le linge ait suffisamment refroidi et le posa sur la blessure.

Lucien grogna et remua dans son sommeil.

Hanna quitta la pièce. Elle revint peu après avec une cuvette et un instrument métallique qui ressemblait à une grosse pince à épiler. Elle reprit les pinces des mains de Vitala et les posa.

— Tiens-le bien, ordonna-t-elle.

Vitala lui jeta un regard interrogateur.

— Il est inconscient.

— Il ne va peut-être pas le rester.

Vitala plaqua les bras de Lucien sur le lit et le maintint fermement.

— Non, dit Hanna. Place-toi derrière lui et mets-lui les bras dans le dos.

Vitala grimpa sur le lit derrière Lucien, le souleva et le plaça contre sa poitrine. Elle lui tordit les bras dans le dos et le tint dans cette position.

Hanna se servit de la pince à épiler pour ouvrir la blessure infectée. Vitala grimaça et détourna la tête.

Jusque-là inerte dans ses bras, Lucien se réveilla en se tordant dans tous les sens. Une vraie force de la nature ! Son bras échappa à la prise de Vitala et elle reçut un coup au menton. Il agita les bras ; elle baissa la tête pour esquiver ses moulinets. La cuvette se renversa.

— Restez tranquille ! aboya Hanna.

Lucien cria quelque chose d'incompréhensible.

Vitala essaya d'agripper Lucien, mais il lui échappait. Elle avait peur : elle n'était pas de taille à lutter contre une force décuplée par la magie.

Hanna remit la cuvette en place.

— Allongez-vous, bougre d'idiot ! J'essaie de vous aider !

— Que se passe-t-il ? Qui êtes-vous ? s'écria Lucien.

— Lucien, c'est moi !

Vitala contourna le lit pour entrer dans son champ de vision. En la voyant, il se calma.

— Tu es à Tasox, expliqua Vitala. Voici ma tante Hanna. Elle t'aide pour ta jambe.

— Elle m'aide pour… (Il regarda la blessure, puis Hanna avec sa pince et la cuvette.) Qu'est-ce que c'est que cette rebouteuse ? C'est d'un Guérisseur que j'ai besoin !

Il voulut se lever, mais céda sur sa jambe blessée. Vitala le rattrapa et l'obligea à se recoucher. Il parlait d'une voix étrange. Même s'il paraissait avoir toute sa tête, elle soupçonnait la fièvre de le faire délirer.

— Chut, le rassura Vitala en posant doucement les mains sur ses bras pour l'inciter à rester allongé. Aucun Guérisseur n'est disponible. Sur les deux que compte Tasox, l'un est mort et l'autre est prisonnier des bandits.

— Par l'enfer du Soldat ! Et le bataillon, quand arrive-t-il ?

— Je n'en ai pas la moindre idée, mais son arrivée n'augurera rien de bon pour nous.

— La peste soit de tout ! fulmina Lucien. Partons d'ici et allons à la prochaine ville. Il y a des Guérisseurs à Worich.

— Vous n'aurez jamais la force de faire le trajet, intervint Hanna. Pas tant que je n'aurai pas aspiré cette jambe.

Lucien pâlit.

— Comment ça, « aspiré » ?

— Vous avez la fièvre traumatique, l'informa Hanna. Il faut aspirer la maladie, sans quoi vous perdrez votre jambe. Étant donné que c'est la seule valide, je doute que ce soit ce que vous voulez.

— Peste ! je ne vous laisserai pas ouvrir ma jambe. Je vous tuerai s'il le faut !

Vitala se tourna vers Hanna.

— Il n'a pas toute sa tête. Il ne peut pas réfléchir. Et si j'éloignais sa pierre fendue pour qu'il perde ses pouvoirs ? Glenys pourrait le tenir pendant que tu aspirerais sa jambe.

Hanna fronça les sourcils.

— C'est imprudent de sortir dans la rue, avec les hommes de Gordian dehors.

— Je sais me défendre, et ça ne sera pas long, si ?

— Non, mais…

— Ne t'en va pas. (Lucien levait vers elle des yeux perdus et voilés.) N'emporte pas ma pierre fendue.

— Je veux bien rester, à condition que tu te tiennes tranquille pour tante Hanna.

Il grimaça, mais hocha la tête.

Hanna donna de petits coups dans la blessure ouverte. Un liquide jaunâtre s'en écoula. Elle approcha la cuvette pour le récupérer.

Lucien hurla de douleur. Il regarda Hanna faire.

Sa voix se percha dans les aigus :

— C'est quoi, ce truc jaune ? Je n'ai jamais vu de sang jaune !

— C'est la maladie.

Hanna enfonça l'outil plus loin dans la blessure, trouvant encore de l'infâme fluide. Vitala sentit la bile monter dans sa gorge. Jamais elle n'avait été si écœurée.

— Je l'enlève pour que votre jambe puisse guérir, reprit Hanna. Sentez-vous déjà une différence ?

Lucien avait le regard vitreux.

— Je ne peux même pas me lever, marmonna-t-il. Maudit cheval.

Vitala et Hanna échangèrent un regard perplexe.

Lucien se tourna vers Vitala et sursauta, comme s'il venait tout juste de la remarquer. Il toucha doucement son menton, à l'endroit où il l'avait frappée.

— Qui t'a fait ça ? Je l'empalerai…

— C'est toi, crâne de piaf.

Il prit un air choqué.

— Impossible.

— Tu ne l'as pas fait exprès. Ne t'en fais pas.

Comme pour s'excuser, il l'embrassa sur le menton. Elle ne protesta pas ; il se pencha donc pour l'embrasser sur la bouche.

Elle le repoussa.

Quand Hanna fouilla plus encore dans sa blessure, essayant d'ôter jusqu'à la dernière goutte du liquide nauséabond, le corps de Lucien se raidit. Il serra les mâchoires. Il regarda de nouveau le fluide jaune qu'on aspirait de sa jambe.

— Maudit cheval, répéta-t-il dans un murmure.

Soudain, il s'effondra comme un poids mort dans les bras de Vitala.

— Dans les pommes ? demanda Hanna.

Vitala l'allongea sur le lit.

— Je crois bien.

Hanna fit claquer sa langue, compatissante.

— Le pauvre. Ça vaut mieux ainsi.

Chapitre 9

Ce soir-là, Hanna et Glenys furent appelées pour une naissance. Vitala resta avec Lucien et Flavia et suivit les consignes d'Hanna. Toutes les quatre heures, elle mouillait la blessure avec l'eau bouillie traitée, la recouvrait de poudre et la bandait. Au regret de Vitala, l'entaille n'avait pu être recousue : la plaie devait rester ouverte jusqu'à disparition de la maladie. Quand Lucien se réveillait, toujours délirant, Vitala le forçait à avaler des remèdes, de l'eau et, s'il l'acceptait, un peu de nourriture.

Le lendemain matin, Lucien se sentait encore faible, mais la blessure faisait bien moins peur à voir. Conscient de la présence de la chienne, il se penchait de temps à autre pour lui caresser les oreilles.

Quelques heures plus tard, Hanna et Glenys surgirent par la porte.

— Ils arrivent ! prévint Hanna. Filez au sous-sol, vous deux.

— Qui ça ?

Vitala courut dans la chambre. Il faudrait qu'on l'aide à transporter Lucien.

— Les hommes de Gordian. (Hanna tira un tapis, dévoilant une trappe.) Laisse Lucien où il est. Ce n'est pas lui qu'ils veulent. C'est pour Glenys et toi que je m'inquiète. Ils prennent les jeunes femmes. Emmène aussi Flavia, au cas où ils tireraient sur les animaux pour s'amuser.

— Combien sont-ils ? Ont-ils des pouvoirs ?

— Ne te mesure pas à eux, mon enfant. Gordian en enverra d'autres.

Elle souleva la trappe et désigna l'échelle.

Glenys se hâta de descendre. Vitala prit ses armes et la suivit. L'échelle branlante grinça sous ses pieds. Une fois en bas, elle sentit qu'elle marchait sur de la terre battue.

— Tiens, prends Flavia ! lança Hanna depuis la trappe.

Vitala la vit lui tendre la chienne. Son ventre se crispa. Elle n'avait aucune expérience en matière de chien. Certains soldats kjallans en avaient – de grands chiens de guerre aux muscles saillants, au collier clouté et à la gueule emplie de crocs. Flavia n'appartenait pas à cette race. Elle semblait gentille malgré sa grande taille.

— Je m'en occupe, dit Glenys en s'avançant.

Au grand soulagement de Vitala, l'esclave prit la chienne dans ses bras et la posa par terre. La trappe se referma au-dessus d'elles, les plongeant dans le noir. Glenys activa un lumignon qui révéla un espace étroit et des étagères sur chaque mur. Elles étaient pleines de pots remplis de poudre, d'herbes sèches, de bandages et de réserves alimentaires. Il n'y avait aucun meuble. Vitala s'assit en tailleur à même le sol, arma à moitié son pistolet et le posa sur ses genoux. Elle entendit un raclement à l'étage tandis qu'on remettait le tapis sur la trappe.

Flavia ne cessa d'aller et venir puis finit par se blottir près de Vitala. La jeune femme eut un mouvement de recul : jamais elle n'avait touché de chien. Toutefois, elle se détendit peu à peu. Manifestement, l'animal ne lui voulait aucun mal. D'une main hésitante, elle caressa la tête de Flavia comme elle avait vu Lucien le faire. Sur l'extérieur, la fourrure mi-longue était rêche, mais on trouvait une couche plus douce en profondeur.

— Tu n'as pas l'habitude des chiens, constata Glenys. Pourtant, notre peuple en avait, avant. Le savais-tu ?

Vitala fit « non » de la tête.

— Les Kjallans les ont massacrés, reprit Glenys, mais quelques-uns ont survécu, et la lignée a été préservée. Rares sont ceux qui le savent.

Vitala ouvrit la bouche pour répondre et se ravisa : au-dessus d'elles, la porte de l'appartement s'ouvrit avec fracas. Des bruits de pas sourds résonnèrent.

Flavia se leva d'un bond, mais, avant qu'elle n'ait eu le temps de gronder ou d'aboyer, Glenys lui attrapa le museau.

— Madame Hanna, dit une voix d'homme. Nous avons besoin de matériel.

— Pour quoi faire ? répliqua-t-elle. N'avez-vous pas de Guérisseur ?

— Gordian ne l'aimait pas.

Elles entendirent qu'on poussait des meubles et qu'on ouvrait brusquement des placards.

— Comment ça, Gordian ne l'aimait pas ? Est-il mort ?

Pas de réponse. Les bruits de pas passèrent au-dessus de leurs têtes et se déplacèrent dans la chambre de Lucien.

— Qui c'est, ce type ?

— Ce ne sont pas vos affaires, rétorqua Hanna. Quelqu'un à qui vos hommes ont fait du tort, voilà tout.

L'un des visiteurs pouffa de rire.

— Et dans ce bol, il y a quoi ? De la soupe ?

— Ce n'est pas pour vous, dit Hanna.

Un crachat.

— Berk ! c'est un remède.

Encore des claquements, encore des bruits de pas. Ils résonnèrent fortement lorsqu'un des hommes marcha sur la trappe. Avec soulagement, elles entendirent alors la porte d'entrée s'ouvrir.

— Merci, Hanna. Vous êtes fort aimable.

— Vous n'êtes qu'une bande de voleurs, voilà ce que vous êtes ! lança-t-elle après eux.

La porte se referma.

Quelques minutes plus tard, la trappe se souleva et Hanna regarda en bas.

— Bon, vous pouvez remonter.

— Il y a du dégât ? s'enquit Glenys en émergeant de la cachette.

Hanna fouilla dans son cabinet.

— Pas trop. Notre vraie réserve est au sous-sol. De plus, ils ne savent pas ce qu'ils cherchent. Regardez, ils ont emporté les bandages, mais ils ont laissé ça.

Elle leur tendit un pot de baume.

Hanna et Glenys éclatèrent de rire.

— Qu'y a-t-il, là-dedans ? demanda Vitala.

— Un baume pour les brûlures, expliqua Glenys. Rare et précieux. Quelle bande d'imbéciles de ne pas l'avoir pris ! Alors, ils ont tué le Guérisseur ?

— On dirait bien, regretta Hanna.

— Je ne pensais pas dire ça un jour, répondit Glenys, mais j'ai hâte que le bataillon arrive.

Hanna et Glenys furent rappelées ce soir-là et n'étaient pas encore rentrées le lendemain matin. La blessure de Lucien paraissait presque saine. Vitala attendait avec impatience le retour de la sage-femme, afin qu'elle examine l'entaille et, si possible, qu'elle la recouse. Elle ignorait ce qui retardait le bataillon. Il aurait dû être arrivé, à cette heure. Cependant, si son retard se prolongeait, elle allait peut-être devoir emmener Lucien. Il était temps de s'activer.

Lucien retrouvait ses couleurs. Il ressemblait moins à un cadavre et plus au beau jeune homme à qui elle avait fait l'amour sous la tente impériale. Enfin, c'était plutôt lui qui lui avait fait l'amour. Au souvenir de cette nuit-là, elle sentit le feu gagner ses joues et son entrecuisse palpiter. Dieux ! que lui était-il arrivé ? Elle avait couché avec de nombreux hommes avant Lucien, mais jamais son corps n'avait répondu à leur étreinte comme il l'avait fait avec lui. Était-ce à cause de son physique ? de son talent ? de sa personnalité ? Peu importait, étant donné la tournure qu'avaient prise les événements par la suite. Elle avait craint qu'une vision du jeune soldat ne s'immisce en elle et lui fasse perdre connaissance. C'était exactement ce qui s'était produit. Si Remus et ses soldats n'avaient pas surgi, l'obligeant à revenir à la réalité, qui sait jusqu'où elle serait allée ? Vitala aurait peut-être atteint la partie horrible, celle qui la faisait crier. Qu'aurait pensé Lucien en voyant cela ? Elle ne pouvait plus prendre le risque de coucher avec lui.

Tout de même, le soigner n'avait pas été aussi déplaisant qu'elle l'aurait cru. Débarrassé de son uniforme impérial, il ne ressemblait plus à un ennemi. Alité dans une chambre à Tasox, il n'était plus l'empereur qui persécutait le peuple de Vitala et avait orchestré le massacre de Stenhus. Ce n'était plus qu'un homme – et beau avec ça. Même la chienne semblait l'apprécier. Flavia ne dormait plus au pied du lit, mais dessus, juste à côté du convalescent. Souvent, il posait la main sur elle ou lui grattait distraitement les oreilles.

Vitala toucha la joue de Lucien pour vérifier sa température. Elle était fraîche. Elle regarda ses yeux fermés, souhaitant à moitié les voir s'ouvrir. C'était son plus bel atout – non par leur forme ou leur couleur, assez communes, mais par leur intensité. C'était l'intelligence qui les rendait si fascinants. Ces yeux-là lui manquaient. En deuxième position venait sa bouche. Dieux ! voilà un homme qui savait embrasser ! Elle en tremblait encore. Dans une poussée de désir inconscient, elle se pencha et, de ses lèvres, effleura celles de Lucien.

Il ouvrit les yeux. Elle se leva et se détourna de manière à lui cacher ses joues rouges.

— Ne t'arrête pas là, dit-il. Ça commençait juste à devenir intéressant.

Il avait retrouvé sa lucidité ; elle l'entendait à la vivacité de son ton.

— Je vérifiais que tu n'avais pas de fièvre.

— Et alors ?

— Tu n'en as pas.

— Tu devrais peut-être revérifier.

Il fit exprès de tousser. C'était sûrement son apparence physique qui l'avait attirée, car ce n'était pas sa personnalité, ça ne faisait aucun doute.

— Tu n'es pas drôle.

— Je n'arrive pas à te faire rire, mais j'arrive à te faire rougir.

Il était temps de changer de sujet.

— Les hommes de Gordian sont venus ici. Ils ont volé du matériel à Hanna.

— Et le bataillon, quand arrive-t-il ?

— Il aurait déjà dû être là. Il a du retard.

— Pourquoi ?

— Aucune idée, répondit Vitala. Je parie que ça a un rapport avec ta disparition.

— Si Remus est mort dans l'incendie, les traîtres se retrouvent désorganisés et sans chef. Ils retourneront sûrement auprès de Cassian chercher les consignes avant d'agir. D'un autre côté, si Remus a survécu...

— Il n'a pas survécu.

— Comment le sais-tu ?

— C'est moi qui l'ai tué.

— Tu mens. C'est un mage de guerre. Tu n'aurais jamais pu le tuer.

Elle sortit de sa poche la pierre fendue de Remus et la laissa pendre sous le regard incrédule de Lucien. Elle tenait à ce qu'il sache qu'elle était capable de tuer un mage de guerre. Cela lui inspirerait le respect qu'il lui devait.

— C'est impossible, insista-t-il.

— Nous avons tué l'autre mage de guerre près du feu.

— *Nous* l'avons tué. Nous étions deux. L'un de nous était un mage de guerre sachant particulièrement bien viser. Je t'ai vue combattre. Tu te débrouilles bien, mais jamais tu n'aurais pu le vaincre seule.

— Peut-être pas, mais j'ai bel et bien tué Remus.

— Comment t'y es-tu prise ?

Vitala sourit.

— Pourquoi te dévoilerais-je mes secrets ?

Il se rembrunit.

— Pour qui travailles-tu ? Le Cercle de l'Obsidienne ?

Elle fut choquée qu'il ait deviné la vérité si facilement. Cela dit, ce n'était pas comme s'il y avait quantité de réseaux d'espionnage qui opéraient à Kjall.

— Je crois que le Cercle de l'Obsidienne t'aurait tué plutôt que sauvé, non ?

Il prit un air pensif.

— Pas forcément. Le Cercle aurait des raisons de me vouloir sur le trône plutôt que Cassian.

— Ah oui ? Et lesquelles ?

— Si tu n'appartiens pas au Cercle, en quoi cela t'intéresse-t-il ?

Frustrée, Vitala se mordit la lèvre. À un moment ou à un autre, elle allait devoir tout lui avouer. Cela lui semblerait évident quand il comprendrait qu'ils se dirigeaient vers Riorca. Le transporter là-bas sans son consentement ne serait pas chose facile. Elle détenait sa pierre fendue, ce qui lui donnait un avantage, mais elle ne pouvait le priver de ses pouvoirs magiques sans éloigner la pierre. Et comment contrôler Lucien sans rester auprès de lui ? Elle ne pouvait pas l'attacher : il briserait ses liens. Et des chaînes ? Non, ce serait trop voyant. Et d'abord, comment réussirait-elle à les lui passer ?

Non, il fallait oublier la manière forte. Elle n'avait d'autre choix que de lui faire croire qu'elle était de son côté.

Elle s'assit à côté de lui sur le lit.

— Écoute, je t'expliquerai dans la mesure du possible. Oui, je travaille pour quelqu'un. Une organisation. Mais je ne peux te dire laquelle.

— Et pourquoi ?

Elle ignora sa question.

— Mes supérieurs étaient au courant du complot. J'avais reçu l'ordre de me rapprocher de toi et de rester à tes côtés pour pouvoir te mettre à l'abri si les traîtres frappaient.

— Si tu étais au courant du complot, tu aurais dû m'en parler ! J'aurais pu prendre les mesures…

— Non, l'interrompit-elle. Le complot était d'une trop grande envergure. Maintenant que les traîtres ont agi et que je t'ai sauvé, je dois te conduire auprès de mes supérieurs. Tels sont mes ordres.

Il roula des yeux.

— Et tu ne peux me dire ni qui ils sont ni ce qu'ils veulent.

— Ils veulent te revoir sur le trône. Si je ne m'abuse, c'est aussi ce que tu souhaites.

— Si tu es dans mon camp, rends-moi ma pierre fendue.

— Je n'ai pas reçu l'ordre de t'obéir, mais de te conduire devant mes supérieurs. Je ne te fais pas confiance pour coopérer ; il faut que j'aie un avantage sur toi.

Le visage de Lucien se tordit de frustration.

— Écoute, Vitala. Je ne fonctionne pas comme ça. J'ai besoin de détails, sans quoi je ne peux pas établir de stratégie. On ne peut pas jouer au caturanga sans voir le plateau ! Je dois savoir qui sont ces gens et comment ils ont l'intention de m'aider.

— Je ne suis pas en mesure de te fournir ces détails. Je ne suis pas le cerveau de l'opération : j'exécute simplement les ordres. Tu vas devoir me faire confiance. N'oublie pas que je t'ai sauvé la vie.

— Je t'en suis reconnaissant, mais ça ne m'oblige pas à te suivre n'importe où.

Elle sourit.

— Tu vois pourquoi j'ai besoin de conserver un coup d'avance.

Il ouvrit la bouche pour argumenter, puis se ravisa et agita une main en signe de capitulation.

— J'ai faim.

Elle se dirigea vers la cuisine.

— Je vais aller te chercher à manger.

— Vitala ?

Elle se retourna, une main sur la porte.

— Si ce n'est pas toi le cerveau de l'opération, tu devrais l'être.

Chapitre 10

Le lendemain matin, des coups de feu et des bruits de combat au sud du bourg annoncèrent l'arrivée du bataillon. Par la fenêtre, Vitala regarda les soldats passer en rangs devant l'immeuble et se diriger vers le centre du village. Leur présence perturbait la jeune femme : désormais, Lucien et elle étaient piégés dans ce logement jusqu'à leur départ. Pour ne pas rester oisive, elle s'obligeait à faire le guet. En début d'après-midi, elle repéra un petit groupe de soldats qui descendaient la rue et frappaient aux portes de chaque logis.

Hanna aboya :

— Lucien et toi, au sous-sol ! Glenys, va dans la chambre du fond avec Flavia.

Vitala fut la première à descendre l'échelle, puis elle aida Lucien qui grognait de douleur à chaque pas. Hanna ferma la trappe au-dessus d'eux, les plongeant dans le noir. D'un geste de la main, Vitala forma une boule de lumière bleue. Lucien s'appuya contre le mur de terre en face d'elle, coincé entre deux étagères. Vitala se rendit compte que l'étroitesse de l'espace les forcerait sans doute à se toucher. Cela ne l'avait pas dérangée avec Glenys et Flavia, mais avec Lucien… Elle se recroquevilla le plus possible, remontant ses jambes pour éviter tout contact avec celles de Lucien.

Pendant un instant, le jeune homme eut l'air déçu, puis ses yeux se mirent à luire. Il fit exprès d'étendre ses jambes et de les laisser contre celles de la jeune femme.

— Salopard, siffla-t-elle en lui assenant un coup de pied.

— Ne sois pas cruelle. Je suis blessé.

Il indiqua sa jambe bandée et laissa son pied reposer sur les genoux de Vitala.

Riant malgré elle, elle repoussa son pied. À son tour, elle étendit les jambes dans l'espace qu'ils partageaient, prenant ainsi toute la place. Dieux ! que lui arrivait-il ? Pourquoi se comportait-elle ainsi ? Son attitude n'avait rien de professionnel.

— Pourquoi vont-ils de maison en maison ?

Lucien ouvrit la bouche pour répondre, mais on frappa à la porte, assez fort pour laisser deviner que les coups étaient donnés avec un bâton ou le pommeau d'une épée. Les deux jeunes gens se turent.

Le battant s'ouvrit. La voix d'Hanna leur parvint, douce comme du miel chaud :

— Bonjour, messieurs.

— Bonjour, madame.

Des bruits de pas résonnèrent au-dessus de leurs têtes. Vitala compta deux soldats. Des chaises grincèrent quand ils s'installèrent dessus.

— On m'a dit que vous étiez sage-femme et herboriste.

— En effet, monsieur.

— Vivez-vous seule ici ?

— Avec une jeune esclave. Et une chienne.

— L'esclave, est-elle présente ? Si vous voulez bien la faire venir.

— Glenys, viens, appela Hanna.

Une porte s'ouvrit, puis il y eut des bruits de pas légers, mais pas d'autres grincements de chaises. Vitala imagina Glenys, les épaules voûtées et les yeux baissés – l'incarnation de l'esclave riorcane docile.

— Nous essayons de comprendre ce qui s'est passé ici, expliqua le soldat. Connaissez-vous certains des bandits ?

— Pas personnellement, monsieur. De réputation seulement. Leur chef se nomme Gordian. Il était officier dans un bataillon qui a été dissous. Il est venu à Tasox avec un certain nombre d'hommes de ce même bataillon. Ils ont commencé à devoir de l'argent à diverses auberges et tavernes locales. Quand un aubergiste a eu le malheur de réclamer son dû, une bagarre a éclaté, et ils ont brûlé la taverne. Une terrible tragédie. Deux enfants sont morts, et…

— Je suis déjà au courant de ces faits, l'interrompit le soldat. Est-ce qu'aucun des bandits n'est originaire de Tasox, ou quelques-uns viennent-ils des environs ?

Hanna hésita.

— S'il y a parmi eux des gens d'ici, alors je ne les connais pas.

— Refuser de collaborer dans cette enquête est un crime, madame. Réfléchissez bien.

— Oui, monsieur. C'est ce que je fais.

— Où logent les bandits ?

— On m'a dit que Gordian s'est emparé de la chambre du conseil, et que les auberges de *L'Agneau noir* et des *Plats d'argile*, ainsi que les bains des quartiers nord, abritent certains de ses hommes.

— Et comment se débrouillent-ils pour le matériel ? Qui les nourrit, les approvisionne ?

— Eh bien… (Hanna semblait mal à l'aise.) Personne, en fait. Les bandits prennent ce qu'ils veulent, sans payer. La plupart d'entre nous ont été volés.

— C'est votre cas ?

— Oui, monsieur. Ils se sont introduits chez moi à plusieurs reprises pour voler du matériel médical.

— Quelle résistance leur avez-vous opposée lorsqu'ils sont entrés chez vous ? demanda le soldat.

— Je leur ai ordonné de partir, répondit Hanna. Mais nous ne sommes que deux femmes ici, et ils étaient armés de pistolets. De plus, notre chienne n'est pas agressive.

Inquiète de la tournure que prenait l'interrogatoire, Vitala se rapprocha de Lucien, porta une main à son oreille et murmura :

— Pourquoi l'interrogent-ils sur le matériel volé ?

Il souffla :

— Ne t'en fais pas. Ce sont des questions de routine.

— Mais à les entendre, on croirait qu'ils lui reprochent de s'être laissé faire.

— Ils commencent juste à rassembler les premiers éléments, rien de plus. S'ils soupçonnent quoi que ce soit, ils reviendront plus tard avec des mages d'esprit pour un interrogatoire complet.

Vitala fronça les sourcils. Voilà qui n'était pas du tout rassurant. Ce serait une catastrophe si Hanna devait être interrogée par un mage d'esprit ! Ces gens-là savaient quand on mentait, et Hanna avait des secrets. Non seulement elle était espionne pour le compte du Cercle de l'Obsidienne, mais en plus elle abritait Lucien.

— Si un mage d'esprit l'interroge, ne risque-t-il pas de découvrir qu'elle te cache ?

— Elle, la corrigea-t-il. Les mages d'esprit sont des femmes. Et elles ne peuvent pas obliger les gens à parler. Tout ce qu'elles savent faire, c'est dire si l'on est franc ou non lorsqu'on s'exprime. Il y a peu de chances qu'Hanna subisse un interrogatoire, et encore moins que les questions s'orientent vers la personne qu'elle cache dans son sous-sol.

Vitala s'adossa de nouveau au mur de terre.

— Et votre voisin ? Il s'appelle Felix, je crois, disait le soldat. (Du papier bruissa.) Oui, c'est bien Felix. Les bandits l'ont-ils volé, lui aussi ?

— Pas que je sache, répliqua Hanna. Felix et moi discutons rarement.

— Et le boulanger en haut de la rue ?

— Krys ? Il a été cambriolé plusieurs fois.

Vitala se rapprocha de Lucien.

— Ils essaient d'inciter Hanna à dénoncer ses voisins. Et si eux médisent sur elle ? Et s'ils ne l'aiment pas et qu'ils l'accusent à tort ?

Lucien secoua la tête.

— Les mages d'esprit mettront de l'ordre dans tout ça.

Vitala sentit son estomac se serrer. C'était précisément ce qu'elle craignait.

L'interrogatoire terminé, Hanna, inhabituellement silencieuse, permit à Vitala et Lucien de sortir du sous-sol. Lucien répéta son discours avec assurance : il s'agissait de procédures militaires normales ; ils auraient recours à des mages d'esprit pour démêler le vrai du faux. Mais Vitala savait Hanna du même avis qu'elle : elles ne pouvaient se permettre d'être soumises à ce genre d'interrogatoire.

— Je vous demande pardon, Votre Majesté Impériale, dit Hanna, mais ce n'est plus vous qui êtes le chef. Vous ignorez comment ils vont s'y prendre.

— Je sais de quoi je parle, objecta-t-il. Ç'a toujours été comme ça.

Le lendemain matin, Hanna et Glenys furent appelées pour une naissance. Vitala et Lucien, qui s'ennuyaient terriblement et avaient besoin d'action, fabriquèrent un jeu de caturanga à partir d'un vieux dessus-de-lit et de morceaux de bois de chauffage, et prirent des pots vides en guise de pièces. Ils jouèrent sur une table près de la fenêtre pour observer les soldats, Flavia allongée sur le pied de Lucien. Le jeune homme avait établi une nouvelle stratégie : il ouvrait toujours le jeu avec le Gambit du Vagabond. Au caturanga, un gambit signifiait sacrifier une pièce afin de prendre une position plus avantageuse. Dans ce cas précis, il s'agissait d'avoir très vite le contrôle du Vagabond. Si Vitala capturait la pièce sacrifiée, elle acceptait le gambit. Elle pouvait aussi laisser la pièce en place. Mais elle était curieuse. Chaque fois que Lucien offrait un gambit, elle l'acceptait. Elle gagna la première partie, mais pas la deuxième. C'était la première fois que Lucien la battait. Ses vantardises agacèrent tellement Vitala qu'elle lui proposa la belle, accepta de nouveau son gambit, et remporta la partie.

Quand ils furent lassés du caturanga, Lucien disparut un moment et revint avec ce qui ressemblait à un tisonnier. Il défit les lanières de sa jambe de bois et utilisa le tisonnier pour séparer les bandes dorées du bois sombre. Vitala le regarda faire un moment sans mot dire, et alla chercher l'une des bandes arrachées lorsque celle-ci s'envola de la jambe et glissa dans la pièce.

— L'or est trop voyant, expliqua Lucien.

— Je suis d'accord.

— Et nous pouvons vendre les bandes si nous y sommes contraints.

Après avoir arraché la dernière, il s'attaqua à sa béquille.

— Je ne suis pas sûre que ce soit une excellente idée, fit remarquer Vitala.

— Si nous y sommes contraints, répéta-t-il. Nous pourrions les faire fondre. Elles sont en or massif.

Le temps qu'il achève sa tâche, sa jambe blessée le faisait souffrir et il retourna s'allonger dans la chambre. Vitala resta près de la fenêtre à regarder les nuages passer et les mouches se cogner aux vitres. Dans l'après-midi, elle entendit de l'agitation au loin : des cris de soldats, une sorte d'annonce faite par quelqu'un de trop éloigné pour être intelligible, puis, un peu plus tard, des cris atroces. Elle eut la chair de poule. On aurait dit qu'on procédait à un empalement. Voire plusieurs. Qui étaient les victimes ?

Plusieurs heures plus tard, Hanna et Glenys rentrèrent, le visage rougi.

— Gordian est mort ! s'écria Glenys.

— Et ses lieutenants aussi, ajouta Hanna. Bon débarras !

Lucien sortit de la chambre, le regard endormi et les cheveux en bataille.

— Les soldats les ont empalés ? s'enquit Vitala.

— Oui, dans la rue de l'Orge.

La rue de l'Orge était l'axe principal de Tasox. Vitala l'avait empruntée pour entrer dans le bourg.

— Tant mieux, dit Lucien. Espérons que tout rentrera dans l'ordre, maintenant.

Mais ce ne fut pas le cas. Le bataillon resta. Les jours passèrent ; Hanna et Glenys rentraient de chaque naissance le teint pâle et le souffle court, dressant la liste des nouvelles victimes d'empalement qu'elles avaient vues.

— Le boulanger de la place de la Lune-Ouest, leur apprit Hanna, et ce garçon – le frère du bébé que nous avons aidé à mettre au monde il y a deux semaines.

— Je ne comprends pas, intervint Glenys. Qu'avait-il à voir là-dedans ?

— Il devait être impliqué, déclara Lucien. Les mages d'esprit l'ont su.

— Avec tout mon respect, monsieur, l'informa Hanna, à ce qu'il paraît, personne n'a recours aux mages d'esprit.

Le front de Lucien se barra d'une ride.

— Dans ce cas, le commandant est un imbécile ! Savez-vous comment il s'appelle ?

— C'est le tribun Milonius.

— Milonius ? Le tribun Donatus était commandant quand j'ai quitté Riat. (Lucien regarda Vitala.) Je croyais t'avoir entendue dire que le commandant du bataillon faisait partie des traîtres. Dans ce cas, pourquoi Cassian l'aurait-il remplacé ?

Vitala déglutit, mal à l'aise.

— Peut-être a-t-il promu Donatus.

Lucien fronça les sourcils.

— Peut-être.

Vitala était impressionnée par la bonne entente qui régnait entre Hanna et Lucien. Elle s'était attendue à le voir faire l'enfant gâté, arrogant et autoritaire, mais il était bien élevé. Il encensait les humbles repas qu'Hanna lui apportait et la remerciait des attentions qu'elle lui prodiguait lorsqu'elle changeait ses bandages et soignait ses brûlures. Un seul incident gênant eut lieu, quand Hanna prépara une tisane de citronnelle et que Lucien s'enferma dans la chambre, refusant d'en sortir jusqu'à ce que l'odeur ait disparu. Les empereurs avaient leurs petites manies, mais celles de Lucien n'étaient pas aussi terribles que Vitala le pensait.

— Où avez-vous eu votre chien ? demanda Lucien à Hanna un soir, au dîner, entre deux bouchées volées par Flavia dans son assiette. Elle m'intrigue.

— Chez l'une de nos patientes, répondit Hanna. Nous l'avons accouchée, et les jeunes parents ne voulaient plus de la chienne après la naissance du bébé. Nous n'avions pas besoin d'elle, mais nous ne voulions pas non plus qu'elle meure noyée, donc nous l'avons adoptée.

— Ont-ils donné des informations à son sujet ?

Hanna haussa les épaules.

— Rien du tout.

— Je pense qu'elle est faite pour chasser. Ce n'est pas un chien de chasse à proprement parler, mais un épagneul ou un retriever. Regardez.

Il ôta le bandage sale enroulé de la gueule de la chienne et le lança à l'autre bout de la pièce. Flavia se leva d'un bond, courut après, le ramassa et le rapporta.

— Un retriever.

— Beaucoup de chiens rapportent, fit remarquer Hanna. Ça ne veut rien dire.

— Mais elle ressemble à un retriever. Elle en a la carrure et la taille. J'ai grandi avec des chiens au palais, et pour moi elle est d'une race de chien de chasse. Cela dit, son pelage n'est pas commun. Ces rayures blanches sur son corps... Je n'ai jamais vu ça. Elle est peut-être croisée.

— Possible. Nous ne chassons pas, mais nous la trouvons gentille avec nos patients. Elle aime rester auprès d'eux, leur tenir compagnie.

— Parlez-moi de votre métier, enchaîna Lucien. Je sais qu'il n'y a plus de Guérisseur en ville, mais il y en avait avant. Pourquoi utiliser ce matériel primitif et ces vieilles méthodes quand on peut avoir accès à un Guérisseur ?

— Les Guérisseurs sont chers, expliqua Hanna. Et la plupart ne se donneront pas la peine d'assister une femme du peuple dans son accouchement, à moins que des complications ne surviennent. Les herboristes comme moi aident les pauvres qui n'ont pas les moyens de s'offrir les services d'un Guérisseur.

— Et combien ne peuvent s'offrir un Guérisseur ? s'enquit Lucien. Disons l'épouse d'un fantassin ? S'il envoie presque toute sa solde à sa famille, celle-ci a-t-elle les moyens de se payer un Guérisseur ?

Il passa ainsi la soirée à interroger Hanna sur le coût des remèdes, le regard intense et calculateur. Aucun doute : il était redevenu lui-même.

Au réveil de Vitala, le lendemain matin, Glenys et Hanna n'étaient pas là. À la nuit tombée, elles n'étaient toujours pas rentrées. Désormais relativement agile avec sa béquille et sa jambe de bois, Lucien marcha jusqu'à la fenêtre et écarta les rideaux.

— Accouchement difficile, tu crois ?

— J'espère que ce n'est que ça, répondit Vitala.

Mais, le lendemain matin, elles n'étaient toujours pas revenues. Une naissance difficile pouvait durer plus d'une journée, mais, avec les soldats en ville, cette absence prolongée était suspecte. De plus, Hanna aurait dû envoyer Glenys au moins pour leur donner des nouvelles ou venir chercher du matériel. Vitala coinça un pistolet dans les plis de son syrtos.

— Je sors les chercher.

— Comment ça ? s'étonna Lucien. Elles ne nous ont pas dit où elles allaient.

— Je demanderai autour de moi. Il y a bien quelqu'un qui sait où elles se trouvent.

Lucien secoua la tête.

— Tu ne devrais pas sortir seule. Je vais y aller, moi.

— Quoi ? (Vitala rit.) Tu es trop reconnaissable ! Surtout avec ça. Elle désigna la jambe de bois.

— On ne connaît pas bien mon visage, se défendit-il. Je pourrais ôter ma prothèse et ne prendre que la béquille. Elle n'a plus les bandes dorées.

— J'apprécie le fait que tu essaies de me protéger, mais ce serait de la folie d'arpenter les rues avec le bataillon dans les parages. Tu te souviens des ordres que j'ai reçus ? Je dois te conduire sain et sauf auprès de mes supérieurs.

Il fronça les sourcils.

— Mieux vaut désobéir aux ordres que finir morte.

C'est ce que tu crois.

— Ne t'inquiète pas pour moi. Je suis une grande fille.

Avec un soupir, il reprit ses allées et venues.

— Sois prudente.

Vitala sortit pour la première fois depuis des jours. Le paysage ne ressemblait pas à celui dont elle se souvenait à son arrivée : un bourg prospère, mais silencieux. Au lieu de quoi Tasox était devenue une coquille vide, morte et desséchée. Les rues désertes puaient la viande pourrie. Au bout de la rue, deux corps empalés se balançaient sur des pieux. Vitala courut vers eux, leva les yeux et hoqueta devant le spectacle. Les corbeaux avaient mangé une partie de leur visage, mais ce n'étaient pas Hanna et Glenys. Des pancartes avaient été placées au pied de chaque piquet. Sur l'une, on lisait en caractères grossiers : « A DONNÉ À MANGER AUX REBELLES ». L'autre disait : « A LOGÉ LES REBELLES ».

Vitala s'éloigna de la scène à reculons. La tête lui tournait. Elle chancela jusqu'à la porte de la maison la plus proche et frappa. Quelqu'un savait forcément où étaient Hanna et Glenys ! Personne ne vint ouvrir.

Dans une rue transversale, elle chercha des signes de vie. Du coin de l'œil, elle perçut un mouvement. Elle se retourna et vit une minuscule silhouette courir derrière un tonneau d'eau de pluie. Le bourg n'était pas complètement mort : des volutes de fumée s'échappaient de quelques cheminées. Elle frappa à d'autres portes, sans que personne réponde. Un peu plus loin se trouvait la rue de l'Orge, l'axe principal. Elle y aperçut des gens : des soldats, sans doute. Elle pouvait s'adresser à des soldats kjallans, non ? Ce n'étaient pas des Legaciatti. Ils ne la reconnaîtraient pas ni ne se méfieraient d'elle.

L'odeur pestilentielle de la mort empira à mesure qu'elle s'approchait de la rue principale. La route pavée était noire de corbeaux. Ils battirent mollement des ailes lorsqu'elle se fraya un passage parmi eux. D'un coup de pied, elle en écarta un, trop lent à son goût.

— Halte là ! cria l'un des soldats.

Il s'approcha, accompagné de deux collègues. Vitala s'immobilisa, docile et intimidée. Elle n'avait jamais vu un tel spectacle : la rue était bordée de part et d'autre de pieux sur lesquels pourrissaient des corps. Elle sentit sa gorge se nouer et souleva un pan de son syrtos pour couvrir son nez et sa bouche.

— Rentrez chez vous, mademoiselle, ordonna le soldat.

— Oui, monsieur, dit-elle faiblement. Mais je me demandais... Auriez-vous vu passer deux femmes ? L'une a dans les cinquante ans, les cheveux noir grisonnant. L'autre est une jeune esclave riorcane.

— J'ai vu de nombreuses personnes correspondant à cette description, répondit le soldat.

— Elles sont parties assister une naissance et ne sont jamais revenues...

— Mademoiselle, reprit le soldat d'un ton sévère, rentrez chez vous. Vous pourrez vous renseigner plus tard.

Un cri retentit en bas de la rue. Vitala se retourna. Un groupe d'hommes en uniforme retenait quelqu'un, tandis que deux autres tenaient un pieu à la pointe acérée. Un troisième homme mettait en place le système empêchant la victime de glisser jusqu'au sol une fois le pieu redressé.

Quelqu'un attrapa Vitala par le bras et la poussa. Elle réprima un cri. Elle serra le poing, prête à tirer un Tesson de la Faille – mais le soldat ne faisait que la détourner de la scène.

— Ne regardez pas. (Il parlait d'une voix ferme.) Ce n'est pas un spectacle pour les jeunes femmes. Rentrez chez vous.

Chapitre 11

Le lendemain après-midi, le bataillon se mit en rangs, sur le départ, et défila, menaçant, devant l'appartement. Le pas des soldats résonnait à l'unisson dans les rues poussiéreuses. Après leur passage, un silence étrange régna sur le bourg.

Vitala n'aimait pas l'idée de quitter les lieux sans savoir ce qui était arrivé à leurs hôtesses, mais elle était persuadée que, si Hanna et Glenys avaient pu lui parler, elles lui auraient ordonné de partir. La mission avant tout. Lucien et elle préparèrent des sacs de nourriture et de matériel piochés dans la réserve d'Hanna, sans exprimer l'évidence : il y avait peu de chances que les deux femmes en aient de nouveau besoin un jour.

— Sais-tu monter à cheval ? demanda-t-elle à Lucien.

— Oui.

— Nous en volerons deux. Ainsi, nous irons plus vite.

— Pour aller où ? s'enquit Lucien.

Vitala soupira.

— Inutile de se disputer dès maintenant à propos de ça.

— Très bien, dit-il, on se disputera plus tard.

— Le spectacle est atroce, dehors, le prévint-elle en jetant un sac sur son épaule.

Elle vérifia son pistolet, ouvrit la porte et sortit. La puanteur la frappa comme un attelage de quatre chevaux. Elle avait imprégné la maison et ils s'y étaient accoutumés jusqu'à un certain point, mais elle était bien plus forte à l'extérieur. Le soleil se couchait au-dessus des collines à l'ouest, où il brûlait comme un phare, baignant les rues d'une lueur rouge sang.

Lucien sortit à son tour en boitant, le visage grave.

— J'aurais préféré qu'il en soit autrement, l'informa Vitala, mais je crois que la rue de l'Orge est le meilleur endroit pour trouver des chevaux.

Elle emprunta le même chemin que la veille, remonta la rue et passa devant les deux hommes empalés, désormais dans un état de décomposition avancé.

— Dieux! s'écria Lucien en lisant les pancartes. Ces hommes n'étaient pas des bandits.

— Non. Le bataillon a empalé tous ceux qui les ont aidés.

— Les imbéciles. Ne comprennent-ils pas que la plupart d'entre eux y ont sûrement été contraints?

— Ne me demande pas de trouver une logique à tout ça, rétorqua Vitala en se dirigeant vers la rue transversale.

Pour sa part, ces actes n'avaient pas besoin d'explications. C'était là un exemple ordinaire de la sauvagerie kjallane. Il était très étrange que Lucien, ancien chef des Kjallans, ne le comprenne pas.

Elle se couvrit la bouche lorsqu'ils arrivèrent dans la rue de l'Orge, avec sa double rangée de victimes empalées. Elles ressemblaient à des arbres sinistres le long de la route. Son estomac se souleva. Sur le point de vomir, elle scruta les échoppes et les bâtiments qui bordaient l'axe. Lucien et elle n'étaient pas seuls. D'autres habitants arpentaient les rues tels des spectres, entrant précipitamment dans les échoppes et en sortant avec des biens volés. Quelques-uns entassaient leurs effets personnels sur des chariots, prêts à quitter le bourg.

Vitala indiqua un bâtiment.

— Voici une écurie, souffla-t-elle à Lucien.

Elle ignorait pourquoi elle avait baissé la voix. La situation semblait l'exiger.

Elle se dirigea vers l'écurie. Lucien la suivit, haletant.

— Ne devrions-nous pas chercher Hanna et Glenys?

Vitala secoua la tête. Elle ne pourrait supporter la vue des deux femmes empalées.

— Je pense qu'il n'y a plus de doute sur le sort qu'elles ont subi. Allons chercher les chevaux.

— Occupe-t'en. Moi, je vais chercher Hanna et Glenys.

— Lucien, j'aurais bien besoin de ton aide...

— Occupe-t'en, répéta-t-il d'un ton ferme.

Il se détourna, mettant un terme à la conversation.

Des hennissements d'excitation accueillirent Vitala lorsqu'elle entra dans l'écurie. Les quatre chevaux étaient agités, presque frénétiques. Peut-être n'avaient-ils pas été nourris depuis un moment? Elle regarda autour d'elle et vit un grenier rempli de bottes de foin. Au-dessus de chaque box, le sol était évidé.

Elle grimpa à l'étage, attrapa une fourche et fit tomber du foin dans chaque trou. Les chevaux se ruèrent dessus goulûment.

Lesquels choisir ? Lucien aurait dû l'accompagner : il aurait été meilleur juge. Après avoir laissé un peu de temps aux bêtes pour manger, elle sella et brida un hongre alezan clair et un bai, qu'elle mena au-dehors.

Lucien avait disparu. Elle l'aperçut de l'autre côté de la rue, au pied de l'un des pieux. Elle courut jusqu'à lui, marmonnant des jurons et tirant sur la bride des chevaux pour qu'ils la suivent au trot.

— Regarde.

Lucien désigna la pancarte. On y lisait : « A DONNÉ DES REMÈDES AUX BANDITS ». Par terre, près du pieu, à demi enseveli dans la terre, gisait un bracelet d'argent.

Vitala jeta un coup d'œil au cadavre empalé, juste assez longtemps pour vérifier que c'était bien Hanna. Elle était morte plus récemment que d'autres ; elle était encore reconnaissable malgré un œil dévoré et les morceaux de chair qui pendaient de ses joues. De la bile monta dans la gorge de Vitala. Sur le pieu d'à côté, elle découvrit Glenys, affublée de la même pancarte. Elle sentit son visage s'empourprer. Ses yeux s'emplirent de larmes de fureur. *Salauds de Kjallans.*

— Allons-y, dit-elle d'une voix rude.

— Cela n'aurait pas dû arriver ! cracha Lucien. Milonius n'avait pas besoin de tuer tant de gens. Surtout pas Hanna et Glenys. Elles n'avaient rien fait !

— Je sais. C'est affreux.

La réaction de Lucien apaisa la colère de Vitala. Ignorait-il que les victimes étaient presque toujours innocentes ?

— C'est complètement idiot, reprit Lucien. Cassian a détruit ce village. Et tout ça pour rien.

— Je sais.

Elle l'aida à se redresser.

Lucien attrapa le cheval le plus proche – l'alezan clair – et l'enfourcha, plaçant sa jambe de bois dans l'étrier et se hissant sur la selle. Il resta assis là un moment, à battre des paupières et à se frotter les yeux, puis s'efforça de se ressaisir.

— Pourrais-tu me trouver une cravache ?

— Tu penses en avoir besoin ?

Les chevaux semblaient suffisamment animés.

— Pas pour frapper le cheval, répondit-il. Pour remplacer mon autre pied, au cas où la jambe de bois ne ferait pas l'affaire. Tu verras.

Elle lui tendit les rênes du cheval bai, retourna en courant à l'écurie et dégotta une cravache. Il ne la mania pas, mais la glissa le long de son flanc gauche pour en laisser pendre le bout, là où aurait dû se trouver son pied gauche.

Vitala grimpa avec difficulté sur le cheval bai. Elle se sentait maladroite après avoir vu la grâce surprenante de Lucien. Elle n'avait pas l'habitude de monter.

— Tu es sûre que tu sais monter ? demanda Lucien.

— Bien entendu. Tout est dans les genoux.

Vitala se pencha pour ajuster ses étriers.

— Oh, dieux ! Regarde.

Elle se redressa, inquiète, et regarda ce que montrait Lucien. Un chien au pelage blanc et doré reniflait la base des pieux. Horrifiée, Vitala contempla Flavia qui pleurnichait avant de s'allonger aux pieds des corps de ses maîtresses.

— As-tu laissé la porte ouverte ? souffla-t-elle.

— Je pensais l'avoir fermée, répondit Lucien.

La jeune femme serra les dents et fit tourner bride à son cheval pour s'éloigner. Lucien l'imita. Au bout d'un moment, Flavia les suivit.

— Je crois que nous avons été adoptés, constata Lucien.

Vitala vit la chienne aux yeux noirs la regarder en haletant. La jeune femme avait une mission de la plus haute importance à accomplir et n'avait nul besoin de s'encombrer d'un chien. Pourtant, elle avait une dette envers Hanna et Glenys.

Par ailleurs, elle avait des soupçons concernant Flavia. L'histoire d'Hanna sur l'abandon de la chienne par une famille locale sonnait faux. Si Flavia avait été une bâtarde errant dans les rues, peut-être aurait-elle été jetée comme de la paille salie, mais Lucien avait tout de suite remarqué qu'elle était d'une race de chien de chasse. Ces animaux avaient de la valeur. De plus, Glenys avait semé des indices en évoquant une lignée perdue de chiens riorcans, désormais cachée quelque part. Qui d'autre que le Cercle de l'Obsidienne pouvait cacher et protéger cette lignée ?

Que Flavia soit un chien de chasse riorcan clandestin ou non, la mission de Vitala était prioritaire.

— Sera-t-elle capable de nous suivre ?

— Je parie que oui, répliqua Lucien. Dans un jour ou deux, tu te demanderas peut-être si c'est nous qui en serons capables.

Vitala jeta un dernier regard à Hanna et Glenys. Elles étaient espionnes pour le compte du Cercle. On les avait préparées à mourir pour leur pays. Elles s'attendaient certainement à être un jour découvertes, arrêtées et exécutées. Au lieu de quoi elles avaient été les victimes de la sauvagerie gratuite des Kjallans. C'était injuste. Si elles devaient mourir, cela aurait dû être pour une raison valable. Vitala sentit ses doigts la démanger : elle avait envie de les bénir du geste riorcan, mais ne pouvait le faire devant Lucien. Elle récita donc en silence une prière, la Paix du Sage, et talonna son cheval.

Lucien et elle galopèrent vers le nord, la chienne sur leurs talons, et quittèrent le cimetière que le bourg de Tasox était devenu.

Il y avait peu de circulation sur la route, et les voyageurs se dirigeaient tous vers le nord. Vitala compatissait au sort des habitants de Tasox qui fuyaient le bourg. Qui aurait voulu rester ? Les cadavres rendaient l'endroit insupportable, et plus les maisons se videraient de leurs occupants plus les pillages augmenteraient, dégénérant peut-être en violences.

Les gens qui avançaient à leurs côtés, hirsutes, portaient des haillons. Des ânes chargés marchaient péniblement près de chariots remplis : du linge, des chaises, des cadres de lit, des coffres fermés avec des sangles de cuir. La plupart des chariots avaient en plus des chevaux attachés à l'arrière : de belles bêtes de qualité qui contrastaient avec les biens entassés dans les véhicules. Peut-être avaient-elles été volées, comme la monture de Vitala. Les familles avaient l'air anéanties. Nombre d'entre elles semblaient incomplètes. Ici on voyait un père déterminé accompagné de deux galopins, là une grand-mère voyageant avec une femme de l'âge de Vitala, essuyant des larmes sur son visage taché de poussière.

Cette nuit-là, ils campèrent au bord de la route et repartirent aux premières lueurs du jour. Sans de lourds effets personnels à tirer, Vitala et Lucien ne tardèrent pas à prendre de l'avance sur les autres réfugiés. L'après-midi venu, ils avaient la route pour eux ou presque. Comme Lucien l'avait prédit, Flavia suivait le rythme sans effort, haletant légèrement en trottinant à côté des chevaux. Elle avait perdu son bandage roulé, mais ramassait souvent des bâtons sur le bas-côté, qu'elle portait à la place.

Lucien chevauchait bien mieux qu'il ne marchait. Sa posture en selle était parfaite.

Vitala l'observa d'un œil admiratif.

— Tu montes vraiment bien, déclara-t-elle.

Il hocha la tête.

— Je monte depuis l'âge de quatre ans.

Il avançait à sa gauche ; elle ne voyait donc pas sa jambe de bois. Il paraissait si à l'aise qu'elle devait se rappeler son infirmité. C'était comme voir l'homme qu'il était avant de perdre sa jambe.

— Alors pourquoi as-tu besoin d'une béquille et d'une jambe de bois ?

Il haussa les épaules.

— Je suis plus stable ainsi. Quand il le faut, je peux me contenter de la béquille, et je sais aussi marcher sans elle sur ma jambe de bois. Mais c'est douloureux.

— Pourquoi ça ?

Elle avait connu un Riorcan, membre du Cercle, qui avait une jambe de bois. Jamais elle ne l'avait entendu se plaindre. Il n'utilisait pas de béquille – du moins à ce qu'elle avait vu.

Il la regarda, l'air agacé.

— Quand je marche sur ma prothèse, tout mon poids pèse sur mon moignon. Elle n'est pas faite pour supporter un tel poids. J'utilise la béquille pour le répartir.

Peut-être la prothèse de Lucien était-elle mal conçue. Une fois qu'ils seraient arrivés aux quartiers généraux du Cercle de l'Obsidienne, elle se renseignerait pour retrouver l'homme à la jambe de bois et avoir le nom de celui qui avait fabriqué la sienne. Les Riorcans savaient travailler le bois avec art.

— Regarde.

Lucien indiquait la route devant. Elle bifurquait : une branche menait vers le nord et l'autre vers l'est.

— C'est le moment de prendre une décision, poursuivit-il. Pour qui travailles-tu, et où allons-nous ?

— On en a déjà parlé. Je ne peux rien te dire.

— Parce que tu travailles pour le Cercle de l'Obsidienne.

Elle secoua la tête.

— Non.

Il ricana, furieux.

— Tu crois que ton petit jeu m'amuse ? Le Cercle de l'Obsidienne a tué mes frères. Il m'a coûté ma jambe.

— Je sais. Ce n'est pas un jeu.

Étrange comme ces événements provoquaient en elle à la fois fierté et honte pour son peuple ! Elle était encore élève à l'époque des attaques. Son estomac s'était noué lorsqu'elle avait appris que Lucien avait été blessé, mais pas tué, par les assassins. Elle avait été soulagée que la cible pour laquelle elle s'entraînait depuis des années ne lui ait pas été arrachée. Cependant, ce demi-échec avait porté un coup à Riorca, surtout que tous les assassins avaient péri au cours de l'opération. La pression exercée sur Vitala pour qu'elle termine sa formation s'était encore accentuée.

— Donc, dit Lucien, quand nous arriverons à cet embranchement, soit tu continueras vers le nord, vers Vesgar, soit tu iras vers l'est – vers Worich. Si tu optes pour le nord, je supposerai que tu appartiens au Cercle de l'Obsidienne.

Son hongre bai choisit ce moment précis pour donner un coup de queue, chassant une mouche. Plus agacée par Lucien que par le cheval, Vitala réprimanda sa monture en lui assenant un coup de pied dans le flanc. Le hongre remua la tête devant cet affront.

— Et si je ne fais pas partie du Cercle, mais que ma destination soit quand même le nord ?

Lucien haussa les épaules.

— Je t'écoute. Explique-toi.

— Dieux ! Lucien ! J'en ai assez de cette discussion.

Elle éperonna son cheval pour le lancer au petit galop. Pourquoi ses plans ne se déroulaient-ils jamais comme prévu ? Si elle s'était contentée de tuer Lucien, comme elle en avait reçu l'ordre, ses problèmes seraient déjà réglés. Elle rentrerait chez elle et serait accueillie en héroïne – même si l'assassinat ne déclenchait pas la guerre civile tant attendue.

L'ennui, c'était qu'elle commençait à anticiper ses propres réactions. Plus elle y songeait, plus elle craignait que le Cercle ne voie pas la situation de son point de vue. En théorie, l'objectif du Cercle était de libérer Riorca. Mais, pour beaucoup de gens, l'important était de tuer des Kjallans. Et si elle conduisait Lucien auprès du Cercle et qu'ils décident de l'exécuter plutôt que de le voir à la tête de l'armée contre Cassian ? Elle aurait fait tout cela pour rien. Il n'y aurait aucun bénéfice pour Riorca, et un homme serait mort vainement.

Un martèlement de sabots régulier résonna de plus en plus fort dans son dos à mesure que Lucien la rattrapait.

— Tu me sembles bien susceptible, fit-il remarquer. Pourquoi ? Te sens-tu coupable ?

— Ces derniers jours ont été difficiles, répondit-elle. J'ai tué des gens. J'en ai vu se faire massacrer. J'ai vécu… Peu importe. Je ne suis pas du tout d'humeur à me disputer avec toi à ce sujet.

Il parla avec calme.

— Je ne veux pas me disputer. Seulement connaître la vérité.

Elle tira sur les rênes de son cheval. Ils avaient atteint l'embranchement.

— Pour être franche, voici tout ce que je peux te dire : je vais vers le nord. Tu peux m'accompagner, ou tu peux aller ailleurs. À toi de voir.

Il eut l'air surpris. Visiblement, il s'attendait à plus d'efforts de sa part pour le convaincre de la suivre.

— Et ma pierre fendue ?

— Je la garde.

Il fronça les sourcils.

— Ce n'est pas juste.

— Au revoir, Lucien.

Elle lança son cheval au trot, empruntant la route qui montait vers Vesgar. Elle constata non sans agacement que Flavia ne la suivait pas et lui préférait Lucien.

Elle tendit l'oreille, guettant le martèlement des sabots derrière elle, en vain. Elle finit par jeter un regard en arrière : Lucien et la chienne avaient pris la route de l'Est, vers Worich.

Chapitre 12

Elle avait pris un risque. Elle en avait conscience. Un risque idiot, sûrement, pour lequel le Cercle la réprimanderait. Mais qu'était-elle censée faire ? Elle n'avait pas été formée à cela. Elle s'était entraînée à jouer au caturanga, à séduire et à tuer les hommes, pas à les enlever pour les trimballer dans la moitié du pays. Elle n'était pas experte en la matière, et Lucien n'était pas un imbécile qui se laisserait facilement berner.

Elle devait faire confiance à sa logique. Celle-ci lui soufflait que Riorca se porterait mieux si Lucien était vivant plutôt que mort. De plus, il ne supporterait pas d'être séparé trop longtemps de sa pierre fendue. Il bluffait quand il était parti au galop. En voyant qu'elle ne céderait pas, il reviendrait. Il avait plus besoin d'elle que l'inverse. Elle ne risquait que sa réputation et sa position dans le Cercle, tandis que Lucien, pourchassé, risquait sa vie.

Elle maintint son cheval au trot, ne souhaitant pas prendre trop d'avance pour que Lucien puisse la rattraper. Il savait où elle était. Il pourrait la retrouver grâce à sa pierre fendue. Malheureusement, ça ne marchait pas dans l'autre sens. À cette heure, il pouvait être soit derrière elle, soit à mi-chemin de Worich. Ou encore mort sur le bas-côté. Elle n'en avait pas la moindre idée. S'il le voulait, il pouvait lui tendre une embuscade, même si elle doutait qu'il le fasse. Après tout, il savait qu'elle avait tué Remus.

Le crépuscule tombait quand Vitala l'entendit enfin arriver au petit galop dans son dos. Ce fut seulement lorsqu'elle lâcha un grand soupir de soulagement et que son corps s'affaissa qu'elle comprit à quel point elle était tendue. Son cheval s'ébroua, comme pour dire : « Il était temps ! »

Cependant, son soulagement ne tarda pas à se muer en malaise. Si Lucien était parti pour de bon, il aurait été très gênant pour elle d'expliquer la situation au Cercle, mais au moins son rôle dans cette histoire s'achèverait-il, et elle ne serait plus responsable de l'avenir de Lucien. À présent, voilà que ce poids l'écrasait de nouveau. Non seulement entre ses mains reposait le sort du jeune homme, mais peut-être aussi celui de la nation tout entière ! Si le Cercle tuait Lucien, elle aurait sa mort sur la conscience, Riorca souffrirait, et jamais elle ne se le pardonnerait.

Pendant un moment, Lucien chevaucha à ses côtés en silence. Puis il dit :

— J'accepte ton gambit.

Vitala pouffa de rire, mais ses yeux s'emplirent de larmes. La mise de cette partie de caturanga était la plus importante qu'elle eût jamais jouée. Elle tendit une main vers Lucien. Ils se saisirent mutuellement le poignet. Elle regarda derrière elle : la chienne accompagnait toujours le jeune homme.

Il sourit.

— Par ce chemin, au moins, je découvrirai pour qui tu travailles réellement.

— Je ne te dirai rien.

— Mais au final je vais le découvrir, non ?

Elle hocha la tête.

— Au final, oui.

— Donc, tu te diriges vers le nord, déclara-t-il sur le ton de la conversation. Pourquoi n'en suis-je pas surpris ?

— Nos ennemis sont au sud, répondit-elle. Par conséquent, nous remontons vers le nord.

— Et si nous étions partis vers l'est, au final nos ennemis auraient été à l'ouest.

Vitala sourit.

— Au final, oui.

Elle sentit peser son regard sur elle à mesure qu'ils avançaient. Elle le toléra un moment, mais il ne la quittait pas des yeux.

— Vas-tu cesser de me regarder ?

— Maintenant, je la vois, répliqua Lucien.

— Quoi donc ?

— La Riorcane qui est en toi.

— Comment ça ?

Vitala se tourna vers lui avec un étonnement sincère. Elle avait toujours cru ressembler parfaitement à une Kjallane.

— Je ne suis pas riorcane.

— À te voir, je dirais que tu es trois quarts kjallane et un quart riorcane. Mais, si tu fais partie du Cercle de l'Obsidienne, tu dois être moitié-moitié.

Vitala ricana.

— Je suis aussi kjallane que toi.

Il l'étudia de nouveau.

— Non, je ne pense pas. C'est subtil. Si je n'avais pas cherché, je ne l'aurais jamais remarqué, mais à présent je le vois autour de tes yeux, de ta bouche. Ça fait partie de ta beauté, en fait. Une touche d'exotisme.

Le compliment lui fit plaisir – non que ce soit la première fois qu'on faisait l'éloge de sa beauté. Mais cela signifiait plus pour elle, venant de lui. Elle se tourna pour le remercier, mais le regard de Lucien était voilé. Il la regardait bien en face, mais sans vraiment la voir.

— Lucien ?

Pas de réponse. Le cheval du jeune homme ralentit, s'arrêta et secoua la tête, hésitant.

Vitala tira sur les rênes de sa monture et s'arrêta à ses côtés.

— Lucien ?

Sa fièvre était-elle revenue ? Non, certainement pas. Il était désormais protégé, elle voyait les fils. Elle posa une main sur son épaule, qui n'était pas très chaude, et le secoua doucement.

— Lucien ?

Ses pupilles se contractèrent. Il cligna des yeux.

— Quoi ?

— Tu étais très bizarre tout à coup. Comme si tu ne pouvais ni me voir ni m'entendre.

Lucien la scruta d'un air hébété et fit tourner son cheval en cercle, observant les environs.

— Nous ne pouvons pas prendre cette route. Du moins pas cette portion.

Vitala regarda autour d'elle, cherchant ce qu'il avait vu – en vain. Il n'y avait que la route, bordée de champs envahis de mauvaises herbes. Elle n'aperçut aucun autre voyageur, ni même une maison ou une grange.

— Mais c'est par là que nous devons aller.

— Nous allons contourner cette route et la reprendrons un peu plus au nord.

— Lucien, à quoi joues-tu ?

Il fronça les sourcils.

— À rien. N'ai-je pas dit que j'irais chez toi ?

Elle ne lui faisait pas confiance. Il devait sûrement manigancer quelque chose. Mais, quand il lança son cheval au galop, décrivant un grand cercle à travers champs, elle l'imita sans savoir si c'était le bon choix.

Près de deux kilomètres plus loin, ils virèrent pour retourner vers la route. Vitala ignorait toujours ce qu'ils avaient évité. Elle se tourna sur sa selle et ne vit rien que la route et des champs. Perdue, elle exhorta son cheval à avancer. Devant eux, un nuage de poussière révéla une voiture légère tirée par deux montures grises. Grinçant sur ses roues, le véhicule passa à côté d'eux. À moitié endormi sur son siège, le conducteur souleva sa casquette pour les saluer.

— Était-ce un viol ? demanda Lucien une fois la calèche disparue.

— Quoi ?

Choquée, Vitala se redressa. Parlait-il de Remus ?

— Ta mère, a-t-elle été violée par un soldat kjallan ?

Oh !

— Dieux ! non !

— C'est ainsi que naissent la plupart des métis.

— Je ne suis pas métisse, insista Vitala. Et c'est grossier de ta part de me poser la question. Tu mérites une gifle.

— Essaie un peu. Tu n'y arriveras pas.

Il sourit, se moquant d'elle.

Vitala le regarda de travers. Pourquoi diable fallait-il qu'il soit mage de guerre ?

— Écoute, je comprends pourquoi tu ne veux rien me dire, déclara Lucien. Le Cercle et moi ne sommes pas franchement en bons termes, mais je ne suis pas rancunier, et si ton peuple désire négocier avec moi, je le ferai. Le Cercle est puissant. S'il peut me remettre sur le trône, je suis prêt à faire des concessions. Importantes.

— Tout ça est très intéressant, mais je ne vois pas pourquoi tu m'en parles, répliqua Vitala.

Lucien roula des yeux et ne dit plus rien.

Dans la ville de Vesgar, ils repérèrent à un coin de rue un garçon qui vendait le journal *L'Impérial Herald* pour un cinquième de tétral. Vitala en acheta un exemplaire. Elle le feuilleta jusqu'à la page centrale, qui relatait les nouvelles les plus récentes, et lut le titre : « L'EMPEREUR LUCIEN ASSASSINÉ PAR LE CERCLE DE L'OBSIDIENNE ». Elle jeta un regard gêné à Lucien. Au moins, l'article n'était pas illustré d'une gravure sur bois à son effigie.

Le jeune homme plissa les yeux, fâché qu'elle attire l'attention sur lui. Il tendit la main vers le journal.

— Va acheter de l'avoine. Je vais le lire.

— Non, c'est moi.

Elle vit alors le sous-titre en caractères moins gros : « LA PRINCESSE CÉLESTE ÉPOUSE CASSIAN NIKOLAOS ». Elle se mordit la lèvre.

— Tout bien réfléchi, tu peux le prendre.

Elle lui fourra le journal dans les mains et s'éloigna à la hâte.

Lorsqu'elle revint de ses courses, ayant acheté de quoi manger, l'avoine pour les chevaux et des couvertures chaudes pour les nuits froides à Riorca, Lucien lui tendit le journal replié, l'air inhabituellement sombre. Elle aurait dû lui dire quelque chose – un mot de consolation, peut-être ? De toute façon, ils ne pouvaient discuter en plein centre de Vesgar. Ils se remirent en selle et firent trotter leurs montures dans les rues bondées jusqu'à ce qu'ils soient sortis de la circulation de la ville, puis lancèrent les bêtes au grand galop. Vitala attendit qu'une pause soit octroyée aux chevaux pour prendre la parole.

— Que disait le journal ?

Lucien haussa les épaules.

— Ce à quoi je m'attendais : les assassins du Cercle de l'Obsidienne ont tué l'empereur Lucien, et la princesse impériale s'est mariée.

— Avec Cassian.

Lucien hocha la tête.

— Crois-tu qu'elle y a été contrainte ?

— Bien entendu, gronda Lucien.

— Comment peux-tu en être si sûr ?

— Elle déteste Cassian !

— Tu as dit que tu la connaissais mal.

— Je la connais suffisamment.

— Je veux simplement n'écarter aucune possibilité, se justifia Vitala. Crois-tu que Cassian… ? (Elle s'interrompit, essayant de formuler sa question de manière délicate.) Crois-tu qu'il a consommé le mariage ?

Lucien resta silencieux.

Vitala finit par reprendre :

— Je suis désolée, je n'aurais pas dû…

— Cassian enfreindrait la loi s'il consommait le mariage, rétorqua doucement Lucien. À treize ans, Céleste est en âge de se marier, mais seulement pour des raisons politiques. Il ne peut pas la mettre dans son lit avant son quinzième anniversaire.

— J'imagine que tu dois être soulagé, supposa Vitala.

— Non, pas vraiment. En volant mon trône et en obligeant ma sœur à l'épouser, Cassian a prouvé son mépris pour la loi kjallane. Je n'ai pas de raison de croire qu'il honorera cette règle. Il me déteste, il déteste ma sœur… Elle est à sa merci, et je crains qu'il ne mette tout en œuvre pour la faire souffrir. Si seulement… (Il regarda par-dessus son épaule, en direction de la cité impériale de Riat. Puis il soupira.) Peu importe.

Vitala chevaucha en silence à ses côtés. Pour la première fois, elle ressentait une pointe de culpabilité pour avoir trompé Lucien au campement plutôt que de l'avoir aidé à récupérer son trône. En le forçant à l'exil, elle avait abandonné Céleste à son triste sort.

Reste concentrée sur l'objectif final, se remémora-t-elle. Elle était là pour libérer Riorca. C'était tout ce qui comptait. Céleste n'était qu'un nom sur la longue liste des victimes qui souffriraient pour aider à atteindre cet objectif. Vitala s'attendait à y figurer elle-même un jour.

Elle jeta un coup d'œil vers Lucien, qui se tenait le ventre comme s'il avait mangé du poisson avarié, et fronça les sourcils. Ce serait mieux qu'il cesse de penser à sa sœur, au moins quelque temps.

— Alors, pourquoi accusent-ils le Cercle de l'Obsidienne d'être à l'origine de ton assassinat ?

— Faut-il vraiment que je réponde ? Vous êtes toujours le bouc émissaire de choix.

— On parle bien du Cercle ?

Lucien parvint à ébaucher l'ombre d'un sourire.

— Oui.

D'un geste, Vitala lui montra qu'elle ne mordait pas à l'hameçon. La nouvelle avait-elle atteint son enclave ? À moins que leur réseau d'espions n'affirme le contraire, le Cercle prendrait ces mensonges pour la vérité et penserait que Vitala avait accompli sa mission. Elle sentit son estomac se tordre. Si elle avait réussi, elle aurait lu exactement le même titre, sauf qu'il aurait dit vrai. En aurait-elle éprouvé de la fierté ?

En tout cas, ce n'était pas son sentiment du moment.

— Arrête de jouer, Lucien, et réponds-moi. Pourquoi Cassian accuse-t-il le Cercle de ton prétendu assassinat ?

— Il faut bien qu'il rejette la faute sur quelqu'un, dit Lucien. Le Cercle constitue une cible facile. Maintenant, il va pouvoir justifier ses plans au sujet de Riorca.

Vitala se tourna vers lui, une boule dans la gorge.

— C'est-à-dire ?

— Sa décimation.

— De quoi, du village ? d'une enclave ?

— De Riorca, répliqua Lucien.

— De tout le pays ? Mais pourquoi ?

— Parce qu'il déteste Riorca presque autant qu'il nous déteste, Céleste et moi. Il va le faire pour l'exemple, comme il l'a fait avec Tasox. Voilà ce qui arrive aux gens qui le fâchent. N'oublie pas que Kjall est en pleine crise économique. Il y a beaucoup de colère, de mécontentement, et il veut que cette fureur se concentre ailleurs que sur le gouvernement et sur lui. Riorca fait un bouc émissaire commode.

Vitala serra ses rênes. Le hongre bai secoua la tête pour montrer son agacement. Elle avait été à deux doigts de tomber dans le piège ! Si elle avait suivi à la lettre l'ordre de tuer Lucien, voilà ce qui serait arrivé. Pas de guerre civile, pas de libération de Riorca. Au lieu de ça, le pire des tyrans sur le trône, et un Riorcan sur dix assassiné. Elle aurait été responsable de chacune de ces morts.

Mais elle avait désobéi aux ordres. La situation n'était donc pas désespérée. Lucien était vivant. Elle avait la preuve – une preuve en chair et en os, qui chevauchait à ses côtés – que les accusations portées contre le Cercle de l'Obsidienne étaient mensongères. Le Cercle avait sauvé Lucien et ne l'avait pas assassiné. Elle devait à tout prix veiller à ce qu'il ne lui arrive rien. La vie de son peuple en dépendait.

—À quoi penses-tu ? s'enquit Lucien.

—À Cassian. Un vrai salopard, cracha-t-elle.

Lucien ricana.

—C'est l'évidence. À part ça ?

—Je suis contente de t'avoir sauvé la vie.

—Vitala, je suis loyal envers mes amis, dit Lucien. Tu m'es venue en aide en risquant ta vie, et c'est pourquoi je te fais confiance, même si mes tripes me disent que tu me mens.

Vitala se mordit la lèvre. Elle ne pourrait garder son secret encore longtemps, et visiblement Lucien l'avait déjà deviné. Il la harcèlerait jusqu'à ce qu'elle avoue.

—Écoute, pour ce qui est arrivé à ma mère… Elle n'a pas été violée.

Lucien dressa l'oreille comme un chien de chasse guettant sa proie. D'un coup de genou, il rapprocha son cheval de celui de sa compagne.

—A-t-elle couché de son plein gré avec un Kjallan ?

Vitala fronça les sourcils.

—Pas tout à fait. Je ne sais pas comment qualifier ses actes.

—Que s'est-il passé ? demanda Lucien.

—Connais-tu le village riorcan d'Iber ?

Lucien haussa les épaules, ignorant.

—Il y en a tellement…

—Il s'est rebellé avec d'autres villages dans les contreforts est des montagnes de la Cendre, il y a une vingtaine d'années.

—Je n'étais qu'un bébé, à l'époque, se justifia Lucien.

—Et moi pas encore née. Les troupes kjallanes ont repris les villages. Mon père faisait partie des rebelles. Il a été blessé au cours des combats et a perdu l'usage de son bras gauche. Quand les Kjallans asservissent un village riorcan, ils passent en revue tous ses habitants et leur jettent des sorts de mort pour que chacun soit piégé et n'ait d'autre choix que de devenir esclave. Ils exécutent tous les malades et ceux qui sont trop estropiés pour pouvoir se rendre utiles.

Lucien hocha la tête.

— Les soldats sont venus frapper à notre porte. Mon père a essayé de fuir par la fenêtre de derrière, mais la maison était cernée et il s'est fait prendre. Ma mère a conclu un marché avec le chef de la section pour que la vie de mon père soit épargnée.

Lucien fronça les sourcils. Sa mine s'assombrit.

— Le chef de section venait régulièrement chez nous. Parfois, il apportait des cadeaux : de la nourriture, des lumignons, des remèdes… Cette situation rendait fou mon père, mais il était bien obligé de la supporter. Après tout, ma mère faisait ça pour lui. Quand elle est tombée enceinte, mes parents ont espéré que la semence de mon père aurait le dessus. Mais je suis née avec les cheveux noirs, et ils ont su que ça n'avait pas été le cas.

— Comment se fait-il qu'on ne t'ait pas emmenée dans la forêt pour y être exposée ? demanda Lucien.

Vitala prit un air étonné.

— Tu es au courant ?

— J'ai vécu deux ans à Riorca. Bien sûr que je suis au courant.

Vitala fronça les sourcils. Cette pratique était censée rester secrète : les parents riorcans exposaient ou plutôt se débarrassaient des bébés aux cheveux noirs, car c'était là le signe incontestable d'un sang impur. La loi kjallane l'interdisait, mais les enfants en bas âge mouraient si souvent de causes naturelles que, sans les mages d'esprit pour rétablir la vérité, il était presque impossible de prouver qu'une famille en avait tué un volontairement.

— Ils m'auraient exposée si le chef de section kjallan le leur avait permis. Quand j'avais deux ans, il a été transféré dans un autre bataillon. Mes parents auraient pu me tuer à ce moment-là, mais entre-temps ma mère s'était attachée à moi.

— Et ton père, le chef de section ? L'as-tu déjà rencontré ?

Elle secoua la tête.

— Je l'ai sûrement vu quand j'étais bébé, mais je ne garde aucun souvenir de lui.

— Quand as-tu rejoint le Cercle ?

— À huit ans, répondit Vitala. Je regrette de ne pas l'avoir fait plus tôt. Mon père – le Riorcan – me détestait. Mes frères et sœurs refusaient de jouer avec moi, les villageois me jetaient des pierres…

Elle ferma les yeux. Elle n'aimait pas évoquer cette époque.

—Quel rôle joues-tu au sein du Cercle ? Espionne ? Assassin ?

—Tu n'as pas besoin de le savoir, rétorqua Vitala. Je suis chargée de te conduire au Cercle en un seul morceau.

Lucien sourit et désigna sa jambe gauche.

—Trop tard.

—Sans qu'il t'en manque un autre, disons.

Le hongre de la jeune femme secoua la tête et fit un écart, signe qu'il retrouvait de l'énergie. Vitala comprit le message et le lança au petit galop. Lucien fit de même. Ils parcoururent plusieurs centaines de mètres en silence. Quand ils firent ralentir leurs montures pour leur permettre de se reposer de nouveau, Lucien dit :

—Merci de m'avoir avoué la vérité. Je suis content que tu sois du Cercle. Je veux parvenir à un accord avec ton peuple. Nos intérêts sont les mêmes.

—Quel genre d'accord ?

—J'ai besoin de trois choses pour reconquérir mon trône et retrouver Céleste. D'abord, une armée. Ensuite, un réseau d'espions. Enfin, de quoi approvisionner mes troupes : vivres, vêtements, munitions.

Vitala fronça les sourcils. Le Cercle de l'Obsidienne ne lui fournirait pas tout cela. Pourtant, elle n'avait pas envie de le décourager. Pas tant qu'elle ne l'aurait pas conduit aux quartiers généraux.

—Pour l'armée, je peux me débrouiller…, reprit Lucien.

—Comment ça ? l'interrompit-elle.

Il lui jeta un regard en biais.

—J'ai des ressources. En revanche, un réseau d'espions ne se construit pas en un jour. C'est pourquoi j'aurai besoin du Cercle. Il me faut aussi des lignes d'approvisionnement en provenance de Riorca.

Elle afficha un air étonné.

—Et le Cercle, qu'a-t-il à y gagner ?

—La liberté, répondit Lucien. N'est-ce pas ce que désire ton peuple ?

Vitala remua sur sa selle.

—Tu libérerais Riorca ? Complètement ? Plus de villages asservis, plus de tributs à payer ?

—Si Riorca me remet sur le trône ? Absolument.

—Et les esclaves riorcans qui sont à Kjall ? Seront-ils affranchis, eux aussi ?

Lucien fronça les sourcils.

—Libérer tous les esclaves riorcans d'un seul coup serait une catastrophe pour l'économie kjallane, qui souffrira déjà de devoir renoncer aux tributs. J'en parlerai avec tes chefs, mais je ne peux rien te garantir.

Vitala hocha la tête. Voilà qui était décevant, mais l'honnêteté dont il venait de faire preuve à propos de ses réticences à l'idée de libérer tout le monde prouvait son sérieux. Peut-être serait-il possible d'établir un programme de libération pour affranchir les esclaves progressivement. Malgré tout, ces problèmes logistiques ne la décourageaient pas. Imaginer Riorca libre ! Il n'y aurait pas besoin d'une rébellion sanglante, sans doute vouée à l'échec. Tout ce que son peuple avait à faire, c'était accepter d'aider Lucien à vaincre Cassian – ce qui était en son pouvoir, non ?

Mais quelles garanties auraient-ils que Lucien honorerait sa promesse ? Ce pouvait être une ruse de sa part. Peut-être accepterait-il l'aide de Riorca, l'utiliserait-il pour libérer son trône et sa sœur, mais laisserait-il ensuite derrière lui un pays toujours asservi. Une fois de nouveau au pouvoir, qu'est-ce qui l'empêcherait d'agir à sa guise ? Il n'avait jamais montré l'envie de libérer Riorca auparavant.

Tout arrangement conclu avec Lucien devrait reposer sur la confiance. Elle commençait à lui accorder sa confiance – un peu –, mais pouvait-elle aller jusqu'à l'extrême degré que requérait son plan ?

Chapitre 13

Le soir, après avoir débridé et dessellé les chevaux, Vitala aperçut les montagnes de la Cendre au loin, à travers la brume. C'était la seule frontière entre Riorca et sa voisine nettement plus vaste et plus agressive, et elle ne constituait pas franchement un obstacle. Des siècles auparavant, Kjall n'était qu'une minuscule nation sur la côte sud-ouest du continent d'Issyv, qui abritait alors de nombreux petits royaumes. Kjall avait avalé ses voisins un par un jusqu'à ce que toutes les terres au sud des montagnes appartiennent à l'Empire kjallan. Puis Riorca avait été engloutie à son tour.

Mais Kjall n'était pas invincible. Plusieurs années auparavant, le père de Lucien, l'empereur Florian, avait tenté d'étendre l'Empire kjallan au-delà des mers en attaquant l'île de Mosar. Florian avait visé trop haut, et son échec avait coûté cher, Lucien étant chargé de ramasser les morceaux d'un empire diminué. La débâcle avait enhardi les compatriotes de Vitala faisant partie du Cercle de l'Obsidienne. Si le lion pouvait saigner, on pouvait sûrement le frapper en plein cœur et ainsi mettre un terme à sa tyrannie.

Le pays natal de Vitala se trouvait juste derrière ces montagnes. Pourtant, elle ne songeait plus à Riorca comme à sa patrie. Ce pays n'avait jamais voulu d'elle. Une brise froide souffla dans les hautes herbes de la prairie, faisant se dresser les poils de ses bras. Elle allait avoir besoin de vêtements plus chauds. Le vent du nord descendait des montagnes et s'enroulait autour de ses orteils. Elle n'aurait su dire s'il s'agissait d'un message de bienvenue ou d'un avertissement.

Son hongre bai et le cheval alezan de Lucien avaient terminé leur avoine. Elle défit leur musette et vérifia une dernière fois leurs entraves. D'une tape sur l'encolure, elle leur souhaita bonne nuit à chacun et, retournant vers le campement, percuta Lucien.

— Qu'est-ce que tu veux ? demanda-t-elle, troublée de s'être laissé surprendre. (Il l'observait avec une drôle d'expression.) Y a-t-il un problème ?

— On dirait que tu as froid. Je t'ai apporté une couverture.

Il la déplia, sans la lui offrir, mais en l'invitant à s'approcher de manière qu'il puisse l'envelopper.

Elle avait l'impression que son geste impliquait autre chose. Un frisson lui parcourut la nuque. Malgré tout, elle s'avança pour se blottir dans le plaid – et dans les bras de Lucien. Il l'attira contre lui, l'entourant de sa chaleur.

Il posa une main sur sa nuque tandis que, de l'autre, il levait son menton. Elle entrouvrit les lèvres et, sans hésiter, Lucien les couvrit de sa bouche. Au palais impérial, il sentait la lavande des bains. À présent, il dégageait une odeur plus terrestre, plus chevaline. Avec sa langue, il l'incita à ouvrir davantage les lèvres. Son doux baiser lui rappela brièvement la bière bas de gamme qu'ils avaient partagée dans une taverne au bord de la route, cet après-midi-là.

Elle passa un bras autour de son épaule pour le rapprocher d'elle. De sa main légèrement calleuse, Lucien caressa son visage et son cou tandis que son baiser se faisait plus profond. Puis il descendit vers ses seins. Du pouce, il joua avec son mamelon à travers le tissu de son syrtos, provoquant en elle de petites décharges de plaisir. Ensuite, il descendit plus bas encore.

Le jeune soldat.

Elle le repoussa. Elle ne pouvait pas se le permettre. Cela ne la mènerait qu'à des ennuis, à une autre vision. À des problèmes qu'elle ne savait expliquer.

Il la regarda en battant des cils, à la fois surpris et peiné.

— Quelque chose ne va pas ?

— Je suis désolée, répondit-elle. Je ne peux pas.

Lucien fit la grimace.

— Jouais-tu la comédie, sous la tente ? Obéissais-tu à des ordres ? Devais-tu espionner l'empereur en couchant avec lui ?

— Non, ce n'est pas ça. Écoute, il s'est passé quelque chose… (Les mots restèrent coincés dans sa gorge.) Je ne peux pas en parler.

— Quand est-ce arrivé ? (Il haussa les sourcils, inquiet.) Tu veux dire qu'il s'est passé quelque chose sous la tente, après qu'ils m'ont emmené ? Mais je croyais… (Il hésita.) Tu as dit que tu avais tué Remus.

Vitala secoua la tête.

— Je ne peux pas en parler.

Elle se hâta de s'éloigner avant qu'il ne l'interroge davantage.

Un plaisir divin l'envahit tandis que son amant se mouvait en elle. Il avait le visage flou, elle ne distinguait pas ses traits, mais elle savait que c'était Lucien. Il se pencha sur elle et l'embrassa. Elle bougea en rythme avec lui, se noya dans les sensations...

Et se réveilla, un feu brûlant entre les cuisses. Elle ouvrit les yeux : seule la faible lueur orange du feu de camp trouait l'obscurité. Elle sortit la tête de son sac de couchage, juste assez pour voir les étoiles au-dessus d'elle. Ce mouvement l'exposa au froid glacial de la nuit et la fit frissonner de haut en bas – ce qui ne régla pas son problème pour autant. D'après la position des étoiles, l'aube ne se lèverait pas avant plusieurs heures encore. Elle devait se rendormir – ce qui, dans son état, ne serait pas facile.

Elle soupira et s'enfonça plus profondément dans son sac de couchage, résignée à souffrir d'insomnie pendant une heure ou deux.

Un gémissement grave lui fit à nouveau sortir la tête.

Roulée en boule, Flavia dormait comme une souche, mais de l'autre côté du feu de camp Lucien s'agitait dans son sac de couchage. Il gémit de nouveau. Une idée dérangeante troubla Vitala : faisait-il le même rêve qu'elle ? Était-il possible de partager le même songe ?

— Peux pas, murmura-t-il d'une voix pâteuse avant de s'agiter une fois de plus. Pas d'eau. J'en ai besoin.

Non, ce n'était pas un rêve érotique. Plutôt un cauchemar. Elle eut pitié de lui. Elle aussi avait beaucoup cauchemardé après l'épisode de Tasox. C'était quoi, cette histoire d'eau ? Elle songea à le réveiller, mais décida de le laisser tranquille. Cela lui passerait, et d'ici au lendemain matin il ne se souviendrait sans doute de rien.

Il poussa un cri étranglé. Il se contorsionna violemment, se leva de son sac et regarda autour de lui, les yeux hagards.

— Tout va bien, lança Vitala.

Il se retourna, la regardant comme un lapin terrifié.

— Tu rêvais, le rassura-t-elle doucement.

Lentement, la peur s'évanouit, remplacée par la gêne.

— T'ai-je réveillée ?

Il passa la main dans ses cheveux ébouriffés et trempés de sueur.

Une nouvelle vague de désir submergea Vitala. *Peste.* Elle avait bien besoin de ça : que Lucien soit beau et attirant quand son envie de lui l'empêchait de dormir !

— Non, je ne dormais pas.

Puis, pour éviter toute question sur la raison de son insomnie, elle ajouta :

— Moi aussi, j'ai fait des cauchemars sur Tasox.

— Oh ! (Il secoua la tête et retomba sur son sac de couchage.) Je ne rêvais pas de ça.

— De l'attaque des Legaciatti ?

Il lâcha un petit rire sombre.

— Non.

— Tu parlais d'eau.

Il frissonna.

— Peu importe.

Son sac de couchage bruissa lorsqu'il changea de position, puis le silence retomba.

Elle se blottit dans son propre sac. Elle regretta de ne pouvoir l'inviter à la rejoindre. Ils auraient plus chaud ainsi, et ils pourraient se réconforter mutuellement, pour chasser les cauchemars. Mais c'était impossible : il y avait les visions.

Pourtant, cette nuit-là sous la tente, elles n'étaient survenues qu'au moment où il l'avait pénétrée. Tout ce qui avait précédé s'était déroulé sans heurt. C'était même très bon : elle avait pris du plaisir, et elle pouvait lui en donner à son tour de manière similaire. L'ennui, c'était qu'il aurait fallu lui fournir des explications, lui dire ce qu'elle voulait et ce qu'elle ne voulait pas, en espérant qu'il ne chercherait pas à en savoir plus. En même temps, il avait déjà compris qu'elle avait vécu une épreuve sous la tente après qu'on l'avait éloigné. Si elle le laissait croire que c'était pour cette raison qu'elle avait des préférences, elle n'aurait pas à lui parler du jeune soldat et des visions.

Elle ouvrit brusquement son sac de couchage et sortit dans l'air nocturne.

— Vitala ?

Les yeux de Lucien étaient doux et sombres dans le clair de lune.

Elle avança à tâtons, frissonnant sous sa chemise.

— Tu n'as pas froid ? s'enquit-il.

— Si, très. (Elle se frotta les bras.) Tu ne me proposes pas un endroit chaud où dormir ?

En guise de réponse, il ouvrit son sac.

Elle se glissa dans l'étroite couche. Lucien l'entoura de ses bras, mêla ses jambes aux siennes et ferma le sac presque entièrement, les plongeant dans une obscurité totale.

— Et là, c'est mieux ?

— J'ai encore froid.

— Voyons ce que je peux faire.

De ses lèvres, il effleura les siennes et introduisit ses mains sous la chemise de la jeune femme.

Dans l'obscurité du sac de couchage, Vitala ne voyait rien. Elle connaissait trop peu Lucien pour savoir où il allait s'aventurer. Sensible à son toucher, sa peau la picota. Il la déshabilla en prenant son temps, retirant les couches de vêtements qui les séparaient, puis pressa son corps brûlant contre le sien.

Excitée par son rêve et impatiente d'expérimenter d'autres sensations, Vitala appuya sa poitrine nue contre son corps chaud. Il prit ses seins dans ses mains. Son baiser se fit plus profond tandis que, entre son pouce et son index, il titillait son mamelon. Elle frissonna.

— J'espère que tu n'as plus froid, maintenant, dit-il.

Elle avait l'impression qu'un feu la dévorait de l'intérieur.

— Plus du tout.

Il changea de position, luttant dans l'étroite couche pour mettre sa bouche à hauteur de son sein. Le sac était trop petit pour contenir deux personnes, et, lorsqu'il pressa Vitala contre le tissu tendu et la chatouilla délicieusement avec sa langue, elle s'abandonna à son étreinte, surprise de voir qu'au lieu de se sentir piégée ou contrainte elle ne ressentait que de l'excitation. Le bas de son corps palpitait. Possessive, elle agrippa Lucien entre ses jambes.

En réponse à son mouvement, il bougea de nouveau, s'apprêtant cette fois à entrer en elle. Inquiète, Vitala se raidit.

Il s'immobilisa.

— Tout va bien ?

— Pas vraiment, balbutia-t-elle. (Elle avait été sur le point d'oublier ses résolutions.) Il est effectivement arrivé quelque chose sous la tente.

Lucien se pencha à ses côtés et l'embrassa.

— Ne t'excuse pas. Ce n'est pas ta faute.

— Pourrions-nous... nous y prendre autrement ?

— À quoi penses-tu ?

Vitala sentit ses joues rougir.

— À ce que tu avais fait sous la tente, peut-être.

Lucien se mit à rire.

— Ça t'a plu, alors ? Je ne crois pas que nous ayons la place dans ce sac. Mais je peux te donner du plaisir d'une autre manière.

Il descendit sa main pour l'explorer plus bas. Il posa le doigt sur la petite bosse qui constituait le point central de son plaisir et décrivit des cercles d'une extrême douceur. Vitala se pressa contre lui.

— C'est pour moi que tu brûles ainsi ? dit-il en lui couvrant la bouche de la sienne.

Tandis que le corps de la jeune femme se mouvait en rythme sans qu'elle le veuille, elle sentit le membre dur de Lucien contre sa hanche. Cette nuit-là, il avait quitté la tente sans avoir eu le temps d'être satisfait, et Vitala ne souhaitait pas que cela se reproduise. Lorsqu'elle le prit dans sa main, il laissa échapper un grognement. Elle savait comment amener un homme au plaisir de cette façon, mais Lucien le faisait monter en elle peu à peu et elle voulait faire de même avec lui, se réjouissant de chaque gémissement qu'elle parvenait à lui soutirer. Ils remuèrent ensemble à la même cadence, comme dans une danse rythmée par les battements de leur cœur et leur respiration de plus en plus rapide.

Étonnée, elle réalisa qu'il s'agissait réellement d'une danse, et qu'elle l'appréciait. Avant Lucien, donner du plaisir à un homme n'était pour elle qu'une tâche ennuyeuse et même un brin désagréable ; un moyen d'arriver à une fin. Mais, si cette expérience avec Lucien était nouvelle et différente, cela ne voulait rien dire. Elle n'était pas impliquée émotionnellement. Il était séduisant, et bon amant, rien de plus. Par ailleurs, elle ne devait plus l'assassiner. Alors pourquoi se priver des joies qu'il lui procurait pendant qu'elle le pouvait ?

Elle savourait la volupté qui montait langoureusement en elle, du plus profond de son corps jusqu'au bout de ses doigts et de ses orteils. Délicieuse, elle en devenait presque insupportable. Lucien l'agrippa et enfin la délivra. Elle poussa un cri. Ses membres se détendirent et le vide se fit dans son esprit. Il jouit à ses côtés presque au même moment, amené à l'orgasme par son plaisir à elle.

Après quoi elle dormit, blottie bien au chaud dans ses bras, et ne se réveilla qu'à l'aube.

Vitala ignorait où se trouvait exactement la frontière entre Kjall et Riorca, mais, en arrivant dans le village de Nihenny aux bois profonds, et en voyant les huttes enterrées, elle sut qu'elle l'avait franchie. Les logis trapus étaient à demi enfoncés dans le sol pour bénéficier de la chaleur naturelle diffusée par la terre. Certains ne s'élevaient pas plus haut que sa tête. Chaque porte d'entrée était desservie par un escalier grossier.

À Riorca, on parlait de « villages vivants » et de « villages morts ». Dans les villages morts, chaque citoyen riorcan avait été infecté d'un sort de mort qui le tuerait s'il n'était pas suspendu chaque jour par un Guérisseur kjallan. Les Kjallans vivaient parmi les Riorcans, dirigeant leurs tâches quotidiennes, et la culture riorcane avait presque disparu. Les Riorcans asservis portaient des vêtements kjallans, parlaient le kjallan, et, comme les Kjallans, devaient honorer le Soldat avant les deux autres dieux, même si la théologie riorcane mettait les trois divinités, qui se cherchaient sans cesse querelle, à égalité.

Nihenny faisait partie des villages vivants, pauvre à cause des lourds tributs qu'il devait payer, mais avec une culture intacte. Il n'y avait pas de Kjallans, et les villageois portaient la tunique des paysans riorcans. Dans les rues, les cochons s'enfuirent à l'approche des montures de Lucien et Vitala, disparaissant dans la forêt qui se dressait de part et d'autre de la route, les hautes branches des arbres tendues comme des serres. Les escaliers des huttes enterrées s'effritaient, et il manquait des bardeaux sur la plupart des toits. Cependant, les voies de circulation étaient en bon état grâce aux Kjallans qui les entretenaient avec soin, au cas où ils en auraient besoin pour déplacer leurs troupes en hâte.

Sur la place centrale, Vitala avisa la preuve d'une présence kjallane : deux pieux, dressés depuis un certain temps, étant donné que les cadavres qu'ils exhibaient autrefois étaient réduits à un tas d'os. Les villageois ne s'en prirent pas aux nouveaux venus, mais s'écartèrent sur leur passage, les considérant d'un œil mauvais.

Vitala compatissait. Lucien et elle avaient l'air kjallans : en effet, à eux deux ils l'étaient aux trois quarts. De plus, leurs montures indiquaient clairement qu'ils n'étaient pas d'ici. Rares étaient les lieux à Riorca où l'on cultivait de l'avoine pour les chevaux, et toutes les montures avaient été réquisitionnées par les Kjallans. Pour ces villageois qui gagnaient péniblement leur vie en cultivant des fruits épineux dans la forêt, des Kjallans à cheval étaient synonymes de problèmes.

— Ils te détestent autant que moi, souffla Lucien en plaçant son cheval aux côtés de celui de Vitala.

La jeune femme haussa les épaules.

— Ils ne me connaissent pas.

— Tu ne t'es jamais dit que tu faisais une meilleure Kjallane qu'une Riorcane ? Ces gens ne veulent pas de toi ici.

Même si ces propos la blessaient, elle ne pouvait nier qu'ils étaient fondés. Elle s'était davantage fait accepter parmi les Kjallans rencontrés sur le circuit de caturanga qu'elle ne l'avait jamais été par son propre peuple – excepté le Cercle, évidemment.

— Même si on me payait, je ne voudrais jamais être kjallane.

— Sommes-nous si terribles que ça ?

— Oui. Regarde ce que les tiens ont fait à ce village. Il est écrasé par les tributs.

— Se portait-il mieux avant notre arrivée ? Tu n'en sais rien.

Vitala roula des yeux.

— Bien sûr qu'il se portait mieux quand il n'avait pas de tributs à payer !

— Ça, c'est toi qui le dis, rétorqua Lucien. Mais en fait tu n'en sais rien : tu n'étais pas encore née quand ce village a été pris. Moi non plus. Ce n'est pas moi qui ai ordonné l'invasion de Riorca – ni mon père. C'était son père à lui, et ça s'est produit avant même la naissance du mien.

Vitala renifla.

— À ta place, je ne serais pas fière de cette ascendance.

— Et toi, es-tu fière de la tienne ?

Ses joues s'enflammèrent. Furieuse, elle talonna son cheval pour le lancer au trot.

Lucien la rejoignit au petit galop.

— Pardonne-moi, Vitala. Je n'aurais pas dû dire ça. Ce que je voulais souligner, c'est que je n'ai rien à voir là-dedans. Quand je suis né, tout était déjà ainsi, comme toi tu es née pour devenir ce que tu es.

— Ce n'est pas une question de destin, Lucien. Tu as fait des choix. Tu as siégé sur le trône impérial pendant trois ans. Tu aurais pu aider Riorca durant cette période.

— Non.

Elle ricana.

— Vitala, gouverner un empire est d'une complexité dont tu n'as pas idée. Si j'avais commencé mon règne en libérant Riorca, ou même en diminuant les impôts, alors que j'avais du mal à payer la solde des troupes, on m'aurait destitué en moins d'un mois.

— Et c'est ce qui s'est passé au bout de trois ans, sans que tu aies rien accompli pour autant. Je ne vois pas en quoi c'est mieux.

— Au moins, j'ai épargné à ton peuple le sort que Cassian voulait lui faire subir, même si ce n'était que pendant trois ans.

— Tu ne vaux pas mieux que Cassian. Et Stenhus ? Les habitants de ce village ont été massacrés sur tes ordres.

— Stenhus s'est rebellé, et j'ai ordonné à mes troupes de réprimer cette rébellion. C'était mon rôle, Vitala. C'est ce que font les empereurs. Il aurait été difficile pour moi d'ignorer ce soulèvement.

— Mais, après que tes troupes l'ont réprimé, ils ont massacré la moitié des citoyens !

Lucien eut l'air affligé.

— J'étais empereur depuis six mois à peine. Je me suis fié au jugement du chef de bataillon, Secundus, et l'ai autorisé à gérer le problème comme il l'entendait. Si tu veux tout savoir, j'étais furieux devant cette violence gratuite, et plus tard j'ai renvoyé Secundus. Si j'ai voulu me rendre en personne à Tasox, c'était justement pour éviter qu'une telle situation se reproduise.

Ils passèrent devant les dernières huttes enterrées de Nihenny et entrèrent de nouveau dans la forêt, taillée avec soin par les Kjallans afin que la route reste dégagée. Vitala talonna son cheval, mettant ainsi un terme à la conversation. Le problème avec Lucien était que, plus elle l'écoutait, plus ce qu'il disait lui paraissait sensé.

Chapitre 14

D'un claquement de langue, Lucien encouragea son hongre alezan à attaquer le flanc rocheux de la montagne. Avec toutes ces pierres meubles sur la route, c'était l'endroit rêvé pour que la bête s'en prenne une dans le sabot, et la dernière chose dont il avait besoin en ces lieux reculés était un cheval boiteux. Il guettait aussi la présence éventuelle d'un loup. Alors que les Riorcans exterminaient tous les loups qui s'aventuraient dans les vallées, il restait dans les hauteurs des meutes qui pouvaient être tentées de se régaler d'un cheval.

Juste devant lui, la monture baie de Vitala négociait la pente abrupte. Lucien espérait que la jeune femme savait où elle allait. Ce matin-là, après plusieurs jours passés à sillonner des chemins tortueux dans la forêt, ils avaient enfin quitté les arbres pour arriver sur cette terre rocailleuse et désolée, perdue au milieu de nulle part. Au moins, Flavia avançait à grandes enjambées. Elle courait devant les chevaux, devinant où ils iraient, et attendait qu'ils la rattrapent.

La plupart des Kjallans qui visitaient Riorca la voyaient comme une nation sauvage et primitive, mais pas Lucien. Malgré sa population clairsemée, avec ses forêts indomptées, Riorca était aussi cultivée que Kjall. Quand les Kjallans l'avaient conquise, les Riorcans avaient été conduits le long de la frontière sud, les forêts avaient été défrichées et des fermes bâties. Mais quand enfin les cultures sortirent du sol, elles n'atteignirent que la moitié de leur taille normale, malades et anémiques. Mourant de faim, au désespoir, les Kjallans avaient abandonné les villages.

Les terres riorcanes n'étaient pas faites pour l'agriculture, du moins telle que les Kjallans la concevaient. Mais les Riorcans savaient comment amadouer les sols pour en tirer le meilleur. Des fruits épineux poussaient à l'ombre des arbres, jamais directement exposés au soleil.

Les plantes étaient fragiles et les fruits longs à mûrir : un minuscule fruit épineux vert mettait deux ans à atteindre sa taille maximale et à jaunir. Tant qu'il restait vert, il était toxique. Dans toute la forêt, les Riorcans cultivaient ces buissons, les plantant, les fertilisant et les désherbant à la main. La forêt paraissait à l'état sauvage, mais elle ne l'était pas. C'était une sorte de ferme géante. Il avait fallu un certain temps aux Kjallans pour le comprendre.

Grâce aux deux ans que Lucien avait passés à Riorca, son mépris pour les Riorcans avait fait place malgré lui à une admiration certaine. C'était un peuple rude et robuste, impossible à soumettre totalement. Riorca était occupée depuis des générations ; cependant des rébellions éclataient toujours çà et là, sans parler de ce maudit Cercle de l'Obsidienne. Les Riorcans étaient pragmatiques et souvent impitoyables. Malgré son physique kjallan, Vitala en était l'exemple parfait.

Son hongre, un peu plus agile que celui de Vitala, grimpa rapidement la pente et se plaça aux côtés de la jeune femme, sur le sentier couvert de givre.

— J'adore Riorca à cette saison, déclara-t-il. Cette brise et ce froid délicieux… (Elle le regarda, les yeux plissés.) Sans parler de la nourriture. Des fruits épineux et du poisson séché. Chaque jour que les dieux font.

Elle fit une petite moue. Les commentaires de Lucien l'amusaient, sans qu'elle veuille le montrer. Petit à petit, il l'amadouait. Elle-même ressemblait à un fruit épineux : dure et piquante à l'extérieur, mais tendre à l'intérieur. Franchir la barrière d'épines constituait le vrai défi.

Le cheval de Lucien stoppa brusquement et manqua de percuter celui de Vitala. Elle s'était arrêtée pour scruter une falaise nue. Lucien l'observa à son tour, essayant de comprendre ce qui retenait ainsi son attention.

— Tu y vois un message codé quelconque ?

Elle le regarda, comme surprise.

— Oui, il y en a, pour ceux qui savent les déchiffrer.

D'un claquement de langue, elle ordonna à sa monture de reprendre sa route et tourna à gauche. Flavia, qui avait couru au-devant dans la mauvaise direction, corrigea sa trajectoire et dépassa Vitala en gambadant.

Lucien les suivit avec appréhension. Il prenait un risque énorme en écoutant Vitala et en se jetant dans les bras de ses pires ennemis. Mais, s'il voulait reprendre son trône, il avait besoin des ressources du Cercle. Eux aussi avaient besoin de lui. Même si Vitala semblait mentir sur certains points, il ne la croyait pas capable de le trahir purement et simplement. En tout cas, pas au point qu'il meure, sinon pourquoi l'aurait-elle sauvé ?

L'enclave avait déménagé depuis sa dernière visite, mais, si Vitala avait interprété les signes correctement, cet étroit ravin était son campement actuel. Elle y mena tout droit son cheval. Lucien avait mis un petit moment à la suivre. Elle ne pouvait lui reprocher d'avoir hésité : le ravin constituait l'endroit parfait pour une embuscade.

—Attends ici, dit-elle. Laisse-leur le temps de nous reconnaître.

Lucien regarda autour de lui en silence.

Elle ne vit pas le guet, mais à cet instant l'enclave devait être au courant de leur présence.

—Je pense qu'il n'y a plus de danger, maintenant, déclara-t-elle avant d'exhorter son cheval à s'enfoncer davantage dans le ravin.

Le martèlement de la monture de Lucien résonnait derrière elle.

Ils prirent un virage et se retrouvèrent devant une ouverture dans la paroi, assez large pour laisser passer un cheval. Vitala y entra, suivie de Lucien. Trois ombres passèrent devant l'ouverture, empêchant toute retraite. Des agents du Cercle de l'Obsidienne. Elle était en terrain ami.

—Vitala…, murmura Lucien.

—Tout va bien.

D'un bond, elle mit pied à terre. Un homme et une femme s'avancèrent pour prendre les rênes des deux hongres.

—Nous sommes ici chez nous.

Lucien descendit de sa selle avec précaution et baissa sa béquille pour se rattraper.

—Il est avec moi, annonça Vitala aux trois individus qui avaient encerclé Lucien. C'est un ami. Il n'est pas armé.

Un autre homme apparut à l'autre bout de la grotte.

—Vitala, c'est toi ?

—Bayard !

Elle avait beau être heureuse de voir un visage familier, elle sentit ses entrailles se nouer. Elle n'était absolument pas certaine que son ancien tuteur approuverait la façon dont elle avait mené sa mission. Elle devait malgré tout dégager une certaine assurance. Elle marcha vers lui avec hardiesse et lui serra le poignet. Bayard avait l'air en forme. Ses cheveux blonds grisonnaient légèrement, mais il était mince et musclé. Sans doute passait-il toujours autant de temps dans la salle d'entraînement.

—Les félicitations sont à l'ordre du jour, déclara Bayard. Ta mission a été un succès.

—En fait, à ce propos…, répondit Vitala, je dois vous présenter quelqu'un.

Elle lança un regard méfiant à Lucien.

— J'ai toujours dit que tu étais mon étoile, insista Bayard. Je savais que tu serais celle qui accomplirait la tâche. Ça n'a pas déclenché la guerre que nous attendions, mais il nous faut patienter.

— Je n'ai pas tué Lucien, avoua Vitala.

Perplexe, Bayard fronça les sourcils.

— D'après nos sources, il est mort. Tu veux dire que ce n'est pas grâce à toi ?

Elle désigna Lucien.

— Ce que je veux dire, c'est qu'il n'est pas mort. Cassian a tenté de le tuer au cours d'un putsch, et je suis venue à son secours. Il est là, devant vous.

Bayard se retourna et dévisagea Lucien.

— J'ai une proposition à vous faire, dit le jeune homme. Elle pourrait sauver Riorca.

Bayard ouvrit grande la bouche et fit un signe à ses hommes.

— Non ! s'écria Vitala. Il est avec nous ! Il est venu de son plein gré !

Les trois agents saisirent Lucien et le plaquèrent au sol. Flavia se mit à aboyer furieusement.

— Fais taire ce chien ou je le ferai pour toi, menaça Bayard.

— Flavia ! appela-t-elle sans savoir si la chienne réagirait : c'était Lucien qui lui donnait à manger depuis son assiette et lui lançait des bâtons à rapporter.

Mais elle vint aussitôt se presser contre la jambe de Vitala en gémissant.

Bayard afficha un sourire lugubre.

Vitala l'attrapa par le bras tandis qu'il s'avançait vers Lucien d'un pas furieux.

— Écoutez-moi ! Lucien est notre allié. Les hommes de Cassian ont essayé de le tuer. Ils voulaient mettre l'assassinat sur le compte du Cercle de l'Obsidienne et punir Riorca en la décimant. En le faisant partout, Bayard. Dans tout le pays !

Bayard se tourna vers elle.

— D'où tiens-tu ces informations ?

— De Lucien, répliqua-t-elle en grimaçant.

Elle-même trouvait sa réponse bien légère.

— Ah.

Bayard fit demi-tour et marcha jusqu'à Lucien, immobilisé par les trois gardes, le visage plaqué contre le sol rocheux de la caverne.

— Attachez-lui les mains.

— Vous m'écoutez ? (Vitala saisit Bayard par les épaules et l'obligea à lui faire face.) Il ne doit rien arriver à Lucien. Il nous le faut vivant pour prouver l'innocence du Cercle. (Elle se tourna vers Lucien, à qui on avait mis les poings dans le dos pour les lier.) Je suis désolée. Les choses n'étaient pas censées se dérouler ainsi.

Lucien toussa, crachant une bouchée de terre.

— Et le prouver à qui ? demanda Bayard. Aux laquais de Cassian ? Il faut que tu comprennes que Cassian évincera les chefs actuels des bataillons pour les remplacer par ses propres hommes – si ce n'est pas déjà fait.

— Il y a des moyens de diffuser le message, intervint Lucien en s'étouffant à moitié. Je sais comment…

L'un des gardes lui décocha un coup de pied dans le ventre. Sa phrase s'acheva dans un hoquet.

Vitala brûlait de fureur. D'instinct, elle serra le poing comme pour faire apparaître un Tesson. Elle s'avança vers le garde, qui, en voyant son regard, recula.

Bayard s'interposa entre les deux.

— Gudrik, ne touche plus au prisonnier. Vitala, contrôle-toi.

La jeune femme considéra Gudrik d'un œil mauvais, puis se tourna vers Bayard.

— Lucien peut nous aider à trouver comment bloquer Cassian. Il a les relations, la connaissance, et il veut autant que nous voir cet homme éjecté du pouvoir. Si nous l'aidons à reprendre son trône, il libérera Riorca.

Bayard éclata de rire.

— C'est ce qu'il t'a dit ? Qu'il libérerait Riorca ? Vitala, cet homme a-t-il versé quelque chose dans ta nourriture ?

Gudrik et les autres ricanèrent.

— C'est la vérité, dit Lucien d'une voix rauque.

— Vitala, c'était là la promesse d'un homme au désespoir, répliqua Bayard. Il est déchu de ses pouvoirs. Il sait que Cassian affûte un pieu pour lui, et il dirait n'importe quoi pour sauver sa peau. Qu'a-t-il fait pour Riorca ? Rien.

Vitala pouvait difficilement le contredire : Bayard avait mis le doigt sur le point faible de son argumentation. Certes, Lucien n'avait pas aidé Riorca quand il le pouvait. Certes, ses motivations étaient douteuses. Mais, au plus profond d'elle, elle savait que la donne avait changé, plus que Bayard ne l'imaginait. Lucien était davantage digne de confiance que le Cercle voulait bien le croire. Une alliance avec lui serait hasardeuse, mais moins que ne le pensait Bayard, et les récompenses étaient potentiellement si bénéfiques que le risque valait la peine d'être pris.

— Et s'il disait la vérité, Bayard ? On ne peut pas laisser passer une occasion pareille. Riorca pourrait être sauvée. Quel autre choix avons-nous ? Rester les bras croisés, cachés pendant que Cassian massacre notre peuple ?

— Non, nous ne resterons pas les bras croisés, rétorqua Bayard. Nous allons interroger cet homme. S'il est réellement l'ancien empereur, c'est la source de renseignements la plus importante que nous ayons jamais eue entre ces murs. Gudrik, va débarrasser une salle.

— Oui, Bayard.

Vitala agrippa Bayard par le bras.

— Non ! Un interrogatoire ne vous mènera à rien. Faites de Lucien votre ami, et il vous dira tout ce que vous voulez savoir. Mais, si vous lui faites du mal, vous pourriez bien gâcher notre seule chance de nous allier à lui.

Bayard libéra son bras et fit un geste à l'intention des gardes, qui remirent Lucien debout.

— L'alliance que tu nous proposes n'a aucune valeur aux yeux du Cercle, contrairement aux informations que cet homme détient. Vitala, j'ai le plus grand respect pour toi en tant qu'assassin et agent de terrain. Mais nous sommes dans les quartiers généraux de l'enclave, et ici c'est moi qui donne les ordres.

Lucien fut à la fois traîné et porté le long d'un couloir de pierre humide et rugueuse. Il tourna la tête pour tenter d'apercevoir Bayard et Vitala derrière lui. Ils se disputaient âprement. Vitala continuait à plaider sa cause afin qu'on le libère, en vain : elle semblait n'avoir aucun pouvoir en ces lieux. Dieux ! pourquoi lui avait-il fait confiance ?

Le corridor déboucha sur une caverne naturelle ressemblant à une bulle soufflée dans la roche. En effet, l'enceinte tout entière était certainement une grotte naturelle qui avait été simplement dégagée, sans travaux de maçonnerie, puis équipée de portes grossières, et meublée. Enfin, « meublée » était peut-être un peu fort : la pièce ne contenait qu'un seul siège en bois de facture grossière. Les murs burinés étaient striés de vert, gris et ocre.

Les gardes le firent asseoir rudement sur le siège. Ils lièrent ses bras au dossier et sa jambe droite au pied droit du siège. Ils scrutèrent un moment la jambe de bois, sans trop savoir qu'en faire, puis décidèrent de ne pas y toucher.

— Laissez-nous, ordonna Bayard.

Au début, seule une poignée de gardes les avait accompagnés, mais sur le chemin menant à la salle d'interrogatoire plusieurs autres les avaient rejoints, ainsi que quelques hommes, des femmes et une adolescente vêtus de la tunique des paysans riorcans. Malgré leur ressemblance avec des civils, ils devaient être des agents œuvrant pour le Cercle de l'Obsidienne. Quel que fût leur rôle, ils quittèrent les lieux dès que Bayard l'exigea. Il ne resta plus que deux gardes, à qui Bayard fit signe de rester. On passa une laisse autour du cou de Flavia pour la mener ailleurs. Cependant, quand Bayard ordonna à Vitala de partir, la jeune femme se contenta de croiser les bras avec détermination – au grand soulagement de Lucien. Il avait l'impression que sa simple présence le protégeait.

Bayard commença à ôter sa tunique.

— Écoutez, s'empressa de dire Lucien, tout ça n'est pas nécessaire. Nous étions peut-être ennemis autrefois, mais il serait idiot de continuer à s'en vouloir alors que nous pouvons accomplir tant de choses en nous unissant ! Mes intérêts et ceux du Cercle de l'Obsidienne sont les mêmes…

— Qu'en savez-vous ?

Bayard jeta un regard accusateur à Vitala, qui le considéra les sourcils froncés, récusant l'idée qu'elle aurait pu dévoiler les secrets du Cercle.

— Vos intérêts sont connus de tous, répliqua Lucien. Vous voulez la liberté pour Riorca.

— Et vous, vous voulez retrouver le trône kjallan, répondit Bayard. Des objectifs bien différents.

— Nous avons un ennemi commun en la personne de Cassian, l'usurpateur. Il m'a volé mon trône et prévoit de décimer votre peuple. Aidez-moi à reprendre le pouvoir, et je libérerai Riorca.

Bayard ricana.

— Les promesses creuses d'un homme au désespoir. Vous ignorez où résident nos véritables intérêts.

— Dans ce cas, dites-moi ce que vous voulez. Je…

Lucien s'interrompit : sa magie venait de le prévenir qu'un coup allait arriver, même si Bayard était un combattant trop habile pour que le signe soit physique. Ligoté comme il l'était, Lucien ne pouvait l'esquiver complètement, mais il bougea la tête et le poing calleux de Bayard s'écrasa sur son menton au lieu de lui briser le nez.

— Bayard ! s'écria Vitala. Arrêtez !

Le menton de Lucien l'élançait douloureusement. Il savait que le pire était à venir. Il bougea sa mâchoire pour s'assurer qu'elle n'était pas cassée.

Bayard se pencha sur lui, les mains posées sur les accoudoirs, adoptant la pose classique de celui qui cherche à soumettre l'autre. Cette proximité donna la chair de poule à Lucien.

— Vous nous croyez en train de négocier ? Pas du tout. Ceci est un interrogatoire. Dorénavant, vous ne parlerez que pour répondre à mes questions.

— Bayard, tout ça n'est qu..., commença-t-il avant de s'arrêter : sa magie venait de le prévenir de nouveau.

Bayard l'empoigna par les cheveux et lui tira la tête en arrière. Lucien se débattit furieusement, ayant recours à toute la force donnée par ses pouvoirs de mage pour tenter de se libérer. Cependant, Bayard, aguerri aux techniques des mages de guerre, accompagnait ses mouvements, utilisant sa prise pour le suivre plutôt que l'immobiliser. Lucien savait d'où partirait le coup, sans pouvoir rien y faire. Le poing de Bayard s'abattit sur son nez dans un affreux craquement. La tête lui tourna, sa vue latérale se brouilla et s'assombrit, le plongeant dans une obscurité presque totale. Un cri s'ensuivit, et la main de Bayard fut brusquement – et douloureusement – arrachée des cheveux de Lucien. Le jeune homme secoua la tête et le regretta aussitôt : tout en lui palpitait. Un goût de sang envahit sa bouche. Il ouvrit les yeux – non, ils étaient déjà ouverts. Il recouvrait peu à peu la vue. Il toussa, cracha du sang et tenta de décoder le sens du flou autour de lui.

Bayard était à terre, sous Vitala. Ses yeux lui jouaient peut-être des tours, car la scène était ridicule. Bayard, bien plus imposant qu'elle, aurait pu la repousser d'une chiquenaude. Au lieu de quoi il gisait, immobile et passif, la respiration haletante et l'air apeuré. En y regardant de plus près, Lucien vit que Vitala plaquait un minuscule objet sombre contre sa gorge. Un filet de sang coulait le long du cou de l'homme.

Les cris lui vrillaient les tympans. Il les comprenait à peine. Les gardes hurlaient après Vitala. Bayard aboyait des ordres aux gardes. Mais la jeune femme demeurait silencieuse, ses lèvres réduites à une ligne dure.

— Reculez ! Reculez ! braillait Bayard. Elle a un Tesson ! Ne la menacez pas !

Un Tesson ? Lucien plissa les yeux. Était-ce là ce qu'elle pointait sur la gorge de Bayard ? Elle aurait pu accéder facilement aux deux pistolets rangés dans la ceinture de l'homme ; malgré tout, elle n'y avait pas touché. Lorsqu'elle avait voulu une arme, elle n'avait pas essayé de les saisir, mais avait fait apparaître ce Tesson.

— Vitala..., dit Bayard d'un ton apaisant.

— Je vais vous tuer, gronda Vitala. Si vous le touchez encore une fois, je libère le sort de mort.

Lucien fut parcouru d'un frisson. Jamais il n'avait vu Vitala dans cet état. Quand elle avait combattu près du feu, elle l'avait fait froidement, sans passion. À présent, tout son corps tremblait de fureur. À bord d'un navire, dans la tempête, il avait vu une haussière si tendue qu'elle tremblait et vrombissait, pour finir par céder. Vitala était comme elle : sur le point de se rompre, à la fois crispée, fragile et dangereuse.

— Ne sommes-nous pas amis ? demanda Bayard d'une voix vibrante. Ne t'ai-je pas sauvée d'une famille qui te détestait pour te conduire dans un meilleur endroit ?

Vitala lui cracha au visage.

La pomme d'Adam de Bayard s'agita.

— Bon, très bien. Je vais mettre fin à l'interrogatoire. Quelqu'un veillera à soigner les blessures de Lucien…

— Un Guérisseur, le coupa Vitala.

— Oui, un Guérisseur s'occupera de ses blessures. Laisse-moi me relever et éloigne ce Tesson de mon cou. Nous discuterons de ça plus tard, quand notre colère sera apaisée.

— Promettez-moi qu'aucun mal ne lui sera fait. Si vous le touchez encore, je vous tue. (Elle regarda autour d'elle et plongea ses yeux dans ceux des deux gardes, qui eurent un mouvement de recul.) Je tuerai tous ceux qui lui feront du mal.

— Je te le promets, répondit Bayard. Aucun mal ne lui sera fait. Laisse-moi me lever, Vitala, s'il te plaît.

Elle retira le minuscule objet sombre de la gorge de Bayard, le cacha dans son poing et se mit debout. Bayard se leva à son tour et s'épousseta.

— Eh bien ? dit-il sèchement aux gardes. Vous avez entendu les ordres. Allez chercher le Guérisseur pour Lucien. (Il se tourna vers Vitala.) Va te calmer. Je vais faire de même de mon côté, et nous parlerons plus tard.

Chapitre 15

Allongée sur le lit dans sa chambre, Vitala contemplait les fissures dans le mur. Enfant, elle s'était souvent adonnée à ce passe-temps. Elle regardait les fissures et s'inventait des histoires à leur sujet, voyant en elles des animaux, des gens et des lieux. Mais celles-là étaient différentes, dans un endroit différent. L'enclave s'était établie dans cette caverne depuis deux ans à peine, et Vitala avait passé presque toute cette période sur le circuit de caturanga. Elles n'étaient pas de vieilles amies. Que pouvait-elle en faire ? La plus proche ressemblait à une fenêtre brisée ; celle dans le coin à un visage humain. Celle près de la chaise était telle une tache de sang, s'étalant encore et encore jusqu'à…

Elle serra fort les paupières. Quel était son problème, au juste ? Pourquoi ne voir que ruine et destruction ?

— Tout va bien, mademoiselle Salonius ? s'enquit d'une voix timide la fille assise sur le siège.

— Oui.

C'était l'idée de Bayard de la faire surveiller par une gamine de douze ans. Il savait que Vitala ne ferait rien d'inconsidéré en présence d'une enfant – mais la pauvre fille l'ignorait, elle. Dans son souvenir, elle s'appelait Estelle. Bayard la formait pour devenir assassin. Elle était mignonne et innocente : elle avait encore quelques années devant elle avant d'entamer la partie déplaisante de son apprentissage.

Vitala soupira et roula sur le ventre, calant son menton sur ses bras repliés. C'était la première fois qu'elle remarquait le caractère insipide de l'enclave. Des murs de pierre brute. Des meubles en bois grossier. Quand une enclave déménageait, elle abandonnait les meubles derrière elle. Le Cercle possédait peu de troupeaux et les charrettes ne pouvaient pas circuler sur les chemins montagneux difficiles. Le bois d'œuvre ne manquant pas à Riorca, l'équipe d'assistance fabriquait sans tarder de nouveaux meubles pour les lieux occupés. Le siège hérissé d'échardes occupé par Estelle grinçait. Les pieds du lit de Vitala étaient si bancals qu'elle pouvait faire tanguer la structure. Son séjour au palais impérial avait changé sa vision des choses, pas seulement par sa beauté, mais aussi par sa pérennité. Ici, tout était temporaire, rien n'était estimé ou chéri.

La poignée de la porte cliqueta. *Bayard.*

Estelle s'assit au bord du siège, impatiente de voir apparaître son sauveur, tandis que Vitala regardait la porte avec appréhension.

Il entra.

— Estelle, tu peux disposer, merci.

La fille se leva d'un bond et s'enfuit par le battant ouvert.

— Vitala. (Bayard ferma la porte.) Je suis désolé pour ce qui s'est passé tout à l'heure. Nous avons tous deux agi précipitamment.

Elle aurait dû s'excuser à son tour; au lieu de quoi elle se contenta de considérer Bayard d'un œil dur. Elle ne s'excuserait pas d'avoir défendu Lucien, d'avoir empêché Bayard de commettre un acte irréparable, à même de ruiner les chances de Riorca de connaître un avenir meilleur.

Après un silence gêné, Bayard reprit la parole:

— J'ai parlé au prisonnier.

Vitala hoqueta.

— Vous aviez promis de ne pas…

Il leva les mains.

— J'ai dit que je ne le toucherais pas, et j'ai tenu parole. Je voulais seulement voir à quelles questions il répondrait de son plein gré, et il s'est révélé assez coopératif.

— Je vous l'avais dit. Il coopère parce qu'il n'est pas notre ennemi.

— Hmm. (Bayard secoua légèrement la tête.) Ce n'est pas non plus notre ami, mais je ne suis pas venu ici pour en discuter. Et si tu me faisais un rapport? Lucien m'a raconté ce que vous aviez vécu, et on dirait bien que tu as augmenté ton score de tués. (Il sourit.) Ista va être jalouse.

Vitala agita la main en signe de dénégation.

— N'en est-elle pas déjà à neuf?

Elle prit une profonde inspiration et lui narra le déroulement de sa mission, en commençant par le jour de sa rencontre avec Remus sur les quais de la cité impériale. Bayard l'écouta au début sans émotion apparente, puis il haussa les sourcils lorsqu'elle décrivit sa lutte sous la tente de Lucien et près du feu – en particulier celle qui l'opposa à Remus. Les événements de Tasox le choquèrent: la nouvelle de la destruction presque totale de la bourgade n'avait pas encore atteint l'enclave.

— Je n'en crois pas mes oreilles, déclara Bayard. Je suis désolé que nous ayons perdu nos agents à Tasox.

— Moi aussi. (Le cœur de Vitala se serra au souvenir d'Hanna et Glenys, douces et indomptables.) Leur mort était si vaine ! Lucien aussi a eu beaucoup de peine.

— Je vais dire aux chefs de l'enclave de renvoyer quelqu'un là-bas sur-le-champ.

— Il y a autre chose. La chienne leur appartenait, et, par certains indices qu'elles ont semés, je pense qu'elle est peut-être riorcane.

— Nous n'avons plus de chiens riorcans. Les Kjallans les ont exterminés.

— D'après Glenys, la lignée a survécu, cachée quelque part. Vous renseignerez-vous auprès des autres enclaves, pour voir si Flavia fait partie de ces survivants ?

Il haussa les épaules.

— Je demanderai. On dirait que tu as tué six personnes au cours de cette mission – uniquement dans l'action. Remus, le Protecteur, deux sentinelles près du feu, et les deux Legaciatti qui surveillaient Lucien. C'est bien ça ?

Elle hocha la tête.

— Oui, six.

— Nous as-tu rapporté des pierres fendues ?

Elle grimaça.

— Seulement celle du Protecteur. (Elle la sortit de sa poche et la posa dans la main de Bayard.) J'en aurais bien pris plus, mais nous étions pressés.

— Je comprends, répondit Bayard.

Vitala fut peinée en voyant la déception sur son visage. Elle avait passé tant de temps au cours de sa jeune vie à vouloir lui faire plaisir ! Plus tard, ce désir s'était estompé – du moins l'avait-elle cru –, mais il semblait qu'une petite partie d'elle-même voulait toujours le rendre fier d'elle. Elle se rappela soudain une chose.

— Attendez. J'ai le loros.

— Le loros impérial ? Tu plaisantes.

— Non. Il se trouve dans l'une des sacoches de selle.

— Comment as-tu pu le transporter sur une si longue distance sans t'attirer la convoitise des voleurs ?

Vitala haussa les épaules.

— Il restait dans la sacoche, tout simplement. Personne n'était au courant.

Bayard secoua la tête, émerveillé.

— J'irai le chercher moi-même. Eh bien, au cours d'une seule mission tu es passée d'un à sept tués. Peut-être même huit. Je me demande si Lucien ne devrait pas compter. Tu ne l'as pas tué, mais tu l'as conduit jusqu'à nous, et je pense que c'est là ta plus grande prouesse. Manifestement, tu aurais pu l'éliminer n'importe quand – si tu l'avais voulu.

— Ne comptez pas Lucien, dit Vitala. Restons-en à sept.

Le comptabiliser reviendrait à l'abandonner, ce qu'elle n'avait aucune intention de faire.

Bayard fronça les sourcils.

— Très bien. Voyons, à propos de ce matin…

— Écoutez, le coupa Vitala, vous devez rendre sa liberté à Lucien, cesser de le traiter comme un prisonnier et entamer les négociations. Il se dit capable de lever une armée…

— J'ai du mal à y croire.

Elle haussa les épaules.

— Soit il en est capable, soit non. S'il en est incapable, alors ce n'est qu'un fugitif impuissant qui ne représente aucune menace. S'il en est capable, c'est un allié d'une importance capitale.

Bayard secoua la tête.

— Lucien n'est et ne sera jamais un allié de Riorca.

— Nous avons des intérêts communs…

— Vitala ! (Il l'avait interrompue d'une voix rude.) Ton jugement est faussé, et je sais très bien pourquoi. Tu as transgressé l'interdit de l'assassin : tu es tombée amoureuse de ta cible.

Vitala le regarda en battant des paupières, choquée par cette éventualité. Était-elle réellement amoureuse de Lucien ? Non, assurément. Elle couchait avec lui, le trouvait séduisant, mais ce n'était pas de l'amour, si ? Comment le saurait-elle, puisqu'elle n'avait jamais été amoureuse ?

Bayard reprit plus doucement :

— Nous savons tous comment cela arrive. Tu as étudié cet homme pendant des années. Tu as fait sur lui une fixation, comme on l'attend d'un assassin. Pendant près de dix ans, il a occupé tes pensées, et enfin tu as pu le rencontrer. Tu étais nerveuse, enthousiaste, et tu as mal interprété l'intensité de tes sentiments…

— Non. (Elle nia de la tête.) Ça ne s'est pas passé comme ça. Je ne suis pas amoureuse de lui.

Les paroles de Bayard l'avaient profondément troublée. Il ne pouvait dire vrai. Vitala s'était toujours enorgueillie de son professionnalisme. Jamais elle ne laisserait des sentiments personnels obscurcir son jugement.

— Il était trop diminué pour te dominer physiquement, alors il t'a conquise d'une autre manière. Il s'est frayé un chemin à travers tes défenses en te charmant, en faisant de toi son alliée, afin que tu plaides sa cause ridicule. Il est malin, je dois bien le reconnaître…

— Bayard…

— … mais il ne mérite ni notre respect ni notre considération. C'est un poison, Vitala, toxique comme un fruit épineux pas mûr. Rien que pour ce qu'il t'a fait, je serais ravi de le battre à mort.

— Bayard, vous ne pouvez pas faire ça !

— J'ai promis de ne pas le toucher, et je tiendrai parole. Mais, plus tard, peut-être changeras-tu d'avis – quand son influence sur toi commencera à faiblir. Je pense que tu ne vas pas tarder à comprendre à quel point il t'a menti et s'est servi de toi.

— Et Cassian ? Et son plan pour décimer Riorca en réponse à notre prétendu assassinat de l'empereur ? Le moins que nous puissions faire, c'est dénoncer ce menteur en prouvant que Lucien est vivant !

— Tu crois vraiment que Cassian annulera ses projets si nous apportons la preuve que Lucien est vivant ?

Vitala révisa sa position.

— Non. Toutefois, ce n'est pas Cassian que nous essayons d'atteindre, mais le peuple kjallan. Si nous leur montrons la vérité, ils sauront que Cassian leur a menti, qu'il s'est emparé du trône sous des prétextes fallacieux. Peut-être qu'ils refuseront d'exécuter ses ordres, voire se soulèveront contre lui.

— Hmm, répliqua Bayard. Je pense que ce mensonge ne leur déplaît pas. Ils veulent un bouc émissaire, et calomnier Riorca a toujours été leur passe-temps favori. Combien de personnes sont capables d'identifier Lucien d'un coup d'œil ? On pourrait nous accuser de montrer un imposteur.

— Je suis sûre qu'il y a des gens qui connaissent bien Lucien et se porteraient garants de son identité.

Bayard secoua la tête.

— Il y *avait* des gens qui le connaissaient bien. Cassian les aura tous écartés du pouvoir, discrédités, ou fait exécuter.

Exaspérée, Vitala se mordit la lèvre. Dès qu'elle proposait une solution, Bayard y trouvait un défaut.

— Que faire ?

— Réfléchis, rétorqua Bayard. Le Cercle avait du mal à déclencher une rébellion sous le règne de Lucien. C'était un empereur qui maintenait le *statu quo* : il n'a ni amélioré ni aggravé notre situation. Notre peuple souffre, mais pas au point que les gens risquent leur vie et celle de leur famille dans une rébellion. D'un autre côté, Cassian prend Riorca pour cible et souhaite la punir. C'est une tactique de détournement, pour que les Kjallans ferment les yeux sur d'autres abus. Notre peuple ne supportera pas les exécutions sommaires et sans pitié d'une décimation. (Les yeux de Bayard brillaient.) Vitala, je crois qu'enfin nous allons l'avoir, cette guerre.

Elle le dévisagea, horrifiée.

— Et c'est ça que vous voulez ? Un empereur pire que Lucien, qui conduira notre peuple à un désespoir tel que les gens seront prêts à sacrifier leur vie pour une rébellion ?

— Leur sacrifice ne sera pas vain. (Bayard croisa les bras.) Tu ne t'es jamais fait aucune illusion sur le Cercle, Vitala. Tu sais que notre objectif est de libérer Riorca, quel qu'en soit le prix. Nos méthodes ne sont peut-être ni nobles ni honorables. Nous luttons contre un ennemi bien plus puissant que nous. L'honneur est un luxe que nous ne pouvons nous permettre.

Vitala baissa la tête. Elle savait, et ce depuis longtemps, qu'il disait vrai. Sinon, pourquoi aurait-elle accepté de consacrer sa vie à donner la mort ?

— Je sais. Que va-t-il advenir de Lucien ?

— J'ai convoqué les chefs de deux autres enclaves. Ils arriveront dans quelques jours, et nous discuterons de son sort. La décision est trop importante pour être prise par nous seuls.

— Pourrai-je leur faire valoir mes arguments en faveur d'une alliance avec Lucien ?

— J'aimerais mieux que tu ne le fasses pas, répondit Bayard. Cela te discréditerait. Mais, si tu insistes, tu pourras parler en sa faveur.

— Merci.

Il hocha la tête.

— Avant de partir, je dois te demander une dernière chose.

— Quoi donc ? s'enquit Vitala.

— J'ai cru comprendre que tu portais la pierre fendue de Lucien, ce qui veut dire que, comme elle reste proche, ses pouvoirs de mage de guerre sont toujours actifs. Comme tu le sais, nous n'avons nul endroit où garder les prisonniers. Tout ce que nous pouvons faire, c'est entraver Lucien et le placer sous surveillance. Je serais plus rassuré s'il était privé de ses pouvoirs de mage. J'ai besoin de cette pierre.

— Que comptez-vous en faire ?

— La transporter dans une autre enclave, où elle sera en sécurité.

Vitala frissonna. Si elle était sûre que Bayard ne mentait pas lorsqu'il affirmait que le sort de Lucien serait scellé au cours d'une réunion entre chefs d'enclave, elle était également certaine qu'il n'avait aucune intention de le libérer, ni de l'accepter comme allié. Que devait-elle faire ? Et Lucien ? Si elle cédait la pierre fendue à Bayard, le champ des possibles se réduirait sérieusement. Lucien perdrait ses pouvoirs pour toujours : jamais elle ne retrouverait la pierre.

Elle glissa la main dans sa poche, en sortit une chaîne brisée avec une topaze jaune, et la déposa dans la main de Bayard.

Il referma le poing.

— Merci, dit-il doucement.

C'était la pierre de Remus.

Vitala passa les quelques heures suivantes à réfléchir tout en contemplant les fissures sur le mur. Il y avait une chose dont elle ne doutait pas : elle ne pouvait pas laisser passer la chance pour Riorca d'être libérée parce que le Cercle, lui, refusait de la saisir.

Un bruit de pas se rapprochant la tira de sa rêverie. Elle leva les yeux et vit Ista qui, depuis l'encadrement de la porte, la regardait d'un air renfrogné.

— Ton score est de sept ? Qu'est-ce que tu as fait, éliminé toute la garde personnelle de Lucien ?

Vitala sourit, rougissant de plaisir devant cet éloge déguisé. D'une certaine façon, Ista l'intimidait toujours, même si cela n'aurait pas dû être. Désormais, elles étaient égales et avaient fait leurs preuves en tant qu'assassins accomplis. Elles avaient de nombreux points communs. Comme Vitala, Ista avait les cheveux noirs, était mi-kjallane, mi-riorcane, et avait été rejetée par sa famille et son village. Elle était plus petite que Vitala, mais ses courbes et sa poitrine généreuse la rendaient tout aussi attirante que Vitala aux yeux des hommes, voire davantage. Son caractère extraverti captivait ses victimes. Bayard disait de Vitala et Ista qu'elles étaient d'un genre différent : Vitala aurait plus de succès auprès des aristocrates et Ista auprès des roturiers. Cependant, d'après l'expérience de Vitala, Ista serait capable de séduire n'importe quel homme si elle le voulait. Si Ista avait maîtrisé le caturanga comme Vitala, elle aurait probablement été choisie pour tuer l'empereur.

— C'était compliqué, répondit Vitala. Je n'ai pas vraiment tué Lucien. Je l'ai sauvé d'un putsch, et ce faisant j'ai tué quatre Legaciatti et deux sentinelles.

Ista observa de près les mains de Vitala.

— Et tu n'as utilisé que trois Tessons ?

Vitala acquiesça d'un signe de tête. Elle remua les doigts et détendit son esprit juste assez pour voir les points de contact des sept Tessons qui lui restaient. Parfois, elle oubliait qu'elle n'était pas la seule à les voir. Les autres briseurs de protections, comme Ista, le pouvaient aussi, et étaient même capables de les briser. En fait, Vitala n'avait utilisé que deux Tessons au cours de sa mission. Le troisième manquant était celui avec lequel elle avait menacé Bayard.

— Il paraît que l'ancien empereur est prisonnier ici, dit Ista.

— Tu l'as vu ? demanda Vitala avec impatience.

— Non. Ils ne veulent pas me laisser entrer.

Vitala hocha la tête. Cela ne la surprenait pas. Les assassins du Cercle avaient rarement le droit de se présenter dans les enclaves comme simples visiteurs. Leur anonymat devait être préservé. Ainsi, ils menaient une existence solitaire : ils n'échangeaient qu'entre eux ou avec le personnel de l'enclave. Pour cette raison, il était bien dommage qu'Ista et Vitala ne soient jamais devenues amies. Leur différence d'âge avait constitué un obstacle. Ayant quatre ans de plus, Ista était beaucoup plus avancée dans sa formation. Elle avait ignoré Vitala, exactement comme Vitala ignorait à présent les filles plus jeunes comme Estelle. Plus tard, une fois toutes deux assassins qualifiés, elles avaient conservé cette distance à travers une rivalité mesquine qui lui paraissait désormais idiote.

— Je viens tout juste de rentrer de mission. (Ista sourit.) Mon score est maintenant à dix.

Vitala haussa les sourcils. Elle regarda les doigts d'Ista et compta seulement neuf points de contact.

— Félicitations. Qui était la cible ?

— Le gouverneur du village de Malham. Je dois faire mon compte-rendu ce soir, mais… (Prise d'un curieux accès de timidité, Ista baissa les yeux.) Ça te dirait qu'on prenne le petit déjeuner ensemble, demain ? Je pourrais te raconter ma mission, et toi la tienne. J'aimerais bien savoir comment tu t'es retrouvée à sauver Lucien au lieu de le tuer.

— Avec plaisir.

Vitala sentit l'émotion lui nouer la gorge. Depuis longtemps, elle voulait faire la paix avec Ista, mais le courage lui avait manqué pour faire le premier pas.

Elle aurait dû s'y forcer il y avait des années de cela, car à présent il était trop tard. Dès le lendemain matin, Vitala aurait quitté le Cercle.

Chapitre 16

Vitala traversa d'un pas déterminé les cavernes de l'enclave. L'une de ses meilleures stratégies au caturanga consistait à déplacer ses pions de manière agressive très tôt, avant que son adversaire n'ait la possibilité de s'installer dans la partie. Dans ce cas précis, elle devait agir rapidement, avant que Bayard ne se rende compte que garder Lucien ici, dans l'enclave, était risqué, car elle pouvait le libérer.

Elle s'attendait à quelques difficultés, mais moins que si le Cercle avait été doté de véritables cellules carcérales. Le Cercle avait pour politique d'exécuter quiconque s'approchait trop de ses enclaves. Ils n'avaient donc rien pour enfermer leur prisonnier et le seul moyen de garder Lucien serait improvisé et grossier. Il serait sûrement dans une pièce, sous la surveillance de deux gardes, voilà tout.

Aussitôt l'angle contourné, son cœur se serra. Les gardes n'étaient autres que Rodmar et Hodd. Pas franchement des amis, mais il lui était déjà arrivé de les épargner à diverses occasions. Elle avait espéré se retrouver face à des inconnus.

Ils se redressèrent à l'approche de la jeune femme. Nerveux, Rodmar déglutit.

— Mademoiselle Salonius, la salua Hodd d'un signe de tête. Avec tout mon respect, nous ne pouvons vous autoriser à voir le prisonnier. Ordre de Bayard.

— Je sais. C'est lui qui m'envoie vers vous. Il vous attend dans la salle d'entraînement.

Les hommes échangèrent un regard.

— Je n'ai pas le droit de quitter mon poste, à moins qu'il n'envoie quelqu'un pour me relever, répliqua Hodd.

— Je vais vous relever, moi.

Hodd la scruta, se doutant visiblement de quelque chose. Vitala éprouva pour lui une pointe de compassion. Officiellement, le Cercle de l'Obsidienne n'avait pas de rangs, mais une certaine hiérarchie s'était tout de même mise en place. Les assassins se trouvaient presque au sommet. Défier Vitala revenait à désobéir à un officier supérieur.

— Vous feriez mieux d'y aller, ajouta-t-elle, laissant la menace percer dans son ton. Bayard n'aime pas qu'on le fasse attendre. Je ne voudrais pas qu'il arrive quoi que ce soit.

Elle ferma et ouvrit le poing – un geste qui rappelait la matérialisation d'un Tesson.

Les gardes suivirent des yeux le mouvement de sa main.

— Peut-être devrions-nous y aller tous les deux, proposa Rodmar.

Lâche, songea Vitala.

Hodd secoua la tête.

— Non, toi, reste à ton poste.

Il regarda Rodmar d'un air de dire : « Garde un œil sur elle pendant que je vais chercher du secours. »

Vitala et Hodd échangèrent leurs places. Le garde s'éloigna, le dos très raide, comme s'il s'attendait à ce qu'on y plante un couteau. Il tourna à l'angle. Vitala patienta, évaluant le temps pour qu'il ne soit plus à portée de voix, et se jeta sur Rodmar.

Ce dernier leva les bras pour la bloquer : il avait anticipé son attaque. Mais sa réaction était mal préparée. Il voulut attraper son pistolet, sans trop y croire, comme persuadé d'avance que Vitala sortirait vainqueur de la lutte. En un rien de temps, elle avait enfoncé un Tesson dans son bras.

— Ne bouge pas, souffla-t-elle. Ne fais pas le moindre bruit. Sans quoi je libère le sort de mort.

— Lâchez-le ! ordonna Hodd.

Elle leva les yeux. Au bout du couloir, un pistolet était pointé sur elle. Hodd le tenait de ses mains tremblantes.

— Lâchez-le, répéta-t-il, ou je tire.

— Si tu tires, il meurt, rétorqua Vitala. Je lui ai mis un Tesson.

— Vous mourrez avec lui.

Vitala ricana.

— D'un coup tiré de si loin ?

Hodd se rapprocha d'un pas traînant.

— Reste où tu es ! Un pas de plus et j'active le sort de mort ! menaça Vitala.

Il s'arrêta. Son visage reflétait des émotions contradictoires. Il baissa son arme, fit demi-tour et partit en courant. Il allait chercher de l'aide, sans nul doute. Elle espéra qu'il irait droit à la salle d'entraînement, car Bayard n'y était pas.

— Désolée d'avance, dit Vitala à Rodmar. Je suis sûre que le Guérisseur ne va pas tarder.

Rodmar serra fort les paupières. Vitala ôta le pistolet que le garde avait à la ceinture et lui tira dans le pied.

Tandis qu'il hurlait, à terre, elle fonça sur la porte de la cellule. Comme toutes les portes de l'enclave, elle n'avait pas de verrou. Vitala regarda autour d'elle : Lucien était seul, adossé au mur, ses poignets et sa cheville entravés par une corde. Elle s'agenouilla à ses côtés et rompit ses liens à l'aide d'un couteau.

— Béquille et jambe de bois, dit Lucien en pointant un doigt.

Elle alla les chercher : elles étaient appuyées contre le mur.

Il attacha sa prothèse et se leva avec une grimace, même si les blessures infligées par Bayard avaient disparu. Il était sûrement ankylosé après être resté attaché ainsi.

— Une arme ? demanda-t-il.

C'était ce qu'elle aimait chez Lucien : sa capacité d'adaptation à toute nouvelle situation sans qu'il ait besoin de poser des questions idiotes comme : « Que se passe-t-il ? » ou : « Que fais-tu ici ? » Elle lui tendit son pistolet.

— Sers-t'en si tu ne peux pas faire autrement, mais essaie de ne tuer personne.

Il saisit l'arme et l'inspecta.

Elle fouilla dans sa poche, sortit sa pierre fendue et la lui fourra dans la main.

Surpris, il haussa les sourcils.

— Merci. Mais tu ne viens pas avec moi ?

— Si, répondit-elle en se dirigeant vers la porte. Mais, au cas où nous serions séparés, échappe-toi d'ici sans t'occuper de moi. Ne traîne pas.

Il boita rapidement derrière elle. Hormis Rodmar qui geignait toujours, le couloir était désert – pour le moment. Au bout du corridor, elle prit à droite pour rebrousser chemin. Elle avait préparé l'itinéraire d'avance et l'avait même parcouru quelques fois. Mais l'enclave était petite, et ses cavernes s'entrecroisaient comme un treillis. Ils n'en sortiraient pas sans être vus.

— Vitala ! appela la voix qu'elle redoutait.

Elle risqua un coup d'œil en arrière. Bayard était là, accompagné d'Ista et de plusieurs gardes. *Peste.* Vitala pouvait les distancer. Pas Lucien.

— Plus vite ! siffla-t-elle, les mâchoires crispées.

Lucien se mouvait déjà avec rapidité, courant presque normalement. Pour ce faire, il avait très certainement recours à sa magie de guerre. Elle se posta derrière lui, agissant comme un bouclier humain. Bayard et les autres tireraient sur Lucien, mais, sur elle, ils hésiteraient peut-être.

— Vitala, arrête ! cria Bayard. Ne sois pas idiote !

— Tourne à gauche, souffla-t-elle à Lucien.

Il vira dans le couloir. Elle le suivit, le protégeant toujours. Les écuries étaient juste devant. S'ils parvenaient à récupérer leurs montures, ils avaient une chance de s'en sortir. À dos de cheval, Lucien ne serait plus gêné par son handicap.

Bayard et les autres les poursuivaient, le martèlement de leurs pas augmentant à mesure qu'ils gagnaient du terrain. Au grand étonnement de Vitala, Lucien tendit alors le bras en arrière, l'attrapa par son syrtos et la plaqua au sol. Presque simultanément, elle entendit un pistolet claquer dans son dos et une balle siffler au-dessus de sa tête. Lucien répondit d'un coup de feu. Des hurlements et un crépitement de balles s'ensuivirent. Lucien se contorsionna d'une manière quasi surréaliste, évitant les projectiles. L'air était noir de fumée.

Puis Lucien se remit debout, boitant avec précipitation le long du couloir. Leurs pistolets étaient vides.

Vitala n'osait pas regarder en arrière, mais s'y obligea tandis qu'elle se relevait avec difficulté. Tandis que la fumée se dissipait, elle distingua un homme à terre. *Bayard.* À ses côtés, Ista s'occupait de lui. Les gardes leur couraient toujours après, mais ils ne les rattrapaient pas, comme s'ils craignaient de les approcher trop. Tant mieux. Si elle leur faisait peur, ce n'était pas plus mal.

Elle se dépêcha de rejoindre Lucien aux écuries. Les chevaux étaient sellés, prêts à partir, exactement comme elle les avait laissés. Elle les sortit de leur box en les tirant par les rênes, aida Lucien à grimper sur son hongre alezan et enfourcha sa monture baie. Les gardes ne l'avaient pas suivie jusqu'aux écuries, ce qu'elle trouvait suspect. Peut-être leur avait-on tendu une embuscade un peu plus loin.

Vitala talonna son cheval et galopa vers la sortie de la caverne dans un martèlement de sabots assourdissant. La monture de Lucien la suivait, rapide comme l'éclair. L'ouverture ensoleillée se profila devant eux. Lorsque la jeune femme surgit dans la lumière du jour, elle repéra les gardes et leurs pistolets, pointés sur eux. Elle se baissa sur l'encolure de son cheval, adressa une brève prière au Soldat, et entendit les claquements secs des pistolets. Lucien tira sur les rênes de sa monture pour la diriger vers la gauche, puis vers la droite. Vitala ne sentit aucune balle l'atteindre. Puis tout alla mal.

Son hongre chancela, trébucha lourdement et émit un hennissement déchirant. Elle vit la terre se rapprocher d'elle, puis reculer. Elle s'empressa d'ôter ses pieds des étriers et sauta à bas de son cheval, se tordant la cheville au passage. Les gardes grimaçants se ruant sur elle, apeurés mais déterminés, emplirent son champ de vision. Elle boitilla sur quelques pas. Puis l'alezan de Lucien passa devant elle. Le jeune homme lui tendait le bras. Elle l'attrapa. Il fit tourner bride à son cheval, utilisant son élan pour aider Vitala à grimper à l'arrière de la selle. Ils s'enfuirent au galop.

Rebondissant maladroitement sur le troussequin, elle jeta un regard en arrière. Les gardes les poursuivaient sans conviction : ils ne pourraient jamais rattraper un cheval. Son pauvre hongre chancelait toujours.

Elle passa ses bras autour de Lucien et le serra fort, chassant l'image qui ne cessait d'apparaître dans son esprit : celle de Bayard gisant au sol, Ista penchée sur lui. Elle ferma les yeux. On ne pouvait revenir sur certains choix, comme on ne pouvait effacer certaines actions.

Quand ils eurent chevauché assez longtemps pour être certains que plus personne ne les poursuivait, Lucien tira sur les rênes de sa monture.

— Le cheval a besoin de repos.

Vitala se laissa glisser à terre. Lorsqu'elle se réceptionna, ses muscles raides et ses fesses couvertes de bleus protestèrent. Elle accueillit la douleur avec joie, soulagée de la distraction qu'elle lui procurait.

Lucien sauta à ses côtés.

— Grands dieux, gémit-elle, pourquoi as-tu tiré ? Je t'ai demandé de ne tuer personne !

— Je n'ai tué personne, rétorqua Lucien. Je l'ai visé à la jambe.

— Tu en es sûr ? Il était à terre.

— Évidemment ! Je vois mal comment on peut continuer à courir après avoir reçu une balle dans la jambe.

Si Lucien ne se trompait pas, Bayard avait de bonnes chances de s'en sortir vivant. Mais cela dépendait de l'emplacement exact de la blessure, et de la promptitude d'un Guérisseur à s'occuper de lui. Vitala avait choisi de tirer dans le pied du garde qui surveillait la porte de la cellule de Lucien parce que cela lui causerait une blessure douloureuse et handicapante, sans pour autant lui être fatal. Mais il était possible de se vider de son sang à cause d'une plaie à la jambe.

— Je n'ai pas pu faire autrement, se justifia Lucien. Il te tirait dessus !

— C'est toi qu'il visait.

— C'est faux. Pourquoi crois-tu que je t'aie plaquée au sol ?

Il ôta les rênes de l'encolure de son hongre et se mit à marcher, guidant l'animal trempé de sueur.

Vitala s'avança et prit les rênes de la bête : il serait sans doute plus facile pour elle, qui n'avait pas de béquille à tenir, de s'occuper du cheval.

— Mais ta magie de guerre ne fonctionne que pour toi. Si une balle m'était destinée, tu ignorerais sa provenance, alors que ce ne serait pas le cas si elle était pour toi, n'est-ce pas ?

— Non, je peux étendre mes pouvoirs aux gens proches de moi. Aux animaux aussi. Les derniers tirs visaient les chevaux. As-tu vu comment j'ai mené ma monture pour éviter la trajectoire de la balle ?

— Le Cercle compte des mages de guerre, mais aucun d'eux ne sait faire ça.

— Les mages de guerre ne sont pas tous égaux : certains maîtrisent mieux leur magie que d'autres.

Vitala hocha la tête d'un air distrait. Ses pensées la ramenaient sans cesse à Bayard.

— La femme s'est arrêtée pour l'aider, dit doucement Lucien.

— Heureusement pour nous, commenta Vitala. C'était elle la plus dangereuse du groupe.

— Ah oui ? Pourquoi ? Est-ce un mage elle aussi ?

— Elle est comme moi. Un assassin.

Sauf que Vitala n'en était plus un. Après ce qu'elle avait fait, le Cercle n'accepterait jamais de la reprendre.

Lucien tira sur son lobe, les yeux brillants de curiosité. Manifestement, il mourait d'envie d'en savoir plus, mais il semblait se retenir de lui poser des questions. Au lieu de quoi il dit :

— Tu as fait ce qu'il fallait.

Elle secoua la tête.

— Je ne sais pas.

— Si, je t'assure.

— Et où cela m'a-t-il menée ? Le Cercle était tout ce que j'avais.

Sa voix tremblait. D'une seconde à l'autre, elle risquait d'éclater en sanglots.

— Je connais un endroit où aller. Pourquoi ne pas me laisser être ton guide, pour une fois ?

Elle rit malgré sa gorge si nouée qu'elle avait l'impression d'étouffer.

— Sais-tu où nous sommes, au moins ?

— Non. Mais, si tu peux me conduire jusqu'au village de Vorst, je prendrai les choses en main à partir de là.

Elle haussa les épaules, impuissante.

— Et de Vorst, où irons-nous ?

— Au campement de l'Aigle Blanc.

Vitala frissonna. L'idée de rejoindre un bataillon kjallan installé en terres riorcanes ne l'enthousiasmait guère.

— Tout se passera bien, la rassura Lucien. Tu verras.

Vitala ne répondit pas. Peu importait sa destination. Elle était un assassin ayant désobéi au Cercle. Ils enverraient des agents à ses trousses pour l'éliminer.

— Et Flavia ? À ton avis, que vont-ils lui faire ? demanda Lucien.

— Je n'ai pas pu la libérer ! s'écria Vitala. C'était déjà difficile de m'occuper de toi. Si j'avais tenté de vous secourir tous les deux en même temps…

— Tu m'as mal compris, l'interrompit Lucien. Je ne te reproche rien. Tu as pris la bonne décision, et si j'avais été à ta place j'aurais usé de la même tactique. Mais tu connais mieux ton peuple que moi. Lui feront-ils du mal ?

— Non. Elle sera bien avec le Cercle.

Surtout que Vitala avait confié à Bayard que Flavia avait appartenu à Hanna et Glenys, deux espionnes du Cercle de l'Obsidienne mortes pour la cause.

— Je dirais même qu'elle est plus en sécurité que nous.

— Hé ! (Lucien tendit la main, montrant sa pierre fendue.) Merci pour la pierre.

Chapitre 17

L'après-midi était déjà bien avancé et le ciel couvert quand Lucien, menant le hongre alezan sur les contreforts rocailleux, pointa un doigt devant lui.

— Là-bas. Tu le vois ?

— Quoi donc ?

Elle plissa les yeux.

— En haut de la falaise, tout au bout.

Au début, elle ne vit rien, puis elle détecta un mouvement. C'était un homme – une sentinelle – qui se balançait d'un pied sur l'autre. Elle ne distinguait pas les détails, mais d'après sa silhouette il semblait kjallan.

— C'est l'un des miens. Avançons-nous pour qu'il nous repère.

D'un coup de genoux, Lucien exhorta son cheval à poursuivre sa route, quittant le couvert des arbres.

— L'un des tiens ?

Au loin, la sentinelle s'immobilisa en les remarquant. Une boule de lumière de mage bleue se matérialisa au-dessus d'elle et s'éleva dans les airs.

— L'un des Aigles blancs. Il envoie un signal. Parfait.

Une minitempête de lumière de mage s'ensuivit tandis que le signal traversait le campement, relayé par chacun.

Les yeux de Lucien brillaient d'excitation.

— Il n'y en a plus pour longtemps.

Elle entendit un martèlement de sabots au loin. Tendant l'oreille, elle compta une demi-douzaine de chevaux, voire plus. Le bruissement des buissons bordant le plateau trahit la présence des cavaliers qui descendaient des hauteurs.

— Tu es sûr que nous ne craignons rien ?

— Presque sûr, répondit Lucien. Si je me trompe, tu sauras les gérer, non ?

Elle ricana. *Six en même temps ?*

Lucien sourit.

— Je plaisante.

Après avoir momentanément disparu dans une courbe, les cavaliers apparurent soudain à leur niveau, galopant droit sur eux. Des soldats en uniforme, au nombre de huit. Vitala serra le poing : la présence d'un Tesson entre ses doigts l'aurait rassurée, mais elle se raisonna. Il ne lui en restait plus que six désormais, et il lui faudrait les réserver pour les vraies situations d'urgence. Sans le Cercle, elle n'avait aucun moyen de se réapprovisionner.

Les cavaliers les cernèrent, levant leurs mousquets à hauteur de poitrine. Le chef prit la parole :

— Qui êtes-vous, et… ? (Ses yeux s'écarquillèrent.) Trois dieux ! (Il observa Lucien pendant plusieurs secondes.) Votre Majesté Impériale… Est-ce vraiment vous ?

— C'est bien moi, Quincius, répliqua Lucien.

Le visage de Quincius s'illumina comme celui d'un enfant tenant un chiot pour la première fois. Il rangea son mousquet dans l'étui de sa selle, sauta à bas de son cheval et posa un genou à terre. Les autres soldats l'imitèrent. D'après leur expression, il paraissait évident que la plupart reconnaissaient Lucien, à la fois heureux et stupéfaits de le voir.

— Sire, on nous a dit que vous aviez été tué par le Cercle de l'Obsidienne.

— De toute évidence, il semblerait que non. Cassian m'a trahi pour contraindre Céleste à l'épouser, et s'emparer de mon trône. Il a accusé le Cercle. Or, le Cercle n'y est pour rien. En fait, il m'a aidé à m'échapper. Sans lui, je serais mort.

D'un geste, Lucien invita les soldats à se redresser.

Quincius se leva, l'air perplexe.

— Mais le Cercle…

— … est de notre côté, maintenant. Je vous expliquerai plus tard.

Vitala regarda Lucien, un sourcil levé, mais le jeune homme passa outre.

— Ma compagne que voici est notre agent de liaison avec le Cercle de l'Obsidienne, ajouta Lucien.

Les soldats la considérèrent avec un regain d'intérêt, et une suspicion certaine.

Le ton de Lucien se fit taquin.

— Quincius, comment se fait-il que tu diriges une patrouille ? N'as-tu pas appris à déléguer ?

Les soldats échangèrent un regard. Ils se raidirent.

— Ah ! répondit Quincius. Je crains d'avoir été rétrogradé. L'empereur Cassian – je veux dire : l'usurpateur – a nommé un nouveau tribun à la tête de l'Aigle Blanc.

Les yeux de Lucien se durcirent.

— Qui donc ?

— Antius.

— Et Cassian a-t-il envoyé quelqu'un d'autre avec lui ?

— Non. Seulement Antius, sire.

— Voici les nouveaux ordres, Quincius. Relève le tribun Antius de ses fonctions et amène-le-moi. Si possible sans effusion de sang. Les hommes t'obéiront-ils plus qu'à Antius ?

Les soldats hochèrent la tête avec véhémence.

— Faites-le tout de suite, avant qu'il n'ait le temps de réagir à ma présence, dit Lucien. Allez-y.

Les soldats sourirent et remontèrent en selle.

La piste qui cheminait sur le flanc de la montagne était abrupte et étroite. Vitala et Lucien chevauchaient au milieu du groupe, leur hongre luttant sous le poids de ses deux cavaliers pour avancer au petit galop. Après plusieurs lacets, la piste s'ouvrit sur une série de terrasses. Le campement du bataillon semblait permanent : des bâtiments de facture grossière remplaçaient les tentes. Des rampes de terre reliaient les terrasses entre elles, et les falaises étaient bordées de simples fortifications. Une tour de signal se dressait sur la plus haute terrasse.

Les soldats se rassemblèrent pour s'entretenir.

— Antius sera au centre de commandement, déclara Quincius. D'abord, nous diffuserons la nouvelle parmi les hommes, pour nous assurer qu'il n'y ait aucune confusion et éviter ainsi des violences. Eonus, tu t'adresseras à la Première Centurie. Pullo, à la Deuxième…

Une fois les tâches réparties, les hommes s'éloignèrent au galop, laissant Quincius seul avec Lucien et Vitala.

— Où se trouve le centre de commandement ? s'enquit Vitala.

— Sur la plus haute terrasse, répondit Lucien en désignant l'endroit. Près de la tour de signal.

La jeune femme resta tournée dans cette direction : si des problèmes surgissaient, ils viendraient de là.

Le campement commença à s'agiter. Les soldats, à pied pour la plupart, convergèrent vers les nouveaux venus. Certains portaient l'uniforme, d'autres semblaient ne pas être en service, mais tous contemplaient

Lucien avec ferveur. Vitala attira quelques regards également. Au début, elle se sentait intimidée, mais elle comprit vite que les soldats ne représentaient pas de menace tant qu'elle restait aux côtés de Lucien.

— Nous ferions mieux d'agir maintenant, dit Quincius. Antius aura remarqué l'agitation ambiante.

Lucien hocha la tête.

— Vas-y.

Quincius rassembla un escadron de douze officiers et fit descendre de cheval certains des patrouilleurs pour réquisitionner leurs montures. L'escadron partit ensuite au galop vers le plateau le plus haut. Vitala prêta l'oreille, s'attendant à des signes de violence, mais elle n'entendit ni ne vit rien. Après ce qui lui parut une éternité, mais qui en vérité n'avait pas excédé le temps nécessaire à brosser et seller un cheval, l'escadron revint, escortant un prisonnier vêtu d'un uniforme tapageur.

Lucien se tourna vers Quincius.

— Des pertes à déplorer, commandant ?

— Aucune, sire. Il s'est rendu en voyant combien nous étions.

— Bien.

D'un geste, Lucien demanda à Vitala de descendre du hongre. Elle sauta à terre et se retourna pour tenir l'animal tandis que Lucien mettait pied à terre. Il prit sa béquille et boita jusqu'à Antius.

Ce dernier avait les mains liées. Malgré tout, il s'empressa de poser un genou à terre.

— Sire, je…

— Tu parleras uniquement quand on te le demandera, l'interrompit Lucien. Tu es à la solde de Cassian, n'est-ce pas ?

— Je vous demande pardon, sire. Je suis à la solde de Kjall. Cassian m'a nommé à ce poste après votre tragique… assassinat. (Il déglutit, hésitant.) C'est merveilleux de vous voir en vie. C'est un honneur, sire.

Lucien plissa les yeux.

— Tu ignorais tout du complot de Cassian contre moi ?

— Oui, sire. (Il secoua la tête avec frénésie.) Je suis choqué d'apprendre qu'on m'a menti.

— Si tu es innocent comme tu le prétends, alors je suis désolé. Mais je ne te crois pas, et je ne peux pas faire confiance à un homme choisi par mon ennemi.

Lucien saisit la chaîne qui pendait au cou d'Antius et l'arracha. La pierre fendue jaune qui y était attachée luisait comme un soleil miniature. Lucien la tendit à un officier cadet.

— Emporte ça loin d'ici.

— À vos ordres, sire.

L'officier monta en selle et s'éloigna.

— Tue-le, Quincius, ordonna Lucien.

— Par l'empalement ?

— Non, à l'épée. Que sa mort soit honorable.

Un frisson secoua Vitala. Jamais elle n'avait vu ce côté de Lucien. C'était dérangeant, mais cela ne la surprenait pas. Quand il jouait au caturanga, il n'hésitait pas à sacrifier une pièce pour atteindre un objectif plus important. Bien qu'horrifiée, elle était contente de lui. Lucien montrait là la force dont il aurait besoin pour gagner une guerre dans laquelle il était donné perdant. Il avait raison de ne pas faire confiance à Antius. Il ne pouvait ni le renvoyer auprès de Cassian, et ainsi informer son ennemi de l'endroit où il se trouvait, ni l'autoriser à rester ici. Même l'emprisonner n'était pas sans risques.

Le visage du tribun Antius s'enflamma sous le coup de la fureur, mais il n'afficha aucune peur quand les soldats l'entraînèrent avec eux.

— Toi. (Lucien appela un soldat tout proche.) Comment t'appelles-tu ?

L'homme s'avança et, en guise de salut, appuya son pouce sur sa poitrine.

— Sigilus, sire.

Lucien lui tendit les rênes de son hongre alezan.

— Sigilus, conduis cette fidèle créature aux écuries et veille à ce qu'elle y soit bien soignée. Ne la monte pas. Emmène-la à pied.

— Entendu, sire.

Lucien réquisitionna deux montures fraîches de l'escadron : une pour Vitala et une pour lui. Ils chevauchèrent dans le campement, passant devant des casernes et des entrepôts mal bâtis, puis remontèrent la rampe de terre battue menant au plus haut plateau. Là, les bâtiments étaient plus grands et de meilleure facture qu'en contrebas.

Au milieu du plateau, la tour de signal se dressait en colimaçon. Juste à côté se trouvait un bâtiment bas dont la porte était encadrée par deux étendards de l'Aigle Blanc.

— Le centre de commandement, annonça Lucien tandis qu'ils mettaient pied à terre.

Il conduisit Vitala à l'intérieur. Tristes et dépourvus de fenêtres, les lieux étaient tout de même éclairés et réchauffés de lueurs. Au centre de la pièce, des cartes, des documents, des encriers et des plumes étaient éparpillés sur une grande table. Lucien fouilla parmi le matériel, en faisant l'inventaire.

— As-tu faim ? Voudrais-tu te reposer ? Il y a un logement juste derrière cette porte. Il était occupé par Antius, mais il est pour nous, désormais.

Surprise, Vitala se tourna vers lui. Apparemment, il avait l'intention de poursuivre sa relation avec elle – et de la rendre publique.

— Et les hommes ? Qu'en penseront-ils ?

— Je m'en moque bien.

Elle n'avait rien contre le fait de partager sa couche, mais combien de temps leur relation durerait-elle, étant donné les problèmes que ses visions lui posaient ? Pour le moment, Lucien tolérait peut-être les limites que Vitala leur imposait, mais il ne les supporterait pas éternellement. Dans sa sexualité crue et effrontée, Lucien était normal. Elle, non.

À l'idée de prendre du repos, elle se sentit soudain épuisée. Sa fatigue était plus émotionnelle que physique. Le poids de la réalité l'écrasait : elle avait quitté le Cercle pour fuir au sein d'un bataillon kjallan, où elle fréquentait l'ennemi !

— J'aimerais bien me reposer.

— Alors vas-y. Je veillerai à ce que tu ne sois pas dérangée. Je dois lire la correspondance du tribun Antius, surtout les missives de Cassian.

Il commença à trier les papiers sur la table.

— Je dois t'avouer quelque chose, dit Vitala.

Il leva la tête.

— Quoi donc ?

— L'Aigle Blanc a été infiltré par le Cercle de l'Obsidienne.

Lucien resta silencieux, le temps de digérer la nouvelle.

— Sais-tu qui sont les infiltrés ?

— Non, mais nous avons des espions dans tous les bataillons stationnés en terres riorcanes. Ce qui veut dire que le Cercle ne tardera pas à savoir où nous nous sommes réfugiés.

— Et comment réagiront-ils ?

— Ils enverront des assassins.

— Pour moi ou pour toi ?

— Pour moi. Et sans doute pour toi. Ça dépend si l'idée que tu sois une épine dans le pied de Cassian leur plaît ou non.

Une ride d'inquiétude se creusa au milieu du front de Lucien.

— Raison de plus pour ne pas se quitter. Nous avons encore un peu de temps devant nous, n'est-ce pas ? Ils doivent rapporter l'information à leur quartier général, et prendre une décision.

— Oui, nous avons encore un peu de temps.

D'un geste, il désigna le logement d'Antius.

— Va te reposer. Nous discuterons de tout ça en détail plus tard. Après tout, nous avons un avantage : tu sais comment opèrent ces assassins.

Vitala sourit sans humour.

— Oui.

Cette nuit-là, Vitala dormit si profondément qu'elle eut toutes les peines du monde à émerger le lendemain matin, tandis que seules les couvertures froissées sur le lit prouvaient que Lucien s'était couché. Quand elle s'était retirée, il était penché sur des cartes et passait en revue toutes sortes de documents, tel un candidat mage enregistrant quantité d'informations dans l'attente de sa cérémonie d'impression de l'esprit. À l'heure du dîner, il avait convoqué un groupe d'officiers au centre de commandement et avait passé des heures à les interroger. À présent, au petit déjeuner, il emmagasinait de nouveau des informations, si absorbé par une liasse de lettres qu'il paraissait à peine conscient de la présence de sa compagne.

Comme s'il avait lu dans ses pensées, il leva les yeux.

— Il faudrait que tu ailles faire le tour du campement.

Elle hocha la tête.

— Il faut que je sache comment un assassin pourrait entrer.

Il appela le garde à la porte et fit venir un homme du nom de Kryspin, un commandant de section au visage buriné, aux épaules larges et portant un cache sur l'œil droit. Lucien lui ordonna de faire visiter le campement à Vitala.

Elle quitta le centre en suivant Kryspin. Commandant de section – c'était le grade de son père. Comme son père, Kryspin devait être un roturier, sans magie particulière, puisque seul un officier de sang noble pouvait s'offrir la formation de mage nécessaire pour devenir préfet, tribun ou légat. Il avait sûrement rejoint l'armée comme simple soldat, et avait dû se distinguer pour gagner cette promotion. Et si c'était son père ? Ce n'était pas impossible : il était assez âgé. Vitala chassa cette pensée. *Je n'ai vraiment pas envie de savoir.*

Il la conduisit d'abord à la tour de signal voisine. Elle grimpa l'escalier en colimaçon jusqu'au sommet, où deux sentinelles surveillaient les alentours, l'une tournée vers le nord, l'autre vers le sud. Appuyée sur le garde-corps, la jeune femme inspira l'air frais du matin et observa le paysage, relevant les différentes façons d'approcher le campement. Au sud se dressaient les montagnes de la Cendre, que Lucien et elle avaient franchies pour rejoindre l'enclave. Ce n'étaient pas des sommets abrupts, dentelés et enneigés comme ceux qui s'élevaient dans certaines zones de l'est de Kjall, mais des montagnes basses et lisses. *Des montagnes fatiguées*, songea-t-elle. Facilement praticables, elles ne gêneraient pas vraiment des troupes d'invasion kjallanes.

Elle fit le tour. Au nord, à une courte distance, elle repéra les huttes enterrées typiques d'un village riorcan, entourées d'une forêt.

Plus loin s'étendait la mer du Grand Nord, grise et bigarrée. De là, elle paraissait calme, mais c'était à cause de la distance. De près, elle était agitée et dangereuse.

— Quel est ce village, là-bas ? demanda-t-elle.

— Tinst, répondit Kryspin.

— Mort ou vivant ?

— C'est un village mort, mademoiselle.

Son observation terminée, elle descendit de la tour. Kryspin lui fit visiter la terrasse du haut, indiquant les quartiers des officiers, l'infirmerie, les écuries, un terrain d'entraînement poussiéreux, et plusieurs entrepôts grossiers où étaient stockées les armes et l'avoine. Il lui parlait de manière polie et méthodique, mais elle le surprit plusieurs fois en train de la scruter, et comprit qu'elle suscitait chez lui une certaine curiosité – comme chez tous les autres. Qui était-elle ? Pourquoi Lucien était-il arrivé ici avec elle dans son sillage ?

— Que pensez-vous de Lucien ? demanda-t-elle alors qu'ils descendaient la rampe de terre battue pour accéder à l'une des terrasses inférieures. Je veux dire : que pensent les soldats de lui ?

— C'est *l'empereur* Lucien, mademoiselle, et chaque homme ici présent donnerait sa vie pour lui.

— Pourquoi ?

— C'est un commandant hors pair, qui se soucie de ses hommes.

— Je sais qu'il est brillant, mais il n'était pas populaire en tant qu'empereur. Après tout, il a été renversé par ses propres gardes du corps...

— Non, mademoiselle, je ne peux pas vous laisser dire ça..., commença Kryspin.

— C'est pourtant vrai. Kjall en tant que nation n'est pas loyale envers Lucien ; pourtant vous affirmez que les hommes de ce bataillon le sont. C'est clairement le cas, car les officiers ont aussitôt accepté qu'il reprenne les rênes du pouvoir, malgré le fait que Cassian – je veux dire : l'usurpateur (la veille au soir, Lucien avait fait passer la consigne que dorénavant Cassian devait être désigné ainsi) – prendrait cela pour un acte de trahison. Pourquoi l'Aigle Blanc fait-il confiance à Lucien, et pas le reste de Kjall ?

— Mademoiselle, bafouilla-t-il, les gens de Riat ignorent tout de Lucien. Ils ne lui ont jamais laissé la moindre chance. Lucien est venu ici quand il avait à peine seize ans – un gamin, mademoiselle ! –, et l'idée d'obéir à un type qui avait trois poils au menton ne nous plaisait pas. Ça, c'était avant qu'il perde sa jambe. Les apparences sont trompeuses. On n'a jamais vu un commandant comme lui, et on n'en verra pas d'autres de sitôt.

— En quoi est-il différent ?

— La plupart restent planqués dans leurs quartiers à distribuer leurs ordres, mais Lucien est toujours sur le terrain avec ses hommes, à observer, à réfléchir. Il ne participe pas directement aux combats, bien sûr, mais il va étudier le terrain en éclaireur pour nous donner toutes nos chances. À l'époque, il connaissait chaque homme du campement par son nom. Plus maintenant, parce qu'il y a eu des changements, mais ça va venir. Et, avec lui, les hommes survivent.

— Grâce à des stratégies judicieuses ?

— Oui, et aussi parce qu'il prend des risques pour nous. Vous avez entendu parler de la rébellion à Echmor ?

— Oui.

Echmor avait été une tragédie dans l'histoire de Riorca. Quelques années auparavant, à la demande du Cercle, le village d'Echmor avait refusé de payer son tribut à Kjall. Deux bataillons kjallans avaient été envoyés pour réprimer la rébellion. Le Cercle et les villageois pensaient avoir le dessus, mais les Kjallans avaient gagné. À présent, Echmor était un village mort.

— L'Aigle Blanc était l'un des deux bataillons envoyés sur place. Les rebelles s'étaient établis le long des contreforts du mont Banough. Vous connaissez ?

Elle secoua la tête.

— Pas trop.

— Le légat nous a donné l'ordre de marcher jusqu'à la jonction des routes, dans les contreforts, et d'allier nos forces à celles du bataillon du Lion Bleu. Lucien, lui, avait envoyé des éclaireurs et savait que les rebelles riorcans étaient planqués sur les hauteurs, et bien armés. S'il nous avait engagés dans la vallée, on aurait été taillés en pièces. Il a donc signalé que l'endroit était très mal choisi pour se réunir, et qu'on devrait plutôt aller de l'autre côté du mont Banough, et arriver du sommet. On aurait l'avantage de la hauteur, et on cueillerait les rebelles facilement.

Vitala se mordit la lèvre. Le Cercle avait-il échoué à Echmor à cause de Lucien ?

— Alors Lucien a envoyé son signal, poursuivit Kryspin, mais le légat a refusé d'écouter un gamin, même si c'était le fils de l'empereur. Il a répondu qu'il fallait s'en tenir au plan initial. Je ne dis pas que le légat était un crétin, mais beaucoup de commandants kjallans n'ont jamais combattu dans les montagnes, ou, s'ils l'ont fait, pas dans ces montagnes-là. Lucien est donc passé au-dessus de la hiérarchie en envoyant un signal au tribun qui dirigeait le Lion Bleu, pour le convaincre de prendre la route du col. Mais le tribun n'allait pas désobéir aux ordres. Du coup, le bataillon du Lion Bleu est allé là où les routes se rejoignaient, en terrain bas, et Lucien a mené l'Aigle Blanc en haut. (Il secoua la tête.) Le trajet n'était pas facile. La neige et le vent glacé nous gelaient les roupettes – désolé d'être grossier, mademoiselle –, mais on a fini par y arriver. Une fois sur place, on a cueilli les rebelles comme si on avait tiré des lapins. Le Lion Bleu s'est fait massacrer, mais ç'aurait été encore pire si on n'avait pas été là pour gagner la bataille. Vous voyez donc pourquoi on ferait tout pour l'empereur Lucien.

— Et Lucien, a-t-il eu des ennuis après avoir désobéi aux ordres ?

— Oui, mademoiselle, mais à l'époque son père était l'empereur, et pour cette raison on ne l'a pas déchu de son poste de commandant. Mais il paraît que son père lui a passé un sacré savon, qu'il l'a traité de lâche – alors qu'il n'en était pas un.

— Bien sûr que non. Il a seulement fait preuve de bon sens.

Trois dieux ! la rébellion d'Echmor aurait pu réussir sans la présence de Lucien ! Cette fois, au moins, il était dans son camp.

Kryspin sourit.

— Je suis content que vous voyiez les choses comme ça, mademoiselle, et que vous compreniez l'empereur Lucien, parce que c'est pas le cas de tout le monde. (Il désigna son crâne.) Il en a plus dans la caboche que la plupart des gens, voilà tout. (Il s'arrêta devant une série de bâtiments bas et longs.) Vous savez comment est organisé un bataillon ?

— Non, monsieur, pas vraiment.

— Il est composé de dix centuries, chacune commandée par un préfet. Et voici la résidence des préfets, juste là. (Il indiqua un bâtiment plus petit.) Je suis de la Quatrième Centurie, ajouta-t-il en gonflant la poitrine de fierté.

— Très bien, dit-elle avant de le suivre plus loin.

Elle montra une terrasse qu'il semblait avoir omis de lui faire visiter. Elle ne ressemblait pas aux autres : elle était parsemée de tentes et non de constructions en pierre.

— Et qu'y a-t-il sur cette terrasse ?

— Oh ! (Kryspin rougit.) C'est pas un endroit pour une dame.

— Mais qu'est-ce donc ? Je dois tout savoir sur le campement, monsieur, pas seulement en connaître certaines parties.

Il évita de croiser son regard.

— Eh ben, sous ces tentes, il y a celles qui suivent le campement, mademoiselle.

— Oh ! Merci. En fait, c'est une information capitale.

Si le Cercle envoyait une femme assassin, elle infiltrerait sans nul doute le bataillon par ce biais.

— Pouvez-vous m'en dire plus sur les femmes qui se trouvent ici ? Sont-elles kjallanes ou riorcanes ? Restent-elles sur leur propre terrasse, où ont-elles le droit de circuler dans le campement ?

— Hum. (Kryspin se frotta la nuque.) Y en a des kjallanes et des riorcanes. Elles sont censées rester là, mais...

— Mais quoi ?

— Je ne suis pas trop habilité à vous parler de ça, mademoiselle. Je m'y connais pas vraiment.

Vitala le soupçonnait au contraire de bien maîtriser le sujet, comme tous les hommes du campement – qu'il soit client ou non. Mais elle n'insista pas. Elle aurait d'autres occasions d'en discuter plus librement.

Kryspin la conduisit vers la terrasse suivante.

— Comment se fait-il, mademoiselle, que vous soyez un agent de liaison du Cercle de l'Obsidienne ? Parce que le Cercle ne fait pas confiance aux étrangers, et surtout pas aux Kjallans. Ils tuent tous ceux qui tombent sur leurs enclaves. J'ai perdu deux bons gars comme ça, un jour.

— Oh ! je ne suis pas kjallane.

Il la dévisagea.

— Mais...

D'un geste vague, il désigna ses cheveux sans les montrer directement.

— Je sais que j'ai l'air kjallane, mais je suis moitié-moitié. Mon père était kjallan, ma mère riorcane. J'ai été élevée comme riorcane.

Il continua à la détailler un moment, bouche bée, puis lui tourna le dos et s'avança vers la terrasse suivante, la laissant courir derrière lui pour le rattraper.

— Cinquième Centurie, dit-il d'un ton brusque et professionnel. Résidence du préfet.

Vitala soupira. Sans le savoir, Kryspin venait de répondre à la question qui lui tenait le plus à cœur. Malgré son passé riorcan, Lucien l'avait peut-être acceptée, mais ce ne serait pas le cas des soldats de l'Aigle Blanc – et cet homme en était le parfait exemple.

La terrasse inférieure puait les ordures et les excréments. Jusque-là, Vitala n'avait pas vraiment remarqué ni apprécié la propreté du reste du campement. Il devait certainement exister un roulement pour que les déchets soient ramassés, les chemins balayés, les uniformes raccommodés et les armes astiquées. Mais cette zone semblait en être exclue.

Kryspin avait grossi le trait en insinuant que les personnes qui suivaient le campement étaient toutes des catins. En fait, la terrasse inférieure était un vrai petit village, avec des vivandières, des lavandières, des cuisinières, des cordonnières, et une herboriste. Une zone de la terrasse, d'où provenaient des cris de nourrissons, était réservée aux épouses de soldats. Sur la place du marché, l'ambiance était feutrée plutôt qu'agitée. Mais, ici, il y avait plus de variété qu'elle ne l'aurait imaginé.

C'était la mi-journée. Peu de femmes étaient de sortie, et il n'y avait presque aucun soldat en vue. Elle s'arrêta pour lire un panneau aux lettres grossières annonçant le tarif des prestations d'une femme, puis un autre de l'autre côté de la route, aux prix bien différents.

Derrière elle, une voix dit dans un kjallan hésitant, avec un accent très prononcé :

— Pas le bon côté.

Vitala se retourna. Celle qui avait parlé était une Riorcane d'un âge indéterminé : elle semblait assez jeune, mais, avec son visage buriné, elle pouvait tout aussi bien avoir quarante ans.

— Que voulez-vous dire ?

La femme pointa un doigt.

— Les Kjallanes, de ce côté-là. Les Riorcanes, de ce côté-ci. Toi pas du bon côté.

Vitala battit des paupières, le temps d'assimiler l'information. Apparemment, les femmes étaient séparées selon leur origine. Voilà pourquoi les prix sur le bord droit de la route étaient plus élevés que ceux du bord gauche. Les Kjallanes pouvaient exiger plus. Elle changea de langue et s'exprima dans un riorcan courant :

— Je ne suis pas kjallane. Et je ne vis pas ici.

La femme passa elle aussi au riorcan :

— Vous êtes métisse ?

— Oui.

La femme fronça les sourcils.

— Dans ce cas, votre place est bien de l'autre côté.

Elle fit demi-tour pour s'éloigner.

— Madame ! appela Vitala en courant derrière elle. J'aimerais vous poser quelques questions. Je… (Elle baissa la voix.) Je fais partie du Cercle de l'Obsidienne.

La femme lui jeta un regard noir.

— Si c'était vrai, jamais vous ne le diriez tout haut.

Elle s'en alla, le dos très droit.

Vitala déglutit. Quel bel agent de liaison elle faisait !

— Elle est jalouse, chérie, c'est tout ! lança une autre voix, cette fois dans un kjallan parfait.

Vitala se retourna. Une femme à la chevelure noire sortait la tête d'une tente, de l'autre côté de la rue.

— Jalouse de quoi ?

— De toi, voyons ! Tu t'es regardée ? (Tandis que Vitala approchait, la femme désigna son visage.) Si jeune et si jolie. Tu pourras tirer un bon prix. Cette traînée de Riorcane devra coucher avec trois hommes pour gagner ce que tu aurais avec un.

Vitala la scruta. Cette femme ne l'avait-elle pas entendue dire qu'elle-même était riorcane ? Non, car Vitala s'était exprimée en riorcan.

— En fait, je ne suis pas…

— Entre, entre donc. Tu es nouvelle, ici ?

La femme lui fit signe de la rejoindre.

Vitala se baissa pour entrer et s'assit aux côtés de l'inconnue, sur un sol recouvert de couvertures. Un drap suspendu au plafond séparait la tente en deux. Le seul meuble du côté où elle se trouvait était un sac de couchage peluché ; l'autre côté n'était pas visible.

— Euh… oui, mais…

— Je peux t'aider à t'installer, te montrer comment ça marche. T'obtenir les meilleurs hommes, les meilleurs prix. Tu es protégée, non ? Dix pour cent de tes revenus, c'est tout ce que je demande.

— Non ! s'écria Vitala. Je ne suis pas là pour ça. Je me renseigne pour l'empereur Lucien.

— Oh ! (La femme eut l'air impressionnée.) Si Sa Majesté Impériale le désire, je peux lui trouver quelqu'un de très spécial…

— S'il vous plaît, répondez juste à mes questions. Cette terrasse est-elle ouverte à toutes, Kjallanes et Riorcanes ? Y a-t-il des restrictions pour certaines personnes qui n'auraient pas le droit de monter une tente ici ?

— N'importe quelle femme a le droit de camper là. Pas les hommes, bien entendu.

Vitala hocha la tête.

— Y a-t-il un règlement ? Les femmes ont-elles le droit de rejoindre les soldats sur les terrasses supérieures, ou les soldats doivent-ils venir ici ?

— Les soldats viennent ici. Il est interdit d'aller sur les autres terrasses.

— Merci. Et y a-t-il des règles, des restrictions ?

— Toute femme qui attaque un soldat est condamnée à l'empalement, même si c'est lui qui frappe le premier, alors fais bien attention en choisissant tes clients. Les armes ne sont pas autorisées. Pas de Riorcanes du côté kjallan de la rue. Pas de Riorcanes au marché, sauf une fois que le soleil a passé le rocher de Longue-Vue. Pas de Riorcanes dans les latrines de l'Ouest ou du Nord…

— Pourquoi tant d'interdits pour les Riorcanes ?

— On ne va pas chez elles. Pourquoi viendraient-elles chez nous ?

Vitala laissa échapper un soupir d'exaspération. Ces femmes pauvres, victimes de tristes circonstances, devaient faire commerce de leur corps pour survivre. Et elles ne parvenaient pas à trouver un terrain d'entente ? S'il y avait une situation où elles auraient dû s'unir, c'était bien celle-là.

Elle s'y prit autrement.

— Savez-vous quel genre de Riorcanes viennent ici ?

La femme émit un gros rire.

— Les laiderons.

Vitala fronça les sourcils.

L'autre haussa les épaules.

— Je n'en sais rien. Celles qui ne peuvent plus gagner leur vie autrement, j'imagine. Qui n'ont plus de famille, et j'en passe.

— Sans doute les mêmes raisons qui poussent les Kjallanes à venir. Ne croyez-vous pas ?

La femme ricana.

— Ce n'est pas pareil. Les Kjallanes qui couchent avec des soldats kjallans aident la cause, à leur manière. Les hommes ont besoin de nous. Mais les Riorcanes ? Elles fréquentent l'ennemi. En plus d'être des catins, ce sont des traîtresses.

Des traîtresses. Comme elle. Le mot la blessa, mais les informations étaient précieuses.

— S'il vous plaît. (Elle déglutit pour faire passer la boule qui lui nouait la gorge.) Dites-m'en plus.

Chapitre 18

Deux jours après son arrivée au sein de l'Aigle Blanc, Lucien commençait enfin à y voir plus clair. La correspondance d'Antius traitait surtout d'affaires courantes, de caravanes d'approvisionnement, de discipline et de mutations de jeunes officiers. Mais, souvent, Lucien parvenait à lire entre les lignes et à déterminer, d'après le ton, qui soutenait Cassian et qui acceptait à contrecœur ses consignes. Il devait aussi étudier la configuration de la région, surtout les zones où les bataillons de l'usurpateur étaient stationnés. Depuis qu'il s'était emparé du trône, Cassian en avait déplacé plusieurs. Certains de ces changements permettaient à Lucien d'en apprendre plus sur les tactiques de son ennemi, sans toutefois lui révéler tout ce qu'il devait savoir.

Il avait planté le drapeau de chaque bataillon sur la carte et calculait les distances qui les séparaient ainsi que les temps de marche quand Quincius surgit dans le centre de commandement.

Lucien grogna :

— Bon sang ! tribun, à cause de toi j'ai perdu le compte !

— Est-ce vrai, sire ? Ce qu'on dit à propos de la femme que vous avez amenée ?

— Qu'est-ce qui est vrai ?

Lucien scruta la carte. Pourquoi l'usurpateur avait-il déplacé le bataillon du Renard Rouge à Phiath ? Qu'espérait-il obtenir par cette manœuvre ?

— Qu'elle est riorcane.

Lucien leva les yeux.

— Bien sûr qu'elle est riorcane. N'ai-je pas précisé qu'elle était notre agent de liaison avec le Cercle de l'Obsidienne ?

— C'est… Nous ignorions qu'elle était riorcane, sire.

— Eh bien, maintenant vous le savez.

Il déplaça le Renard Rouge de Phiath à Argentum. Était-ce la destination que Cassian visait ? De là, ils auraient un accès libre à tout l'ouest de Riorca.

— Sire ! Cela ne vous pose-t-il aucun problème ?

— Aucun.

En toute honnêteté, quand il regardait cette carte, c'était le cadet de ses soucis.

— Mais Riorca est notre ennemie !

Lucien secoua la tête.

— C'est l'usurpateur, notre ennemi.

— Sire, je me vois dans l'obligation de réprouver le fait que vous partagiez une chambre avec elle – surtout la nuit. C'est imprudent. Et les hommes, vous avez songé à ce qu'ils vont pens… ?

Lucien se redressa.

— Tribun, est-ce ton rôle de me dire qui je dois fréquenter ou non ?

Quincius baissa les yeux.

— Non, sire. Je m'inquiète, voilà tout. Chaque homme ici présent serait prêt à donner sa vie pour vous. Ne dévalorisez pas notre loyauté en prenant des risques inconsidérés. Il y a d'autres femmes…

— La question de savoir avec qui je couche ne regarde que moi, tribun. Vitala est digne de confiance. Elle m'a sauvé la vie à deux reprises.

— Elle suscite la méfiance, sire. Elle a visité tout le campement en posant des questions. Elle a même discuté avec les prostituées sur la terrasse inférieure. À votre avis, qu'est-ce que ça signifie ?

Lucien haussa les épaules.

— Qu'elle a des questions à leur poser.

— Ne trouvez-vous pas cela suspect ?

— Non.

En effet, cette attitude était parfaitement normale pour quelqu'un qui essayait d'empêcher un assassin de s'infiltrer et de commettre un forfait. Vitala était une joueuse de caturanga ; il était tout naturel qu'elle souhaite se familiariser avec le plateau de jeu. Les prostituées faisaient partie du décor. Elle n'allait pas les ignorer par simple respect de la bienséance. Il reprit le drapeau du Renard Rouge. Peut-être n'était-il pas du tout prévu qu'ils se dirigent vers Argentum, mais plutôt vers le fort de Rakum.

— Savez-vous qu'elle a quitté le campement, monsieur ?

Lucien le regarda en battant des paupières.

— Que dis-tu ?

— Elle a descendu la route en lacets tout à l'heure. Les sentinelles ne l'en ont pas empêchée parce que vous aviez dit qu'elle pouvait circuler librement. Elle n'a pas pu partir bien loin : elle était à pied. Je l'ai appris il y a quelques minutes seulement.

Lucien posa le drapeau du Renard Rouge.

— Fais-en part à Glabrio, et amène-moi mon cheval.

Quincius avait insisté pour que Lucien prenne une escorte, mais il était parti seul. Il n'irait pas loin et, quoi que Vitala eût derrière la tête, elle réagirait mieux s'il se présentait seul plutôt qu'avec une meute de gardes. Sans le vouloir, il l'avait négligée ces derniers temps, mais il avait tant d'informations à emmagasiner, et si peu de temps devant lui ! L'armée de l'usurpateur était en route vers Riorca pour mettre à exécution son plan de décimation. Cela ne faisait aucun doute. Ce qui était moins sûr, c'était l'itinéraire exact qu'elle emprunterait.

Vitala comprendrait. Elle savait que, s'il jouait cette partie, c'était pour la gagner, et cela impliquait parfois de se concentrer sur un point et d'oublier tout le reste. Toutefois, peut-être n'avait-il pas assez tenu compte de ses sentiments après sa trahison envers son peuple. Elle avait besoin de soutien, et il n'avait pas été là pour le lui offrir.

Il se redressa sur sa selle tandis que son cheval trottait le long de la route sinueuse. Impossible que la jeune femme ait quitté le campement pour de bon, pas à pied. Il était plus probable qu'elle soit partie vérifier quelque chose – peut-être les points d'accès au campement. Ou peut-être avait-elle eu simplement besoin de solitude. Il était cependant extrêmement imprudent de sa part de quitter le campement quand il y avait un assassin – voire plusieurs – à ses trousses. Il lui en toucherait deux mots.

Il tira sur les rênes de sa monture. Un petit sentier envahi d'herbes folles serpentait le long de la route, montant vers une étroite terrasse inoccupée. Aucune empreinte n'apparaissait sur le sol, trop rocailleux, mais Lucien eut un bon pressentiment. Il fit tourner bride à son cheval et emprunta le sentier.

Il incita la bête à se faufiler parmi les buissons épineux et à grimper une petite butte. Une fois au sommet, il repéra Vitala. Assise au bord de la terrasse, sous un arbre rachitique, elle serrait ses genoux contre elle et lui tournait le dos.

D'un claquement de langue, il fit approcher son cheval avant de mettre pied à terre. Il prit sa béquille dans l'étui accroché à sa selle. Vitala l'avait forcément entendu, mais elle ne se retourna pas. C'était idiot ! Comment pouvait-elle être sûre qu'il n'était pas un ennemi ?

— Vitala ? Que fais-tu ici ?

— Je ne cours aucun danger, Lucien. Retourne étudier tes cartes.

Il boita vers elle sur le sol irrégulier.

— Et les assassins ? Si tu quittes le campement, tu dois m'en informer et te faire escorter.

— Je n'ai pas d'ordres à recevoir de toi.

Maudite femme, c'était pour sa sécurité ! Croyait-elle qu'il distribuait des ordres parce que ça l'amusait ? Il se posta en face d'elle pour la regarder dans les yeux – il la ferait capituler.

— Dans ce campement…, commença-t-il, furieux. (Il vit alors ses joues encore humides de larmes et se mordit la lèvre.) Est-il arrivé quelque chose ?

Elle éclata d'un rire amer.

— Tu veux dire : est-il arrivé quelque chose en dehors du fait que je t'ai libéré de l'enclave du Cercle, que je suis devenue une traîtresse, un paria, et que j'ai trompé les seuls amis que j'ai jamais eus ?

Un frisson secoua la poitrine de Lucien.

— J'en suis désolé. Quelque chose est-il arrivé… plus récemment ?

Vitala haussa les épaules.

— Non, répondit-elle doucement.

Menteuse.

— Allez, dis-moi.

— Ce n'est rien. J'ai dit à Kryspin que j'étais riorcane, et il l'a raconté à tout le campement. Maintenant, tout le monde me regarde d'un autre œil. On me montre du doigt en faisant des messes basses. Les dieux savent de quoi on me traite quand j'ai le dos tourné ! Il y a même une prostituée qui m'a accusée de trahison. Mais je m'y attendais.

Lucien resserra sa prise sur sa béquille.

— Cet imbécile de Kryspin… Je vais lui dire deux mots.

— Non, il n'a rien fait de mal. Je n'ai jamais cherché à cacher mon ascendance. C'est juste que… Je n'en sais rien. J'espérais des réactions différentes. Mais c'était idiot de ma part. (Elle le congédia d'un geste de la main.) Retourne à tes cartes et gagne cette guerre. C'est pour ça que je suis venue à ton secours.

— Non.

Elle lui jeta un regard noir.

— Tu ne comptes pas gagner cette guerre ?

— Non, je ne retourne pas à mes cartes. Et je n'ai pas d'ordres à recevoir de toi non plus.

Il se baissa pour s'installer à côté d'elle. Lorsqu'elle s'écarta pour lui faire de la place, il se rapprocha d'elle et passa un bras autour de ses épaules. Elle était toute raide et tremblante. Quelle comédienne ! Elle jouait les dures, comme si elle n'avait besoin de personne, mais tout cela n'était qu'une façade.

— Si je regarde encore une seule carte, ma tête va exploser. Pourquoi ne pas rester là un moment, tous les deux ?

— Lucien…

Au contact de la peau du jeune homme, elle frissonna et n'acheva pas sa phrase.

Elle avait des réactions si étranges !

— Vitala, ça te dérange qu'on te touche ?

— Je… Je ne sais pas, balbutia-t-elle.

Curieuse réponse. Soit elle appréciait, soit non. Comment « ne pas savoir » ? Elle semblait aimer cela quand elle était au lit avec lui. Mais il y avait eu ce terrible épisode sous la tente, avec Remus. Et peut-être que, jusque-là, personne ne l'avait encore tenue dans ses bras pour la réconforter.

— Veux-tu que je retire mon bras ?

Après une seconde d'hésitation, elle secoua la tête.

Prenant ce geste pour une permission, il l'attira contre lui, la mettant presque sur ses genoux. Ses tremblements s'apaisaient déjà. Il pressa son visage dans ses cheveux, humant leur parfum. Dieux ! qu'elle était belle !

Avant d'être déchu, il pouvait avoir presque toutes les femmes qu'il désirait. Il lui suffisait de demander. Il avait bien profité de ce privilège, si bien qu'il ne comptait plus le nombre de jeunes beautés – et de femmes plus mûres, heureuses de lui enseigner l'art de satisfaire la gent féminine – qu'il avait mises dans son lit. Si elles avaient accepté de coucher avec lui, c'était parce qu'il était l'empereur et non parce qu'elles l'appréciaient. À présent, il ne régnait plus. Était-il capable de s'attirer les faveurs d'une femme par son simple mérite ? Son esprit stratégique pouvait sûrement s'appliquer à d'autres domaines que le caturanga et la guerre. Il pouvait s'en servir pour se faire aimer d'une femme. De Vitala en particulier. Elle était encore loin de lui avoir ouvert son cœur, mais il finirait bien par en trouver la clé.

Les épaules de Vitala se remirent à trembler. Il se rendit compte qu'elle pleurait. Il serra le poing. Dommage que Kryspin ne soit pas là : il l'aurait bien frappé en plein visage. Ainsi que cette prostituée. Pour qui se prenait-elle ?

Au lieu de quoi il embrassa les cheveux de Vitala.

— Je suis désolé du comportement des hommes. Nous y travaillerons, pour leur faire entendre raison.

— Ce n'est pas vraiment ça, rétorqua-t-elle. C'est que… je n'ai pas ma place, ici. Ni nulle part, d'ailleurs. À Riorca, les gens me détestent pour mon ascendance kjallane, et à Kjall ils me détestent parce que je suis à moitié riorcane. C'est dans le Cercle que je me sentais le plus chez moi, car il y avait des gens comme moi. Mais voilà que je n'ai même plus ça. Je n'ai rien, Lucien. Je n'ai personne.

— On m'a traité de bien des noms, Vitala, mais de « personne », ça, jamais.

— Je ne parle pas de toi. Je veux dire que je n'appartiens à aucun groupe.

— Nous formerons notre propre groupe. Ta place est auprès de moi.

Jamais il n'avait autant cru en ce qu'il disait. C'était vrai : sa place était auprès de lui. Parmi toutes les femmes qu'il avait connues, il n'avait jamais trouvé meilleure compagne pour lui que Vitala. Qu'elle soit à moitié riorcane lui importait peu. Quelle impératrice elle ferait ! S'il était toujours l'empereur.

— C'est gentil, mais… (Elle agita la main.) Tu as une guerre à livrer, des documents à lire. Quand j'ai commencé à m'apitoyer sur mon sort, j'ai préféré m'isoler pour ne pas te déranger. Si j'ai sacrifié ma place au sein du Cercle, c'est pour une raison : il faut que tu gagnes la guerre et que tu libères Riorca, comme tu l'as promis. Tu ferais mieux de tenir parole, Lucien.

— Je tiendrai parole.

— Sinon, je te tue.

Il rapprocha son visage d'elle pour humer encore une fois son parfum enivrant.

— Et si je gagne, que comptes-tu me faire ?

Elle sourit.

Il l'amadouait. Progressivement.

— Lucien… (Elle hésita et se mordit la lèvre.) Les assassins du Cercle de l'Obsidienne ne font pas de vieux os.

— Eh bien, c'est un métier à risque.

Il ne s'en inquiétait pas : elle n'en était plus un.

— Ista est l'assassin le plus âgé de notre enclave. Elle a vingt-quatre ans. Et c'est rare d'atteindre cet âge.

— Vingt-quatre ans seulement ?

Il pensait qu'ils vivaient plus longtemps que cela.

— Lucien. (Vitala regarda autour d'eux. La brise souffla dans l'herbe sèche, sur la butte.) Pouvons-nous retourner au centre de commandement ? J'ai quelque chose à te montrer. Et je crois qu'on nous surveille.

— Oui, je te le confirme.

Il ne s'aventurait nulle part autour du campement sans être discrètement suivi par un garde du corps.

— Et moi aussi, j'ai quelque chose à te montrer, ajouta-t-il.

Il plaça la main de la jeune femme sur ce qu'il voulait lui montrer. Elle lui donna un coup de poing, amplement mérité.

Dans leur chambre, Vitala ôta sa lourde cape de laine. Après avoir retiré la sienne, Lucien enleva aussi sa jambe de bois. Il s'assit sur le lit et frotta son moignon rougi.

Vitala ramassa la prothèse par terre, se demandant pourquoi elle le faisait tant souffrir. La jambe était entièrement en bois, sauf les attaches, qui étaient en cuir. Le sommet était concave de façon à pouvoir accueillir le moignon. Ce creux était rembourré, mais pas assez pour que la pression soit répartie sur une large zone.

— Elle n'a pas été bien conçue.

— Ça, c'est toi qui le dis. C'est la jambe de bois la plus chère du monde, répliqua Lucien.

Du doigt, elle suivit l'empreinte irrégulière dans le rembourrage et fronça les sourcils. Que la jambe de Lucien le fasse souffrir constamment n'était pas normal. Il y avait forcément une meilleure solution.

— Ce n'est pas ce que je voulais te montrer, déclara Lucien.

— Chaque chose en son temps. (Vitala reposa la prothèse. Elle s'assit sur le lit à côté de Lucien et releva ses cheveux.) Touche mon cou.

Lucien s'exécuta.

— Non, ici.

Elle guida sa main.

Il sentit deux bosses dures, toutes proches l'une de l'autre. Il appuya dessus ; Vitala fit la grimace.

— Qu'est-ce que c'est ?

— L'une d'elles est ma pierre fendue.

— Trois dieux ! s'écria-t-il. Alors c'est là que tu la caches ?

— L'autre, c'est ma pierre de mort. Elle contient un sort de mort que je peux libérer à tout moment grâce à ma magie. Tous les assassins de mon enclave en ont une. C'est pourquoi ton peuple n'a jamais pu nous interroger.

Avec son doigt, il dessina les contours de la bosse mortelle.

— Et tu dis que tu la déclenches avec ta magie ?

— Oui. Vous pouvez nous attacher, nous enchaîner, nous bâillonner… Ça ne fera aucune différence. Un assassin du Cercle peut se suicider quand il le désire, et le fera s'il est capturé. Tu veux une démonstration ?

— Non !

— Je plaisantais. Vois-tu, je ne pensais pas avoir d'avenir. Il y a longtemps, je me suis juré de consacrer ma vie à la cause de Riorca, pour qu'elle retrouve sa liberté. Peu importe le prix : je suis prête à le payer. Même si ça veut dire trahir le Cercle. Même si ça veut dire n'avoir ni foyer, ni possibilité de m'intégrer, ni nulle part où aller.

Il l'entoura de ses bras.

— Si nous gagnons cette guerre, tu auras ta place auprès de moi. Pour toujours.

Elle se laissa aller contre lui, soupirant d'un plaisir inattendu. Lucien avait un côté exaspérant, et elle n'était pas toujours d'accord avec lui, mais en sa présence elle se sentait appréciée, et même aimée. Pas comme une arme qu'on pouvait façonner, mais comme une personne. Jamais elle n'avait connu cela, pas même au sein du Cercle ni avec qui que ce soit. Si elle avait pu agir à sa guise à ce moment précis, elle aurait choisi de passer l'après-midi avec Lucien. Elle se serait enfermée avec lui, oubliant tout du monde extérieur, mais ses problèmes et ceux du jeune homme étaient bien trop urgents. Elle ne pouvait s'empêcher de les tourner et les retourner dans sa tête.

— Comment faire pour gagner cette guerre ? Nous ne disposons que d'un seul bataillon, et nous ne pouvons pas compter sur le Cercle. Et Cassian, combien de bataillons a-t-il ? Trente ?

— Vingt-six. Nous sommes légèrement désavantagés, c'est vrai. Mais il ne les enverra pas tous. Il ne commettra pas l'erreur de Florian de laisser Riat et le palais impérial sans surveillance.

— Il ne lui en faudra que quelques-uns pour nous surpasser largement en nombre.

— Je vais rallier d'autres bataillons à notre cause. Nous augmenterons nos effectifs. Mais j'ai toujours besoin du Cercle de l'Obsidienne, qui reste un mystère pour moi. Comment gagner sa confiance ? Tu le connais mieux que personne.

— Je ne vois qu'un seul moyen. Libérer Riorca dès maintenant. Conduis tes troupes dans les villages morts, renverse les chefs, et libère les esclaves de leur sort de mort. Quant aux villages vivants, fais en sorte que le fardeau des tributs ne pèse plus sur eux.

Il la regarda en clignant des yeux, comme s'il n'avait jamais envisagé ces solutions.

— Tu as conscience que libérer Riorca va vraiment fâcher l'usurpateur ?

Vitala sourit.

— N'est-ce pas là un avantage supplémentaire ?

— Si, mais ça ne doit pas arriver n'importe quand. Je ne veux pas qu'il vienne trop tôt à ma rencontre. Cela dit, il est déjà en route pour décimer les populations. Si libérer Riorca est la solution pour obtenir le soutien du Cercle, il n'y a pas une minute à perdre !

Elle haussa les sourcils.

— Tu es sincère ? Libérer Riorca ? Pas dans un futur lointain, mais maintenant ?

Elle n'osait même pas espérer qu'il puisse parler sérieusement. Elle avait consacré toute sa vie à la libération de Riorca et s'était attendue à mourir pour sa cause. Jamais elle n'aurait pensé voir cela se produire un jour.

— Oui, je suis sincère.

— Là, tout de suite ?

— Nous pourrions partir dès demain.

— Je n'arrive pas à croire que tu parles sérieusement.

Lucien sautilla jusqu'à la porte de la chambre, l'ouvrit et s'adressa au garde :

— Fais passer la consigne à Quincius. Dis-lui de préparer le bataillon. Nous partons demain libérer le village de Tinst.

Le cœur de Vitala fit un bond dans sa poitrine. Était-ce donc si simple ? Non, bien sûr que non. Ils avaient encore une guerre à gagner – une guerre dans laquelle leurs ennemis étaient si nombreux que c'en était ridicule. Mais c'était une première étape, concrète, vers l'objectif qu'elle avait poursuivi toute sa vie. Elle se sentit légère, comme si un poids énorme venait d'être ôté de ses épaules. Soudain, passer l'après-midi ou simplement une heure ou deux en compagnie de Lucien lui parut appartenir au royaume des possibles. En fait, étant donné le désir qui montait rapidement en elle, elle commençait à croire que c'était même une nécessité.

Lucien ferma la porte et revint en sautant, le sourire aux lèvres.

— Voilà, nous venons de jouer notre premier coup au caturanga. Espérons que c'était le bon. Maintenant, ai-je le droit de te montrer ce que je voulais te montrer ?

— Tu vas vraiment libérer Riorca ?

— Oui ! N'as-tu pas entendu ce que j'ai dit au garde ? Tu comprends que tout ne va pas se faire en un jour, bien sûr. Ce sera un village après l'autre, en commençant par Tinst.

— Viens sur le lit, dit Vitala.

Lucien se redressa, inquiet.

— Pourquoi ?

Elle le contourna et se plaça entre la porte et lui. Dieux ! qu'il était beau et raffiné ! Son syrtos lui allait à la perfection. Son air innocent et surpris ajoutait à son charme.

— Parce que je vais faire de toi ce que je veux.

— Ça me paraît prometteur, dit-il.

— Va sur le lit.

— Je n'ai pas l'habitude de recevoir des ordres.

— C'est précisément pour ça que vous devez en faire l'expérience, Votre Majesté Impériale, répliqua Vitala. Mais, si tu n'as pas envie de jouer, je trouverai un autre partenaire.

Lucien grimpa sur le lit.

— D'accord, j'accepte ton gambit. Et maintenant ?

— Tu m'obéis à la lettre, c'est tout.

Elle défit les ceintures de Lucien et, lorsqu'il tendit la main vers elle pour l'imiter, elle la repoussa.

— Non.

Il lui lança un regard en biais puis acquiesça.

Quand il fut nu avec seulement sa pierre fendue autour du cou, elle lui demanda de s'asseoir à la tête du lit, le dos droit.

— Voici les règles, déclara-t-elle. Tu n'as pas le droit de te servir de tes mains. Tiens-toi aux montants pour t'en souvenir. (Elle plaqua ses mains sur les deux poteaux de la tête du lit.) Si tu triches et que tu utilises tes mains, on ne joue plus. Tu as compris ?

— Tu es toujours habillée, fit-il remarquer.

C'était vrai, mais c'était justement en cela que résidait l'intérêt. Il se plaignait peut-être, mais cela lui plaisait. De mi-dur, il était passé à l'excitation totale. Elle s'écarta pour qu'il ne puisse pas la toucher avec son corps, et dénoua les ceintures de son syrtos. Après les avoir fait tomber par terre, elle écarta les pans du vêtement, dévoilant peu à peu ses seins. Aussitôt, Lucien lâcha l'un des montants.

— Non, le réprimanda-t-elle en se recouvrant.

— Ce n'est pas juste !

Il remua, mal à l'aise, mais reposa la main sur le poteau.

Elle reprit son petit jeu, s'amusant de voir ses muscles se tendre tandis qu'il luttait contre la tentation. Cette fois, il ne bougea pas. Elle laissa choir son syrtos et s'avança vers lui. Dès que ses lèvres furent à portée de celles de Lucien, il les prit avidement. Elle se cambra, laissant sa poitrine effleurer celle du jeune homme. Se rapprochant, elle massa ses muscles raidis et soulagea ses points de tension.

Il grogna d'un plaisir mêlé de frustration.

— Dieux ! Vitala, tu me tortures.

— Je vais te rendre heureux. Un peu de patience.

Il grogna de nouveau. Ses bras se tendaient et se détendaient, mais il ne bougeait pas.

Elle descendit plus bas, léchant et mordillant son cou, puis sa poitrine. Lucien avait un corps ferme. Mais, comme tout le monde, il avait ses points faibles. Elle joua avec lui, trouvant les zones sensibles, chatouilleuses, et celles qui lui arrachaient des gémissements. Il était tendu comme un arc. Elle le taquina doucement, faisant monter d'un cran sa frustration et son excitation, prenant soin de ne pas le pousser à bout.

Enfin, elle descendit entre ses cuisses et le prit dans sa bouche. C'était ce qu'il attendait. La tension dans ses jambes et son corps disparut lorsqu'il reçut la stimulation dont il avait tant envie. Il marmonna quelque chose – son nom peut-être – et elle ralentit la cadence pour faire durer le plaisir. Avec ses mains, il lui caressa les cheveux, les épaules, le dos. Il avait enfreint les règles, mais elle s'en moquait désormais. Elle l'avait torturé assez longtemps, et à présent elle pouvait lui donner ce qu'il voulait.

— Plus vite, murmura-t-il.

Elle s'exécuta, ayant senti son besoin avant qu'il ne le formule. La main de Lucien se crispa sur sa nuque. Elle glissa les doigts sous ses testicules et les prit doucement en coupe dans sa paume. Il allait bientôt atteindre l'orgasme. Sentant son désir de s'enfoncer mêlé de retenue, elle le prit plus fermement dans sa bouche. Il cria et jouit quelques secondes plus tard.

Après avoir lâché sa semence, Lucien s'effondra, le regard vitreux, contre la tête de lit. Vitala se blottit contre lui.

— Je n'oublierai jamais le jour où j'ai décidé de libérer Riorca, souffla-t-il au bout d'un moment. J'aurais dû le faire plus tôt.

— C'est vrai, confirma-t-elle.

Il lui caressa les cheveux et démêla une mèche.

— Maintenant, à moi de faire de toi ce que je veux.

Vitala pouffa de rire, laissant un doigt courir sur sa poitrine.

— Je ne sais pas. Je t'ai épuisé, non ?

Lucien la contempla, les yeux brillants.

— Tu crois ça ?

Voyant le défi dans son regard, Vitala s'écarta de lui en riant. Il bondit sur elle, la retourna et la plaqua sur le lit. Son amant ressemblait soudain plus à un félin qu'à un homme. Sa pierre fendue dorée pendait entre eux au bout de sa chaîne, chaude et vivante.

— Alors, dit-il, quelles règles vais-je bien pouvoir inventer pour toi ?

Chapitre 19

Le lendemain matin, une grande effervescence régnait dans le campement. Les préparatifs avaient commencé dès l'instant où Lucien en avait donné l'ordre depuis la porte de sa chambre. Le bataillon partirait en milieu de matinée. Pendant que Vitala restait avec Lucien au centre de commandement pour revoir certains détails à propos des villages riorcans, elle était entourée de bruits : le hennissement des chevaux, les ordres aboyés par les commandants de section, les chocs des meubles que l'on démontait, les charrettes que l'on chargeait.

Lucien rassembla une liasse de documents au centre de la table de commandement.

— Tu as omis de me dire une chose, hier soir. Tu m'as montré ta pierre fendue, ou du moins l'endroit où elle était implantée, mais tu ne m'as jamais dit ce que c'était. Quelle sorte de mage es-tu ?

— Je suis une briseuse de protections.

— Qu'est-ce que c'est ? Je n'en ai jamais entendu parler.

— Comme le nom l'indique, je brise les protections.

Il regarda Vitala d'un air incrédule.

— Tu sais briser les protections ?

— Oui.

— Mais elles sont invisibles, lui objecta Lucien.

Elle sourit.

— Pas pour moi.

Il reposa les documents.

— Vraiment ? Là, tu peux voir mes protections ? À quoi ressemblent-elles ?

— Je ne les vois pas en permanence. Pour ça, je dois faire une manipulation mentale. Détendre mon esprit, en quelque sorte. Les protections ressemblent à des taches de couleurs venues du monde spirituel. Tu as déjà vu le monde spirituel, bien sûr ?

Il l'avait forcément vu, puisqu'il était mage : pour imprimer son esprit dans une pierre fendue, on devait ouvrir la Faille et regarder à l'intérieur.

— Oui, je l'ai déjà vu. (Il fronça les sourcils.) Ce sont des couleurs ordinaires ?

Elle hocha la tête.

— Oui, pas les bizarres.

Dans le monde spirituel, on voyait des choses qui n'avaient aucun sens : des formes et des couleurs impossibles. Cela l'avait effrayée durant l'impression de son esprit, et elle ne souhaitait pas se retrouver de nouveau face à ce spectacle un jour.

— Et ta pierre fendue, en quoi est-elle ?

— En obsidienne, évidemment.

— C'est impossible. L'obsidienne…

Lucien s'interrompit quand la tête d'un garde apparut dans le centre de commandement.

— Sire, la section voudrait savoir si elle peut venir faire vos bagages, dit le garde.

— Pas encore, répliqua Lucien. Je te ferai signe.

Le garde acquiesça en silence et referma la porte.

— On ne peut pas imprimer son esprit dans l'obsidienne, reprit Lucien. Ça a déjà été tenté.

— Le Cercle y arrive.

— Comment ?

— Je l'ignore.

Lucien roula des yeux.

— Eh bien, raconte-moi comment s'est passée l'impression de ton esprit. Ça, tu l'as forcément fait.

— Raconte-moi la tienne, d'abord, rétorqua-t-elle, agacée par ses questions.

— D'accord. (Il haussa les épaules.) Elle a nécessité la présence d'autres mages. J'avais six Protecteurs – des hommes de talent – qui ont ouvert la Faille pour moi et ont placé ma pierre à l'intérieur. Puis j'ai dû y entrer pour la chercher. Pas physiquement, mais en esprit, comme on nous entraîne à le faire lors de nos exercices d'affinités avec la Faille, où l'on sépare notre esprit du corps. Je devais retrouver la pierre et… entrer dedans, en esprit. J'ai eu l'impression d'être perdu dans la Faille pendant des heures, mais après on m'a dit que ça n'avait duré que quelques minutes. Maintenant, une partie de moi se trouve à l'intérieur de la pierre, et y restera jusqu'à ma mort.

— C'est comme ça que j'ai procédé moi aussi, dans les grandes lignes, déclara Vitala. Sauf que j'avais cinq Protecteurs pour ouvrir la Faille.

— Mais comment se fait-il que tu aies pu imprimer ton esprit dans l'obsidienne quand personne à Kjall n'en est capable ?

— Honnêtement, je n'en sais rien. La structure du Cercle n'est pas la même que celle de Kjall. Elle est disséminée, et l'information n'est transmise qu'à ceux qui en ont besoin. Ça permet de protéger nos secrets. J'ai une pierre fendue en obsidienne, mais je n'ai aucune idée du traitement qu'elle a reçu pour que je puisse y imprimer mon esprit.

— Comment est organisé le Cercle ?

— Chaque enclave agit indépendamment, expliqua Vitala. Il n'y a pas de chef, pas d'autorité centrale. Les enclaves communiquent entre elles, partagent leurs ressources, s'allient parfois pour un projet, sans avoir forcément recours aux mêmes méthodes. Les assassins des autres enclaves peuvent opérer de manière différente. Par exemple, les assassins qui t'ont attaqué, dit-elle en montrant sa jambe amputée, étaient des hommes mages de guerre. Moi, je suis une briseuse de protections. Ça n'a rien à voir.

— Mais ça veut dire que les informations que tu détiens sur le mode opératoire des assassins du Cercle ne sont pas très utiles. Tu sais comment ceux de ton enclave s'y prennent, mais les assassins pourraient venir d'ailleurs.

— Oui, c'est vrai. Mais, lorsque je t'ai porté secours, tu as offensé *mon* enclave, pas une autre, et à mon avis c'est elle qui se chargera de nous. Si elle échoue, il y aura sans doute des tentatives supplémentaires, peut-être de la part d'autres enclaves.

Il hocha la tête.

— Tous les assassins de ton enclave sont-ils des briseurs de protections ?

— Oui, et ce sont uniquement des femmes. Qui travaillent en solo.

— Alors elles infiltreront les femmes qui suivent le campement. Très bien. Je vais faire rédiger un décret proclamant qu'aucune nouvelle venue ne sera acceptée au sein de l'Aigle Blanc, et que, si l'on aperçoit une femme suspecte sur le site, il faut m'en avertir sur-le-champ.

— C'est un bon début, mais difficilement applicable à mon avis.

— Nous sommes dans un camp militaire. Je peux faire appliquer ce que je veux. Nos protections ne nous serviront à rien, n'est-ce pas ? L'assassin se contentera de les briser. (Lucien se raidit ; son regard se fit soudain plus intense.) Une petite minute. Un assassin ne pourrait-il pas te tuer en activant ta pierre de mort ?

— Non, elle est réglée pour moi. Personne d'autre que moi ne peut l'activer.

— Briser les protections, n'est-ce pas là une magie bizarre pour un assassin ? Je comprends que ça te permet de passer outre nos protections, mais, à part ça, ça n'a rien de très mortel. La magie de guerre me paraîtrait plus judicieuse.

— Briser les protections est mortel, du moins quand c'est moi qui le fais.

Vitala mit la main dans sa poche et en sortit son huitième Tesson, celui qu'elle avait utilisé pour menacer Bayard sans pour autant l'activer. Elle le tendit à Lucien et lui expliqua qu'il contenait un sort de mort pouvant être libéré si on brisait une protection. Elle lui confia aussi qu'elle pouvait tout simplement faire apparaître d'autres Tessons dans sa main.

Lucien observa l'objet sous tous les angles, le tournant et le retournant entre ses doigts. Il tira sur son lobe.

— C'est ce que tu as utilisé pour tuer le garde, près du feu.

— Oui, exactement.

Lucien plongea les yeux dans ceux de Vitala.

— Mais comment as-tu tué Remus ? Peu importent l'efficacité de ces armes et la manière dont tu les caches : aucun mage de guerre ne te laissera le poignarder avec ça.

La jeune femme déglutit.

— Nous avons une méthode spéciale pour les mages de guerre.

— Ah oui ? Et quelle est-elle ?

Vitala s'assit à la table. Elle avait redouté ce moment.

— Il y a deux façons de vaincre un mage de guerre, à part lui opposer un pair. La première, c'est de l'assaillir de toutes parts. La seconde, c'est de le distraire à un instant critique.

Lucien hocha la tête.

— Nous, on opte pour la distraction, avoua Vitala.

Il haussa les épaules.

— J'ai du mal à y croire. Difficile de trouver une distraction assez puissante pour affecter un mage de guerre. Par exemple, imaginons que je sois en train de lire cette lettre. (Lucien prit un papier en haut de la liasse et l'agita devant Vitala.) Peu importe à quel point son contenu m'intéressera, il est impossible que…

— On utilise les rapports sexuels, lâcha Vitala d'un coup.

— Quoi ?

— Pendant le rapport, il y a un moment où… (Elle bafouilla.) Il y a un moment où l'homme est distrait au plus haut point, et c'est là que nous frappons. C'est, tu sais… hmm…

— Au moment de l'orgasme ? Trois dieux ! (Il posa les coudes sur la table, le menton dans ses mains, l'air mécontent.) C'est comme ça que tu as tué Remus, alors. Pendant qu'il couchait avec toi.

Elle se ramassa sur sa chaise, serrant ses genoux contre sa poitrine.

— Oui.

— C'est pour ça que tu refusais d'en parler. Sous la tente, après qu'ils m'ont emmené, il t'a violée. Et tu l'as tué.

— Oui.

Il éclata d'un rire cassant.

— C'était mérité, si j'ose dire !

Vitala resta silencieuse. Remus l'avait mérité, en effet, mais là n'était pas la question.

— Comment t'a-t-on enseigné cette technique ? Vous vous entraînez ?

— Oui, on s'entraîne.

Vitala jeta un coup d'œil vers Lucien. À quoi pensait-il derrière ce visage fermé ? Il n'était pas idiot. Il allait faire le lien et comprendre qu'elle avait couché avec lui pour le tuer, comme elle avait dû le faire avec d'autres hommes avant lui. Elle n'avait rien à dire pour sa défense. Il n'y avait aucun moyen d'excuser ce qu'elle était.

— Bon, dit Lucien en évitant de croiser son regard. Je ferais mieux d'aller vérifier où en est le bataillon et m'assurer que nous ne sommes pas en retard sur le programme. Peut-être devrais-tu t'occuper de ton cheval ?

Qu'il la congédiât la peinait, mais c'était aussi un soulagement. À cet instant, la présence de Lucien lui était presque insupportable. Vitala déplia les jambes et quitta le centre de commandement.

Le lendemain matin, elle chevauchait dans le village de Tinst aux côtés d'un Lucien silencieux. Depuis leur conversation de la veille, elle avait l'impression qu'il l'évitait – ou qu'il était trop pris par les préparatifs du départ pour lui parler. Dans ce cas, pourquoi l'ignorer maintenant, pendant le trajet ? Quand ils avaient fui ensemble, il s'était montré plutôt bavard. Désormais, il était taciturne, ne lâchant pas un mot. Était-ce dû à un changement dans les sentiments qu'elle lui inspirait ? Ou bien était-ce à mettre sur le compte de Quincius et des autres officiers de haut rang qui les accompagnaient, les privant d'intimité ? Le Lucien d'avant lui manquait, et à sa grande surprise Flavia aussi. Elle se demanda ce qu'elle devenait, dans l'enclave.

Lucien avait passé la moitié de l'après-midi de la veille à établir un itinéraire qui leur permettrait de traverser un maximum de villages riorcans en un minimum de temps, et d'accéder aux autres bataillons stationnés en territoire riorcan. Le premier arrêt était prévu à Tinst, village si proche qu'il était visible depuis la tour de signal du campement de l'Aigle Blanc.

C'était la première fois que Vitala se rendait dans un village mort. Elle s'était attendue à y trouver pauvreté et abattement, sans penser que les lieux pouvaient également être déserts. Un bon tiers des maisons étaient inoccupées. Les rues étaient vides elles aussi, et, si Vitala avait été une étrangère, elle aurait pu croire que tout le village avait été abandonné. Le seul Riorcan en vue était un homme qui réparait le toit de sa hutte enterrée. Quand il vit le bataillon, il se hâta de descendre et disparut dans son logis.

Elle savait pourquoi les rues étaient désertes : les villageois passaient la journée dans la forêt, où ils cultivaient les fruits épineux, ramassaient les champignons et rassemblaient le bois d'œuvre. Ils n'auraient sans doute aucune envie de rentrer sachant le bataillon présent, mais ils n'avaient pas le choix. Comme tous les habitants de ces villages, ils étaient asservis par un sort de mort suspendu tous les soirs par un Guérisseur kjallan. Sans son intervention, ils mourraient d'une mort lente et douloureuse.

Au cœur du village, Vitala et les autres arrivèrent devant six imposantes demeures bâties dans le style kjallan : dotées d'une cour centrale, elles n'étaient pas enterrées. Elles ne convenaient pas au climat local. Les cours centrales étaient destinées à accueillir un jardin, mais, ici, aucune plante kjallane ne survivait. Les habitudes avaient la vie dure, supposa Vitala. De la fumée s'échappait des cheminées. Les maisons étaient coquettes et en parfait état. Elles appartenaient sans nul doute aux chefs kjallans. Son hypothèse fut confirmée quand l'une des portes s'ouvrit. Un Kjallan sortit, frissonnant dans son syrtos, pour saluer le bataillon de passage. D'autres ne tardèrent pas à le rejoindre.

— Saisissez-les, ordonna Lucien.

Un groupe d'hommes s'élança vers chaque maison. Certains attrapaient les Kjallans qui, sur le seuil, n'opposaient pas de résistance, tandis que d'autres s'introduisaient à l'intérieur, à la recherche d'autres occupants.

Quelques minutes plus tard, les soldats avaient rassemblé les chefs kjallans et leur famille sur la route, devant le bataillon.

— Préfet Quincius ! appela l'un des prisonniers. Qu'avons-nous fait de mal ?

— Je suis tribun, désormais, le corrigea doucement Quincius, qui chevauchait à la gauche de Lucien. (D'un bref mouvement du menton, il le désigna.) Agenouille-toi devant ton empereur, Mercurius.

Les Kjallans se tournèrent vers Lucien. En voyant la jambe de bois, ils ouvrirent de grands yeux et se mirent à genoux. Mercurius remuait les lèvres comme pour dire quelque chose, mais tint sa langue.

— Parle, lui enjoignit Lucien.

— Votre Majesté Impériale, nous vous croyions morte.

— Je ne suis pas mort. J'ai seulement été trahi par Cassian, l'usurpateur.

Il éleva la voix de façon à être entendu de tout le bataillon, désormais en rangs derrière lui :

— Sur mon ordre, le village de Tinst n'est plus sous votre responsabilité. Ce soir, quand les villageois rentreront de leur journée de labeur, je m'adresserai à eux. Quant à vous... (Il baissa les yeux vers les prisonniers.) Vous n'avez commis aucun crime. Vous pourrez donc rester sous notre garde temporaire, jusqu'à ce que nous puissions sans danger vous autoriser à retourner à Kjall, ou vous pouvez vous joindre à l'Aigle Blanc. Mercurius, tu es Guérisseur, n'est-ce pas ?

— Oui, sire.

— Tes services seraient d'une aide précieuse au sein de l'Aigle Blanc. Mais, si tu choisis de rentrer à Kjall, tu le feras sans ta pierre fendue. Je ne peux pas me permettre de te laisser porter assistance aux troupes de mon ennemi. Chacun d'entre vous devra avoir pris sa décision d'ici à demain matin. (Il jeta un coup d'œil à Quincius.) Tribun, le bataillon est à toi.

Quincius fit tourner bride à son cheval et distribua des ordres aux préfets et commandants de section. Le bataillon se mit aussitôt à l'ouvrage, dressant le campement dans le village et désignant l'une des maisons kjallanes comme lieu de détention pour les anciens chefs.

Le campement prit forme rapidement. Une fois qu'il fut établi, l'après-midi se déroula lentement pour Vitala, tandis que les soldats du bataillon jouaient aux dés et rongeaient des bandes de fruits épineux séchés. La discipline et l'ordre ambiants l'impressionnaient : chaque centurie semblait savoir où se placer par rapport aux autres. Le résultat final fut un quadrillage serré autour de la tente de commandement de Lucien. Les civils qui suivaient les soldats avaient monté leurs tentes un peu à l'écart du bataillon. Vitala avait discuté avec Lucien de la possibilité de leur interdire de venir, pour éliminer toute tentative d'infiltration, mais après une discussion houleuse ils étaient tombés d'accord : c'était infaisable. Les hommes se seraient plaints de se voir refuser un peu de réconfort, et le bon moral des troupes était essentiel. De plus, sans aucune source de revenus, les femmes seraient peut-être mortes de faim.

Quand le soir tomba, les villageois commencèrent à émerger des bois. Nombre d'entre eux avaient hésité, à la lisière de la forêt, en voyant le bataillon installé dans leur village. Sa présence était peut-être synonyme de décimation – les rumeurs leur étaient sans doute parvenues, à présent –, mais se cacher et succomber au sort de mort ne constituait pas une solution acceptable. Ils finirent donc par venir, par groupes de deux ou trois, l'air apeurés.

Les soldats dirigèrent chaque groupe vers l'espace ouvert au centre du village, dégagé spécialement à cet effet. Des ingénieurs avaient démoli une maison abandonnée et s'étaient servis du bois pour dresser une estrade. De là, Lucien s'adresserait aux villageois. Les Riorcans se massèrent les uns contre les autres, jetant de temps à autre un coup d'œil vers le bataillon et le podium, se parlant à voix basse.

Au coucher du soleil, d'autres villageois arrivèrent encore. De part et d'autre de l'estrade, les soldats allumèrent deux feux suffisamment grands pour éclairer la place, mais pas assez pour que leurs crépitements couvrent le discours de Lucien. Puis le jeune homme grimpa sur le podium et le silence se fit.

— Riorcans, commença-t-il.

Il avait une bonne voix d'orateur, découvrit Vitala : pas grave, mais claire et puissante.

— Je suis votre empereur, Lucien Florian Nigellus.

Il s'interrompit, s'attendant à une réaction : il n'y en eut aucune. Seuls les crépitements du feu vinrent troubler le silence ambiant. Il brandit une lettre.

— Je tiens là les derniers ordres reçus par le bataillon de l'Aigle Blanc. Ce n'est pas moi qui les ai donnés, mais le traître qui désormais commande les militaires kjallans, j'ai nommé Cassian l'usurpateur.

Des centaines de paires d'yeux se posèrent sur la lettre qu'il tenait à la main. Vitala était tout aussi surprise : elle ignorait que des ordres étaient arrivés pour l'Aigle Blanc.

— Cette lettre ordonne la décimation du village de Tinst. Nous sommes censés choisir un homme, une femme et un enfant sur dix et les empaler.

Dans le silence presque complet qui s'ensuivit, Vitala entendit des sanglots discrets.

Lucien balaya la foule du regard, s'arrêtant sur quelques villageois pour établir un contact oculaire.

— Ces ordres ne seront pas appliqués. (Ses paroles furent ponctuées par une explosion de flammèches dans le feu.) Voici ce que je fais de ces ordres.

Il descendit de l'estrade, marcha jusqu'à la flambée la plus proche et y jeta le papier. Puis il remonta sur le podium.

— Peuple de Riorca, vous souffrez depuis longtemps, sous le règne d'abord de mon arrière-grand-père, puis de mon grand-père, et enfin de mon père. (Il se pencha en avant. Les Riorcans l'imitèrent, s'avançant vers lui.) Mes chers compatriotes, ces ordres sont abjects. Ils sont inhumains. Et savez-vous pourquoi l'usurpateur les a donnés ? Pour punir Riorca de m'avoir assassiné. Alors que je me tiens là, devant vous, sain et sauf! (Il éclata d'un rire amer.) L'usurpateur a tenté de me tuer, et il accuse les Riorcans de ma mort supposée. Mais cela ne vous surprend pas. En tant que Riorcans, vous êtes habitués à être accusés de toutes sortes de maux dont vous êtes innocents, punis pour des crimes que vous n'avez pas commis, et contraints à travailler pendant que d'autres se tournent les pouces et profitent du fruit de votre labeur. N'est-ce pas la vérité ?

Pendant que Lucien continuait à parler, Vitala observa la foule. Ces gens épuisés, démoralisés, avaient à peine réagi en entendant les premiers mots de son discours. Mais, à mesure qu'il dressait la liste des abus kjallans du passé et les condamnait, elle remarqua qu'ils s'animaient peu à peu : ici, une paire d'yeux qui brillaient ; là, un murmure encourageant. Malgré leur scepticisme, les villageois s'enthousiasmaient peu à peu, se réveillant d'un long cauchemar. Lucien savait comment leur parler ; l'intensité que dégageait sa voix retenait l'attention, et il cherchait activement à maintenir le contact oculaire avec son auditoire.

— C'est terminé ! s'écria Lucien en frappant l'estrade, son discours touchant à sa fin. Aujourd'hui, mes frères et sœurs riorcans, je vous demande de nous pardonner pour les crimes du passé. Riorca ne souffrira plus de ces injustices. Pour vous prouver ma bonne foi, je vous fais un présent. Même si, à dire vrai, c'est quelque chose qui vous appartient de droit, qui vous a été enlevé de force et qui va vous être restitué. Je veux parler de votre liberté. (Plusieurs villageois eurent un hoquet. Lucien s'interrompit pour laisser ses paroles pénétrer les esprits.) De chaque côté de cette estrade se tiennent les Guérisseurs du bataillon de l'Aigle Blanc. Dans un instant, je vous demanderai de vous ranger devant chacun d'eux afin qu'ils ôtent vos sorts de mort. Vos anciens chefs sont sous bonne garde et seront renvoyés à Kjall. Mesdames et messieurs, Tinst est maintenant un village libre.

Les Riorcans accueillirent cette nouvelle avec une acclamation timide.

— Il faut tout de même que je vous mette en garde, reprit Lucien. De rudes épreuves nous attendent.

Chaque regard rencontra le sien. Ils savaient qu'il y aurait une contrepartie, et la voilà qui arrivait.

— En rendant sa liberté à Riorca – et Tinst n'est que le premier des nombreux villages que l'Aigle Blanc s'apprête à affranchir –, je déclare la guerre à Cassian l'usurpateur. Il enverra des troupes pour me combattre. Vous êtes un peuple libre, duquel je ne peux rien exiger, mais il m'est impossible de gagner cette guerre sans votre soutien et votre coopération.

Çà et là dans l'assemblée, des têtes approuvèrent, hésitantes.

— Je ne vous demande pas de vous battre pour moi. Ça, c'est le rôle du bataillon. Mais l'usurpateur va s'empresser de couper nos lignes d'approvisionnement. Sans provisions, mes soldats mourront de faim, et l'usurpateur asservira de nouveau ce village. Quand Riorca n'est pas pieds et poings liés par de lourds tributs, c'est une terre riche, tout à fait capable de nourrir sa population ainsi que les troupes qui livreront combat pour elle. Villageois de Tinst, puis-je compter sur votre soutien ?

— Oui ! s'écrièrent nombre de personnes.

— Venez vous ranger pour qu'on vous retire votre sort de mort, déclara Lucien. Ensuite, nous fêterons l'événement. Mes hommes ont apporté de quoi manger, et nous avons des musiciens. Y a-t-il des musiciens riorcans dans l'assemblée ?

Quelques-uns firent « oui » de la tête.

— Quand votre sort aura été levé, allez chercher vos instruments et joignez-vous aux autres. Mais d'abord, écoutons l'Aigle Blanc saluer la libération du village de Tinst. Aigle Blanc !

Il se retourna et fit un geste à l'intention de Quincius.

Pendant un moment, rien ne se passa. Puis la terre vibra sous les pieds de Vitala quand, autour d'elle, un millier de bottes kjallanes frappèrent le sol en même temps.

— HOURRA ! s'écrièrent les soldats.

Leur acclamation était si forte, si primitive, surgissant ainsi de l'obscurité, que Vitala en eut la chair de poule. Un fracas sonore retentit quand les hommes entrechoquèrent leurs épées à l'unisson.

— HOURRA !

Enfin, ils firent feu avec leurs mousquets dans un vacarme assourdissant et une série d'éclairs orange.

— HOURRA !

Vitala en était toute transportée : le salut des soldats ne visait pas seulement à honorer le village de Tinst. C'était aussi une démonstration de leur pouvoir – un pouvoir qui désormais œuvrait en faveur de Riorca et non contre elle. Être témoin d'un tel événement avait quelque chose de grisant. N'ayant jamais ressenti autant d'admiration pour Lucien, elle eut envie de se jeter dans ses bras pour l'embrasser, mais sut se retenir. Ayant quitté l'estrade, il était entouré de ses officiers et de Riorcans qui voulaient le voir de plus près, le toucher, comme s'il était un dieu descendu des cieux.

Elle essuya des larmes de joie. Elle avait rêvé de ce moment, prête à se sacrifier pour participer à sa réalisation, mais n'aurait jamais cru y assister en personne. Leur travail n'était pas terminé, loin de là. Il fallait encore s'occuper de l'usurpateur. Mais, même s'ils perdaient contre Cassian, au moins les Riorcans mourraient-ils libres.

Les musiciens entamèrent une mélodie, et des couples de Riorcans se dirigèrent vers l'espace dégagé pour danser. Vitala chercha des yeux un partenaire. Lucien était occupé, et de toute façon incapable de danser. Elle repéra un jeune Riorcan qui la regardait, sans doute trop timide pour l'aborder. Elle le prit par la main, lui adressa un signe de tête encourageant, et le laissa l'entraîner dans la foule.

Elle dansa pendant plus d'une heure, se retournant souvent pour jeter un coup d'œil vers Lucien. Il était toujours entouré d'admirateurs, aussi bien kjallans que riorcans. Ils se serraient le poignet, discutaient… Lucien souriait rarement, mais restait accessible. Sans doute n'aurait-il pas dansé même s'il avait eu deux jambes valides. Aux yeux du bas peuple, danser avec la populace l'aurait diminué. Heureusement, Vitala n'avait pas à subir ce genre de restriction.

La fête battait encore son plein quand Lucien s'excusa et se dirigea vers la tente de commandement, en compagnie de ses officiers. À son tour, Vitala prit congé de son cavalier, un jeune soldat kjallan à la peau grêlée, et se hâta derrière Lucien.

Le groupe se dispersa, les officiers retournant dans leurs quartiers et Lucien à la tente de commandement qu'il partageait avec Vitala. Les gardes la laissèrent passer. Elle le trouva dans la chambre, retirant son uniforme.

Il croisa son regard.

— Je crois que ça s'est bien passé.

Vitala chancela, comme soûle.

— Tu es un excellent orateur.

Il haussa les sourcils.

— Merci. C'est agréable de se l'entendre dire.

Son ton formel la blessa. Il y avait toujours cette distance impossible entre eux. Dommage : jamais elle n'avait eu envie de lui à ce point.

— Allons, on a dû te le dire souvent.

Il s'assit au bord de son lit et commença à dénouer les nœuds complexes de son ceinturon.

— Pas tant que ça. Et, quand ça vient de subordonnés, j'imagine qu'ils cherchent juste à s'attirer mes bonnes grâces.

— Mais, quand on est empereur, tout le monde nous est subordonné.

Lucien sourit.

— Maintenant, tu vois à quels problèmes je suis confronté. Mais toi, tu es une exception. Tu n'es pas une subordonnée. Tu es… Eh bien, à dire vrai, je n'en sais rien.

Vitala sourit à son tour. *Dans ce cas, on est deux.*

— As-tu réellement brûlé les ordres de Cassian ?

Lucien pouffa de rire.

— Non, c'est moi qui les avais écrits. Nous n'avons pas encore reçu d'ordres de lui. De plus, ils arriveront par signal et non par courrier.

Elle se raidit.

— Tu as menti ?

— Nous savons qu'ils sont en route.

Elle reconnut que c'était sans doute vrai. Que Lucien ait eu recours à une petite mise en scène pour le public ne la gênait pas. Mais, s'il avait menti si facilement au sujet de ces ordres, le reste de son discours était-il lui aussi ponctué de mensonges ? Elle avait été tellement touchée par ses paroles ! Elle n'avait pas songé qu'elles puissent n'être qu'apparence, une démonstration de stratégie savamment exécutée.

— Étais-tu sincère dans ton discours, Lucien ?

— Bien entendu.

— Même quand tu as demandé à être pardonné pour les crimes du passé, et quand tu as promis de veiller à ce qu'il n'y ait plus d'injustices ?

Lucien tira sur ses bottes.

— J'en ai un peu rajouté, mais l'essentiel est vrai.

Si elle avait été ivre un peu plus tôt, elle dessoûlait très vite.

— Tu en as rajouté ?

Il haussa les épaules.

— Un peu, oui.

Vitala fulminait.

— Alors pour toi, tout ça, c'est juste du calcul ? Je doute que tu te soucies une seconde de Riorca et des souffrances qu'elle a endurées toutes ces années. Je crois que tu flattes et séduis les gens de la région pour qu'ils approvisionnent ton armée en nourriture et matériel.

Il la regarda, perplexe.

— Je ne les ai pas flattés, je les ai libérés. Si nous nous sommes engagés dans cette guerre, c'est pour la gagner, non ?

— Si, bien sûr ! (Elle secoua la tête.) C'est juste que… Ton discours était si émouvant ! Je n'ai pas pu m'empêcher de croire que tu étais sincère. Je voulais que tu sois sincère.

— Vitala, les vieilles blessures ne guérissent pas en un jour. J'aide ton pays. Ne me demande pas de l'aimer.

— Ce serait bien que tu cesses de le détester.

— Vitala, *regarde*. (Du pouce, il désigna brutalement sa jambe amputée.) Tu attends de moi que j'aime les gens qui m'ont fait ça ? Et toi ! Ils ont fait de toi un assassin qui séduit les hommes avant de les tuer. C'est écœurant. C'est horrible ! Ce que je trouve extraordinaire, c'est que toi, tu ne les détestes pas !

— Personne ne m'a obligée à devenir ce que je suis.

— Parce que c'est toi qui as demandé à l'être ?

Vitala éclata en sanglots :

— Riorca est le résultat de ce que ton peuple en a fait. Crois-tu que le Cercle existerait si Kjall n'avait pas asservi mon pays ?

Lucien lâcha un soupir d'exaspération.

— Alors c'est la faute de Kjall.

— Oui, évidemment ! Si tu me détestes, si tu détestes ce que je suis, c'est ta faute. C'est la faute de Kjall. Nous, Riorcans, n'avons accompli que notre devoir.

Il resta silencieux. Pendant un moment, tout ce qu'elle entendit fut ses propres sanglots étouffés. Enfin, elle grimpa dans son lit, remonta les couvertures sur elle – il était hors de question qu'elle se déshabille devant lui – et sortit un bras pour éteindre le lumignon. Ils furent plongés dans le noir.

— Je ne te déteste pas, dit doucement Lucien.

— Ça n'a pas d'importance, rétorqua Vitala.

Pourtant, ça en avait.

Elle l'entendit traverser la pièce et s'agenouiller près de sa couche. Elle sentit son souffle chaud sur son visage.

— Pouvons-nous conclure un marché, toi et moi ?

Elle serra fort les paupières. Elle ne pleurait plus, mais se trouvait dans l'état vide et désolé qui suit une effusion de larmes.

— Comment ça ?

— Je ne suis pas obligé d'aimer ton pays, comme tu n'es pas obligée d'aimer le mien.

— C'est bon, marché conclu.

Une main chaude effleura sa joue. D'instinct, elle se tourna vers elle et rouvrit les yeux, même si elle ne voyait rien dans l'obscurité.

Elle sentit alors le picotement de sa proximité, la promesse de ses lèvres lorsqu'il tint sa tête tout près de la sienne.

— Je n'aime pas ton pays, dit-il. Mais je t'aime toi.

Elle hésita. Puis, en guise de réponse, elle l'embrassa.

Il se redressa pour approfondir son baiser, grimpa sur le lit puis sur elle, encadrant de ses mains le visage de la jeune femme et lui caressant le cou.

— J'ai aimé te regarder danser, ce soir, lui confia-t-il. J'étais content que tu participes aux festivités – sans quoi toutes les femmes auraient été riorcanes, et les hommes n'auraient pas osé aller danser avec elles.

— Je suis riorcane, moi aussi.

— Ils n'en savaient rien. (Il s'interrompit.) J'étais jaloux de chacun de tes partenaires.

— Tu n'aurais pas dû. Chaque fois, je regrettais que ce ne soit pas toi.

Il sourit et glissa une main sous les couvertures, où il rencontra son syrtos.

— Tu t'es vraiment couchée tout habillée ?

Elle rit.

— Oui.

— Il faut arranger ça, dit-il en tirant sur sa ceinture. Ensuite, je te montrerai à quel point je t'aime.

Chapitre 20

Tandis que Vitala et Lucien chevauchaient à la tête du bataillon, désormais en route pour le village d'Echmor, un messager rejoignit la colonne au galop. Vitala regarda Lucien déplier la missive et l'étudier sans ciller. Il grimaça avant de la replier.

— Qu'est-ce que ça dit ? demanda-t-elle.

— Deux choses. D'abord, ce sont les ordres de Cassian que nous attendions. Nous devons décimer les villages de Tinst, Echmor et Rynas.

— Il me semblait t'avoir entendu dire que ces ordres arriveraient par signal.

Elle lui donna un petit coup dans le bras pour le taquiner.

— C'est le cas. Ils sont arrivés par signal au quartier général de l'Aigle Blanc. Ensuite, un messager est venu nous les transmettre par écrit.

— Bon, c'est une chose. Et l'autre ?

— Nous avons capturé la tour de signal à Turos Tor.

Vitala regarda le bataillon en marche.

— Ah oui ? Ce qui veut dire… ?

— Le lendemain de notre arrivée à l'Aigle Blanc, j'ai envoyé deux sections de cavaliers pour prendre les tours de signal au passage d'Emwar et à Turos Tor. Tous les signaux émis depuis Kjall passent par ces tours. Une fois que je les aurai toutes les deux, non seulement j'intercepterai toutes les communications de Cassian, mais en plus je pourrai envoyer de faux signaux en son nom.

— Trois dieux ! s'étonna Vitala, émerveillée du pouvoir que cela leur octroierait. Et quels signaux prévois-tu d'envoyer ?

Lucien lui adressa un petit sourire en biais.

— Je verrai ça quand j'aurai pris la deuxième tour.

Ce soir-là, sous la tente de commandement, Vitala était assise aux côtés de Lucien occupé à écrire une lettre à la plume. Plutôt que les avoir éloignés, leur dispute de la veille les avait rapprochés. Lucien n'était pas obligé d'aimer les Riorcans pour leur venir en aide, et c'était un soulagement d'avoir établi – du moins dans l'intimité de la tente de commandement – que Vitala ne nourrissait aucune affection pour Kjall non plus. L'alliance naissante entre Riorca et l'armée de Lucien n'était pas motivée par l'amour, et n'avait pas à l'être. Riorca ne disposait pas des ressources nécessaires pour se sauver toute seule, et Lucien non plus. Mais, s'ils œuvraient ensemble, malgré les difficultés, ils pouvaient fort bien se sauver mutuellement.

Les sentiments que Lucien et Vitala éprouvaient l'un pour l'autre étaient une autre affaire. Lucien lui avait avoué tout de go qu'il l'aimait. Il connaissait son passé – du moins en partie – et ne l'avait pas rejetée, ce qu'elle considérait comme un miracle. Malheureusement, il ignorait encore certaines choses à son sujet. Son problème de visions, par exemple. Dans leur chambre, il se montrait patient et paraissait se satisfaire de ne pas avoir de rapports sexuels complets, mais pour combien de temps encore ? Pas éternellement. Leur relation ne pouvait pas durer.

Lucien acheva sa lettre et la plia.

— À qui écris-tu ? s'enquit-elle.

— À ma cousine.

— La reine Rhianne ? Comment vas-tu t'y prendre pour envoyer une lettre à Mosar ? Cassian ne va-t-il pas l'intercepter ?

— Je l'envoie à Marcella, sa meilleure amie, sous le nom de Quincius, expliqua Lucien. Marcella la transmettra à Rhianne.

— Es-tu certain que Marcella ne te trahira pas ?

— Oui.

— Crois-tu que Rhianne pourrait nous aider à combattre Cassian ?

La cousine de Lucien venait d'être couronnée reine de Mosar, un État insulaire riche malgré sa petitesse par rapport à Kjall et la guerre récente qu'il venait de vivre. Une guerre menée contre le père de Lucien, en fait – ce qui ne jouait pas en la faveur du jeune homme.

Il secoua la tête.

— Je doute que Mosar ait les moyens de nous venir en aide, et je n'apprécie guère le roi Jan-Torres. Mais Cassian prétend que je suis mort, et la nouvelle est peut-être parvenue à Rhianne, à présent. L'idée qu'elle me pleure m'est insupportable.

Vitala sourit, émue par cette délicatesse. Pourtant, une douleur lui enserra la poitrine. Si elle mourait, elle ne manquerait à aucun membre de sa famille.

— Quand les choses se seront un peu calmées, nous essaierons. En attendant, je vais envoyer des hommes chercher les Tessons. (Il jeta un coup d'œil vers le lit d'Ista.) Je pense qu'ils en ont fini avec elle.

La foule qui entourait Ista s'était clairsemée. Lucien s'avança vers elle, suivi de Vitala.

Ista était assise. Malgré ses vêtements tachés de sang et sa peau blanche comme l'écume, elle était visiblement hors de danger.

— Te sens-tu assez en forme pour voyager ? demanda Lucien.

Ista les observa d'un air buté et ne répondit rien.

— Cela n'est pas un interrogatoire, précisa Lucien. Nous te laissons partir. Je veux juste m'assurer que tu ne tomberas pas de ton cheval juste après avoir quitté le campement.

Ista considéra Lucien, puis Vitala d'un œil sceptique, et revint à Lucien.

— Je suis assez en forme pour monter, oui. Pourrais-je avoir de l'eau ?

Lucien fit un signe de tête à un soldat tout proche.

— Va chercher à boire, et aussi à manger. (De sa poche, il tira une lettre pliée qu'il tendit à Ista.) Lis ça.

À contrecœur, comme si elle lui accordait une faveur, Ista déplia le papier et le lut.

— Ce sont des ordres. Vous devez décimer les villages de Tinst, Echmor et Rynas.

— Ces ordres ont été donnés par Cassian l'usurpateur. Nous sommes déjà allés à Tinst, et nous ne l'avons pas décimé. Nous l'avons libéré. Un cheval sera préparé pour toi demain matin. J'aimerais que tu chevauches jusqu'à Tinst et que tu voies de tes propres yeux ce que mon peuple a accompli là-bas. Ensuite, tu retourneras au Cercle. Dis-leur que nous ne sommes pas vos ennemis, et qu'ils devraient annuler ces tentatives d'assassinat.

Ista fronça les sourcils.

— C'est vrai, lui assura Vitala. Sinon, je n'aurais pas rejoint Lucien. Il n'est pas là pour nuire à Riorca, mais pour la libérer.

Ista les regarda avec un mépris mêlé d'incrédulité. Mais il importait peu qu'elle croie ou non Lucien : elle serait idiote de refuser le cheval et la clémence impériale. Sa curiosité la pousserait sans aucun doute à se rendre à Tinst, comme on le lui avait ordonné.

Un soldat arriva avec une outre, quelques bandes de fruits épineux et du poisson séché.

— Rations de soldat, dit Lucien. Rien de bien folichon, mais c'est ce que nous mangeons en déplacement.

Ista ne fut pas difficile, et c'était bien normal : comme partout à Riorca, on menait une vie austère au sein du Cercle. Elle but l'eau à grandes gorgées et mordit dans un bout de poisson séché.

— Tu vas passer la nuit ici, sous surveillance, et tu partiras demain matin. Compris ?

Elle hocha la tête.

— L'homme que tu as tué, ajouta Lucien. Il s'appelait Jovius. Il avait vingt-trois ans, c'était un fils unique originaire d'Ingdan. Sa mère est tisserande. Chaque hiver, elle lui envoyait des couvertures tressées.

— C'est tragique qu'il se soit trouvé au mauvais endroit, au mauvais moment, répondit Ista. Si ton pays ne mettait pas tant de cœur à occuper le mien, il serait encore en vie.

— Ce n'est pas faux, reconnut Lucien. Mais Jovius n'était pas ton ennemi. Tu as seulement tué l'un des hommes qui essaient de libérer ton pays. Bonne nuit.

Chapitre 21

Le lendemain matin, Ista fut envoyée à Tinst à dos de cheval et sans cérémonie. Le bataillon, lui, se mit en route pour Echmor, un autre village mort qui fut libéré comme Tinst l'avait été. Lucien répéta son discours et ses petites mises en scène, dont la prétendue lettre contenant les ordres de l'usurpateur jetée aux flammes. Après une soirée de festivités, ils marchèrent vers Rynas.

Dans ce village vivant, il n'y avait pas d'esclaves à affranchir, mais Lucien expliqua aux gens ce qu'il avait fait à Tinst et à Echmor. Ensuite, il annonça qu'ils ne devraient plus payer de tributs à Kjall. Un village de plus converti à sa cause.

Plus tard ce soir-là, un cavalier arriva au campement, épuisé, couvert de poussière de la tête aux pieds.

Lucien l'accueillit.

— Lentius. Tu as des nouvelles ?

— Nous avons pris la tour de signal au passage d'Emwar, sire, annonça Lentius.

— Parfait, répondit Lucien. Repose-toi, et je te renverrai au quartier général avec des ordres pour nos signaleurs.

Une fois l'éclaireur congédié, Vitala et Lucien se retrouvèrent seuls sous la tente de commandement.

— C'est une bonne nouvelle, dit la jeune femme. Maintenant, tu peux annuler les ordres de décimation.

Après tout, si l'Aigle Blanc recevait de tels ordres, ce devait être aussi le cas des autres bataillons. Pendant que celui de Lucien libérait des villages, les autres étaient peut-être en train de les décimer.

— Je ne vais pas les annuler. Ce n'est pas là le meilleur usage que je puisse faire des tours de signal. De plus, ça paraîtrait suspect.

Vitala en resta bouche bée.

— Lucien, mais il faut annuler ces ordres ! Sinon, les Riorcans seront massacrés par milliers ! Tu as dit que tu allais aider Riorca. Si tu veux compter sur mon soutien, et sur celui du Cercle...

— Vitala, laisse-moi finir, l'interrompit-il. Si j'annule ces ordres, la décimation ne s'arrêtera pas pour autant. En fait, ça ne ferait sans doute qu'empirer les choses.

— Et pourquoi ça ?

— À cause d'une autre affaire sur laquelle je travaille. Laisse-moi t'expliquer. (Il appela les gardes à la porte.) Qu'on aille me chercher Quincius.

Le tribun arriva quelques minutes plus tard. Sur un geste de Lucien, il s'assit à la table de commandement.

— Est-il toujours prévu que nos cargaisons de provisions nous soient livrées le cinquième jour du mois ? s'enquit Lucien.

— Oui, sire, répondit Quincius.

— Et il en va de même pour les bataillons voisins, n'est-ce pas ? (Il se pencha sur la carte et pointa un doigt.) Le Lion Bleu, à l'ouest, ici. Le Chêne Orange, au sud-ouest, ici. Le Loup Bleu, à l'est, là. Ces positions sont-elles correctes ?

— Tout à fait, sire.

— Je veux que tu désignes trois préfets et que tu assignes à chacun d'eux l'une des cargaisons. Qu'ils élaborent un plan pour les intercepter discrètement. Il ne doit y avoir aucun témoin. Je vais envoyer aux commandants du Chêne Orange, du Lion Bleu et du Loup Bleu des signaux de Cassian disant qu'il a suspendu la livraison des cargaisons parce qu'il a des soucis de trésorerie.

Quincius éclata de rire.

— Excellent, sire.

Lucien hocha la tête.

— Choisis tes hommes pour leur intelligence et leur discrétion. Qu'ils échafaudent des plans dès ce soir, et présente-les-moi demain matin.

— À vos ordres, sire.

Après le départ de Quincius, Vitala s'affala sur sa chaise.

— Bon, tu vas mettre les bataillons en colère après l'usurpateur tout en faisant des provisions pour l'Aigle Blanc, mais je ne vois pas le rapport avec les ordres de décimation. Si les bataillons n'ont plus de quoi manger, ils pilleront les villages riorcans.

— Il y a une chose que tu ignores peut-être sur ces cargaisons : elles contiennent la solde des troupes. Imagine une seconde que tu sois un soldat du Loup Bleu. Tu reçois d'abord l'ordre de décimer un village.

Ensuite, cet ordre est annulé : tu ne dois plus décimer le village. Enfin, on t'annonce que, ce mois-ci, tu ne recevras ni solde ni nourriture. Quelle serait ta réaction ?

— Je briserais la nuque de mon commandant, répliqua Vitala.

— Oui, enfin… Quelle serait ta réaction si tu voulais éviter l'empalement ?

— Je vois ce que tu veux dire. L'homme qui en veut à son patron frappe sa femme, qui frappe son enfant, qui frappe le chien. Les soldats, qui ne pourront pas assouvir leur colère sur l'usurpateur ou leur commandant, la passeront sur Riorca, peut-être en exécutant l'ordre de décimation récemment annulé. Et en volant de la nourriture. Mais n'est-ce pas là ce qu'ils feront quoi qu'il advienne ?

— Ils voudront se venger de l'usurpateur qui ne les aura pas payés. Ainsi, peu importe le dernier ordre qu'ils auront reçu, ils ne l'exécuteront pas – à mon avis, dit Lucien. Y compris la décimation.

— C'est plutôt risqué, conclut Vitala. On ne peut pas savoir comment réagiront des soldats privés d'argent et de nourriture.

— Il se trouve que j'aurai justement de l'argent et de la nourriture à leur proposer.

Vitala rit.

— Allons ! tu ne crois tout de même pas qu'ils vont tomber dans le panneau ! Ils comprendront sûrement que c'est toi qui les as volés dès le départ !

Il sourit.

— Ça restera entre nous.

— Je ne vois pas d'où ça pourrait venir, sinon.

— Peu importe, reprit Lucien. La loyauté d'un soldat kjallan va à celui qui le fournit en tétrals. J'aurai l'Aigle Blanc derrière moi, et je suis leur empereur légitime. Souviens-toi que l'usurpateur leur a menti à propos de mon assassinat par le Cercle, et mon existence en est la preuve.

— Que les dieux te viennent en aide s'ils apprennent que toi aussi, tu leur as menti.

— En effet, oui.

— Et, comme ça, tu auras trois autres bataillons à ta disposition ?

Il haussa les épaules.

— Je dois encore peaufiner certains détails. Mais oui. Comme ça.

À mesure que les plans de Lucien commençaient à porter leurs fruits, les jours et les semaines qui suivirent furent grisants pour Vitala. De faux signaux étaient envoyés, des convois de provisions interceptés, et l'Aigle Blanc marchait d'un village riorcan à l'autre. Après avoir prononcé son discours, Lucien libérait la population. Des présents arrivaient au campement de l'Aigle Blanc : de la morue salée, du fromage de chèvre, des sculptures de bois, un minuscule sac de poudre à canon que quelqu'un avait stocké en secret pendant des années.

Lucien voulut aller à la rencontre du Cercle pour entamer des négociations, mais Vitala le lui déconseilla. Mieux valait laisser le Cercle venir à eux.

Lucien entra donc en pourparlers avec les chefs du bataillon du Lion Bleu. Il s'assura de la colère des soldats contre l'usurpateur pour leur avoir refusé paiement et nourriture, et leur proposa de remédier au problème. Devant l'hésitation des chefs, Lucien émit un faux signal de Cassian exigeant une série de changements aléatoires dans le personnel – des promotions et des rétrogradations qui n'avaient aucun sens et les fit voir rouge. Peu après, ils acceptèrent que Lucien s'adresse aux troupes du Lion Bleu.

Les hommes de l'Aigle Blanc jubilaient ouvertement à l'idée de rencontrer l'autre bataillon. Nombre d'entre eux avaient des amis au Lion Bleu qu'ils n'avaient pas vus depuis des années. Sur des charrettes furent empilés du vin et de la nourriture. Après avoir volé six cargaisons, l'Aigle Blanc disposait de plus de provisions qu'il ne lui en fallait, et le trajet jusqu'au campement du Lion Bleu se fit dans la joie et la bonne humeur.

L'atmosphère qui régnait chez le Lion Bleu était bien différente. Le mécontentement ambiant était visible non seulement sur le visage des soldats, mais aussi dans le manque d'entretien des lieux, ainsi que dans la présence de poteaux récemment érigés pour les coups de fouet.

Le tribun responsable avait réussi à rassembler les soldats. Lucien monta sur l'estrade pour leur parler. Il se déplaçait lentement, mettant en avant sa jambe de bois et sa béquille au lieu de minimiser leur importance comme il le faisait d'habitude.

— Merci d'avoir patienté pendant les quelques instants supplémentaires dont j'ai besoin pour grimper là-dessus, commença-t-il. Comme vous le voyez, j'ai fait des sacrifices pour servir mon pays.

Des applaudissements crépitèrent, discrets au début, puis de plus en plus forts. Vitala sourit. Lucien avait eu son moment de gloire.

Il tendit les bras pour exiger le silence.

— Je suis venu vous parler aujourd'hui d'une affaire extrêmement importante : les crimes d'un homme nommé Cassian.

Des huées accueillirent la mention de ce nom. Certains crièrent et jetèrent des paquets de terre aux étendards qui se trouvaient à côté et qui, à en juger par les taches qui les maculaient, avaient déjà été malmenés.

— Quels sont les crimes de Cassian ? Laissez-moi vous les énumérer. Premièrement, par des moyens fourbes et abominables, il a éjecté de force l'empereur légitime de Kjall et a prétendu qu'il était mort. Vous trouvez que j'ai l'air mort, vous ?

— Non ! répondit la foule.

— Deuxièmement, il a accusé Riorca d'avoir commis ce crime et a ordonné l'exécution de milliers d'hommes et de femmes innocents, pour soulager sa conscience coupable. Soldats, je vous le demande : est-ce là l'attitude d'un homme honorable ?

— Non !

— Troisièmement, à cause de son avarice et de son incapacité à gouverner, il a trahi les hommes qui sont d'une importance capitale pour la survie de l'empire lui-même : vous, les combattants de Kjall !

La foule rugit de colère.

— Il vous a refusé des provisions dont vous ne pouvez vous passer. (Lucien marqua chaque point sur ses doigts.) Il vous a refusé de la nourriture. Il vous a refusé votre solde, *amplement méritée*. On ne traite pas ainsi les soldats impériaux kjallans.

Les soldats crièrent leur approbation. D'autres paquets de terre volèrent vers les étendards.

— Vous avez des épouses, des enfants, des parents, des frères et sœurs à nourrir. C'est pour ça que je suis là aujourd'hui. Vous devez recevoir votre solde, et je vais vous la payer à partir de mes coffres personnels…

Les cris des soldats devinrent si assourdissants que Lucien dut s'interrompre un moment, tentant de les faire taire avec les mains.

— Messieurs, je ne fais que vous donner votre dû, pour le grand service que vous rendez à votre empire. Je ne cherche pas à en être remercié, mais je vous demande de m'aider. Cassian n'est pas votre empereur. C'est un usurpateur, un criminel qui doit être traduit en justice. Joignez vos forces aux miennes, et nous reprendrons Kjall des mains de ce traître et voleur.

Des acclamations s'élevèrent lorsqu'il descendit du podium. Vitala ne doutait pas que le Lion Bleu s'allierait bientôt à l'Aigle Blanc.

Même si Vitala avait passé presque toute sa vie à Riorca, c'était seulement maintenant, alors qu'elle voyageait avec des Kjallans, qu'elle apprenait à connaître réellement son pays. Avec l'Aigle Blanc, elle le traversa d'un bout à l'autre, passant dans des forêts sombres et moussues, des étendues où ne poussaient que des buissons séchés sur le sol rouge, et des contreforts couverts de givre d'où l'on entendait la mer du Grand Nord se fracasser avec colère contre les falaises. C'était un pays austère et beau, et le découvrir enfin emplissait son cœur de joie.

Lucien jetait souvent un coup d'œil songeur vers les eaux gris fer. Elle savait pourquoi : il craignait une attaque par la mer. Quand le bataillon du Chêne Orange s'était joint à lui, il avait pris le contrôle de deux navires de guerre kjallans – un chiffre insuffisant.

— Ça me fait mal de l'avouer, admit-il alors qu'ils traversaient le passage de Nacuny pour rejoindre des villages riorcans de la côte nord, mais c'est une chance que Mosar ait éradiqué la flotte kjallane lors de la dernière guerre. Au mieux, l'usurpateur disposera de huit vaisseaux.

— Tu crois qu'il a eu vent de ce qui se passait à Riorca, maintenant ?

Lucien hocha la tête.

— Les rapports qui nous arrivent de Kjall sont étrangement anodins. Je soupçonne l'usurpateur de savoir que j'ai pris les tours de signal. Qu'il envoie des troupes par la mer ne m'inquiète pas. Il ne peut pas en transporter assez par cette voie, et il nous suffira de nous retirer à l'intérieur des terres. Mais il pourrait éradiquer les flottes de pêcheurs riorcans.

Vitala se mordit la lèvre.

— Et nous n'aurions plus de morue salée.

— Exactement. Au début, les hommes accueilleront peut-être la nouvelle avec joie, mais, quand ils commenceront à mourir de faim, ils regretteront bien leur morue salée.

— Ne peut-on pas équiper les bateaux de pêche riorcans de canons ?

— Nous le pourrions si nous en avions. (Lucien fronça les sourcils.) Ou si nous disposions de munitions. Ce qui m'amène à un autre point. (Il tira un morceau de papier plié de sa poche.) Nous avons reçu des nouvelles du Cercle.

Impatiente, elle lui prit le papier. Lorsqu'elle lut son contenu, son enthousiasme retomba. Elle lui rendit la lettre.

— Tu ne dois pas accepter ça. Je ne te ramènerai pas dans l'une des enclaves du Cercle – pas après ce qui s'est passé l'autre fois.

Il eut l'air peiné.

— J'ai besoin du Cercle, et je ne peux plus attendre. J'ignore complètement ce qui se passe au sud de la frontière riorcane.

— Tu as peut-être besoin des espions du Cercle, mais le Cercle a encore plus besoin de ton armée, lui objecta Vitala. Envoie une contre-proposition. Dis-leur de venir te rencontrer au sein de l'Aigle Blanc, et je te parie qu'ils accepteront.

Lucien fourra le papier dans sa poche.

— J'espère que tu sais ce que tu fais.

Chapitre 22

Le Cercle de l'Obsidienne envoya trois chefs d'enclave au campement de l'Aigle Blanc pour négocier. Deux d'entre eux étaient inconnus de Vitala, mais le troisième était Bayard. Il tenait Flavia par une laisse de corde. Vitala le regarda dans les yeux dès qu'il arriva, perché sur sa monture, et prit soin de cacher sa joie à la vue de la chienne, même si Flavia tirait sur la laisse et agitait si fort la queue que tout son corps se balançait. Vitala observa les trois nouveaux venus avec sa vision de briseuse de protections, à la recherche de pièges : Tessons ou toute autre arme dissimulée. Elle ne trouva rien.

— Vitala, la salua Bayard avec raideur en entrant dans le campement.

— Bayard, répliqua-t-elle sur le même ton.

— Et empereur Lucien, ajouta Bayard en tendant une main.

Lucien était trop expérimenté en négociations pour jeter ne serait-ce qu'un coup d'œil à Flavia. Bayard et lui se serrèrent le poignet.

— C'est un plaisir d'accueillir le Cercle de l'Obsidienne dans mon campement. Même si vous avez essayé de me tuer une paire de fois, ajouta-t-il sans une trace d'humour.

Bayard sortit une topaze accrochée à une chaîne en or et la tendit à Lucien.

— Monsieur, nous aimerions vous rendre votre pierre fendue.

Lucien l'observa d'un air perplexe.

— Ce n'est pas la mienne.

— Ah !

Bayard haussa les sourcils à l'intention de Vitala.

Elle sourit.

— En tout cas, la chienne sait que vous êtes son maître, dit Bayard en donnant la laisse à Lucien.

Ce dernier hocha la tête et passa la chienne à l'un des gardes avec pour consigne de l'emmener dans un lieu où elle ne perturberait pas la procédure. Il fit un clin d'œil joyeux à Vitala.

Bayard reprit :

— Vous me connaissez déjà : mon nom est Bayard. Et je vous présente Asmund et Gulli. Nous dirigeons chacun une enclave du Cercle.

D'un geste, Lucien les invita à s'asseoir autour de la table.

— Et vous connaissez Vitala, ancien assassin du Cercle et désormais ma fidèle conseillère. Voici le tribun Quincius, commandant du bataillon de l'Aigle Blanc.

— Nous sommes satisfaits du travail que vous avez accompli ici, à Riorca, annonça Bayard. Libérer les villages, les soulager des tributs qu'ils devaient payer… Tout cela est compatible avec les objectifs du Cercle de l'Obsidienne.

— Je suis heureux de pouvoir aider mes alliés riorcans, dit Lucien.

— Vos actions ont attiré l'attention de l'empereur Cassian, à Riat.

— Ce n'est pas un empereur, c'est un usurpateur, le corrigea Lucien.

— Fort bien, répondit Bayard. Néanmoins, vos actions mettent Riorca en péril. L'usurpateur enverra des troupes – bien plus nombreuses que celles que vous avez pu réunir de votre côté. Si vous perdez cette guerre, Riorca en paiera le prix.

— Si je perds cette guerre, je le paierai personnellement : de ma vie.

— Et croyez-vous qu'il se satisfera de votre vie seule ?

— Non, répliqua Lucien. Mais n'oubliez jamais que je suis celui qui a le plus à perdre. Avant que je ne retourne ces bataillons en ma faveur, Cassian avait déjà ordonné la décimation de Riorca. Si Riorca est punie, quels que soient les agissements de l'usurpateur, autant choisir l'option qui lui donnera le plus de chances de regagner sa liberté.

Bayard sourit.

— Nous sommes du même avis.

Asmund, un homme robuste aux longs cheveux blonds attachés sur la nuque, prit la parole :

— Empereur Lucien, nous vous proposons une alliance avec le Cercle. Nous avons beaucoup à offrir : un large réseau d'espions opérant partout à Kjall, des assassins compétents qui peuvent prendre pour cibles des figures militaires clés et déstabiliser les forces ennemies, et des personnes d'influence dans toute Riorca capables de renforcer vos lignes d'approvisionnement. Nous voulons que vous gagniez cette guerre.

Vitala sourit. Lucien affichait un visage neutre, mais il devait jubiler intérieurement.

— Et que demande le Cercle en échange ? s'enquit calmement le jeune homme.

— Plusieurs choses, répondit Bayard. Tout d'abord, l'immunité. Tous les prétendus crimes attribués au Cercle de l'Obsidienne contre l'Empire kjallan devront être absous : c'étaient des actes de guerre, qui n'auront plus cours maintenant que nous sommes alliés. Ensuite, si nous vainquons, nous exigeons d'avoir un rôle dans le nouveau gouvernement de la Riorca indépendante…

— Je vous arrête tout de suite, l'interrompit Lucien. L'indépendance de Riorca n'est pas viable politiquement si je veux conserver mon trône. Ce que je propose, c'est d'abolir l'esclavage à Riorca et de mettre fin aux tributs, mais Kjall doit continuer à régner sur Riorca, qui sera traitée comme toute autre province kjallane et dirigée par un gouverneur provincial.

— L'indépendance de Riorca est le premier objectif du Cercle de l'Obsidienne, intervint Gulli. Nous ne ferons aucun compromis sur ce point.

— Si vous êtes incapables de faire des compromis, alors vous repartirez d'ici sans rien, prévint Lucien.

Vitala prit la parole :

— Et si nous vous garantissons, par écrit, que le gouverneur de la province de Riorca sera toujours riorcan ?

— Et quelle est votre définition de « riorcan » ? s'enquit Asmund. Quelqu'un né à Riorca ?

— Non, répondit Bayard. Quelqu'un du Cercle de l'Obsidienne. Riorca pourra rester sous domination kjallane à condition que le gouverneur de Riorca soit toujours choisi parmi les membres du Cercle.

Lucien jeta à Vitala un coup d'œil interrogateur à peine perceptible. La jeune femme voyait clair dans le jeu de Bayard. Il préparait ses coups d'avance, voyant dans le Cercle la future classe dirigeante de Riorca. Peu lui importait ; ils avaient besoin du soutien du Cercle et devaient lui offrir une contrepartie. Après tout, que ferait le Cercle une fois la guerre achevée, tout mouvement de résistance devenu inutile ? Il serait sans doute dissous puis disparaîtrait. Elle hocha la tête pour marquer son accord.

— Marché conclu, répondit Lucien. Le gouverneur sera obligatoirement un membre du Cercle de l'Obsidienne.

— Nous devons le consigner par écrit, insista Gulli.

Les quatre hommes ne tardèrent pas à parler tous en même temps. On prit de l'encre et du papier. Vitala sourit, sachant que les négociations se poursuivraient âprement jusqu'au petit matin.

La vue de Lucien se brouilla lorsqu'il regarda les pages. Ils avaient tout acté par écrit : comment le pouvoir serait partagé entre Kjall, Riorca et le Cercle s'ils gagnaient cette guerre impossible. Quelle heure était-il, d'ailleurs ? Fort tard. Le soleil allait bientôt se lever.

Vitala, au moins, avait eu la présence d'esprit de dormir un peu. Elle était allée se coucher discrètement une ou deux heures auparavant et devait certainement être en plein rêve. L'accord auquel ils étaient parvenus lui ferait plaisir. Lucien avait glissé une clause à son bénéfice exclusif : le Cercle avait accepté de lui fournir dix nouveaux Tessons pour remplacer ceux qu'Ista avait pris.

— Empereur, il y a une dernière chose, déclara Asmund.

Lucien avait découvert qu'Asmund était le plus raisonnable des trois Riorcans. Il en venait presque à l'apprécier.

— Les papiers ont déjà été signés.

— Ça ne fait pas partie de l'accord officiel, précisa Asmund, mais nous aimerions que vous preniez une épouse riorcane.

Lucien cligna des yeux. *Une épouse ?*

— Voyez-vous, intervint Bayard, mettre tout cela par écrit est une bonne chose, mais certains d'entre nous trouvent un peu suspect votre intérêt soudain pour la libération de Riorca – juste après avoir été déchu et alors qu'il vous faut pouvoir approvisionner et héberger votre armée. Qu'est-ce qui nous dit que, une fois votre trône retrouvé, vous n'allez pas nous poignarder dans le dos ?

Lucien le considéra d'un œil noir.

— Je ne suis pas du genre à agir ainsi.

— Nous cherchons simplement à nous assurer que votre engagement pour la cause de Riorca tiendra sur le long terme, expliqua Asmund. Pourquoi pas un mariage ? C'est une union durable, un symbole de la réunion pérenne des intérêts kjallans et riorcans.

Cette requête lui aurait semblé excessive s'il n'y avait pas vu lui-même quelque intérêt. Il ne pensait pas que cela arriverait si vite, mais après tout… pourquoi pas ?

— J'épouserai Vitala. Si elle accepte.

— Le problème avec Vitala, c'est qu'elle ne ressemble pas à une Riorcane.

Lucien plissa les yeux.

— Elle ne convient pas parce qu'elle a les cheveux trop noirs ? Par le souffle du Vagabond ! c'est un assassin du Cercle de l'Obsidienne ! Je ne vois pas comment on peut être plus riorcan que ça !

— Ses qualifications ne sont pas en cause, reconnut Asmund.

Bayard secoua la tête.

— Vous et moi savons ce qu'elle est, mais, lorsqu'elle se tient à vos côtés, elle ressemble à une Kjallane. En fait, elle n'est pas à cent pour cent riorcane. Elle est métisse.

— Elle est aussi riorcane qu'on peut l'être. Je me moque de ses origines ou de son apparence physique.

— Choisissez quelqu'un d'autre, dit Bayard. Quelqu'un qui ressemble à une Riorcane. Si vous voulez un membre du Cercle, nous disposons de nombreuses femmes qui vous conviendraient, dont de ravissantes beautés encore plus charmantes que Vitala…

Lucien fit « non » de la tête.

— C'est Vitala ou personne.

— Empereur…

Lucien ramassa la précieuse liasse de feuilles.

— C'est Vitala ou personne.

— Pour ma part, je trouve que Vitala est un très bon choix…, commença Asmund.

Les joues de Bayard s'enflammèrent sous le coup de la colère.

— Empereur, pourrais-je vous parler en privé ?

— Vous avez quelque chose à m'annoncer qui ne peut être dit à cette table ?

— Il s'avère que oui. Empereur Lucien, je connais Vitala depuis qu'elle est petite fille, confia Bayard. Personne au monde ne la comprend mieux que moi. J'aimerais partager quelques informations avec vous avant que vous ne preniez votre décision.

Lucien était sur le point de refuser. D'instinct, il haïssait Bayard. Manifestement, l'homme était prêt à tout pour empêcher ce mariage, et il allait sans doute mentir pour y faire obstacle. Mais Lucien était assez doué pour démêler le vrai du faux, et à la vérité Bayard connaissait Vitala depuis très longtemps. Ne serait-il pas préférable d'entendre ce qu'il avait à dire dès à présent plutôt que de se demander, plus tard, ce qu'il aurait voulu lui confier ?

— Entendu, répondit Lucien. Mon garde du corps reste ici, mais je vous écoute.

Plutôt que de s'isoler dans une autre pièce, Lucien resta tandis que Quincius et les deux autres Riorcans rejoignirent leurs quartiers. La coutume aurait voulu que Lucien propose alors du vin à Bayard, mais il n'en fit rien. Cette rebuffade ne sembla ni surprendre ni troubler Bayard.

— Empereur, savez-vous ce qu'est Vitala exactement ? demanda Bayard.

— Bien sûr, répondit Lucien.

— C'est une catin.

Les oreilles de Lucien se mirent à bourdonner ; le sang lui monta à la tête. Il se retrouva à moitié levé de sa chaise.

— Insultez-la une fois de plus et je vous fais jeter hors de cette tente.

— C'est la vérité, et vous le savez.

— Elle vend son corps pour de l'argent. Est-ce là ce que vous affirmez ?

— Pas pour de l'argent, le corrigea Bayard. Pour des avantages politiques.

— Elle couchait avec des hommes pour les assassiner. Elle l'a fait par amour pour son pays. Vous me faites perdre mon temps si vous croyez me surprendre avec cette information.

Bayard se carra sur son siège.

— Cela ne vous dérange pas que la femme que vous projetez d'épouser couche avec des hommes et les tue pendant le rapport sexuel ?

Bien sûr que cela le dérangeait, mais il avait fini par l'accepter. De quoi Bayard se mêlait-il ?

— Employez le passé, Bayard. C'est ce qu'elle faisait, *avant*. Moi aussi, j'ai tué des gens. De mes mains et même des proches. Et j'ai couché avec d'autres femmes avant Vitala. Je ne la jugerai pas pour des actes que j'ai moi-même commis.

Bayard haussa les sourcils.

— Vous êtes très tolérant. Mais ce n'est pas tout.

— Jusque-là, vous ne m'avez rien appris.

— Forme-t-on des assassins, à Kjall ? demanda Bayard.

— Quelques-uns, répliqua Lucien.

— Savez-vous comment se déroule leur formation ?

— Non.

— Mais vous travaillez avec des soldats. Des hommes qui tuent pour gagner leur vie.

— C'est une façon extrêmement simpliste de définir le métier de soldat, rétorqua Lucien.

D'un geste de la main, Bayard balaya ce commentaire.

— Vous savez sans doute que certains soldats ayant l'expérience des combats développent des troubles par la suite. Qu'ils sont sujets à des cauchemars, des souvenirs intrusifs.

Lucien se pétrifia. Comment Bayard était-il au courant ? C'était impossible.

— Comment ça, des « souvenirs intrusifs » ?

— C'est difficile à décrire, dit Bayard. Ceux qui en souffrent disent que c'est comme un rêve – ou plutôt un cauchemar – que l'on fait éveillé. Comme s'ils étaient transportés dans un autre temps et un autre lieu.

Lucien déglutit. Se pouvait-il que Bayard sache ? Après tout, il faisait partie du Cercle de l'Obsidienne. Il avait accès au réseau d'espionnage le plus vaste du continent kjallan.

— Je n'ai jamais rien entendu de tel. Ça me paraît du délire.

— Cela y ressemble assez. Aucun de vos soldats n'en a jamais fait l'expérience ?

— Non.

Lucien mentait. Il arrivait que des soldats sombrent dans la folie et doivent être exécutés, ou renvoyés chez eux. Certains allaient même jusqu'à se suicider. Mais ces cas étaient gênants. On les gardait secrets, et il n'était pas nécessaire que Bayard en prenne connaissance.

— C'est un phénomène assez courant chez nos assassins, l'informa Bayard.

Lucien le regarda dans les yeux.

— Êtes-vous en train de me dire que Vitala a ce problème ?

— Je n'en suis pas certain. Mais il s'avère que les assassins qui ont eu des difficultés pendant les meurtres d'entraînement sont plus sensibles. Et Vitala a eu des difficultés pendant cette période.

— Les meurtres d'entraînement ? Qu'est-ce donc ?

— Avant d'envoyer un assassin en mission pour la première fois, nous lui faisons tuer quelques soldats prisonniers pour nous assurer qu'il n'hésitera pas le moment venu. Le premier est assez facile : le soldat est attaché et l'élève doit simplement l'achever avec son Tesson. Les autres sont plus ardus : ils imitent au plus près le plan d'assassinat.

— Et Vitala a eu… quel genre de difficultés ?

— Elle tuait les soldats, mais à contrecœur. L'un des meurtres l'a traumatisée, apparemment.

Lucien secoua la tête.

— Je pense que je m'inquiéterais plus pour les élèves qui le feraient de gaieté de cœur.

— Vous auriez tort, lui objecta Bayard. Ces femmes-là font nos meilleurs assassins.

— Je suis content de savoir que je ne vais pas épouser l'un d'eux.

— Ce que je veux dire, c'est que les assassins les plus réticents sont les plus enclins à basculer dans la folie. Le jour où Vitala vous a libéré, j'ai cru qu'elle avait déjà succombé. Je croyais qu'elle s'était rebellée contre le Cercle parce qu'elle était devenue folle, et c'est pourquoi je lui ai tiré dessus.

— Elle avait alors toute sa tête, comme elle l'a aujourd'hui.

— J'en suis conscient, mais cette folie reste tapie pendant des années, jusqu'à ce que, sans raison apparente, elle fasse surface. Si vous épousez Vitala et gagnez cette guerre, elle sera impératrice de Kjall. Et si la folie l'affectait dans quelques années ? Pouvez-vous vous permettre d'avoir une folle sur le trône ?

Lucien ricana.

— Je n'ai jamais entendu d'argument si ridicule. Je ne devrais pas épouser Vitala parce qu'un jour, peut-être, elle risque de devenir folle ? Écoutez, il peut se passer n'importe quoi. Demain, je mangerai *peut-être* un poisson pas frais et en mourrai. L'usurpateur gagnera alors le trône par défaut.

— Mais c'est peu probable. Alors que la folie l'est.

Lucien croisa les bras et se carra sur son siège. Vitala n'était pas prête à faire certaines choses à cause de son expérience affreuse avec Remus, mais c'était compréhensible étant donné ce qu'elle avait vécu. Avec le temps, elle s'en remettrait. Elle n'était pas *folle*. De plus, la folie ne venait pas des expériences du combat ou du meurtre. Si c'était le cas, seuls les soldats et les assassins en souffriraient. Pourtant, certaines épouses devenaient folles. Certains enfants devenaient fous. Non, ce tourment devait être causé par des esprits maléfiques, ou le souffle corrupteur du Vagabond. Sinon, pourquoi lui portait-on un toast à chaque pleine lune en disant : « Ô Tout-Puissant, passe à côté de moi » ? Pourquoi ses tribuns établissaient-ils toujours le campement de leurs armées à la lisière de la forêt plutôt que dedans, où logeaient les esprits ?

D'un geste vif, il agita la main.

— Dans ce cas, ce sera la Folle Impératrice de Kjall. Les gens auront de quoi jacasser.

— Je doute que vous preniez mes propos au sérieux, dit Bayard.

— Je prends vos propos avec autant de sérieux qu'ils le méritent, rétorqua Lucien. Alors, comment dois-je lui demander sa main ? Les Riorcans ont-ils recours à un intermédiaire, comme à Kjall ?

Bayard s'irrita.

— La délégation riorcane n'a pas donné son accord pour cette union…

— Écoutez. (Lucien froissa les feuilles sur la table.) Vous êtes le seul de la délégation à vous opposer à ce choix. Les papiers ont déjà été signés, et je vais faire ma demande à Vitala. Si vous ne voulez pas vous montrer utile, je me renseignerai auprès d'Asmund.

Bayard réprima un soupir d'exaspération.

— Pour faire votre demande, vous devez lui envoyer une… Le mot n'existe pas dans votre langue. Une *iskele*.

— Et qu'est-ce donc ?

— Une boîte en bois sculpté. Vous devez la tailler vous-même et mettre dedans quelque chose qu'elle reconnaîtra comme venant de vous. L'idée, c'est qu'en recevant la boîte elle comprenne qu'elle a reçu une demande en mariage. Lorsqu'elle l'ouvrira, elle saura de qui en voyant ce qui se trouve à l'intérieur.

Lucien fronça les sourcils.

— Et qu'est-ce qu'on y met, en général ?

— Ce qui la fera penser à vous, et à vous seul. Il paraît que certains hommes... Enfin, oubliez cela. Assurez-vous seulement qu'elle ne puisse pas confondre l'auteur de la demande avec une autre personne. Et faites simple.

— Et la boîte, comment me la procurer ? Je ne sais pas sculpter le bois.

Bayard lui jeta un regard méprisant.

— Un Riorcan qui ne sait pas sculpter une simple boîte en bois est indigne de se marier.

— C'est une chance que je ne sois pas riorcan, rétorqua Lucien.

Chapitre 23

Par les regards furtifs et les sourires timides que Lucien et les Riorcans lui avaient adressés toute la journée, Vitala savait que quelque chose se préparait, outre l'accord révolutionnaire auquel ils étaient parvenus la nuit précédente. Cela ne la dérangeait pas : elle aussi avait un secret, sur lequel elle avait travaillé en privé avec Asmund. Quand ce dernier l'avait convoquée sous sa tente pour un entretien, elle pensait que ce serait à ce sujet, au lieu de quoi il lui tendit une boîte en bois sculpté.

Des larmes lui piquèrent les yeux. C'était la première fois qu'elle voyait une *iskele*, mais elle sut aussitôt que c'en était une.

— C'est de la part de qui ? demanda-t-elle en se souvenant ensuite que tout l'intérêt résidait dans la découverte de la réponse par elle-même.

Asmund la gratifia d'un sourire doux.

— Ouvre, et tu verras.

Dès le début, elle pensa à Lucien. Mais il ignorait tout des *iskeles*, et comment aurait-il pu sculpter la boîte ? Elle la retourna, à la recherche d'indices. Pouvait-elle provenir de quelqu'un d'autre ? Elle ne le croyait pas. Enfin, elle l'ouvrit.

À l'intérieur, elle trouva une pièce de caturanga : un cavalier. C'était Lucien, sans aucun doute, mais le cavalier était un choix d'une modestie peu ordinaire. Pourquoi pas une pièce plus puissante, comme le Tribun ? Peut-être jouait-il l'humilité dans sa demande en mariage parce qu'il n'était pas sûr qu'elle l'accepte.

À dire vrai, elle n'en était pas certaine non plus.

— Alors, demanda Asmund. De qui est-ce ?

— De Lucien. Mais comment a-t-il fait pour sculpter la boîte ?

Asmund lui adressa un clin d'œil.

— Je l'ai aidé.

Elle se mit à trembler – une réaction profonde, venue de ses entrailles, qui se répandit lentement jusqu'au bout des doigts et des orteils. Que répondre à Lucien ? Elle voulait dire « oui », sauf que… Cela impliquerait des obligations. Si elle l'épousait, il lui faudrait consommer le mariage, et à terme engendrer un héritier. En était-elle capable ?

— Alors, es-tu d'accord ? s'enquit Asmund.

— Je… Je ne crois pas pouvoir accepter, balbutia-t-elle.

Asmund afficha une mine défaite.

— N'aimes-tu pas l'empereur ?

— Si, beaucoup, c'est juste que…

Elle n'acheva pas sa phrase. Comment expliquer la situation ? Le sujet était trop intime, et elle-même ne le comprenait que trop mal.

Asmund attendit patiemment qu'elle formule ses objections. Quand celles-ci ne vinrent pas, il demanda :

— Peux-tu me dire pour quelles raisons ? Ce mariage profiterait à Riorca et au Cercle. Si Lucien gagne la guerre, tu seras impératrice de Kjall. Tu imagines ? Une impératrice riorcane ! Et ton fils succédera à Lucien comme empereur. Tes enfants et toi seriez les défenseurs de Riorca bien après la fin de cette guerre. Riorca doit être défendue.

— Je comprends. Mais ne peut-il pas épouser une autre Riorcane ?

En prononçant ces mots, elle grimaça : que Lucien en épouse une autre était une idée répugnante, mais y avait-il une autre solution ? Lucien avait besoin d'un héritier, et, si elle ne pouvait lui en donner un, quelqu'un d'autre le devait.

Asmund parut surpris.

— Il ne veut épouser personne d'autre que toi.

Vitala sentit sa gorge se nouer et les larmes lui monter aux yeux.

Asmund lui prit la main.

— Est-il cruel, Vitala ? Est-ce un homme dur ?

— Dieux ! non.

Il déglutit.

— Me caches-tu quelque chose à son sujet ?

— Non.

Elle secoua la tête. À quoi pensait-elle ? Laisser Lucien en épouser une autre ? Elle le perdrait pour toujours, au profit d'une femme qui ne le comprendrait ni ne l'aimerait jamais autant qu'elle. Quelle lâche elle faisait !

Oui, le jeune soldat la hantait, mais qui était-elle pour abandonner l'homme qu'elle aimait à cause d'une seule vision, fugace de plus ? Elle devait surmonter ce problème. Elle était un assassin du Cercle de l'Obsidienne, avec un score de sept à son tableau de chasse. Le jeune soldat n'était qu'un fantôme. Il n'était pas à sa hauteur. Elle le bannirait de ses pensées, ou du moins trouverait le moyen de vivre avec son souvenir. Elle le ferait pour Lucien, pour son pays, pour elle. S'obligeant à sourire, elle reprit :

— Non, il n'y a rien du tout. J'ai seulement été surprise par cette demande si incroyable. J'accepte. Que Kjall et Riorca soient unies, comme Lucien et moi le serons par les liens du mariage.

Sous la tente de commandement, Lucien accueillit Vitala à bras ouverts. Flavia, toute joyeuse, tourna sur elle-même.

— Ai-je fait ce qu'il fallait, avec l'*iskele* ?

— Oui, tu as fait ce qu'il fallait, répondit-elle en s'abandonnant à l'étreinte chaleureuse de Lucien. Enfin, autant que je sache : on ne se marie pas tous les jours au sein du Cercle.

Il s'assit, l'attira sur ses genoux et l'embrassa.

— Je t'en supplie, dis-moi que le Cercle ne t'a pas torturée pour que tu acceptes ma demande.

— Je ne les aurais pas laissés faire.

— Et n'es-tu pas gênée par... ? Tu sais, la nuit de noces ?

Un frisson la secoua.

— Non. Enfin, je sais que ç'a été un problème, mais je me sens prête, maintenant.

D'un signe de tête, il désigna le rabat de la tente qui menait à la chambre.

— Maintenant... Tu veux dire tout de suite ?

Elle lui donna une tape sur le bras.

— Pour la nuit de noces, voyons !

Il roula des yeux.

— C'est tellement riorcan de ta part. Nous, les Kjallans, n'attendons pas, la taquina-t-il. Tu en es sûre ? ajouta-t-il plus sérieusement.

Elle parla d'une voix douce.

— Oui. Il faut que je surmonte ce problème.

— Nous le surmonterons ensemble. Tu me diras ce dont tu auras besoin, et je t'aiderai. D'accord ?

— D'accord.

S'obligeant à prendre un ton plus joyeux, elle reprit :

— Quand le mariage aura-t-il lieu ?

— Dans cinq jours. J'espère que tu n'attends pas de cérémonie avec tout le tralala impérial, car étant donné les circonstances...

— Oh ! non, je ne m'attends à rien de fastueux, le rassura-t-elle. D'ailleurs, je ne suis toujours pas remise du fait que tu acceptes d'épouser une roturière.

— Je pense que tu sais pourquoi c'est toi que j'ai choisie, dit Lucien.

— Parce que tu as besoin d'un garde du corps ?

— Peuh ! lâcha-t-il en dessinant le contour de ses lèvres du bout du doigt. Avec l'aide des dieux, je me marie par amour. Comme mon père serait fâché ! Malgré tout, cette union aura des avantages politiques, et, si j'épouse une Riorcane, ce sera forcément une roturière.

Il lui étreignit le bras pour adoucir l'éventuelle blessure que ses propos auraient pu lui causer.

Elle hocha la tête. Il ne l'avait pas offensée. Autrefois, Riorca avait une classe supérieure dirigeante, mais les Kjallans l'avaient éradiquée. D'après ce que Vitala avait entendu dire, ce n'était pas une grosse perte : les anciens membres de la famille royale s'étaient montrés violents et oppresseurs. Leur extermination aurait même été un service rendu au peuple si les Kjallans n'avaient pas tout simplement pris leur place. Si Riorca était affranchie, elle prendrait un nouveau départ. En tant qu'impératrice, Vitala contribuerait à faire de Riorca une nation plus libre, plus heureuse – si elle parvenait à limiter les ambitions dynastiques du Cercle.

— Mais je te promets que, si nous gagnons cette guerre, dit Lucien, nous organiserons un autre mariage plus tard – une cérémonie digne de ce nom, avec cinq mille invités, des océans de fleurs et que sais-je encore.

Vitala se mit à rire.

— Si tu le dis ! Pour moi, ça n'a aucune importance.

— Ça en a pour le peuple kjallan.

Le regard de la jeune femme se posa sur la carte posée sur la table de commandement. Elle était couverte de nouvelles lignes, de petits marqueurs de bois et de notes griffonnées sur des bouts de papier.

— Et tout ça, qu'est-ce que c'est ? Le Cercle a-t-il partagé son réseau d'espionnage avec toi ?

Lucien se leva, la repoussant de ses genoux.

— Oui.

— Maintenant, tu sais donc où se trouvent les forces de l'usurpateur ?

— En effet, et elles sont en chemin. Elles ne sont pas encore rassemblées : l'usurpateur doit réunir des armées provenant des deux côtés de Kjall. (Il attrapa un marqueur en bois.) Tu vois, il a des troupes ici, ici, et là. Malheureusement, Riorca est pratiquement indéfendable : il n'y a aucun passage que nous puissions bloquer. Je n'ai pas encore décidé s'il vaut mieux essayer de garder son armée divisée ou si nous devons la laisser se réunir. Dans le premier cas, cela pourrait entraver ses communications, mais j'aurais à me battre sur de multiples fronts. (Il tira sur son lobe.) Ça demande mûre réflexion. À court terme, je ferai sûrement en sorte qu'elle reste divisée.

—Combien de bataillons envoie-t-il ?

—Nous ignorons pour deux d'entre eux s'ils sont déjà impliqués, mais au mieux je dirais quatorze, au pire seize.

—Quatorze à seize bataillons ? Contre les six nôtres ? Trois dieux ! Lucien, qu'allons-nous faire ?

Il scruta la carte.

—Nous allons devoir faire preuve d'une grande intelligence, c'est certain.

—Mais, même en étant intelligents, comment l'emporter avec un tel ratio ?

—Eh bien, marmonna-t-il, comme je l'ai dit : en faisait preuve d'une *grande* intelligence.

Le lendemain matin, Vitala et Lucien chevauchèrent vers le sud, en direction du passage de Jasah, que plusieurs des bataillons de l'usurpateur ne tarderaient pas à emprunter. Pour cette mission de repérage, ils avaient laissé les soldats au campement, n'emmenant que Quincius, quelques officiers cadets, et Flavia, qui adorait partir en promenade pour la journée. Depuis le sommet d'une colline envahie de mauvaises herbes, ils inspectèrent le passage pendant que Flavia s'ébattait dans les broussailles.

—L'ennui, déclara Lucien, c'est qu'il n'y a pas vraiment de goulet. Si on essaie de coincer Cassian sur la route, il a trop de moyens de contournement.

—On ne peut pas non plus bloquer les autres routes, fit remarquer Quincius.

—On dit qu'il n'y a « rien de tel qu'un chat devant un trou pour dissuader mille souris d'en sortir ». Mais où trouver ce trou ?

Flavia s'arrêta brusquement sur une étendue d'herbe grasse, les oreilles dressées, en alerte. Vitala suivit son regard : une ligne bleue serpentait entre les collines poussiéreuses.

—Et l'eau ? Les hommes de Cassian seront obligés de boire. Dresser des embuscades le long de la rivière serait peut-être plus efficace ?

Lucien haussa les sourcils.

—Possible. (Il indiqua une colline au loin.) Allons là-bas. Nous aurons une meilleure vue.

La rivière se révéla plus prometteuse que le passage. Coulant sur ces terres depuis des générations, elle avait creusé sa propre gorge, et son débit était alors assez bas. Il existait quelques points d'accès permettant de descendre à son niveau. Vitala retint Flavia pour l'empêcher de s'engager dans la gorge. Lucien et ses officiers repérèrent plusieurs endroits où archers et mousquetaires pouvaient s'installer à l'autre bout de la rivière afin de bénéficier d'un point de vue élevé, d'une bonne couverture et de la possibilité de battre en retraite.

— Ça me plaît. (Lucien lança un coup d'œil approbateur à Vitala.) Beaucoup, même. Nous ne leur infligerons pas de lourdes pertes, mais, s'ils ne parviennent pas à éviter nos embuscades, ils devront se rabattre sur la rivière Aleor qui coule à l'est, ce qui les retardera dans leur programme et ira à l'encontre des plans de l'usurpateur. Même s'ils évitent nos embuscades, ils seront gênés par notre harcèlement et contraints de rationner leur eau, ce qui aura une incidence sur le moral des troupes. Quant au risque pour nos hommes, il sera pratiquement nul.

— Pardonnez-moi si ma question vous semble impertinente, sire…, commença un préfet du Chêne Orange.

— Parle librement, dit Lucien.

— Pourquoi le moral des troupes est-il si important à vos yeux ? À mon avis, nous devrions leur infliger de vraies pertes et, comme vous le dites, nous ne pourrons le faire ici.

— Je respecte ta question, préfet. La raison, c'est que la plupart des guerres sont gagnées ou perdues en fonction du camp qui cesse de vouloir l'emporter. J'ai bien l'intention de faire en sorte que ce soit celui de l'usurpateur qui abandonne le premier.

— Entendu, sire.

Le préfet hocha la tête.

— Que des Kjallans combattent d'autres Kjallans constitue un premier avantage pour nous dans cette guerre. Les bataillons de l'usurpateur ne se réjouiront pas d'être envoyés pour tuer leurs frères d'armes. Nos hommes non plus, mais nous ne sommes pas les agresseurs, ce qui fait toute la différence.

Quand les officiers cadets s'éloignèrent pour établir les points d'embuscade et les voies de repli, le tribun Quincius demanda discrètement à Lucien, juste à portée de voix de Vitala :

— Vous croyez vraiment gagner cette guerre en vous fondant sur le moral des soldats ?

Lucien haussa les épaules.

— Pour la gagner, je n'écarterai aucune possibilité.

Chapitre 24

Quelques jours plus tard, le campement réunissant les six bataillons commençait à ressembler à une couverture de patchwork. Chaque bataillon avait envoyé des centuries au passage de Jasah et ailleurs pour harceler et ainsi retarder l'approche des troupes de l'usurpateur. À leur retour, Lucien déplacerait son armée vers une position plus défendable – il ignorait encore où. Puisque c'était lui qui était poursuivi et attaqué, il avait l'avantage de pouvoir choisir l'emplacement de la bataille. Malheureusement, tous les sites présentaient des faiblesses. Certains offraient la possibilité d'un contournement par le flanc, ce qui posait un gros problème étant donné l'effectif de l'ennemi, tandis que d'autres permettaient une attaque par la mer, ou la rupture des lignes d'approvisionnement, ce qui constituait une menace tout aussi grave.

En attendant le retour des troupes, un mariage fut célébré.

L'événement fut informel, mais, avec six bataillons présents, même incomplets, plus une chienne blanc et or, l'assistance fut nombreuse. Si Vitala avait pu choisir le lieu, elle aurait opté pour une haute crête aux falaises battues par la mer du Grand Nord, en arrière-plan, mais, pour accueillir tous les soldats, on organisa le mariage dans un vaste champ. Encadrée de drapeaux et de fanions, chaque centurie, tous ses membres en uniforme, se tenait en rang derrière son centurion. Les unités formaient un cercle autour de Vitala, Lucien et l'aumônier qui officiait.

Pour Vitala, la cérémonie se déroula dans une sorte de brouillard. Elle se rappela avoir passé la guirlande autour du cou de Lucien et avoir reçu la sienne des mains tremblantes du jeune homme. Elle se rappela la piqûre de l'aiguille dans son bras tandis que l'on exécutait son tatouage nuptial. Elle se rappela avoir bu du vin dans une coupe qu'elle devait partager – la seule tradition riorcane incluse dans le mariage. Pour le reste, ce n'étaient plus que des paroles à demi entendues, les nœuds dans son estomac, et les milliers d'yeux posés sur elle.

Les bataillons marquèrent la fin de la cérémonie de leur triple salut : les hourras et le martèlement des bottes, le choc métallique des épées, et les tirs des mousquets. Les hommes étant trois fois plus nombreux que la fois précédente, le résultat fut trois fois plus assourdissant et trois fois plus impressionnant.

La coutume aurait voulu qu'un festin s'ensuive, mais, étant donné l'imminence de la bataille et la pénurie de provisions, les officiers d'approvisionnement avaient estimé que c'était infaisable. Vitala retourna donc sous la tente de commandement au bras de son nouvel époux, passant devant des rangées de soldats qui les sifflèrent et les acclamèrent. Elle sourit et rougit tout le long du chemin. Une fois arrivés, ils découvrirent qu'un petit festin leur avait été préparé tout spécialement.

— Dieux ! que ça sent bon ! s'exclama Lucien en entrant. (Il souleva la cloche sur le plateau.) Tu as faim ?

Il ôta la guirlande autour de son cou et la posa sur la table.

— Non, et c'est bien dommage. (À son tour, elle retira sa guirlande, les doigts tremblants de nervosité.) J'ai un cadeau pour toi, balbutia-t-elle.

Lucien battit des paupières.

— Ah oui ? Désolé, moi je n'ai rien pour toi.

— Je n'attendais pas que tu m'offres quoi que ce soit, répondit Vitala. C'est quelque chose de spécial que j'ai eu l'occasion d'acquérir. En fait, je ne suis pas sûre que ça te plaise.

— Eh bien, dit Lucien en pouffant de rire. Tu m'intrigues.

De sous le lit, elle tira un paquet enveloppé d'un linge et le posa sur les genoux de Lucien.

Il haussa les sourcils devant la taille et le poids de l'objet, qui occupait toute la place sur ses genoux. Il entreprit de le déballer, dévoilant un morceau de bois poli.

— Une arme ? demanda-t-il. (Puis il le dégagea complètement.) Oh !

C'était une jambe de bois, d'un style fort différent de la sienne. Au lieu d'une extrémité incurvée et rembourrée, il y avait une sorte de manchon de cuir raide, ajustable et assez large pour que Lucien puisse y glisser son moignon entier. Le cuir était fixé à la jambe elle-même, faite d'un bois qui n'était pas aussi noble que celui de sa prothèse actuelle, mais aussi lisse et aussi brillant. Les contours arrondis de la jambe menaient à une cheville articulée et à un pied qui, sans être une réplique de la forme humaine, procuraient une bonne traction et répartissaient le poids. Il n'y avait aucune lanière. Pour ses dimensions, la prothèse était étonnamment légère.

Lucien se mordit la lèvre.

— Tu sais que j'ai essayé beaucoup de jambes avant de choisir celle que j'ai.

— Mais aucune n'avait été fabriquée par un artisan riorcan, lui objecta Vitala. S'il te plaît, essaie-la.

Il soupira.

— Ne m'en veux pas si elle ne me convient pas.

Il retira sa prothèse actuelle et glissa son moignon dans le manchon de cuir de la nouvelle.

— Comment as-tu fait pour qu'elle soit à ma taille ?

— J'ai obtenu les mesures auprès de ton tailleur, répondit Vitala. L'homme qui a fabriqué cette jambe a dit qu'il l'ajusterait une fois que tu l'aurais essayée. Il y aura sûrement quelques réglages à faire.

— C'est tellement étrange qu'il n'y ait pas de lanières !

Lucien observa l'objet d'un air morose, comme s'il n'avait pas envie de se mettre debout et de décevoir Vitala.

— D'après lui, il n'y en a pas besoin. Le manchon tient la jambe tout seul.

Vitala le prit par le bras et l'aida à se lever.

Lucien chancela un moment et fit la grimace.

— Ça te fait mal ?

— Oui. (Lucien se baissa pour ajuster le manchon.) C'est mieux. Ça me pinçait.

La joie de Vitala retomba.

— Je suis désolée. Si elle n'est pas mieux que les autres...

— Attends un peu.

S'accrochant au bras de la jeune femme, il fit un pas en avant, hésitant, puis un autre. Il sourit à Vitala, qui sentit l'espoir renaître en elle au point que ses entrailles lui semblèrent fondre comme la cire d'une bougie. Il se baissa pour réajuster le manchon, puis lâcha le bras de Vitala et fit le tour de la pièce.

— Regarde ! Sans béquille.

Vitala ne le quittait pas des yeux. Un homme qui marche, quoi de plus banal ? Mais elle n'avait jamais vu Lucien le faire auparavant – pas sans béquille.

Lucien fit un deuxième tour, en accélérant le pas.

— Comment ton artisan a-t-il fait pour qu'elle soit si légère ? Le bois est-il creux ? Avec la plupart des prothèses, on a l'impression de traîner un boulet de canon.

— Je crois que c'est creux, oui. Tu pourras lui poser la question toi-même. Il s'appelle Braesi.

— Tu me l'enverras, car je tiens à lui décerner une médaille. Quel progrès ! (Il s'essaya à quelques pas de course puis revint, le sourire communicatif.) Je me demande si je pourrais... Dis, tu la connais, celle-là ?

Malgré l'absence de musique, Lucien saisit Vitala par la taille et l'emporta dans le rythme caractéristique de la Valse du Carrousel. Elle se laissa guider en riant. C'était une danse lente, assez simple. Il faisait pourtant un piètre partenaire. Elle en avait sans aucun doute connu de meilleurs ! Mais, à mesure qu'ils tournoyaient, elle le sentit prendre confiance. Ses pas se firent plus assurés, ses tours plus audacieux. Du bout des doigts, il marquait le rythme sur la hanche de la jeune femme, et dans sa tête elle entendait la flûte et le violon. Lorsqu'ils arrivèrent au moment où il était censé la soulever en l'air, il marqua une pause, hésitant, et tous deux éclatèrent de rire.

— Ce serait peut-être aller un peu loin, reconnut-il.

— Je suis ravie que ça marche, murmura Vitala contre sa poitrine.

— Ce Braesi, s'écria Lucien, j'aimerais bien l'embrasser ! Non, c'est toi que j'ai envie d'embrasser.

Il leva son menton et pressa ses lèvres contre les siennes, la goûtant, la savourant comme du bon vin.

Nous y voilà, songea Vitala. Mais le frisson de peur qui la parcourut fut dissipé par la vague de chaleur qui montait en elle, la réchauffant de l'intérieur. Elle aimait Lucien. Elle le désirait. Et c'était le bon moment.

— Tu sais quoi ? murmura Lucien tout en l'embrassant. Je crois que nous devrions voir quel poids cette jambe peut supporter.

Il la souleva dans ses bras. Elle partit d'un grand rire et se débattit, se balançant légèrement tandis qu'il essayait de maintenir son équilibre.

— Ça va mal finir, je le vois d'ici, le taquina-t-elle alors qu'il avançait en titubant.

— Tais-toi, dit-il. Je suis mage de guerre, moi, je vois les choses venir. Comme le sol, par exemple.

Il avança d'un pas plus assuré vers la chambre et déposa Vitala sur le lit. Elle tendit une main vers lui. Il la prit ; elle le tira vers elle. Tandis qu'il s'efforçait de défaire les ceintures de son syrtos, elle se baissa vers la jambe artificielle, écarta le manchon et l'ôta doucement. Elle massa son moignon. Lucien et elle étaient tous deux estropiés. Ses blessures à lui étaient extérieures, celles de Vitala intérieures. Si lui avait appris à vivre avec une jambe en moins, elle pouvait apprendre à vivre avec ses visions.

Si Vitala était préoccupée, son partenaire ne l'était pas du tout. Il avait réussi à libérer ses seins et en avait pris un en coupe dans ses doigts chauds.

— Je pense à une meilleure occupation pour ta main, dit-il.

Elle leva les yeux vers lui.

— Où aimerais-tu que je te caresse ?

— N'importe où, souffla-t-il en l'embrassant. Partout.

Elle défit le syrtos de Lucien et lui dégagea les épaules. Il avait un beau corps. Elle tremblait un peu lorsqu'elle lui caressa la nuque et le dos. Il soupira de bien-être, l'encourageant. Elle se détendit.

Dieux ! ça marche ! Je n'ai pas peur. Alors même que cette pensée se formait dans son esprit, elle savait qu'elle n'était pas entièrement vraie. Sous la chaleur de son désir se creusait un puits de terreur froide : le jeune soldat pouvait surgir à tout moment, mais elle le tenait à l'écart. Si elle parvenait à le faire le temps de cette rencontre, alors peut-être que tout irait bien.

— Ça va ? demanda Lucien, sa voix douce comme du miel dans le noir.

Il descendit en l'embrassant dans le cou, puis sur les seins. D'expérience, elle savait où il se dirigeait. Elle sentit le désir monter brusquement en elle, mais, alors même qu'elle voulait prendre ce qu'il avait à offrir, elle avait encore plus envie que tout soit fini avant que les visions ne l'envahissent et ne gâchent ce moment.

— Oui, ça va, répondit-elle. Mais je crois que nous devrions essayer... Tu sais.

La pénétration. Pourquoi était-elle incapable de prononcer ce mot ?

— Tu m'as l'air tendue, lui objecta-t-il. Je ne suis pas sûr que tu sois prête.

Au lieu de poursuivre sa descente, il s'installa à ses côtés et la prit dans ses bras. D'un doigt, il caressa ses seins, lui envoyant de petites décharges de plaisir lorsqu'il passait sur le téton.

— C'est ta nuit de noces.

— *Notre* nuit de noces, la corrigea-t-il. Je suis certain de finir par être satisfait, et nous ne sommes pas pressés. Nous avons toute la vie devant nous. Si Cassian ne nous tue pas.

— Mais il te faut un héritier.

— Trois dieux ! ce n'est pas urgent.

Vitala l'attira contre elle et l'embrassa, serrant fort les paupières pour empêcher les larmes de lui brûler les yeux. L'amour qu'elle ressentait pour cet homme l'écrasait. Mais Lucien ne comprenait pas : lui laisser encore du temps ne lui faciliterait pas les choses. Au contraire, elle serait de plus en plus angoissée si elle laissait la situation pourrir, et, pire encore, si Lucien continuait à croire que tout était la faute de Remus. Avec les années, les visions ne s'étaient pas atténuées. Si elles pouvaient être vaincues, Vitala allait devoir lutter contre elles. Elle craignait que ce soit impossible.

— Lucien, dit-elle, j'apprécie ta patience, plus que tu ne l'imagines, mais il faut que je surpasse ça, et je ne peux plus attendre.

— Alors dis-moi ce que je peux faire pour t'aider.

— Pénètre-moi maintenant. Avant que je ne change d'avis.

— Si c'est ce que tu veux…

Il vérifia si elle était prête à l'accueillir. Ses doigts étaient humides. D'un coup de reins, il se mit au-dessus et s'enfonça en elle.

— Dieux !

Le jeune soldat battait des paupières tandis qu'il la pénétrait. Ses cheveux noirs, trop longs, retombaient sur son front. Elle sentait son énergie, son excitation, sa puissance toute masculine. Ses lèvres trouvèrent celles de la jeune femme ; il l'embrassa avec fougue.

— Qui es-tu ? demanda-t-il. Dis-moi.

Elle s'était murée dans le silence. Elle restait immobile, soumise, attendant le bon moment.

Il soupira de plaisir, remuant les hanches.

— Tu es si belle. Dis-moi quelque chose, la supplia-t-il. Tu es prisonnière, toi aussi ?

Elle resta silencieuse et inerte sous lui.

Il sourit tristement et enroula une mèche des cheveux de la jeune femme autour de son doigt.

— Je ne comprends pas. Tu t'offres à moi, mais tu refuses de parler. Ils t'ont coupé la langue ?

— Vitala. Tu m'entends ? Vitala !

Le soldat avait des haut-le-cœur, il étouffait, tout son corps était contracté. De la mousse sortait de sa bouche. Vitala sentit son estomac se soulever. Elle essaya de repousser le jeune homme, mais il serrait les poings, maintenant ses bras prisonniers. Elle était prise au piège de son étreinte.

Il voulut parler, mais elle n'entendit que sa respiration saccadée. Les convulsions apparurent alors. Il s'agita dans tous les sens au-dessus d'elle. Elle serra fort les paupières, mais ne manqua aucune étape de son agonie, sentit chaque coup frénétique, chaque spasme, chaque raté de son cœur. Une écume sanglante coula à la commissure de ses lèvres ; de l'urine chaude souilla ses cuisses.

Enfin, elle parvint à se libérer et courut à l'autre bout de la chambre, où elle se recroquevilla dans un coin. Quand enfin le corps du soldat s'immobilisa, elle fondit en larmes.

— Vitala, pour l'amour des dieux, m'entends-tu ?

Elle cligna des yeux. Elle regardait un mur gris massif.

— Voulez-vous qu'on l'attache, sire ?

Elle tourna la tête, surprise par la familiarité de la voix. C'était l'un des gardes du corps de Lucien. Deux d'entre eux se tenaient dans l'encadrement de la porte, les yeux rivés sur elle. Pour une raison qu'elle ignorait, elle était accroupie près du mur et – oh ! dieux ! – complètement nue. Comme Lucien, assis dans le lit, mais il s'était entouré d'une couverture. Qu'était-il arrivé ? Ils faisaient l'amour… Elle s'empourpra violemment.

— J'ai l'impression qu'elle revient à elle. (Lucien avait la voix tremblante.) Tu m'entends, Vitala ?

— Oui.

Sa propre voix lui parut étrange, distante.

— Merci. Vous pouvez disposer, ordonna Lucien aux gardes.

Ils s'inclinèrent et partirent.

— Que s'est-il passé ? demanda Lucien. Pourquoi as-tu crié ?

— J'ai crié ?

Un silence.

— Tu ne t'en souviens pas ?

Vitala secoua la tête.

— De quoi te souviens-tu, au juste ?

Vitala inspira à fond. Son cœur battait la chamade, si fort qu'elle craignit qu'il bondisse hors de sa poitrine.

— Nous… Nous faisions l'amour. Puis j'ai été transportée… ailleurs. Ensuite, tout ce que je me rappelle, c'est que j'étais là, recroquevillée près du mur.

— Tu ne te rappelles pas avoir crié ?

— Non. Je… Je ne pense pas que j'étais consciente. Comment suis-je arrivée là ?

— Comme tu l'as dit, nous faisions l'amour. Tout à coup, tes yeux sont devenus bizarres : vitreux, comme si tu n'étais plus là. J'ai tenté de te parler, mais tu ne m'entendais pas. Tu t'es mise à crier. Je me suis écarté de toi, mais tu m'as donné des coups de pied et tu as couru près du mur, sans cesser de hurler. Les gardes sont arrivés. À ce moment-là tu pleurais, tu ne criais plus. On a essayé de te parler, encore et encore, mais tu semblais ne rien entendre.

Vitala se toucha les joues : elles étaient trempées de larmes. Elle se remit debout, tremblante.

— Je suis désolée, souffla-t-elle.

— J'ai déjà fait crier des femmes au lit, mais jamais comme ça, commenta Lucien.

De nouvelles larmes affluèrent. Elle se cacha les yeux d'une main.

— Excuse-moi, dit Lucien. Le moment est mal choisi pour plaisanter. C'est juste que beaucoup de gens ont dû t'entendre, et que demain des rumeurs courront dans tout le campement.

Vitala sentait sa tête palpiter.

— Nous demanderons une annulation. Un divorce. N'importe quoi.

— Trois dieux ! (Lucien battit des paupières, choqué.) D'où sors-tu une idée pareille ? Nous en reparlerons demain, pour essayer de comprendre ce qui s'est passé et le surmonter. D'accord ?

Vitala ferma les yeux et se laissa tomber sur le lit, épuisée et vidée de toute énergie.

— Parle-moi, dit Lucien d'un ton sévère.

Elle serra les mâchoires. Le visage du jeune soldat réapparut dans son esprit, intrusif. *Dis quelque chose.*

— Embrasse-moi, ordonna Lucien. Promets-moi que nous en reparlerons demain matin, quand tu iras mieux. Promets-moi que tu n'abandonneras pas au premier obstacle.

— Je te le promets, murmura-t-elle.

Quand il s'allongea, elle lui donna un petit baiser sur la bouche.

Tout pourvu qu'il se taise.

Même si le sommeil eut rapidement raison de la confusion qui régnait dans son esprit, ses rêves furent hantés par le soldat, avec sa mousse ensanglantée et ses convulsions, qui fit de chacun d'eux un cauchemar jusqu'à ce qu'elle sombre enfin dans l'inconscience et qu'elle se réveille, les yeux rivés au plafond de la tente, à écouter la respiration discrète et régulière de Lucien à ses côtés. Elle roula hors du lit.

— Tu vas bien ? marmonna-t-il.

— Pot de chambre, répondit-elle.

Il se tourna et se rendormit.

Les deux gardes à la porte la considérèrent avec curiosité lorsqu'elle émergea de la tente de commandement. L'un d'eux rougit légèrement ; elle se souvint alors que c'étaient les hommes qui l'avaient vue après l'épisode des hurlements.

— Oui, impératrice ? demanda l'un d'eux.

— Qu'on m'amène mon cheval.

Les gardes échangèrent un regard.

— L'empereur est-il au courant ?...

— Je viens de vous donner un ordre, monsieur, l'interrompit-elle sèchement. Exécutez-le.

Une forêt riorcane la nuit aurait pu en effrayer plus d'un, mais Vitala était au-delà de la peur. Dans le brouillard nocturne, les branches comme des serres ne l'intimidaient pas, ni le bruissement des feuilles, le ululement des chouettes ou les cris des blaireaux. La tête de Vitala était peuplée de trop nombreux cauchemars pour qu'elle s'inquiète de ceux qui se déroulaient à l'extérieur. De plus, elle ne prenait aucun risque. L'un des gardes la suivait. Il se tenait à bonne distance, mais elle entendait le martèlement des sabots de sa monture.

Sa jument alezane avançait, agitée, sur la terre meuble, l'encolure raide d'angoisse, un fin film de sueur luisant sur ses omoplates.

— Chut, la rassura Vitala.

À son contact, le cheval se calma. Si seulement Vitala pouvait être si facilement apaisée, elle aussi !

Pour le Cercle, elle avait tué sept hommes, mais en fait il y en avait dix. C'était l'un des trois, l'un de ceux qui ne comptaient pas, qui la hantait. Elle ignorait jusqu'à son nom. Il l'avait marquée, errait dans ses pensées comme un fantôme. Elle le méritait, sans doute : après tout, elle lui avait ôté la vie, et c'était une juste revanche.

La jument s'ébroua. Vitala leva les yeux et aperçut une lueur en face d'elle, entre les arbres. Le soleil qui se levait. Était-il temps de faire demi-tour ?

Non, pas encore.

Chapitre 25

Au crépuscule, elle approchait du campement quand un groupe de recherches finit par l'intercepter. Sa présence avait sans doute été signalée par la lumière de mage émise par le garde qui la suivait.

— Impératrice, déclara le préfet responsable du groupe, l'empereur vous cherche. Je dois vous ramener directement à la tente de commandement.

Elle haussa les épaules.

— C'est là que j'allais, de toute façon.

La chevauchée jusqu'à la tente fut sombre et silencieuse. Certains soldats lui jetèrent des coups d'œil à la dérobée, mais personne ne parla. Vitala mit pied à terre et sa monture fut emmenée. La jeune femme entra sous la tente de commandement, la tête haute, prête pour l'inévitable confrontation qui allait suivre.

Quand elle arriva, Lucien se leva, une tasse et une soucoupe à la main. Le visage rouge, il tremblait presque de rage.

— As-tu la moindre idée de ce que cette journée a été pour moi ?

— Épargne-moi ton sermon, Lucien.

— As-tu *la moindre idée* ?

Elle soupira et se laissa lourdement choir sur l'un des sièges.

— J'imagine qu'elle a été aussi agréable que la mienne.

Quelque chose vola à côté d'elle. Surprise, elle sursauta quand la tasse se fracassa contre l'une des poutres derrière elle, rapidement suivie de la soucoupe.

— Tout le campement ne parle que de ça ! rugit Lucien. Tout le campement raconte comment je t'ai torturée dans le lit conjugal, au point que tu hurlais comme une victime empalée, avant de t'enfuir en pleine nuit ! On me prend pour un sadique, un pervers, un monstre assoiffé de violence !

Stupéfaite, Vitala regarda le thé couler sur les parois.

— Je dois reconnaître que tu te donnes beaucoup de mal pour démentir cette réputation.

— Tu as promis que nous en reparlerions ! s'écria Lucien. Si tu étais restée, j'aurais pu inventer quelque chose pour étouffer les rumeurs. Mais tu t'es enfuie ! J'ai failli faire fouetter les gardes pour t'avoir laissée partir !

— Ils n'ont fait qu'obéir aux ordres de leur impératrice.

— Alors je regrette de t'avoir donné ce rang officiel !

Elle haussa les épaules.

— Eh bien, j'y renonce. Nous annulerons le mariage. De toute façon, il n'a jamais été consommé.

Il eut l'air affligé.

— Vitala, tu ne penses pas ce que tu dis.

Sentant les larmes monter, elle baissa la tête.

Il traversa la pièce pour la rejoindre. Elle se rendit compte qu'il marchait sans sa béquille : il devait porter sa nouvelle prothèse. Il agita la main. En entendant les gardes partir, Vitala comprit qu'il venait de les congédier. Il s'agenouilla ensuite près de son siège et lui prit la main.

— Le mariage a été consommé.

Elle secoua la tête.

— Non. Tu n'as pas... Tu n'as pas lâché ta semence.

Il afficha un petit sourire en coin.

— Qu'en sais-tu ? Tu étais inconsciente.

— C'est impossible. Vu ce que tu m'as décrit... Je sais que tu n'aurais pas continué comme si de rien n'était.

— Et moi j'affirme l'avoir fait. Je suis le seul témoin crédible. Les gardes pourront attester que tu avais perdu connaissance. J'affirme que le mariage a été consommé. Par conséquent, il ne peut être annulé.

Elle laissa échapper un soupir d'exaspération.

— Dans ce cas, nous divorcerons. Les Kjallans le font tout le temps...

— Je ne t'accorderai pas le divorce. Le mari a le droit de divorcer de sa femme, mais l'inverse n'est pas vrai. L'ignorais-tu ?

— Oui. Je n'ai jamais étudié les lois du mariage kjallan. Je n'aurais jamais cru qu'elles s'appliqueraient à moi un jour !

Avec sa langue, il fit un petit bruit réprobateur.

— Tu aurais dû le faire.

— Il reste une troisième option : t'assassiner dans ton sommeil.

Lucien sourit.

— Dieux ! arrête, tu m'excites trop. (Il se leva et s'assit sur le siège à côté d'elle.) Dis-moi ce qui s'est passé hier soir.

— À quoi bon ? Je ne peux rien faire pour empêcher que ça n'arrive.

— Comment le sais-tu ?

— Parce que je ne suis pas consciente quand ça se produit. Je n'ai aucun contrôle, expliqua-t-elle.

— Sous-entends-tu que c'est *déjà* arrivé ? s'écria-t-il.

Vitala se mordit la lèvre. Il était temps de faire preuve de franchise.

— Oui.

— Mais je croyais... Cela n'a-t-il pas un rapport avec Remus ? (Il parut affligé.) Comment cela a-t-il pu se produire avant ?

— Je n'ai jamais dit que Remus y était pour quelque chose. Je sais que c'est ce que tu pensais, et je t'ai encouragé dans cette voie.

— Non, tu l'as dit toi-même. Tu as dit qu'il s'était passé quelque chose sous la tente, cette nuit-là.

— C'est le cas. J'ai eu une vision sous la tente cette nuit-là, qui a été interrompue quand Remus et les autres ont débarqué.

Lucien resta silencieux. Il fronça les sourcils.

— Une vision ? Je crois me souvenir... Tes yeux sont devenus étranges. Je croyais que c'était parce que tu avais entendu le bruit dehors. Explique-toi. Que se passait-il dans ta tête ?

— Ça ne sert à rien d'expliquer. Tu comprends bien que je ne peux pas coucher avec toi, non ? Ce mariage que tu essaies si noblement de préserver, ce serait de la comédie, une parodie. Je ne peux pas te donner d'héritier.

— Tu abandonnes trop facilement. Une mauvaise expérience et ça y est, c'est terminé ? Où est passée la femme qui affirmait vouloir vaincre ce problème ?

— Imaginons un instant que nous couchions ensemble et que tout se passe bien. Je ne vis pas l'épisode de cris qui fait croire au campement que tu es un pervers sexuel. Crois-tu que mon problème sera résolu pour autant ?

Lucien se mordit la lèvre.

— Évidemment que non, reprit-elle. Ça pourrait se produire la nuit suivante, ou à la prochaine lune du Vagabond, ou un an plus tard. Cette peur planera sans cesse sur nous. À cause de ça, je ne pourrai jamais prendre de plaisir. Le coït sera une corvée, quelque chose dont on espérera sortir indemnes. C'est ça, ma réalité, Lucien. Ça le sera toujours, mais ce n'est pas obligé qu'elle devienne la tienne. Ne comprends-tu pas que je veux t'aider ?

— Tu fais des suppositions, répondit Lucien. Tu crois que ça ne s'améliorera jamais, mais peut-être que si. Peut-être que chaque crise sera plus faible que la précédente, jusqu'à ce qu'il n'y en ait plus du tout.

— Ou peut-être que ça s'aggravera. Quand j'ai une de ces visions, je ne suis plus moi-même. La prochaine fois, je ne me contenterai peut-être pas de crier. Et si je faisais apparaître un Tesson et que je t'attaque ?

C'était possible, voire probable. Vitala reproduisait parfois dans la réalité ce qu'elle faisait dans ses visions. En théorie, elle pouvait se désarmer et se débarrasser de ses Tessons, mais le faire en temps de guerre ne paraissait guère judicieux.

— Je suis mage de guerre. On ne me tue pas si facilement.

— Lucien, les mages de guerre sont ma spécialité.

Elle avait eu tout le loisir d'y réfléchir durant sa chevauchée et en avait conclu qu'elle ne pouvait prendre un tel risque. La peur et l'inconfort, c'était une chose. Perdre le contrôle en était une autre.

— Je suis désolée. Je ne coucherai plus avec toi.

— Vitala…

— Tu dois divorcer. Je t'aime, et je regrette que ça se passe ainsi. Mais je ne veux plus de hurlements nocturnes. Je te demande pardon de t'humilier ainsi.

Les joues de Lucien s'empourprèrent.

— Écoute, je suis désolé d'avoir perdu mon sang-froid. Que les soldats s'imaginent ce qu'ils veulent. Peu importe ce qu'ils croient…

— Je retourne auprès du Cercle, déclara Vitala. C'est ce que je suis venue t'annoncer.

Lucien la regarda, bouche bée.

— S'il te plaît, ne me dis pas que c'est à cause de cette maudite tasse que j'ai lancée.

Elle sourit tristement et secoua la tête.

— J'ai pris ma décision pendant ma chevauchée. Réfléchis. Tu n'as pas besoin que je te protège : il n'y a plus d'assassin à tes trousses. Tu as les bataillons bien en main. C'est toi le stratège militaire, pas moi. Je ne peux pas jouer le rôle de ton épouse sans échouer lamentablement. Je n'ai qu'un talent, et c'est avec le Cercle que je peux le mettre à profit.

Tuer des gens, songea-t-elle avec amertume. *C'est ça, mon seul talent.*

— Tu es l'impératrice de Kjall ! Et tu n'as pas qu'un seul talent…, commença-t-il.

On frappa bruyamment à la porte.

— Sire !

Lucien fronça les sourcils, contrarié.

— Est-ce une urgence, Quincius ?

— Oui, sire ! répondit la voix de Quincius.

Lucien lança un regard sévère à Vitala.

— Reste là. Je n'en ai pas fini avec toi.

Il lança :

— Entre. (Quand Quincius s'exécuta, Lucien prit la théière, avec une tasse et une soucoupe entières.) Quelles sont les nouvelles ?

— Une flotte a été repérée sur la mer du Grand Nord.

Lucien se pétrifia alors qu'il se versait du thé.

— Par l'enfer du Soldat !

— Ce ne sont pas des navires kjallans, sire. Ils sont mosari.

Après un silence perplexe, Lucien se leva d'un bond et chancela légèrement sur sa nouvelle jambe. Il se hâta de rejoindre la porte d'un pas irrégulier, Quincius sur ses talons.

— Trois dieux ! si ce sont ceux auxquels je pense...

— Qui ? demanda Vitala. À qui tu penses ?

Lucien pointa vers elle un doigt autoritaire.

— Ne bouge pas d'ici !

Puis il menaça les gardes à la porte :

— Si vous ne voulez pas subir une mort douloureuse, ne laissez pas l'impératrice quitter la tente de commandement !

— Que se passe-t-il ? s'écria Vitala en se levant de son siège.

Mais Quincius et Lucien étaient déjà dehors.

Chapitre 26

Lucien surgit de nouveau sous la tente de commandement.

— Prépare tes affaires pour un jour. Nous partons.

Vitala se leva, étonnée.

— Tout de suite ? Mais la nuit tombe…

— Raison de plus pour se dépêcher.

Il se rendit dans la chambre en claudiquant.

Vitala sortit et siffla Flavia, partie se promener dans le campement. Peu après, la chienne à ses côtés, la jeune femme suivit Lucien dans la chambre et le trouva sortant des vêtements d'un coffre et les jetant sur le lit pour que son officier d'ordonnance les range.

— Alors, ces navires ?

— Ils transportent ma cousine Rhianne et son époux, le roi de Mosar. Nous avons échangé des signaux, et je dois aller les voir immédiatement : ils sont venus nous aider. Tu ferais mieux de préparer tes affaires, sans quoi tu n'auras rien à te mettre. (Il lui lança un regard lubrique.) Bien sûr, ce ne serait pas désagréable.

Elle soupira et alla vers son coffre.

— Pourquoi est-ce nous qui devons aller les voir ? Ne peuvent-ils pas nous rejoindre ici, au campement ?

— Ma chère Vitala, je t'aime, mais les navires ne peuvent pas voguer sur terre.

Elle leva une main, prête à le frapper.

— Tu vois très bien ce que je veux dire !

Il lui adressait un sourire si joyeux, si énergique, qu'elle baissa la main et se remit à trier ses affaires.

— Le moment n'est-il pas mal choisi pour quitter l'armée ? Celle de l'usurpateur n'est plus très loin.

— Quincius restera ici. Il assumera le commandement et je communiquerai avec lui par signaux. Une fois que j'aurai vu le roi Jan-Torres et établi un plan d'action, nous déplacerons les bataillons. De plus… (Il se leva, prit Vitala par la taille et la serra avec force.) Ce sera amusant. Nous entendons et sentons la mer du Grand Nord depuis des lustres. N'as-tu pas envie de la voir de près, de la goûter ?

Il l'embrassa dans le cou.

Elle le repoussa en riant. Comme c'était étrange ! Un instant plus tôt, il était d'une humeur de chien, et voilà qu'il avait retrouvé tout son entrain – mais cette transformation n'avait rien à voir avec elle. Plutôt avec sa cousine, Rhianne. Vitala savait que c'était irrationnel, mais la jalousie l'envahit.

— J'ai dit que je retournerais au Cercle. Ça ne change rien.

— Mais, si tu rencontres d'abord les chefs mosari, tu auras de vrais renseignements à transmettre pour ton retour. N'est-ce pas ?

— Je suppose que oui.

Elle lui jeta un regard en biais. Récemment encore, elle et lui se disputaient âprement à ce sujet.

Il afficha un sourire en coin rusé tout en prenant Flavia pour la câliner, avant de se remettre à fouiller dans son coffre. Le tacticien de caturanga était à l'œuvre, manigançant quelque chose comme à son habitude. Quels que soient ses plans, il serait certainement déçu cette fois-ci, mais Vitala était heureuse, au moins, de voir Lucien redevenu lui-même.

N'emportant que le strict minimum, ils se mirent aussitôt en route. Un convoi suivrait ensuite avec des bagages supplémentaires et un groupe de soldats plus nombreux. Pour le moment, le jeune couple chevauchait à l'avant-garde avec vingt cavaliers, galopant durant les dernières heures du jour et ne s'arrêtant qu'à deux reprises pour permettre aux chevaux de se reposer.

En voyageant avec les soldats, Vitala se rendit compte à quel point elle avait terni la réputation de Lucien. Les hommes les observaient de près. De temps à autre, elle les voyait faire des messes basses et la regarder avec pitié, ou considérer Lucien d'un œil dégoûté. Lucien supportait bien la situation mais n'était pas aveugle pour autant. Pendant qu'ils faisaient marcher les chevaux au pas pour les reposer, il regardait droit devant lui, sa bouche réduite à une fine ligne emplie de dureté.

Que faire pour réparer ce tort ? Impossible d'expliquer aux soldats ce qui s'était réellement passé dans la chambre cette nuit-là. C'était trop intime, et cela ne regardait qu'elle. Elle ne leur devait aucune explication. De plus, si elle avouait, la croiraient-ils ? Les rumeurs semblaient sûrement plus plausibles que la réalité. Désormais, si Lucien ou elle essayaient de se justifier, on aurait l'impression qu'ils cherchaient à masquer la vérité.

Qu'ils pensent ce qu'ils veulent de ceci. D'un coup de genou, elle rapprocha son cheval de celui de Lucien pour que sa jambe effleure la sienne, puis elle se pencha sur sa selle et embrassa son époux sur la bouche. Il ouvrit de grands yeux mais, sans perdre de temps, lui rendit son baiser, qu'il approfondit en glissant une main sur sa nuque. Les murmures dans leur dos s'éteignirent d'un coup. Seul le martèlement régulier des sabots troubla le silence. Oh ! oui, assurément, Lucien et elle étaient surveillés de très près.

Après deux jours de trajet éprouvant, ils arrivèrent au village côtier de Tovar. Bien avant que la bourgade ne soit en vue, ils aperçurent les mâts des navires mosari au-dessus des falaises. Ils contournèrent ensuite le flanc de la colline, puis virent le port. Les navires se dressaient au-dessus des bateaux de pêche riorcans comme des cerfs à l'impressionnante ramure parmi des souris des champs. Leur coque était plus large et leur proue plus ronde que celles des navires kjallans. Le bastingage en bois était orné d'animaux sculptés. Malgré les assauts de la houle, les vaisseaux dansaient sur la mer du Grand Nord, imposants et majestueux.

Tandis que Lucien et ses hommes demandaient si le roi et la reine de Mosar étaient prêts à les recevoir, Vitala s'avança sur la jetée. Les petits bateaux de pêche riorcans constituaient un spectacle fascinant. Dirigées par des rames et une voile unique, ces minuscules embarcations pouvant accueillir chacune quatre à six hommes s'aventuraient dans des vagues deux fois plus hautes qu'elles, bravant des couloirs semés de rochers pour gagner le large. Seul le talent incroyable des marins les empêchait de chavirer. Sur chaque bateau, un homme installé à l'avant semblait commander l'équipage. Il surveillait les rochers et les courants, aboyant des ordres aux autres qui s'empressaient d'obéir. Devant leurs gestes frénétiques, Vitala sentit son cœur se gonfler d'émotion, plein d'amour pour ses courageux compatriotes.

Quelqu'un l'appela. Elle se retourna et vit Lucien. Après avoir jeté un dernier regard envieux aux bateaux de pêche, elle quitta la jetée et rejoignit son mari.

— Ils sont prêts à nous recevoir, annonça-t-il.

— Tu disais que le roi était malade ?

— Oui, répondit Lucien. Il a eu le mal de mer. Je ne vois pas comment y échapper sur ces eaux. D'après Rhianne, il va mieux à présent. C'est Flavia, là-bas ?

Vitala se tourna vers la côte. La dernière fois qu'elle l'avait vue, la chienne allait et venait sur la plage, tirant du sable des morceaux de bois flotté.

— Non, dans l'eau.

Lucien tendit un doigt.

— Ce petit point marron ?

Vitala n'en croyait pas ses yeux. Flavia était si loin dans l'océan, à nager contre les vagues, qu'elle la distinguait à peine.

— Elle est allée vraiment loin, et l'eau est si froide !

— Regarde comme elle se débrouille dans les vagues ! Elle n'a peur de rien.

— Elle est totalement inconsciente du danger. Et si elle se noyait ?

Vitala siffla, mais Flavia ne semblait pas l'entendre.

— Je ne pense pas qu'elle se noiera, dit Lucien.

Il attrapa tout de même un bâton qu'il lança avec la force octroyée par sa magie jusqu'à l'endroit où nageait Flavia. Le bout de bois atterrit dans une gerbe d'éclaboussures. Aussitôt, la chienne dressa l'oreille. Elle nagea vers le bâton, le saisit et retourna vers le rivage. Lorsqu'elle émergea, elle s'ébroua et parada, l'air ravie.

— Quelle excellente nageuse ! s'exclama Lucien. Elle a ça dans le sang.

Vitala s'abstint de répondre, plus convaincue que jamais que Flavia était d'une race riorcane. Quel chien kjallan, élevé pour les doux lacs du Sud, irait braver les eaux glacées de la mer du Grand Nord juste pour jouer ?

Lucien prit la jeune femme par la main.

— Allons-y. Ne dis pas à Rhianne que tu avais naguère l'intention de m'assassiner. Elle ne comprendrait pas.

— D'accord, répliqua Vitala, déroutée.

Lucien la conduisit à l'hôtel de ville décrépit, qui en plus d'un bon coup de peinture, avait besoin d'un nouveau toit. Vitala aperçut un gros chien rôdant dans la cour intérieure. Non, ce n'était pas un chien, mais un grand chat, au pelage marron foncé rayé de noir. La créature dévoila d'énormes crocs jaunâtres. Vitala s'arrêta net. Le grognement qui s'éleva à ses côtés lui rappela la présence de Flavia, dont les babines étaient inhabituellement retroussées.

— Tais-toi, ordonna Lucien d'un ton sec.

Flavia se tut aussitôt. Le chat les observa un instant puis se détourna. Un autre chat, un peu plus petit mais au pelage semblable, dormait par terre.

Trois hommes et une femme les attendaient. Vitala identifia le roi Jan-Torres au collier d'or à quatre rangs qu'il avait autour du cou. Il émanait de lui, malgré sa stature moyenne, une assurance et un calme qui ne laissaient planer aucun doute sur sa fonction de chef. Vêtu d'une tenue colorée dans le style mosari, il portait aussi une cape riorcane pour se tenir chaud. Chose surprenante, un animal était perché sur son épaule : une créature à la fourrure soyeuse rouille et blanc, ressemblant à un furet, aux yeux noirs et intelligents.

Les deux autres hommes, tous deux imposants et bien armés, devaient être des gardes du corps ou des officiers. Un chat rayé vint se frotter à l'un d'eux. La femme était sans doute Rhianne. Elle avait la peau plus claire que les autres, mais plus mate que le Kjallan typique – certainement à cause de l'exposition au soleil tropical de Mosar. Des mèches dorées parsemaient ses cheveux châtain foncé. Son syrtos, kjallan dans le style et la coupe, était également léger et multicolore – un compromis entre la mode kjallane et la mode mosari.

— Lucien ! s'écria la femme. Tu marches ? Sans béquille ?

Lucien baissa les yeux vers la prothèse et prit un air renfrogné.

— Ça me pince comme un maudit...

— Trois dieux ! je n'arrive pas à y croire ! (Rhianne se jeta dans ses bras avec tant d'énergie qu'il en eut le souffle coupé.) Mais tu ne me racontes rien, dans tes lettres !

Vitala déglutit pour faire partir la boule qui lui nouait la gorge. *Je ne suis pas jalouse de la cousine de Lucien.* Elle surprit le regard du roi de Mosar posé sur elle, à la fois calme et intense.

— Trois dieux ! murmura Lucien. (Il avait la main posée sur le ventre de Rhianne. Vitala comprit en sursautant que la femme était enceinte.) En parlant de ce qu'on ne raconte pas dans les lettres...

— Je voulais te faire une surprise, dit Rhianne.

— Tu en es à combien ? demanda Lucien.

— Cinq mois.

— Quelle idée, de faire pratiquement le tour du monde dans ton état ! la réprimanda Lucien. Tu devrais être chez toi ! Envoie donc ton mari pour faire des courses de ce genre.

Avec un sourire crispé, Jan-Torres s'avança entre Lucien et Rhianne.

— Nous pensions qu'il valait mieux qu'elle vienne.

Vitala fut surprise de l'entendre parler kjallan couramment.

— Votre Majesté Jan-Torres, le salua Lucien en tendant la main. C'est un plaisir.

Les deux hommes se serrèrent les poignets, les gestes raides et retenus. Ils se tournaient autour comme deux loups au poil hérissé.

— Lucien, intervint Rhianne, tu n'as pas fait les présentations. (Elle se tourna vers Vitala, le regard brillant et chaleureux.) Qui est cette charmante jeune personne ?

Lucien revint en hâte aux côtés de Vitala, la prit par la main et la tira vers le couple royal.

— Voici mon épouse, Vitala, impératrice de Kjall.

Rhianne en resta bouche bée.

— Avant que tu me reproches de ne rien te raconter dans mes lettres, s'empressa d'ajouter Lucien, sache que le mariage a eu lieu il y a trois jours.

Rhianne gratifia Vitala d'un sourire si grand qu'elle en eut les larmes aux yeux.

— L'épouse de Lucien. Trois dieux !

Vitala et elle se serrèrent les poignets, puis Rhianne, visiblement incapable de se retenir, l'attira contre elle et la prit dans ses bras.

— Je suis tellement contente de vous rencontrer, impératrice ! S'il vous plaît, prenez bien soin de mon cousin. C'est un homme bon, mais si vous voyez qu'il s'emballe trop n'hésitez pas à me demander conseil. Je connais quelques astuces pour le ramener à la raison.

Elle fit un clin d'œil.

— Entendu, Votre Majesté, répondit Vitala en étouffant à moitié, écrasée à la fois par la royale accolade et le poids de la culpabilité.

Rhianne ignorait évidemment que Vitala n'avait d'épouse que le nom, qu'elle avait demandé le divorce et ne tarderait pas à retourner auprès du Cercle de l'Obsidienne. Ce n'était pas le moment d'aborder le sujet.

— Empereur. (Jan-Torres avait une voix riche et puissante, qui commandait tout de suite l'attention de son auditoire.) Il me semble que vous avez des ennuis.

— Je le crains, oui.

— Et si nous allions en discuter ?

— Tout de suite, Votre Majesté.

Rhianne libéra Vitala mais la retint par la main.

— Pendant qu'ils parlent affaires, que diriez-vous d'aller nous promener, vous et moi ? Nous avons tant de choses à nous raconter !

Vitala hésita, se demandant ce qu'elle pourrait bien avoir à dire à cette femme.

— Des anecdotes à propos de Lucien, dit Rhianne en faisant mine de chuchoter. Voulez-vous que je vous raconte la fois où il a appris à fabriquer des explosifs et a fait sauter la porte de la chambre de son frère ?

— Rhianne, je t'interdis de lui parler de ça ! lança Lucien.

Vitala sourit.

— Oui, Votre Majesté. Ça me plairait beaucoup.

Chapitre 27

Lucien ne s'était pas senti aussi peu à sa place que depuis qu'il avait vu son père pour la dernière fois. Il faisait à peu près la même taille et le même poids que le roi Jan-Torres, mais, tandis qu'ils longeaient le couloir ensemble, Lucien avait l'impression que son homologue mesurait le double. Jan-Torres était l'homme qui, assiégé par des troupes kjallanes largement supérieures en nombre, avait pourtant eu l'audace d'envahir la cité de Riat, d'asphyxier l'empire et de destituer le père de Lucien, permettant à ce dernier de lui succéder. Il s'était également enfui avec Rhianne, mais Lucien ne lui en tenait pas rigueur : sa cousine l'avait suivi de bonne grâce.

Et, trois dieux ! elle est enceinte ! Un sourire pointa sur ses lèvres et disparut lorsqu'il songea à sa situation déprimante : son épouse l'avait rejeté après une seule nuit passée dans le lit conjugal. Encore une raison pour lui de se sentir inférieur. Son avenir à lui ne comptait pas d'enfants.

— Nous pouvons discuter dans la chambre, proposa Jan-Torres. C'est le meilleur endroit pour ne pas être dérangé.

— Je savais que vous m'aimiez bien, mais pas à ce point.

Jan-Torres ne répondit pas. Lucien se demanda ce que Rhianne pouvait bien lui trouver. Il était si sérieux, si sombre ! Lucien avait envie de le provoquer juste pour le voir s'énerver.

Le garde du corps de Jan-Torres ouvrit la porte de la chambre et laissa entrer les deux hommes. Aussitôt, Lucien se sentit gêné. La pièce, étroite, abritait des meubles usés. Quel pays il dirigeait là !

— Désolé de ne pas pouvoir mieux vous recevoir, s'excusa-t-il. Si j'en avais eu les moyens, j'aurais opté pour le style dû à votre rang.

— Ne vous en faites pas pour ça. (Le roi esquissa un sourire en coin.) Les difficultés, ça me connaît.

Lucien ricana. Il n'en doutait pas : avant son accession au trône, Jan-Torres avait été esclave au palais impérial pour espionner Kjall. Lucien étala une carte sur le lit et y mit des marqueurs indiquant l'emplacement des troupes de l'usurpateur et des siennes.

Jan-Torres posa son furet par terre et sourit en voyant l'animal gambader joyeusement dans la pièce, reniflant les murs et les coins.

— Tout d'abord, déclara-t-il, sachez que je ne peux pas vous fournir de forces terrestres. Il ne reste presque rien de ma propre armée depuis la dernière guerre.

— Je comprends, répondit Lucien malgré la déception qui l'envahit.

Les forces terrestres mosari auraient constitué pour lui un avantage de taille. Les chats rayés qui accompagnaient leurs mages de guerre auraient semé la terreur parmi les soldats de Cassian.

Jan-Torres se pencha sur la carte.

— N'êtes-vous pas surpassé en nombre ?

— Légèrement, répliqua Lucien.

— Plus que légèrement ! s'exclama Jan-Torres. Écoutez, je me moque bien de savoir qui dirige votre pays. C'est Rhianne qui voulait venir ici. Elle s'inquiète pour Céleste et vous.

— A-t-elle eu de ses nouvelles ?

— Oui.

— Et que… ?

— Cela concerne la famille. Je laisserai donc Rhianne vous en parler.

— Vous devriez vous préoccuper de qui dirige mon pays, Jan-Torres. Avez-vous déjà pensé aux conséquences s'il arrivait malheur à Céleste ?

— Rhianne en serait bouleversée, rétorqua Jan-Torres. Elle vous aime beaucoup, tous les deux.

— Ça va plus loin. Imaginez un instant que je meure au combat, et que Céleste trépasse sans avoir donné d'héritier à l'usurpateur. Ce scénario n'est pas impossible, surtout si Céleste choisit de se suicider. Dans ce cas, qui serait l'héritier légitime du trône ?

Jan-Torres cligna des yeux.

— Trois dieux ! le bébé.

Lucien hocha la tête.

— Si c'est un garçon, l'enfant que porte Rhianne – *votre fils* – sera l'héritier du trône kjallan. En tant que tel, l'usurpateur verra en lui une menace, et vous avez vu le sort qu'il réserve à ceux qui se mettent en travers de sa route.

Jan-Torres eut un pâle sourire.

— Alors je vais prier pour que ce soit une fille. Je n'éprouve que du mépris pour la politique kjallane, empereur. Votre cour n'est qu'un nid de vipères.

Lucien ricana.

— Et moi aussi, je suis venimeux.

Le roi examina la carte.

— Quel est votre plan, empereur ? Dans votre position actuelle, vous ne pouvez pas combattre l'usurpateur. Il vous contournera par le flanc.

— Si vous n'avez pas de forces terrestres à me fournir, Jan-Torres, que me proposez-vous ?

— Un soutien naval, répondit le roi. Dix navires de guerre qui surpassent tous ceux de Kjall.

— Fort bien.

Lucien prit les marqueurs représentant ses six bataillons et les plaça tous dans le ravin de Balafre-Noire.

— Voici ce que je propose : j'abrite mes troupes dans le ravin. Son embouchure est étroite. Là, nous pourrons résister à l'usurpateur et l'empêcher de profiter de son avantage en nombre.

— Ce n'est pas le seul accès. Il viendra par là et vous contournera par le flanc.

Jan-Torres indiquait le passage de la Gueule-de-Pierre.

— Il essaiera, confirma Lucien, et c'est à cet endroit que la guerre se gagnera ou se perdra. Je positionnerai deux bataillons à l'embouchure du ravin de Balafre-Noire et trois au passage de la Gueule-de-Pierre. Dans le même temps, je scinderai le dernier bataillon en petits groupes et les enverrai derrière l'usurpateur pour détruire ses lignes d'approvisionnement. Si nous parvenons à leur résister dans le ravin jusqu'à ce que les soldats perdent leur envie de se battre, nous vaincrons. Mais si les forces de l'usurpateur parviennent à s'infiltrer…

— Et vos lignes d'approvisionnement à vous ? s'enquit Jan-Torres. Vous en serez coupé, dans le ravin. Pas moyen de sortir ni d'entrer.

— C'est là que votre flotte entre en jeu, expliqua Lucien. J'avais déjà réfléchi à ce plan et ne l'avais pas retenu justement à cause de ce problème d'approvisionnement. Mais voyez-vous ceci ? (Du doigt, il suivit la ligne bleue représentant le fleuve Braise, de l'océan jusqu'au ravin de Balafre-Noire.) Nous n'avons pas besoin de lignes terrestres. Nous pouvons nous faire tout livrer par bateau.

Jan-Torres haussa un sourcil.

— Vous voulez utiliser mes navires de guerre comme de vulgaires transports de marchandises ?

— Un ou deux d'entre eux, oui, pour acheminer le matériel des villages côtiers à l'embouchure du fleuve, répondit Lucien, enthousiaste devant les possibilités qu'offrait un tel plan. Les autres navires surveilleront l'embouchure du fleuve. Nous aurons alors un système de barges qui feront des allées et venues le long de la Braise. C'est parfait, vous voyez ? Impossible pour l'usurpateur de les saboter. En revanche, nous, nous pourrons saboter autant que nous voudrons ses lignes d'approvisionnement.

Jan-Torres sourit.

— Ce n'est pas un mauvais plan. J'en parlerai à mes capitaines de vaisseau, et nous discuterons des détails au dîner.

— Merci, Votre Majesté.

Le roi de Mosar s'assit sur une chaise branlante et se renversa en arrière, croisant les doigts derrière la tête.

— Parlez-moi de votre épouse. Est-elle kjallane, comme vous ?

— Elle est à moitié kjallane, à moitié riorcane. Elle vient du Cercle de l'Obsidienne.

— Le Cercle de l'Obsidienne ? Qu'est-ce donc ?

— Un mouvement de résistance riorcan. Un réseau d'espions et d'assassins.

Jan-Torres battit des paupières.

— Vous avez épousé une espionne ?

— Un assassin.

Le roi éclata de rire.

— Je vous souhaite beaucoup de bonheur.

— Merci, répondit Lucien, mi-figue, mi-raisin.

— Empereur, reprit Jan-Torres, ne parlez plus à Rhianne du fait qu'elle aurait dû rester chez nous à cause de sa grossesse.

— Comme vous voudrez. De toute évidence, elle est là aujourd'hui, et elle ne rentrera pas sans votre flotte. Mais vous auriez dû vous opposer à sa venue quand il était temps. Je sais qu'elle adore voyager…

— Lucien, l'interrompit Jan-Torres. C'est sa deuxième grossesse.

— La *deuxième* ?

Lucien écarquilla les yeux à l'idée qu'un bébé puisse avoir été laissé à Mosar, avant de se rendre compte que, si un enfant était né, Rhianne l'aurait mentionné dans ses lettres. Une douleur lui enserra la poitrine.

— Elle a fait une fausse couche, lui confia Jan-Torres. Quand nous avons appris sa grossesse, nous nous apprêtions à partir pour Inya. J'ai réussi à la convaincre de ne pas m'accompagner, et pendant mon absence elle a perdu le bébé.

— Ce n'est pas parce qu'elle est restée !

— Bien sûr que non. C'était la volonté du Vagabond, rien de plus. Mais je me suis dit que, si elle retombait enceinte, je ne lui demanderais pas de rester à la maison. Que le bébé vive ou meure, elle sera avec moi, et non pas seule avec son chagrin. Vous comprenez ?

— Oui, Votre Majesté.

Lucien baissa les yeux. Il n'appréciait peut-être pas Jan-Torres, mais il ne doutait pas de l'amour qu'il éprouvait pour sa femme. Et si Rhianne était enceinte pour la deuxième fois... Cela signifiait qu'ils ne connaissaient pas de difficultés dans l'intimité. Pourquoi était-ce le cas pour Vitala et lui ?

Les inquiétudes de Lucien s'envolèrent dès qu'il vit Rhianne. Une fois de plus, il s'émerveilla de la rondeur de son ventre. Il allait être oncle ! Ou quelque chose de ce genre : comment les enfants appelaient-ils le cousin de leur mère ?

— Lucien !

Elle le serra dans ses bras.

À son contact, il se détendit au point de se ramollir comme du beurre. Personne n'arrivait à l'apaiser comme le faisait Rhianne. Il espérait que Vitala finirait par être la femme dont la présence dénouerait ses tensions, mais la confiance entre eux n'était pas encore totale. Il leur fallait plus de temps.

Rhianne s'écarta de lui et observa son visage.

— Et si nous faisions quelques pas, cher cousin ? J'aimerais t'entretenir de certaines choses.

— Avec plaisir.

Suivis discrètement par une poignée de gardes, ils empruntèrent un sentier en lacets menant au sommet d'une colline et se retrouvèrent sur les hautes falaises qui dominaient la mer. Rhianne s'avança jusqu'au bord pour regarder les vagues se briser contre les rochers noirs déchiquetés. Elle soupira.

— C'est la première fois que je viens à Riorca. Je ne pensais pas que c'était si beau.

— C'est un pays horrible, lui objecta Lucien. Sous-peuplé, décrépit et très pauvre.

— Je parlais du paysage. Mais, pour le reste, à qui la faute ?

— Pas à moi, rétorqua-t-il sèchement.

Elle lui lança un regard réprobateur.

— C'est précisément ce que je voulais dire.

Il s'assit sur un rocher.

— Alors, ce bébé. À ton avis, fille ou garçon ?

— Aucune idée.

— Les femmes ne sont-elles pas censées savoir, tout simplement ?

— Pas moi, en tout cas. (Rhianne s'installa à ses côtés.) Lucien, crois-tu réellement pouvoir gagner cette guerre ?

Il haussa les épaules.

— Cela dépendra de nombreux paramètres.

— Tu sais que vous pouvez vous réfugier à Mosar. Nous vous accueillerons, Vitala, toi et tous ceux pour qui nous aurons de la place.

Il soupira. La proposition était alléchante, mais impossible à accepter.

— Il faut que je règle ce problème. Et Céleste ? Elle ne peut pas se réfugier chez vous, elle.

— Je sais, mais sauver l'un de vous deux, c'est mieux que rien. Si tu changes d'avis, mon offre tient toujours.

Il hocha la tête.

— Jan-Torres m'a dit que tu avais eu des nouvelles de Céleste.

Rhianne fit la grimace.

— Oui. Je t'ai apporté sa lettre pour que tu la lises.

D'une poche, elle tira un papier plié et le lui tendit.

Lucien lut la missive. C'était assurément l'écriture de Céleste, mais le contenu sonnait faux. Elle évoquait son chagrin pour la mort de Lucien et son bonheur d'avoir épousé Cassian, mais les mots étaient vides, plats. Où était sa vivacité d'esprit ? Où étaient les apartés qu'elle écrivait toujours dans les marges ? Les sourcils froncés, il rendit la lettre à Rhianne.

— Ce n'est pas elle. On l'a contrainte à écrire ça.

— C'est ce que je pensais, dit Rhianne. Et j'essaie de ne pas songer à ce qu'il lui fait peut-être aussi subir sous la contrainte.

Lucien remua sur le rocher, gêné. Elle lui donna un coup de coude.

— Parle-moi donc de ton épouse. Comment vous êtes-vous rencontrés ?

— Vous avez passé des heures à discuter sans aborder le sujet ?

— J'aimerais connaître ton point de vue sur elle. Qu'est-ce qui t'a attiré, chez elle ?

— Elle est belle.

— Comme beaucoup de femmes. Quoi d'autre ?

Il se mordit la lèvre.

— Elle est courageuse. Elle sait se battre comme personne. Et c'est une incroyable joueuse de caturanga…

Rhianne roula des yeux.

— Le caturanga ! Maintenant, je vois : tu as enfin trouvé une femme qui acceptera de jouer à ce jeu stupide avec toi.

— Vitala *comprend* le caturanga. Vraiment. Elle a remporté le tournoi de Beryl, tu sais. Elle me bat deux fois sur trois.

— Et ton fragile *ego* le supporte ?

— Je n'ai pas un *ego* fragile. Avant, je perdais chaque partie contre elle. Je m'améliore, cela dit. Tu verras. L'an prochain, la donne sera inversée.

Si nous sommes encore mariés d'ici là. Et si l'usurpateur ne nous a pas tous tués.

— Tu l'as épousée parce qu'elle te bat au caturanga.

— T'ai-je dit qu'elle était belle ?

— Pour ce que ça vaut, je l'apprécie beaucoup, avoua Rhianne. Selon moi, tu as fait le bon choix. Nous avons longuement discuté, elle et moi. Elle paraît susceptible de l'extérieur, mais au fond elle a bon cœur. À cet égard, elle te ressemble beaucoup. En fait, tu as presque épousé ton double, ce qui, étant donné ton *ego*, est sans doute une bonne chose.

Lucien ricana. *J'ai épousé mon double. Quelle idée saugrenue !*

Le regard de Rhianne se fit taquin.

— N'es-tu pas d'accord ?

— Elle a ses deux jambes – pas comme moi, fit-il remarquer.

— Comment l'as-tu rencontrée ?

— Elle a remporté le tournoi de caturanga, et je l'ai invitée au palais pour jouer contre moi.

— Et elle fait partie du Cercle de l'Obsidienne ? Une organisation secrète ?

Lucien haussa les épaules.

— Tout le monde doit bien venir de quelque part.

— Et pourquoi jouait-elle au caturanga si elle appartient à une organisation secrète ?

— Elle a bien le droit d'avoir un passe-temps, non ?

— Hmm. J'ai l'impression que tu ne me dis pas tout.

Il leva les yeux pour vérifier la position du soleil.

— Malheureusement, je ne vais pas avoir le temps d'entrer dans les détails.

Elle lui jeta un regard noir.

— Je déteste quand tu es comme ça.

— Tu as de la chance de ne pas être à la place de Vitala, alors. Elle doit supporter ça de moi en permanence. (Il pria en silence, rassemblant son courage.) Cousine, il faut que tu m'aides. Je suis en train de la perdre.

— De la perdre ? Comment ça ?

— Elle veut divorcer.

Rhianne en resta bouche bée.

— Mais vous n'êtes mariés que depuis trois jours !

— C'étaient trois jours éprouvants.

— S'il te plaît, ne me dis pas que tu t'es emporté contre elle !

— Il se peut que j'aie jeté une tasse.

— Lucien ! le réprimanda-t-elle.

Il prit un air renfrogné.

— Pas *sur* elle. Et ça n'a rien à voir avec la tasse. C'est… C'est gênant. Promets-moi que tu n'en parleras à personne, surtout pas à Jan-Torres. D'accord ?

— D'accord, je le promets.

— Eh bien, voilà.

Avec beaucoup de maladresse, d'interruptions et de retours en arrière, il expliqua ce qui s'était passé lors de la nuit de noces.

— As-tu déjà entendu parler de ça, ou de quelque chose y ressemblant ? Une femme qui se met à hurler au beau milieu de l'amour parce que, je ne sais pas, son esprit est parti ailleurs ?

Rhianne avait l'air perplexe.

— Non. Jamais.

— Merci. Ça m'aide énormément.

Il soupira et se mit debout.

— Attends. (Elle l'attrapa par le bras.) Lui en as-tu parlé ? Lui as-tu demandé où allait son esprit, ce qu'elle a vu ?

— J'ai essayé, mais chaque fois elle change de sujet et dit que ça ne sert à rien d'en discuter, que le problème est insoluble.

— Eh bien, voilà qui n'aide pas. Crois-tu qu'elle serait plus à l'aise si elle m'en parlait à moi, de femme à femme ?

— J'en doute. Vois-tu, je pense qu'elle a raison lorsqu'elle affirme qu'il n'y a pas de solution. Je crois même que je sais ce qui lui arrive.

— Quoi donc ?

Il se rassit.

— Tu te souviens de ce dîner avec la famille Bromidus, que j'ai quitté précipitamment ?

— Oui. Florian était très fâché !

— Je t'ai dit que j'étais malade, mais c'est faux. Tu te rappelles quand j'ai perdu ma jambe ?

Rhianne grimaça.

— Comment l'oublier ?

— Je ne suis jamais entré dans les détails. Il y a une histoire de citronnelle – une odeur que je fuis, désormais. Ce soir-là, au dîner, une tisane de citronnelle a été servie avec le deuxième plat, et lorsque je l'ai sentie…

— Ça t'a fait remonter de mauvais souvenirs. Bien sûr ! Pourquoi ne m'en as-tu jamais parlé ? Je savais que tu détestais cette tisane à ton retour de Riorca, mais tu ne m'as jamais dit pourquoi.

— Rhianne, c'était plus que de mauvais souvenirs. Tu es la première personne à qui j'en parle. Il y a cet homme du Cercle de l'Obsidienne, appelé Bayard. Il m'a expliqué que ses compatriotes souffrent parfois d'un mal qu'ils nomment les « souvenirs intrusifs », comme des cauchemars qui surviennent en état de veille. On ne peut pas les contrôler : c'est une forme de folie. Il m'a prévenu que Vitala en souffrait peut-être, mais lorsqu'il m'a parlé de ça je me suis rendu compte que j'en avais moi-même. Parfois, quand je respire l'odeur de la citronnelle, ou même du citron, je me souviens de ce qui m'est arrivé là-bas. Je le *revis*.

— Que veux-tu dire ?

— Dans ma tête, je repars là-bas et je refais l'expérience de ce que j'y ai vécu, encore et encore. Je croyais que je devenais fou, mais si je me tiens à l'écart de la citronnelle je n'ai aucun problème. C'est un parfum assez facile à éviter.

— Alors tu crois que Vitala a elle aussi des souvenirs intrusifs ?

— Oui ! Pendant les rapports sexuels, ce qui me semble logique au vu de son passé. Le problème, c'est que, de même que j'évite la citronnelle, elle est persuadée qu'elle doit éviter les rapports sexuels. Et je la comprends. Mais je n'ai pas envie qu'elle abandonne si facilement.

— Lui as-tu fait part de tout ça ?

— Je lui ai seulement dit que je ne voulais pas qu'elle baisse les bras.

— Eh bien, voilà ton erreur. Tu dois tout lui raconter.

Il secoua la tête.

— Cela ne fera que renforcer ses convictions sur le sujet. Je n'ai jamais surmonté mon problème : je ne fais que le contourner.

— Lucien, ta femme n'est pas un plateau de caturanga. Tu ne peux pas user de stratégies et la manipuler en lui racontant seulement ce que tu as envie qu'elle entende. Tu dois *tout* lui dire. Sinon, ce sera ta faute si tu la perds. (Rhianne eut l'air déconcertée.) Quelle petite maligne ! Nous avons parlé pendant des heures sans qu'elle me dise rien à ce propos. Elle m'a surtout confié à quel point elle t'aimait.

Une lueur d'espoir naquit dans le cœur de Lucien.

— Peut-être a-t-elle changé d'avis pour le divorce.

Rhianne changea de position sur le rocher et posa une main protectrice sur son ventre.

— J'en doute. Je sentais le chagrin percer dans ses propos. Parfois, j'avais l'impression qu'elle était au bord des larmes, ce que j'ai mis sur le compte de sa crainte de l'usurpateur et de son armée, mais à présent je me demande si ce n'était pas une façon pour elle de faire ses adieux. Elle me chantait tes louanges, partageait des choses qu'elle aurait peut-être été gênée de t'avouer directement. Peut-être espérait-elle qu'elles arriveraient à tes oreilles quand même.

— Je ferais mieux de rentrer.

Il se dirigea vers le sentier.

Rhianne se leva du rocher et le suivit.

— Pourquoi tant de précipitation ?

— Vitala peut s'enfuir à tout moment. Ça fait partie de ses manies énervantes.

Rhianne le prit par le bras.

— Promets-moi une chose.

— De lui parler ?

— Oui. Peu importe ton sentiment sur le sujet, je pense que tu as plus de chances de garder Vitala auprès de toi si tu lui racontes ce que tu m'as dit sur la perte de ta jambe. Ouvre-toi à elle, et peut-être s'ouvrira-t-elle à toi.

— D'accord, lui concéda-t-il. Mais c'est bien pour te faire plaisir. Après tout, tu es enceinte et je risque une effusion de larmes si je refuse.

Il esquiva facilement la tape qu'elle lui assena, puis sourit, attaquant la descente à une allure juste assez rapide pour rester hors de portée de Rhianne. Dieux ! qu'elle lui avait manqué !

Chapitre 28

Depuis son arrivée à Riorca, Vitala mangeait de la morue, toujours séchée ou salée, mais, lors du festin organisé ce soir-là, le poisson était frais, tout juste pêché. Il fut servi frit avec de minuscules champignons noirs, et jamais elle n'aurait pensé que ce pût être si délicieux. Les Mosari avaient apporté quelques spécialités : des oranges tropicales, acides et juteuses, ainsi qu'une boisson amère avec des copeaux de chocolat. Pendant le dîner, Jan-Torres et Rhianne jouèrent les interprètes entre Lucien et les capitaines des navires qui, par-dessus les cartes, entretenaient une conversation animée. Pendant ce temps, des chats rayés se promenaient sous la table et des oiseaux de mer criaient, perchés sur le dossier des chaises. La présence de ces animaux était extrêmement troublante, mais Vitala commençait à se faire aux coutumes mosari. Les mages de ce pays concentraient leurs pouvoirs dans des animaux familiers plutôt que des pierres fendues. Ceux-ci les accompagnaient donc partout.

Quand Vitala pensa en avoir assez entendu sur les plans de Lucien pour rapporter des informations dignes de valeur au Cercle, elle s'éclipsa. Un garde du corps la suivit, mais, sous le prétexte d'un besoin pressant, elle le laissa derrière une porte et s'échappa par la fenêtre. Elle courut vers les écuries et se débattit avec la bride de sa jument. Elle lui avait passé le mors et lui positionnait la têtière sur les oreilles quand elle entendit qu'on venait. Le garde du corps, peut-être ? Elle se baissa sous la porte du box.

Le battant s'ouvrit. Elle perçut le pas clopinant distinctif de Lucien. Que les dieux le maudissent ! Exaspérée, elle se mordit la lèvre quand les pas se rapprochèrent.

La tête du jeune homme apparut dans la porte du box.

— Tu pars encore en balade nocturne ?

Elle se redressa, comme si de rien n'était, et boucla la sous-gorge.

— Je t'ai dit que je partais.

— Sans me dire au revoir ?

— Tu m'aurais rendu le moment difficile.

Il s'appuya contre la porte du box.

— Aurais-je dû le rendre facile ?

Elle ouvrit le battant, poussa Lucien pour qu'il s'écarte et sortit la jument.

— Je suis désolée. Je sais que c'est mal de m'enfuir, mais je n'avais pas le courage de t'affronter. Et je ne l'ai toujours pas.

Elle prit un tapis de selle sur une étagère.

Lucien le lui arracha des mains.

— Reste une nuit de plus.

— Ça ne sert à rien de repousser mon départ.

— Juste pour cette fois.

— C'est ce que tu as dit la dernière fois. Donne-moi ce fichu tapis.

Il le tint contre sa poitrine.

— Tu le veux ? Viens le chercher.

Vitala soupira. Il était trop fort ; jamais elle ne parviendrait à le lui reprendre.

— Pourquoi, une nuit de plus ?

— Je veux discuter.

— On l'a déjà fait.

— Je sais, mais… (Il fit la grimace, comme s'il venait de goûter à un aliment déplaisant.) Ça concerne autre chose. Je voudrais te parler de mon frère. De la façon dont il est mort.

— Je sais déjà comment tes frères sont morts. (Elle cligna des yeux.) Lequel ?

— Mathian.

— Je ne vois pas ce que son assassinat a à voir là-dedans.

Elle avait beau protester, il avait piqué sa curiosité. Les trois assassins qui avaient pris Lucien et Mathian pour cibles avaient perdu la vie au cours de l'attaque. Seul Lucien savait exactement ce qui s'était passé.

— Reste et tu comprendras.

— N'essaierais-tu pas d'attiser ma curiosité pour me retenir ?

— Non. (Il s'interrompit. Son regard s'illumina.) Ça marche ?

— Je n'en suis pas sûre.

Lucien tira son épée au clair et appuya la lame contre le tapis de selle.

— Reste une nuit de plus, ou je taille ce tapis en pièces.

Malgré elle, Vitala éclata de rire.

—Je suis mage de guerre, je ne rate jamais mon coup, ajouta-t-il.

—C'est bon, tu as gagné. Épargne donc ce pauvre tapis. (Elle reconduisit la jument dans son box et défit la sous-gorge.) Mais tu dois me raconter l'assassinat.

—Oui, répondit-il sans enthousiasme.

Le lit dans leur chambre à l'hôtel de ville s'affaissait comme le dos cambré d'une jument. On y avait posé des couvertures supplémentaires, ce qui était une bonne chose étant donné que même les lueurs de chaleur ne parvenaient pas à réchauffer les nuits froides de Riorcan. Vitala ôta tous ses vêtements sauf sa chemise et se glissa sous les couvertures en frissonnant. Lucien la rejoignit et l'enveloppa de son corps chaud.

—Alors, que sais-tu à propos des tentatives d'assassinat sur mes frères et moi ?

—Nos assassins étaient censés vous attaquer chacun séparément, mais, pour une raison que nous ignorons, après avoir tué Sestius, ils s'en sont pris à vous deux.

—Oui. Ce n'était pas prévu. Mathian devait voyager seul ce jour-là. Il devait chevaucher jusqu'à la tour pour s'adresser à notre cher père par signaux. Il était ennuyé que je me joigne à lui à la dernière minute, dans l'espoir de diffuser mes doléances au sujet de notre politique riorcane.

—Mathian n'avait-il pas emmené de garde du corps ?

—Oh, si ! Il en a emmené un, et moi aussi. Je pense que nos assassins, ne s'attendant pas à me voir, m'ont pris pour un troisième garde du corps. Je n'étais pas en tenue impériale.

Vitala hocha la tête, compatissant pour les assassins, qui n'avaient sans doute jamais vu Lucien en personne avant ce jour. Elle avait de la chance de lui avoir été présentée au palais plutôt que d'avoir à le trouver parmi une foule de gens.

—Nous étions dans les contreforts du sud de Riorca, raconta Lucien. Une terre sauvage, rocailleuse, pourvue de nombreuses cachettes. Je répétais mon discours dans ma tête, celui que je comptais délivrer à mon père, quand j'ai entendu un bruit sourd. J'ai regardé autour de moi juste au moment où Mathian tombait à terre, deux flèches plantées dans le corps. Au fait, c'est comme ça qu'on tue un mage de guerre, si tu veux prendre des notes. Attends-le tapie quelque part et tire-lui trois flèches de trois directions différentes. Mathian avait dû sentir les traits arriver, mais il n'a pas pu les esquiver tous en même temps.

» Les gardes du corps ont couru porter secours à Mathian qui, à en juger par ses hurlements, était encore en vie. C'est sans doute pour ça que les assassins ne se sont pas montrés tout de suite. Si Mathian était mort sur le coup, ils auraient pu partir. Pourquoi rester pour se battre contre des gardes du corps ? Mais ils ne l'avaient pas tué, alors ils ont hésité, le temps de voir s'il était mortellement touché. J'en ai profité pour mener mon cheval vers eux.

» J'ai trouvé le premier assassin derrière un rocher. Avec l'avantage de la hauteur, perché sur ma monture, et la place que j'avais pour manœuvrer, j'en suis venu à bout facilement. À ce moment-là, les deux autres avaient quitté leur cachette et se battaient contre les gardes du corps pour tenter d'atteindre Mathian. Je me suis hâté de me mêler à la bataille. Vespillo est tombé avant que j'arrive…

— Vespillo ? demanda Vitala.

— Mon garde du corps de l'époque – que la Paix du Soldat soit avec lui. À mon arrivée, ils étaient à deux contre deux, tous mages de guerre. Tes assassins se battent bien, mais ils sont mauvais pour parer les coups venus d'en haut. J'ai réussi à percer la garde de l'un d'eux et je l'ai à moitié décapité. Quant à l'autre…

La bouche de Lucien se tordit.

— Que lui est-il arrivé ?

— Je ne me le rappelle pas exactement. À partir de là, mes souvenirs sont flous. Je crois que j'ai été touché, à la jambe. Difficile de dire quand précisément, car en pleine action je ne ressens pas la douleur, et il y avait tellement de sang que j'ignorais de qui il venait. Bruccius, l'autre garde du corps, a été le suivant à mourir, et par quelque miracle j'ai tué le dernier assassin. J'étais le dernier à être debout, mais, quand j'ai voulu m'avancer vers Mathian, ma douleur à la jambe m'a rattrapé et je suis tombé. Plus personne n'était debout. Du sol, j'ai évalué les blessures de Mathian. Il avait une flèche plantée dans le flanc, une autre dans le dos. « Aide-moi à me redresser », disait-il, ce que j'ai essayé de faire, mais il était tout mou et n'arrivait à rien. Il ne sentait plus ses jambes.

» Je ne pouvais rien pour lui. Si j'avais pu le mettre sur un cheval, peut-être aurait-il eu une chance, mais c'était impossible. Il a demandé à boire ; je lui ai donné un peu d'eau, mais au bout d'un moment j'ai dû lui retirer l'outre. Nous ne pensions pas que notre voyage durerait longtemps, aussi n'avions-nous emporté que peu de provisions. J'allais peut-être avoir besoin de chaque goutte d'eau qu'il restait pour rentrer moi-même chez nous, et, quelle que soit la quantité que boirait Mathian, cela ne le sauverait pas.

» Quand je me suis éloigné, il s'est mis à paniquer. Il m'a supplié de l'aider. J'ai fait mine de ne rien entendre. J'ai essayé d'attraper un cheval, mais ils refusaient de se laisser approcher, même ma maudite jument, à qui je donnais pourtant chaque matin sa carotte. Je sentais sûrement trop le sang. Alors j'ai rampé pour ramasser des provisions, sous les reproches de Mathian. Il m'a accusé de l'avoir trahi pour lui voler le trône, de me venger de lui pour les insultes de notre enfance. Tu savais que nous ne nous aimions pas, quand nous étions jeunes ?

— À ce qu'il paraît, vous ne vous entendiez pas.

— Mes deux frères aînés me brutalisaient, à l'époque. Je me suis allié avec Rhianne pour riposter en leur jouant des tours. Mais c'était de l'histoire ancienne, ça n'avait plus d'importance à ce moment-là. Les assassins n'avaient aucune provision sur eux. Ils les avaient cachées quelque part, et je ne les ai jamais trouvées. Quand Mathian a eu achevé sa tirade, il s'est mis à pleurer. J'ai compris que je serais incapable de l'abandonner là. Et si jamais il y avait d'autres agents du Cercle de l'Obsidienne dans les parages ? Il pouvait tomber entre leurs mains. Et, si le Cercle ne l'attrapait pas, il pouvait être la proie des loups et des charognards. Alors j'y suis retourné, et je l'ai égorgé.

— Dieux, Lucien…

— Maintenant tu connais mon secret, celui que je n'ai jamais confié à personne, pas même à Rhianne. Mathian n'est pas mort de la main d'un assassin, mais de la mienne.

— Je ne dirais pas ça. Tu l'as achevé par pitié.

Lucien attira Vitala plus près de lui.

— Pourtant, s'il avait reçu de l'aide, il aurait pu survivre. C'est juste que je n'étais pas en mesure de la lui procurer. Parfois, je me demande encore si… Eh bien, si, dans une certaine mesure, je ne voulais pas qu'il meure. Et si ça n'a pas influencé ma décision.

— Je ne vois pas comment ce serait possible, si c'était la seule option raisonnable. Comment es-tu rentré au campement ?

— Je n'y suis pas arrivé, répondit Lucien. J'ai rampé pendant une journée ou deux, puis je me suis écroulé sur un lit de verdure, incapable de continuer. C'était de la citronnelle, Vitala. Je n'oublierai jamais cette odeur, la saveur piquante de la plante mêlée à la puanteur de ma jambe pourrissante. Je ne cessais de penser à Mathian et à ce moment horrible où je lui avais tranché la gorge. Je suis resté là un certain temps, peut-être plusieurs jours. Puis, ce dont je me souviens ensuite, c'est que j'ai repris conscience à l'infirmerie du campement, amputé sous le genou. Une équipe de recherches m'avait retrouvé. Mais ils n'ont jamais récupéré les corps de Mathian et des autres, même si je leur ai montré l'endroit où l'attaque avait eu lieu.

— Ils ont été dévorés par les loups, dit Vitala. Tu as fait le bon choix.

— Nous avons supposé que le Cercle de l'Obsidienne les avait trouvés.

— Non, les miens ne les ont jamais retrouvés. Cela dit, s'ils étaient tombés sur Mathian encore en vie… Je crois qu'il valait mieux pour lui qu'il soit mangé par les loups.

— Je n'en sais rien, Vitala. J'ai eu de nombreuses occasions de réfléchir à la décision que j'ai prise ce jour-là, et je ne suis pas certain d'avoir fait ce qu'il fallait. Il avait une chance de s'en sortir, et je la lui ai prise.

Vitala secoua fermement la tête.

— J'aurais fait la même chose.

La bouche de Lucien se tordit.

— J'avoue que ça ne me rassure pas complètement. Mais je suis content que quelqu'un soit au courant à part moi. C'était un secret lourd à porter.

Vitala ne dit rien. Elle était émerveillée de la confiance que Lucien lui témoignait. Son droit au trône impérial pouvait être compromis si ses détracteurs apprenaient qu'il avait tué son frère aîné. Cassian ne se priverait pas d'en tirer le meilleur parti.

— Maintenant, je comprends pourquoi tu détestes la tisane de citronnelle.

— Tu te souviens de la fois où je nous ai fait faire un détour, dans un champ, au nord de Tasox ? Il y avait de la citronnelle qui poussait sur le bord de la route.

— Et tu ne voulais pas que ça fasse remonter tes souvenirs. Ça me paraît logique, à présent.

Il soupira.

— Vitala, c'est plus que ça.

— Que veux-tu dire ?

— C'est plus qu'une simple aversion pour la citronnelle. C'est difficile à expliquer, mais, parfois, quand je sens cette odeur, je suis projeté dans le passé : l'attaque, ses conséquences, les jours que j'ai passés étendu dans ces plantes écrasées… Ce n'est pas que j'y repense, simplement, c'est que j'ai l'impression d'y être, *littéralement*. Comme si je revivais les événements. Je ne peux pas le contrôler. Ça se produit et je… je m'y perds, en quelque sorte.

Soudain, Vitala sentit sa gorge se nouer. Il *revivait* l'incident ? N'était-ce pas ce qui lui était arrivé, à elle aussi ? Son cœur battait la chamade, son rythme s'accélérant au point qu'elle entendait le sang battre dans ses oreilles.

— Lucien… Trois dieux !… Je crois savoir de quoi tu parles. Ça m'est arrivé à moi aussi.

Il demanda doucement :

— Que t'est-il arrivé ?

— J'ai revécu un incident, comme toi. L'autre nuit, dans le lit conjugal. C'est ce qui s'est passé.

— Raconte-moi.

Il avait parlé d'une voix plus douce et moins surprise que ce à quoi elle s'attendait. Elle comprit qu'il avait déjà deviné. Il savait que ce qu'elle avait vécu dans leur lit était analogue à ce qui se produisait chez lui quand il sentait l'odeur de la citronnelle. Pourquoi ne lui en avait-il jamais parlé jusque-là ? Peut-être avait-il honte. Son histoire n'était pas facile à raconter. D'ailleurs, elle n'avait pas spécialement envie de lui confier la sienne. Mais, maintenant qu'il s'était ouvert à elle, il lui semblait juste de le faire. De plus, s'il comprenait ce qui lui arrivait, peut-être serait-il en mesure de l'aider.

— J'avais quatorze ans quand j'ai tué pour la première fois.

— Était-ce un meurtre d'entraînement ?

— Oui. Comment le sais-tu ?

— C'est Bayard qui me l'a dit. Il a essayé de me dissuader de t'épouser.

Vitala ricana. Apprendre que Bayard avait voulu empêcher ce mariage l'incitait davantage à tenter de le sauver.

— Quel idiot ! Et que t'a-t-il raconté à propos de mes meurtres d'entraînement ?

— Que tu les commettais à contrecœur.

— C'est vrai. (Elle prit une profonde inspiration.) La première fois, l'homme était attaché et bâillonné. C'était un soldat kjallan – un patrouilleur qui s'était trop approché de l'enclave. Je devais utiliser mon Tesson sur lui. Je me tenais en retrait. Je me souviens de ce nœud horrible dans mon estomac. Bayard a dû hurler et me menacer pour m'obliger à commettre le meurtre. J'ai fini par m'avancer et je l'ai fait. La deuxième fois, j'avais un an de plus. L'homme, non armé, était libre de circuler dans la pièce, tandis que j'avais un couteau et une épée. Ils m'ont enfermée avec lui. Ma mission était de sortir vivante. Ç'a été le plus facile de mes meurtres d'entraînement, car il a tout de suite essayé de me prendre mes armes, et j'ai répliqué. Même si c'était une exécution, j'ai agi comme je le faisais en salle d'entraînement, et pour moi ça s'apparentait à de la légitime défense.

» Le troisième a eu lieu deux ans plus tard et… Ç'a été celui-là, le plus difficile.

Sa gorge se serra de nouveau. Elle s'interrompit un moment, essayant de se calmer. Lucien lui frotta le dos.

— Cet homme, un autre soldat kjallan, était enfermé depuis plusieurs jours dans une petite pièce. On lui donnait à boire et à manger, comme s'il allait rester captif, mais le Cercle ne garde pas de prisonniers. On m'a envoyée, sans armes et vêtue d'une tenue légère. J'avais pour ordre de séduire le soldat et de le tuer, comme si c'était un mage de guerre. Il était attaché ; j'aurais donc pu le tuer immédiatement, comme le premier, mais mes supérieurs voulaient que j'utilise la technique que j'allais devoir employer par la suite. Ils regardaient tout par une fenêtre dissimulée.

» À la façon dont il m'a observée, je savais qu'il s'attendait à devoir subir beaucoup de choses : la torture, les interrogatoires, l'exécution. Voir débarquer dans sa cellule une jeune fille en tenue légère n'en faisait pas partie. Il était allongé sur le lit, les pieds et les chevilles liés. Je me suis avancée vers lui et l'ai libéré. Je n'avais pas de couteau, aucune arme. Défaire les nœuds a donc été fastidieux. Pendant ce temps, il n'a cessé de me poser des questions : Qui étais-je ? Que faisais-je ici ? Pourquoi est-ce que je le détachais ? Je n'ai pas dit un mot, et je suis sûre qu'il me croyait kjallane. Une prisonnière comme lui, peut-être, venue le secourir ou le réconforter. Le dernier nœud défait, je l'ai embrassé. Puis j'ai commencé à le déshabiller.

» Je ne sais pas du tout ce qu'il pensait. Il s'attendait à être interrogé ou tué, et voilà que cette jeune femme le détachait sans dire un mot, avec visiblement l'intention de lui faire l'amour. Il n'a pas résisté. Il s'est même montré tout à fait coopératif.

Lucien lui donna involontairement un coup en bougeant le bras. Il marmonna de brèves excuses. Ses muscles étaient durs, noués par la tension.

— Je vais te passer les détails, reprit-elle. Ce qui m'a frappée, c'était sa jeunesse. Il devait avoir dix-sept ans tout au plus. Il était beau. En fait, c'était presque une version plus jeune de toi, très doux et gentil.

— Je ne suis ni doux ni gentil, grommela Lucien.

— Si, je crois que tu l'es, répliqua Vitala. Il me répétait sans cesse que j'étais belle, même si je ne lui répondais jamais. Je sentais son cœur battre contre le mien pendant qu'il… (Elle déglutit.) J'ai fait ce qu'on m'avait entraînée à faire. Tu as vu mon sort de mort en action. Le spectacle est fort déplaisant, et j'étais littéralement attachée à lui : quand la paralysie l'a gagné, il avait refermé ses mains sur moi, et, au début de son agonie, il était aussi… en moi. Tu vois ce que je veux dire. Quand j'ai enfin réussi à me libérer de son étreinte, je me suis réfugiée à l'autre bout de la pièce. Là, j'ai vécu une expérience des plus étranges. C'était comme si j'avais quitté mon corps. J'étais à l'extérieur de moi-même, et je me regardais, recroquevillée dans un coin, les yeux rivés sur son corps frissonnant et mourant sur le lit.

Elle appuya ses poings sur ses paupières comme pour empêcher les larmes d'affluer.

—Après ça, je ne me souviens de rien. On a dû venir me chercher.

Elle inspira à fond.

Lucien resta immobile un long moment. La main qu'il avait posée dans son dos ne bougeait plus.

Elle laissa les larmes venir.

—Alors maintenant, tu comprends pourquoi je ne peux pas...

—Trois dieux, Vitala ! s'exclama Lucien d'une voix étouffée, je suis désolé. C'est encore pire que ce qui m'est arrivé.

—Pour toi, c'est la citronnelle. Pour moi, c'est...

—Je sais. (Il serra son visage contre sa poitrine.) Mais une minute. Tu as tué sept autres hommes après ça. Parmi eux, n'y avait-il pas d'autres... ? Pardon de ne pas trouver de meilleur terme, mais... meurtres sexuels ?

—Si, pour deux d'entre eux. Remus et un autre – une sorte de mission d'entraînement qu'on m'a assignée avant que je m'en prenne à toi.

—Alors pourquoi n'as-tu pas eu ce problème avec eux ?

—Je ne sais pas. (Elle s'essuya les yeux.) Peut-être parce qu'ils ne me rappelaient pas du tout le jeune soldat. Ils étaient bien plus âgés. Ils ne lui ressemblaient pas, n'agissaient pas comme lui...

—Attends, l'interrompit Lucien. Le problème, c'est mon apparence physique ? Car tu serais en train de dire qu'il peut être résolu en me mettant un sac sur la tête.

Les sanglots de Vitala se muèrent en rires surpris et étouffés.

—Je n'ai pas envie de te mettre un sac sur la tête !

—Mais nous pourrions le faire, insista-t-il. Si ce n'est que ça...

—Peut-être. Je ne crois pas que tout repose sur le visuel. En partie, oui, car ces visions se sont produites quand j'ai vu des hommes qui ressemblaient à ce soldat. Ça m'est arrivé avec l'un des gardiens au palais impérial.

Il la dévisagea.

—Tu as couché avec l'un de mes gardiens ?

—Non, non ! Je l'ai seulement vu dans le couloir, et ç'a suffi à déclencher une crise. (Elle lui caressa le visage et repoussa une mèche de cheveux tombée sur son front.) Tu ressembles à ce soldat, mais pas tout à fait. Tu as le même type de cheveux et de visage, mais je me souviens qu'il avait du duvet roux clair sur le menton – pas toi. (Elle passa la main sur sa barbe naissante.) Je pense que tu ne lui ressembles pas assez pour que le problème survienne dès que je te regarde. Mais, dans un lit, combiné avec les autres sens – le toucher, l'odorat, l'ouïe –, ça se produit.

—Tu aurais pu me prévenir.

— Je suis désolée. J'avais honte. Je ne pensais pas que tu réagirais bien si je t'avouais que je vois les images d'un autre homme quand je suis avec toi. Ce n'est pas quelque chose que je veux ou peux contrôler, mais jusqu'à ce que tu me racontes ton histoire je ne croyais pas que tu me comprendrais.

— Ça ne me plaît pas, dit Lucien, mais je te comprends. Il semblerait que le vrai problème, c'est quand… Eh bien, comment dire ? quand l'homme te pénètre. C'est ça qui déclenche la crise.

Elle frissonna.

— Oui. Et ça n'a rien à voir avec la vue, car je fermais les yeux.

Songeur, Lucien ne dit rien pendant un moment, laissant courir ses doigts dans son dos.

— Je ne me trompe pas en affirmant que Remus t'a pénétrée ?

— Non, mais c'était… complètement différent. Il était brutal. J'étais sèche. Ça m'a fait mal.

Il soupira.

— Je doute que la solution soit de te faire du mal.

— En effet.

Une fois de plus, il s'interrompit pour réfléchir.

— En revanche, tu n'as pas ce problème quand j'utilise ma bouche ou ma main.

— Non. Mais ce n'est pas comme ça que je vais te donner un héritier.

— Chut. (Il la serra pour la réprimander gentiment.) Il est encore trop tôt pour s'inquiéter de cette question. Ce qui compte, c'est que nous connaissons au moins un moyen de contourner tes visions. Nous en trouverons peut-être d'autres.

— Mais Lucien…

Comment lui expliquer ? Elle était si limitée ! Il avait fait d'elle une impératrice, mais elle était incapable de faire cette chose simple et presque universelle chez la femme. Elle ne le rendrait pas heureux sur le long terme, c'était impossible. Il était normal, et elle brisée.

— Tu mérites plus, insista-t-elle, étouffée par la peine. Tu mérites *mieux*.

— C'est ça qui t'ennuie, au fond, n'est-ce pas ? Tu me crois malheureux avec toi.

— Si tu ne l'es pas encore, tu le deviendras. Je ne suis pas normale.

— Non, normale, tu ne l'es certainement pas, affirma Lucien. Tu es extraordinaire. Tu es belle, intelligente, redoutable, et je t'aime. Et, si tu as des problèmes, souviens-toi que je sais jouer au caturanga. Je vois dans les difficultés des *défis* à relever.

— Lucien…

— Regarde, dit-il en attrapant sa main pour la poser sur son moignon. Moi, tu me trouves normal ?

Elle roula des yeux.

— Tu t'en sors très bien. Ce n'est pas grand-chose.

— Pas grand-chose ? (Il ricana.) À Kjall, la nation qui vénère la perfection physique ? Sais-tu combien de légats se moquent de moi dans mon dos ? As-tu la moindre idée de ce que mon père pensait de moi ?

— Je suis désolée. Je ne savais pas. Ça ne m'a jamais posé de problème.

Il l'embrassa.

— Je sais que ça ne te pose pas de problème. Tu n'as jamais éprouvé que de la curiosité pour mon handicap, et, pour ça, je t'aime. Nous avons conclu un marché, il y a quelque temps. Je t'en propose un autre.

— De quel genre ?

— Nous avons tous les deux des défauts. Tu acceptes mes points faibles, et j'accepte les tiens.

— Mais je les ai déjà acceptés…

— Chut, dit-il en ôtant la chemise de la jeune femme. Moi aussi. Ça rend les choses plus faciles, non ?

— Que fais-tu ?

Avec sa langue, il titilla son mamelon. Elle hoqueta.

— Je scelle notre marché. Assez parlé, mon amour, à moins que tu ne cries mon nom.

— Je ne crie pas ton nom…

Elle se mordit la langue : avec ses doigts, il était en train de faire ce qui lui plaisait tant.

— Ne mens pas, Vitala. Si, tu cries mon nom.

Tôt le lendemain matin, Vitala regarda le petit campement entrer en action. Lucien avait envoyé des signaux à Quincius pour lui ordonner de déplacer le gros de l'armée vers le ravin de Balafre-Noire. À présent, le petit contingent de soldats qui les avait accompagnés sur la côte remballait le matériel : ils devaient être partis à midi. Lucien et Vitala prenaient un dernier petit déjeuner avec Jan-Torres et Rhianne.

— Impératrice, dit le roi, pourrai-je m'entretenir avec vous en privé, ce matin ?

— Bien sûr, Votre Majesté.

Le roi de Mosar et Vitala se retirèrent dans un petit bureau à l'écart du grand hall, dont le mobilier semblait avoir été dévalisé : la pièce ne contenait qu'une seule chaise et un frêle bureau. Jan-Torres la pria de s'asseoir, alla chercher un siège dans une autre pièce, puis s'installa à ses côtés. Il lui parut moins intimidant que la veille. Ce devait être un trait de caractère qu'il pouvait moduler à sa guise.

— J'ai entendu dire que vous envisagiez de retourner auprès du Cercle de l'Obsidienne, déclara-t-il.

Vitala se mordit la lèvre. Lucien le lui avait-il raconté ? Peut-être en avait-il parlé à Rhianne qui à son tour l'avait dit à son mari.

— En effet, mais j'ai changé d'avis.

— J'ai cru comprendre que Lucien et vous aviez des soucis. J'ignore les détails, cela vous regarde. Mais quelque chose m'a frappé dans ce qu'a dit Rhianne, et j'ai tenu à vous en parler. Selon elle, vous vous sentez inutile dans votre rôle d'impératrice et pensez que vous seriez d'une plus grande aide dans cette guerre en reprenant votre ancien rôle d'assassin.

Elle l'approuva.

— Ça va mieux entre Lucien et moi, à présent. Mais c'est vrai : mon rôle d'impératrice est creux. Nous ne gouvernons aucun pays pour le moment. Nous dirigeons une armée, et cette armée est régie par une chaîne de commandement dans laquelle je n'ai aucune place. De plus, mes connaissances en stratégie sont strictement limitées au caturanga et difficilement applicables à la réalité. Cette guerre ne va pas être facile à gagner, alors pourquoi gâcher mes talents en prenant un rôle de chef? Un assassin de plus pourrait changer la donne.

Il sourit sans rien répondre.

— N'êtes-vous pas d'accord ? s'enquit-elle.

— Non, pas du tout. Impératrice, je sais par quoi vous passez. C'est ce que ressentent la plupart de mes officiers quand je les nomme capitaines. Toute votre vie, vous avez exécuté les ordres. Vous êtes quelqu'un qui s'accomplit dans l'action. Mais, à présent, dans un rôle plus passif, vous vous sentez inutile.

Vitala hocha la tête.

— Pourtant, vous ne restez pas sans rien faire, loin de là. Vous êtes celle qui a sauvé Lucien et qui l'a ramené à Riorca. Quand vos supérieurs du Cercle n'ont pas partagé votre point de vue sur une possible alliance productive, vous avez libéré Lucien et l'avez aidé à rassembler une armée. Si cette alliance a pu se faire entre Riorca et les forces de Lucien, c'est entièrement grâce à vous.

Elle rougit, ravie de cet éloge, mais se sentit obligée de le corriger :

— Pour l'armée, c'était le fait de Lucien.

Jan-Torres acquiesça.

— Vous avez fait votre part, et lui la sienne. Souvenez-vous que vous êtes un symbole à la fois pour les Kjallans et pour les Riorcans. Lucien et vous, unis par le mariage, êtes la preuve vivante que d'anciens ennemis peuvent œuvrer main dans la main pour une même cause. Qu'est-ce que ça voudrait dire, pour ces Kjallans et ces Riorcans, si vous les abandonniez tout à coup ?

— Je n'allais pas les abandonner. J'allais participer à l'effort de guerre.

Il secoua la tête.

— Maintenant que vous êtes une figure d'autorité, vous devez songer aux apparences. Vous enfuir aurait donné l'impression que vous laissiez tomber. Quel genre de message pensez-vous transmettre alors à votre peuple ?

Les épaules de la jeune femme s'affaissèrent.

— Que je suis persuadée qu'il n'y a plus d'espoir.

— La guerre, c'est psychologique, Vitala. Votre rôle n'est pas d'agir, mais d'inspirer les foules. Arrangez vos problèmes avec Lucien en privé. En public, soutenez-le. Montrez à votre peuple que vous ne l'abandonnerez pas. Vous devez faire en sorte que cette coalition perdure.

Vitala déglutit pour faire passer la boule dans sa gorge.

— Oui, sire.

À travers les murs fins de l'hôtel de ville, elle entendit un centurion aboyer des ordres, exigeant l'attention des soldats. Le roi de Mosar pencha la tête pour écouter. Il se mit debout, prit la main de la jeune femme et l'aida à se lever.

— Vos gens sont prêts. Allez-y et reprenez votre pays.

Chapitre 29

Du haut de l'échelle, Vitala passa la tête par-dessus le mur de pierre en construction. Une bourrasque souffla dans le ravin, soulevant ses cheveux qui fouettèrent son visage. Elle grimpa sur le mur et observa le paysage rocailleux et désolé du passage de la Gueule-de-Pierre. Accueillant autrefois une rivière, la gorge était désormais asséchée, morte, parsemée de quelques buissons épineux fanés poussant dans les fissures.

Lucien monta sur le mur à ses côtés, passa un bras autour de sa taille et demanda :

— Alors, qu'en penses-tu ?

— Les hommes progressent bien.

Il hocha la tête.

— Chaque jour compte.

Il l'attira contre lui pour l'embrasser.

Elle l'entoura de ses bras avec un soupir de contentement.

Une déflagration effrayante la fit sursauter. Elle sentit la main de Lucien se resserrer sur sa taille, puis se retourna pour voir une avalanche de rochers dégringoler dans la gorge. Un nuage de poussière et de pierre pulvérisée, porté par le vent, s'éleva lentement. Encore une explosion à la pyroglycérine. Elles avaient pour objectif de dégager l'espace et de fournir des matériaux bruts pour ériger des murs qui, chaque jour, prenaient un peu plus de hauteur. Deux sur les cinq prévus étaient achevés. Au-dessus, des tours et des abris grossiers prenaient également forme, et des pierres étaient entassées pour être lâchées plus tard sur les soldats ennemis.

Les mêmes préparatifs étaient entrepris à Ashfeld, le passage au sud. Le ravin où campaient désormais les bataillons n'était accessible que par l'un des deux passages ou, si l'on venait de l'océan, en remontant le fleuve Braise. La flotte mosari surveillait l'embouchure du cours d'eau. Si les troupes de Lucien bloquaient les deux passages, l'usurpateur aurait du mal à les atteindre.

— Sire ! appela quelqu'un d'en bas.

Vitala baissa les yeux et vit un messager au fond de la gorge.

— Qu'y a-t-il ? s'enquit Lucien.

— Le bateau est arrivé, sire.

Lucien grimaça.

— Le Cercle de l'Obsidienne, annonça-t-il à Vitala. Tu ferais mieux de venir avec moi.

Accompagné seulement d'Asmund, Bayard ne jeta même pas un regard à Vitala en entrant sous la tente de commandement. Malgré tout, elle le prit à part un moment.

— Vous êtes-vous renseigné au sujet de Flavia, comme je vous l'avais demandé ?

— Qui ça ?

Il cligna des yeux, perplexe.

— La chienne.

Bayard secoua la tête.

— J'ai d'autres chats à fouetter, Vitala.

— Mais, si vous rencontrez des gens, ça ne coûte rien de leur poser une question de plus – ne serait-ce que pour honorer la mémoire des agents morts à Tasox.

— Je suis désolé. Ça ne m'est pas venu à l'esprit.

Il s'éloigna.

— Messieurs, dit Lucien en serrant des poignets autour de la table. (Il s'assit, imité par les autres.) Quelles sont les nouvelles ?

— Les « nouvelles » que nous vous rapportons remontent déjà à une semaine, répondit Bayard. Cassian a repris assez de tours de signal pour que nous ne puissions plus compter dessus, et la barge n'est pas le mode de transport le plus rapide.

— J'entends bien, dit Lucien, mais un service de renseignement lent vaut mieux que pas de service du tout.

— Les forces de Cassian ont incendié les villages de Tanim, Quattan et Bluas, annonça Bayard. Il n'y a aucun survivant.

Horrifiée, Vitala sentit ses entrailles se nouer.

— Je suis navré de l'apprendre, déclara Lucien.

Asmund souffla avec colère :

— Vos soldats étaient censés empêcher ce genre d'abus, mais ils sont là, à se terrer dans ce trou. Pourquoi vous cacher ainsi comme un lâche ?

— L'usurpateur dispose de deux fois plus d'hommes que moi. Je ne peux pas l'affronter sur un terrain à découvert.

— À quoi servent vos troupes si elles ne combattent pas ?

— Elles combattront, lui objecta Lucien, mais seulement dans les conditions qui nous permettront de vaincre.

Bayard prit la parole :

— Et combien de Riorcans devront mourir en attendant ? Nous ne pouvons pas vous approvisionner éternellement.

— Je ne pense pas que ça durera encore bien longtemps, le rassura Lucien. Il va venir me chercher.

Vitala se racla la gorge.

— Messieurs, l'empereur a raison. Je suis aussi bouleversée que vous par les atrocités commises dans ces villages, mais sortir du ravin pour affronter l'ennemi dans une bataille ouverte nous mènerait à notre perte. Exactement comme au caturanga, des sacrifices doivent être faits pour atteindre la victoire.

— C'est donc ça que sont ces villageois ? demanda Bayard. Des *sacrifices* ?

Asmund fulminait :

— Comment se fait-il que, dès qu'il s'agit de faire des sacrifices, ce sont toujours les Riorcans qui paient ?

Vitala croisa les bras.

— Les soldats de Lucien auront leur lot de difficultés quand l'armée de l'usurpateur arrivera.

— C'est une perte tragique, intervint Lucien de son ton le plus doux. Mais nous n'avons pas le choix. Nous affronterons l'usurpateur quand je serai en mesure de neutraliser sa supériorité numérique. En ce moment même, il commet une erreur tactique. Il espère me faire sortir et va sans doute essayer de localiser mes lignes d'approvisionnement pour les couper. Mais il ignore que nous sommes fournis par voie fluviale, et son hésitation à nous attaquer joue en notre faveur. Nous avons presque réussi à murer les deux accès au ravin de Balafre-Noire.

— Et s'il ne vient jamais ? demanda Asmund. Et s'il traverse toute Riorca en ne semant que mort et désolation derrière lui ?

— Il ne le fera pas, répliqua Lucien, car un villageois mort ne paie pas de tributs. Une fois qu'il aura compris qu'il ne peut pas m'attirer hors de ce ravin, il viendra me chercher.

Les Riorcans restèrent assis un moment en silence, mécontents.

— Y a-t-il autre chose ? demanda Lucien.

— Oui, répondit Asmund. C'est Cassian en personne qui mène l'invasion.

Lucien se redressa sur son siège.

— Il est ici, à Riorca ? A-t-il amené Céleste ?

Asmund hocha la tête.

— Notre espion ne l'a pas vue, mais à ce qu'il paraît elle est avec lui.

— Est-il possible de l'enlever et de l'amener ici ?

— Je ne vois pas comment, rétorqua Bayard. Nous ne disposons d'aucun moyen pour organiser des opérations de sauvetage. Je propose plutôt une tentative d'assassinat sur la personne de Cassian.

— Votre assassin pourrait par la même occasion récupérer Céleste.

Bayard jeta un bref coup d'œil à Vitala et fit « non » de la tête.

— Nos assassins ne sont pas formés à cela. Nous voulions vous demander, puisque *a priori* vous connaissez l'état d'esprit des soldats kjallans : assassiner Cassian mettrait-il un terme à la guerre ?

— Difficile à dire, répondit Lucien. Si Cassian mourait, quatre légats essaieraient peut-être de prendre le pouvoir. Parmi eux, Dignus et Sorio sont fidèles à Cassian mais se détestent. Ils ne s'allieront pas. Tillian me soutiendrait s'il me savait vivant, et Getha est imprévisible. Aucun d'eux n'est réellement soutenu par les simples soldats ni n'a un avantage net sur les autres. C'est l'une des raisons pour lesquelles Céleste doit être libérée. Si Cassian meurt, des massacres s'ensuivront sûrement, et peut-être une guerre civile, tandis que ces quatre hommes se battront pour être le prochain époux de ma sœur. D'un autre côté, si elle disparaît, personne ne serait en mesure de se déclarer empereur légitime. Avez-vous fait circuler les rumeurs, comme je vous l'avais demandé ?

— Oui, répliqua Bayard. Non seulement la rumeur que vous êtes vivant et que vous commandez des troupes à Riorca a bel et bien pris, mais l'usurpateur essaie aussi de l'étouffer. En ce moment, tout soldat qui prononce votre nom est condamné à recevoir dix coups de fouet, ce qui évidemment conforte tout le monde dans l'idée que les rumeurs sont fondées.

— Dans ce cas, si vous assassinez Cassian et libérez Céleste, je pense que cela mettra un terme à la guerre. Tillian devrait être celui qui aura la faveur des soldats.

Bayard hocha la tête.

— Nous tenterons l'assassinat, mais les chances de réussite sont minimes. Normalement, pour les cibles de haut rang, nous nous préparons pendant des années. Saviez-vous que vous aviez été assigné à Vitala alors qu'elle n'avait que treize ans ? Elle a disposé de sept années complètes pour apprendre vos habitudes.

— Et je ne vous remercierai jamais assez de me l'avoir envoyée, répondit sèchement Lucien. Et Céleste ?

Bayard secoua la tête.

— Je ne peux rien vous promettre. L'assassinat sera déjà difficile, surtout que nous en savons très peu sur Cassian et ses points faibles. En fait, ce serait plus simple… Nous ferons de notre mieux.

Vitala prit la parole :

— Bayard, je devrais faire partie de l'équipe d'assassins…

— Ce serait plus simple si quoi ? l'interrompit Lucien.

— Rien, dit Bayard. Si nous avions plus d'informations.

— Ce serait plus simple pour votre assassin de tuer Céleste en même temps que Cassian, pour empêcher qu'elle ne serve une fois de plus comme pion, déclara Lucien. Voilà ce que vous vous apprêtiez à dire.

Bayard fit « non » de la tête.

— Non, ce n'est pas ça.

Lucien parla à voix basse :

— Si votre assassin tue ma sœur, vous pouvez oublier le marché que j'ai passé avec le Cercle. Je vous ferai tous empaler.

Bayard le regarda d'un œil furieux.

— Comme si vous aviez déjà réussi à réprimer le Cercle !

— Peut-être n'étais-je pas assez motivé, rétorqua Lucien.

— Messieurs, intervint Asmund. Bien sûr que notre assassin ne touchera pas à Céleste.

— Je devrais faire partie de l'équipe d'assassins, répéta Vitala.

— Et après ? s'écria Lucien, horrifié. Tu comptes séduire Cassian ?

Vitala secoua la tête.

— Rien ne m'oblige à procéder de la sorte. En fait, ce ne sera sans doute pas nécessaire. Cela prendrait des années à un assassin pour devenir l'intime d'un homme de ce rang, et le temps presse. Nous pouvons nous infiltrer parmi les filles qui suivent le campement, mais les empereurs ne couchent pas avec des catins. Ils ont d'autres choix.

— Si vous n'optez pas pour la séduction, pourquoi faire appel à des femmes, dans ce cas ? demanda Lucien. Envoyez un groupe d'hommes, comme ceux qui m'ont pris ma jambe.

— Ce doivent être des femmes, insista Vitala, parce qu'elles pourront infiltrer le campement.

— Vitala a raison, reprit Bayard. Mais elle ne peut participer à l'opération. Elle ne fait plus partie des assassins du Cercle.

— J'en ai les compétences, se défendit Vitala. Aucun autre assassin du Cercle n'a eu pour cible quelqu'un de si haut placé.

— Sauf que tu n'as jamais éliminé ta cible, lui rappela Bayard.

— Elle aurait pu, si elle l'avait voulu, dit Lucien. Mais je suis d'accord. L'impératrice ne peut pas prendre le risque de participer à une telle mission.

Vitala posa la main sur le bras de Lucien.

— En qui as-tu le plus confiance ? En moi ou en un quelconque assassin ? Je ne ferais aucun mal à Céleste. Je mettrais tout en œuvre pour la sauver. À part moi, aucun assassin du Cercle de l'Obsidienne n'a accompli de mission de sauvetage.

Lucien parut affligé.

— Ne comprends-tu pas ? Je ne peux pas prendre le risque de vous perdre *toutes les deux* !

— Elle n'ira pas, affirma Bayard.

— Je suis d'accord, renchérit Lucien.

Furieuse, Vitala se carra sur son siège tandis que Lucien et les autres se mirent à discuter de l'organisation de l'assassinat. Elle avait promis à Jan-Torres qu'elle n'abandonnerait pas sa position d'impératrice, mais cette mission n'était pas ordinaire. Elle pouvait mettre un terme à la guerre ! La tâche ne serait pas aisée, certes, mais ce qui valait réellement la peine d'être tenté l'était-il jamais ?

— Quel genre d'homme est Cassian ? Quels sont ses points faibles ? s'enquit Bayard.

— Il est ambitieux. Pugnace, répondit Lucien. Pas particulièrement loyal. Je n'en sais guère plus.

— Qu'en est-il de ses inclinations sexuelles ?

Lucien déglutit, l'air soudain nauséeux.

— Êtes-vous vraiment obligé de l'interroger là-dessus ? demanda sèchement Vitala. Cassian a contraint sa sœur de treize ans à l'épouser.

— Je suis désolé si cette conversation perturbe l'empereur, mais c'est crucial, insista Bayard.

— Je ne suis pas au courant de ses « inclinations sexuelles », comme vous dites, rétorqua Lucien. Qu'ont vu vos espions, en ce qui les concerne, Céleste et lui ?

— Vous voulez dire : est-ce qu'il la baise ? demanda Bayard. Nous ne…

— Espèce de salopard ! s'écria Lucien en se levant de sa chaise, le visage empourpré. C'est ainsi que vous parlez de la princesse impériale ?

— Mes excuses, empereur.

Le petit sourire de Bayard indiquait clairement que, contrairement à ce que signifiaient ses dires, il était ravi d'avoir provoqué cette réaction.

Vitala prit la main de Lucien et la caressa de son pouce jusqu'à ce qu'il soit assez calmé pour se rasseoir.

— Pour répondre à votre question, nous n'en savons rien, poursuivit Bayard. Nous n'avons pas d'espions si proches. Ce que nous voulons savoir, c'est s'il peut être tenté par une liaison extraconjugale. Vitala a raison : en général, les hommes haut placés ne sont pas intéressés par les vulgaires catins, mais, s'il a un quelconque point faible…

Lucien secoua la tête.

— Je n'en connais pas.

— Dans ce cas, dit Bayard d'un air grave, j'espère que votre armée est prête pour la guerre.

Chapitre 30

Le son d'une corne arracha Vitala au sommeil.

Lucien bondit hors du lit et s'habilla en toute hâte.

La jeune femme se redressa et regarda autour d'elle la chambre plongée dans l'obscurité. Elle ne se sentait pas trop endormie : l'aube allait sans doute bientôt se lever.

— Que se passe-t-il ? Que signifie ce son de corne ?

— Que l'ennemi est en vue, répondit Lucien.

Vitala en eut des papillons dans le ventre. Ces longues semaines d'attente touchaient à leur fin. Plus tard cet après-midi-là, pendant que l'ennemi approchait, Lucien fit monter Vitala dans l'une des tours proches du passage au sud pour qu'elle ait un bon point de vue. L'horizon entier était orange, comme lors d'un coucher de soleil aveuglant, mais ce n'était pas un effet de lumière. C'étaient les uniformes des hommes de Cassian. La gorge de Vitala se noua lorsqu'elle se rendit enfin compte du nombre de soldats qu'ils allaient devoir affronter.

— Vont-ils nous attaquer ici seulement, et pas au passage de la Gueule-de-Pierre ?

Lucien avait positionné la moitié de son armée à Ashfeld, et l'autre à la Gueule-de-Pierre. Les murs et fortifications étaient achevés sur les deux sites.

— Il a scindé son armée. Tu vois ? Compte les étendards de bataille, dit Lucien. Je suis sûr que l'autre moitié est en route pour la Gueule-de-Pierre.

Elle le dévisagea.

— Alors ce que je vois, à l'horizon, ce n'est que la *moitié* de son armée ?

Les combats commencèrent au coucher du soleil. Deux gardes du corps escortèrent Vitala jusqu'à sa tente, tandis que Lucien restait près des lignes de front pour commander ses troupes. Vitala ne dormit pas de la nuit, terrifiée par chaque coup de canon.

Lorsqu'elle sortit pour scruter l'horizon, où la bataille avait lieu, les éclairs lancés par les mousquets et l'artillerie ne lui apprirent rien sur la progression des combats, seulement qu'ils faisaient rage. À deux reprises, elle entendit le grondement des rochers lâchés sur l'ennemi et, bien souvent, des hurlements. Mais de quel camp provenaient-ils ?

Après l'aube, les bruits de lutte s'éteignirent. Lucien rentra à la tente, épuisé et puant la poudre.

— Les murs ont tenu le coup, lui annonça-t-il brièvement avant de s'effondrer sur le lit tout habillé.

Plus tard, une fois qu'ils furent tous deux reposés, il fut plus loquace. Les combats s'étaient révélés sanglants des deux côtés, mais l'ennemi avait essuyé de nombreuses pertes grâce aux lâchers de rochers, et l'usurpateur, ne s'attendant pas à voir des fortifications, n'avait pas apporté suffisamment d'artillerie pour créer une brèche dans les murs.

— Il s'est retiré, expliqua Lucien, certainement pour regrouper ses troupes et apporter plus de canons. Ce répit sera de courte durée.

Il avait raison. Le soir même, les combats reprirent.

Votre rôle n'est pas d'agir, mais d'inspirer les foules.

Vitala s'avança parmi les blessés sous la tente des Guérisseurs, se demandant comment il était possible d'inspirer quiconque dans un endroit si sinistre.

Le côté sud de la tente était de loin le pire. Là, les hommes qui n'avaient pas encore été soignés par les Guérisseurs gémissaient, crasseux et puant le sang, sur des lits de camp de fortune. La magie mettait du temps à agir, et les quelques Guérisseurs du bataillon étaient débordés. Des auxiliaires se pressaient, pansant les plaies, essayant de garder les hommes en vie suffisamment longtemps pour qu'ils puissent être sauvés. Mais nombreux étaient ceux qui gisaient sur leur lit, trop immobiles. La nuit précédente, un homme dont le côté gauche était brûlé avait expiré sous les yeux de Vitala, pendant qu'elle lui tenait la main.

Elle caressait des fronts, faisait des bandages, restait assise au chevet des blessés. Lorsque l'odeur de la mort devenait insupportable, elle allait du côté nord de la tente. Il abritait les patients qui récupéraient, déjà traités par les Guérisseurs. Après traitement, certains soldats étaient capables de se lever pour retourner au front. D'autres ne le pouvaient pas. La magie des Guérisseurs fonctionnait sur beaucoup de choses, mais elle ne pouvait recréer un bras pulvérisé ou restaurer le sang perdu. Certains de ces hommes étaient seulement affaiblis et se remettraient avec le temps. D'autres avaient perdu une jambe, un œil, la moitié de leur main. Malgré tout, il n'y avait ici ni sang ni fièvre traumatique. Ces soldats ne souffraient pas, mais dans certains cas ils devaient s'adapter à leur nouvelle réalité.

Elle passa une demi-heure assise au chevet d'un homme, à lui caresser le bras. Il semblait indemne, mais ne cessait de sangloter. Elle ne savait trop pourquoi, et il refusait de s'expliquer.

— Impératrice, appela quelqu'un dans son dos.

Elle tapota une dernière fois l'homme éploré et se retourna. Celui qui avait parlé était allongé sur un lit. La partie inférieure de sa jambe gauche avait été amputée. *Comme Lucien*, songea Vitala avec un élan de pitié. Elle s'assit à ses côtés.

— Comment vous sentez-vous ?

— Vous vous souvenez de moi ? demanda-t-il.

Tout à coup, elle le reconnut.

— Kryspin !

C'était l'homme qui lui avait fait visiter le campement de l'Aigle Blanc. Dieux ! que cela lui paraissait loin ! Elle se raidit en pensant à la froideur dont Kryspin avait fait preuve en apprenant qu'elle était riorcane.

— Regardez, dit-il en indiquant sa jambe. Je suis comme l'empereur, maintenant.

— Je suis désolée. Comment est-ce arrivé ?

Kryspin secoua la tête.

— Je me rappelle pas.

Vitala acquiesça en silence. On lui répondait souvent ainsi.

— Mais, si l'empereur se débrouille… (Il afficha un petit sourire.) J'imagine que j'y arriverai, moi aussi.

— Bien sûr.

Elle se demanda si elle devait lui prendre la main. La plupart des hommes appréciaient ce geste, mais Kryspin… Eh bien, son mépris pour les Riorcans était manifeste. Malgré tout, elle décela une envie dans son regard. Elle ne pouvait guère le traiter différemment des autres convalescents. Elle lui prit la main. Elle était moite.

— Vous avez froid.

Elle attrapa la couverture au pied de son lit et la remonta sur lui.

— Merci, impératrice.

Il ferma les yeux.

Vitala ne put s'en empêcher :

— Cela ne vous dérange plus que je sois riorcane ?

Il souleva une paupière.

— Vous n'êtes pas riorcane. Vous êtes de l'Aigle Blanc.

Elle sourit et, d'une caresse, repoussa la mèche de cheveux sur son front. Qu'était-elle, exactement ? Kjallane, riorcane, du Cercle de l'Obsidienne, de l'Aigle Blanc ? Elle faisait à la fois partie de chaque groupe et d'aucun d'eux.

— Je connais quelqu'un qui fait de merveilleuses jambes de bois. Il a fabriqué celle de l'empereur. Quand la guerre sera finie, venez me voir, je vous en commanderai une.

— Ce serait bien, dit Kryspin. Je lui ressemblerai alors vraiment.

La guerre tourna au siège. Alors que Vitala passait presque toutes ses journées sous la tente des Guérisseurs, Lucien partageait son temps entre les passages d'Ashfeld et de la Gueule-de-Pierre, chevauchant d'un endroit à l'autre dès que nécessaire. C'était un commandant actif, toujours impliqué, que ce soit pour organiser une embuscade ou un lâcher de rochers, exploiter un point faible dans la ligne ennemie, ou utiliser une nouvelle tactique. Il retournait auprès de Vitala presque tous les soirs, mais parfois c'était impossible.

— Ils ont renforcé leur artillerie, mais nos murs tiennent encore bon, annonça-t-il le onzième jour de l'assaut en tirant sur sa botte et en la retournant.

Une poignée de cailloux tomba par terre. Autrefois, le ravin de Balafre-Noire était le centre de l'industrie minière riorcane. Les entrées de grottes abandonnées depuis longtemps trouaient les falaises, et le sol était jonché d'éclats de pierre plats, vestiges des anciennes mines. Ils se logeaient dans les vêtements, les bottes, les couvertures.

— Nous leur avons infligé de lourdes pertes aujourd'hui.

— Je suis ravie de l'apprendre.

Vitala poussa Lucien dans un fauteuil, épousseta son syrtos et lui massa les épaules.

Il se tourna vers elle et la gratifia d'un sourire en coin.

Dieux ! il ne lui en fallait pas plus, à présent : il souriait, et aussitôt le désir montait en elle. C'était délicieux ; une promesse des plaisirs à venir. Après tout, pourquoi ne profiteraient-ils pas l'un de l'autre tant que c'était possible ? L'usurpateur pouvait percer leur défense à tout moment.

— As-tu eu des nouvelles du Cercle ? demanda-t-elle.

— Non, répondit-il en tendant la main vers la ceinture de son syrtos.

— Rien à propos de l'assassinat ? Et leur idée d'empoisonner l'eau de l'ennemi ? Ils ont dit qu'ils le feraient.

— Non, rien du tout.

Il lui donna un long et lent baiser.

— Rien sur…

— Chut, l'interrompit-il en l'embrassant de nouveau. Je n'ai pas envie de parler du Cercle là, tout de suite.

Chapitre 31

L'abri à flanc de falaise avait des murs pour les protéger des flèches qui s'abattaient sur eux, mais pas de la pluie qui tombait à verse, plaquant les cheveux de Vitala sur son visage, détrempant sa cape. Les torrents qui se formaient à ses pieds charriaient des centaines d'éclats de pierre. Elle regarda Lucien en plissant les yeux : avec ses soldats, il bandait un arc long sans effort. Il décocha sa flèche. Vitala essaya d'en suivre la progression tandis qu'elle plongeait vers les forces ennemies, dans la gorge. Elle la perdit de vue dans le rideau de pluie : elle s'était mêlée aux autres traits.

— Tes flèches atteignent-elles toujours leur cible ? demanda-t-elle alors qu'il en encochait une nouvelle. Grâce à tes pouvoirs de mage de guerre ?

— J'aimerais bien, mais non. (Il banda son arc, visa et décocha son projectile.) Ils n'ont pas d'effets sur une si longue portée. Je ne vois même pas de cibles individuelles. Moi qui dis toujours que je ne manque jamais mon coup…

Vitala regarda au fond de la gorge, s'efforçant de voir plus précisément. Ils n'avaient vraiment aucune visibilité. Depuis leur abri sur la falaise, il leur semblait que les soldats ennemis n'étaient pas plus gros que des fourmis. La pluie, qui tombait sans relâche depuis des jours, n'avait pas découragé les forces ennemies. Ce jour-là, elles s'acharnaient sur les murs à coups de canon et d'arquebuse. Les archers de Lucien visaient les canonniers. Ils ne pouvaient infliger aucun dommage aux pièces d'artillerie, mais éliminer ceux qui les manœuvraient se révélait presque aussi efficace.

Lucien secoua ses cheveux, envoyant des gouttes partout, puis s'essuya le visage, exaspéré.

— Que les dieux maudissent ce temps de chien ! On va tous attraper la mort.

Deux jours plus tard, Lucien retourna à la tente de commandement tôt dans l'après-midi. Il était blême, tremblant et débraillé, comme un chat tombé dans un lac.

— Tu vas bien ?

Vitala le prit par la main pour l'attirer à l'intérieur, au sec et au chaud.

Il resta sur place, ne voulant pas quitter l'entrée. Peut-être ne souhaitait-il pas goûter au confort de crainte de ne pouvoir y résister.

— Je n'entre pas. J'ai une mission à te confier.

Elle le dévisagea.

— Une mission ? Laquelle ? As-tu eu des nouvelles du Cercle ?

Elle attrapa sa cape cirée sur une patère et la passa par-dessus son syrtos. Flavia, qui avait besoin de se dégourdir les pattes et était toujours prête à aller se promener, accourut auprès d'elle.

— Non. Je veux que tu ailles porter une lettre. Laisse Flavia ici.

— Une lettre ? (Cela lui parut étrange.) Il est arrivé quelque chose ?

— Je te raconterai en chemin, répondit-il en la tirant dehors.

Il la conduisit jusqu'à la rivière, boueuse et deux fois plus grosse qu'à l'ordinaire. Quatre soldats étaient assis dans une embarcation qu'ils écopaient. Eux aussi ressemblaient à des rats noyés.

— Tiens. (Il lui tendit une bourse imperméable.) Il y a eu une inondation au passage de la Gueule-de-Pierre. Deux de nos murs ont été détruits…

— Trois dieux, Lucien ! nos murs ont été abattus ?

— Je veux que tu portes cette missive à ma cousine Rhianne pour l'informer de ces événements, poursuivit Lucien. Tous les détails sont dans la lettre.

— Mais je ne vois pas ce que Rhianne pourrait y faire ! Ni qui que ce soit, d'ailleurs. Nos troupes tiennent-elles le choc ?

Il parla d'une voix morne :

— Je veux que Rhianne soit au courant, et tu es la seule personne en qui j'aie assez confiance pour lui porter cette lettre.

— Une minute. Tu veux vraiment que je joue les messagères, ou est-ce une manœuvre pour me mettre à l'abri ?

— Tu as reçu des ordres, Vitala, répliqua-t-il d'un ton ferme.

— Que les dieux maudissent tes ordres. Va la porter toi-même ! (Furieuse, elle l'attrapa par le devant de son syrtos et y fourra la bourse.) Monte sur ce bateau et porte-la-lui *toi*.

— Je ne peux pas, lui objecta-t-il.

— Tu es l'empereur. Tu peux agir à ta guise !

— Non, c'est faux. Vitala, s'il te plaît, fais ce que je te demande.

— Il n'en est pas question ! s'écria-t-elle. Si tu comptes rester ici mourir avec tes hommes, alors je reste aussi. Je suis leur impératrice.

— Je n'ai pas l'intention de mourir. Nous nous défendons, mais il est impératif que tu sois mise à l'abri, insista Lucien. Tu pourrais porter l'héritier du trône.

— Ce n'est pas vrai, et tu le sais !

Lucien tourna la tête et fit un geste, mais celui-ci ne lui était pas destiné. Elle suivit son regard : quatre soldats émergèrent de derrière les arbres. Trois dieux ! il lui avait tendu une embuscade.

Vitala sortit son pistolet, mais l'un des soldats l'en délesta si rapidement qu'elle eut à peine le temps d'apercevoir sa main. *Un mage de guerre*, comprit-elle. D'une pensée légère, elle fit apparaître un Tesson et le saisit entre ses doigts. L'un des hommes lui attrapa le bras. Elle retourna sa main, prête à le poignarder, lorsqu'elle vit son visage.

— Quincius !

Il hocha la tête.

— Je suis désolée, impératrice. J'ai reçu des ordres.

Elle ne pouvait pas le tuer, ni aucun de ces hommes. Elle lâcha son Tesson. Les soldats la saisirent. Deux d'entre eux lui lièrent les mains dans le dos.

Lucien s'avança et fourra la bourse imperméable dans son syrtos.

— Je t'aime, Vitala.

— Que les dieux te maudissent ! lança-t-elle tandis que les hommes la menaient vers le bateau.

Ils la firent asseoir à la proue. Lucien la regarda depuis le rivage, tête basse.

Quincius défit la ligne d'amarrage. Il resta avec les autres officiers sur le rivage pendant que, dans l'embarcation, les quatre soldats ramaient pour descendre la rivière en crue. À mesure que Vitala s'éloignait sur les eaux, la silhouette de Lucien se réduisit, mais il ne la quitta pas des yeux. Ce ne fut que lorsqu'il eut totalement disparu qu'elle regretta ses dernières paroles.

Le lendemain matin, la pluie cessa enfin et les bateliers lui délièrent les poignets. Elle n'avait nulle part où s'échapper, à bord de ce navire qui voguait sur la rivière glacée. Feignant de dormir, elle se recroquevilla au fond de la coque et sortit la bourse. Si Lucien croyait qu'elle ne lirait pas la lettre, il la connaissait mal ! De plus, après l'avoir piégée ainsi, il méritait ce qui lui arrivait. Elle tira la missive de la bourse, fit sauter le cachet de cire avec son ongle et l'ouvrit.

« Chère Vitala », commençait la lettre.

Elle faillit éclater de rire. Bon, d'accord, il la connaissait bien. Même si le message semblait court, il y avait une deuxième page sous la première. Elle la souleva pour voir celle du dessous, qui commençait par « Chère Rhianne ». Vitala retourna à la première.

> « Chère Vitala,
>
> Tu devrais avoir honte ! J'étais sûr que tu ne pourrais pas t'empêcher de lire cette lettre. À présent, tu sais qu'une inondation a eu lieu à la Gueule-de-Pierre, détruisant tout sur son passage : des soldats des deux camps et, ce qui est particulièrement alarmant, deux de nos murs. J'ai renforcé nos troupes positionnées à la Gueule-de-Pierre, mais tu joues trop bien au caturanga pour ne pas te rendre compte combien est mauvaise la tournure qu'ont prise les événements. Je n'aurai pas l'esprit tranquille tant que je ne te saurai pas en sécurité. J'aurais bien envoyé Flavia avec toi, mais, étant donné ses extraordinaires talents de nageuse, je n'étais pas certain qu'elle resterait dans le bateau. Tu verras dans l'autre lettre que j'ai demandé à Rhianne de t'emmener à bord de son navire. Si nous perdons la guerre, elle t'évacuera sur l'île de Mosar. Je sais que cette perspective est loin de te plaire, mais, si tu m'aimes, tu te plieras à ma volonté. Si les forces de l'usurpateur créent une brèche dans nos défenses et que la mort m'attend, j'affronterai mon destin avec courage, sachant que la femme que j'aime survivra. Je t'en supplie : accorde-moi cette modeste paix.
>
> Avec tout mon amour,
>
> Lucien. »

Vitala scruta la lettre jusqu'à ce que l'écriture bouclée de Lucien devienne floue. Puis elle lut celle qui était adressée à Rhianne. Elle ne contenait rien de surprenant : elle exposait la situation et demandait que Vitala soit évacuée.

Elle resta allongée en silence un long moment, à réfléchir, essuyant ses larmes de temps à autre. Enfin, elle replia les deux missives et les glissa dans sa poche.

À son arrivée à Tovar, Vitala vit plusieurs vaisseaux mosari glisser sur les flots le long de la côte, surveillant l'embouchure de la rivière. Trois autres navires étaient restés au port. Quand son embarcation s'en approcha, Vitala vit qu'ils étaient endommagés. Perchés sur les vergues, des marins remplaçaient les voiles déchirées et les espars brisés. L'un des bateaux avait perdu son mât principal.

Elle avait cru qu'on l'emmènerait sur l'un de ces vaisseaux, mais elle apprit que Jan-Torres et Rhianne étaient à terre, toujours logés à l'hôtel de ville. Les soldats la remirent entre les mains des gardes mosari, qui la conduisirent à l'intérieur. Son arrivée interrompit le déjeuner du roi et de son épouse.

— Impératrice ! (Le regard de Rhianne s'illumina de plaisir avant de passer à l'inquiétude.) Est-ce que Lucien va bien ? Comment se passe la guerre ? Cela fait une semaine que nous n'avons plus aucune nouvelle.

Vitala inspira à fond.

— Lucien va bien, mais la tempête nous a porté un mauvais coup – comme à vos navires.

— C'est à cause de la flotte kjallane que nos vaisseaux sont dans cet état, expliqua Jan-Torres. Mais peu importe. Que s'est-il passé dans la gorge ?

— Nous avions muré les passages de la Gueule-de-Pierre et d'Ashfeld, ce qui permettait de tenir l'ennemi à l'écart, mais une inondation a provoqué l'effondrement partiel du mur, permettant aux ennemis d'entrer.

Rhianne et Jan-Torres échangèrent un regard affligé.

— Vous a-t-il envoyée ici pour être évacuée ? s'enquit Rhianne.

— Non, Votre Majesté. Il veut que je porte un message urgent au Cercle de l'Obsidienne. Je suis venue vous demander un cheval, des provisions et un peu de monnaie locale.

— Pourquoi vous ? s'étonna Jan-Torres. N'importe qui pouvait délivrer ce message. Pourquoi envoyer l'impératrice ?

— Au contraire, Votre Majesté, le Cercle est très difficile à localiser. Je suis la seule capable de lire les signes indiquant la présence d'une enclave.

— Possédez-vous une missive expliquant tout cela ? demanda Jan-Torres. Il aurait dû envoyer des gardes pour vous escorter !

— Non, il n'aurait pas pu. Le Cercle exécute tous les Kjallans qui s'approchent trop de leur enclave.

— Alors que vous êtes alliés ? (Le roi secoua la tête.) Cela m'étonnerait.

— Asseyez-vous avec nous, proposa Rhianne. Vous devez être affamée. Déjeunez donc, et vous pourrez nous en dire plus.

— Avec tout mon respect, c'est impossible. Je dois partir immédiatement.

— Il n'en est pas question, lui objecta Jan-Torres. Asseyez-vous. Vous nous devez de plus amples explications.

— Janto, dit Rhianne d'un ton apaisant, je suis sûre qu'elle a ses raisons.

— Votre Majesté, je vous en prie, insista Vitala. La vie de Lucien dépend peut-être de cette mission.

— Dans ce cas, je suis certain que vous pouvez nous expliquer pourquoi… ? commença le roi.

Rhianne posa une main sur celle de son mari, qui se tut aussitôt.

— Bien sûr, que nous vous fournirons tout ce dont vous aurez besoin, dit-elle.

Une demi-heure plus tard, Vitala galopait vers le sud sur une belle jument noire, avec des provisions et un sac rempli de tétrals.

Chapitre 32

Infiltrer le campement de l'usurpateur fut d'une extrême simplicité : les jeunes femmes comme Vitala étaient accueillies à bras ouverts. Elle s'était attendue à devoir payer un loyer substantiel pour une tente, mais la moitié d'entre elles étaient vacantes. Elle l'obtint donc pour une bouchée de pain. Elle put également acheter un syrtos dans le style de ceux portés par les filles qui suivaient le campement – plus court, léger et transparent –, ainsi qu'une cape en fourrure pour se tenir chaud. Le prix des aliments, en revanche, était cinq à six fois plus élevé qu'en temps normal. Pas étonnant que tant de femmes soient parties !

Après s'être occupée de son logement et avoir enfilé sa nouvelle tenue, elle acheta une brochette de viande de « porc » ridiculement chère, dont le goût ne ressemblait à rien de ce qu'elle avait connu jusque-là, et partit en reconnaissance dans le campement. Comment devait-elle procéder ? Elle devait atteindre Cassian, mais parvenir à s'introduire dans le pavillon des officiers ne serait pas aussi aisé que de s'infiltrer dans le campement. L'endroit était étroitement surveillé, et les catins n'étaient pas autorisées à y entrer.

En chemin, une paire de simples soldats lui fit des propositions qu'elle déclina. Il lui fallait un officier qui lui donnerait accès à Cassian. Et, si elle en trouvait un, que ferait-elle à partir de là, alors qu'elle ignorait tout de sa cible ? Cette mission était bien différente de celle qu'on lui avait assignée en premier lieu. Elle avait passé près de dix ans à étudier le profil de Lucien avant de tenter toute approche.

— Trois dieux ! s'écria une femme dans son dos. Viviane, c'est bien toi ?

La voix, vaguement familière, la fit frissonner. Elle se retourna juste à temps pour voir Ista avant qu'elle ne se précipite dans ses bras.

Ista poussa des petits cris en l'étreignant.

— Qu'est-il arrivé ? Il ne se passait donc rien au Lion blanc ? Pourquoi cet air perplexe ? Tu ne dois pas être à ce point surprise de me voir !

— Non, bien sûr que non.

Vitala battit des paupières. Elle n'avait encore jamais vu Ista en plein rôle. C'était étonnant.

Ista glissa un bras autour de sa taille et l'éloigna de la foule.

— Viens loger chez moi. Ma tente est formidable, très spacieuse. Ne fais pas attention à la traînée qui me sert de voisine, voilà tout. Les hommes ici sont merveilleux ! Je te présenterai quelques-uns de mes galants – il y a de quoi faire, ici.

Elle continua ainsi à papoter, parlant de tout et de rien, jusqu'à arriver devant une tente rouge dont l'entrée était barrée d'un rideau de perles. Ista l'écarta et tira Vitala derrière elle.

Vitala examina les lieux. Elles étaient seules.

— Que se passe-t-il ?

Ista posa un doigt sur ses lèvres.

Vitala se pencha pour murmurer, mais fut interrompue par un gémissement étouffé provenant de la tente voisine.

Ista frappa sur la toile.

— Ferme-la, vieille bique !

Les gémissements s'intensifièrent.

— Dieux ! elle ne s'arrête jamais.

Ista roula des yeux.

— Pourquoi la nourriture coûte-t-elle si cher ? s'enquit Vitala, pensant que le sujet était suffisamment sûr pour des oreilles indiscrètes.

— Il y a une pénurie, répondit Ista. Si tu arrives à poser la main sur quelque chose, empresse-toi de l'avaler, sinon les chefs du bataillon risquent de te le confisquer pour le donner aux soldats. La bonne nouvelle, c'est que beaucoup de femmes s'en vont. La mauvaise, c'est que d'autres se sont fait attaquer ou tuer. Parfois, les hommes ne paient pas assez pour ce qu'ils demandent, voire ne paient rien du tout. Et bon courage si tu cherches réparation.

Vitala hocha la tête et se mordit la lèvre.

— Et la guerre, comment ça se passe ?

— Mieux, répliqua Ista. Pendant un moment, on n'allait nulle part. Les rebelles s'étaient murés dans une gorge. Impossible pour nos hommes d'y accéder. Mais nous avons eu un coup de chance. Une inondation soudaine a détruit deux murs et a noyé quelques centuries. À présent, nous progressons régulièrement. Demain, nous devrons sans doute faire nos bagages et déplacer le campement. Tu as entendu la rumeur qui dit que les troupes rebelles sont dirigées par l'ancien empereur, Lucien ?

— Je le croyais mort, dit prudemment Vitala.

Ista haussa les épaules.

— Peut-être bien que oui, peut-être bien que non.

Vitala éprouvait une vive frustration : elle avait tant de questions à poser à Ista, et aucune intimité pour le faire.

— Tes amies sont-elles encore ici, ou ont-elles préféré partir quand les prix de la nourriture ont flambé ?

Les gémissements d'à côté reprirent, plus forts. Ista frappa encore la tente du poing.

— La ferme ! cria-t-elle.

— Nous pourrions aller sous ma tente, proposa Vitala.

Ista secoua la tête.

— Ça ne sera pas mieux qu'ici, à mon avis. Mes amies sont parties, oui. Mais maintenant, tu es là, toi ! On peut veiller l'une sur l'autre. On va bien s'amuser !

Le Cercle avait donc envoyé plusieurs assassins. Et tous étaient partis, sauf Ista. Que s'était-il passé ?

— Il y a un officier cadet à qui j'aimerais te présenter, reprit Ista. Il s'appelle Gladius, il est très beau, et il paie toujours rubis sur l'ongle. Je dois le voir ce soir. Tu devrais venir aussi.

La lueur qui brillait dans ses yeux indiqua à Vitala que cette rencontre était capitale.

— Ça me paraît une excellente idée, répondit-elle.

Ista baissa la voix :

— Je vais te dire quoi faire.

— Izzy, tu as déjà de la compagnie à ce que je vois ! (Le jeune officier avait passé la tête sous la tente, faisant s'entrechoquer les perles du rideau.) Tu sais ce que j'ai dit…

Ses yeux se posèrent sur Vitala. Il se tut aussitôt.

Ista sourit.

— C'est vrai, j'ai de la compagnie. Je pensais qu'on pourrait s'amuser encore plus que d'habitude, ce soir. As-tu apporté ce que j'avais demandé ?

L'officier entra. Il était grand, imposant et bien bâti. Il sortit une bouteille de vin de son syrtos et la brandit comme pour leur faire envie.

— Bien entendu. (Il observa Vitala d'un œil appréciateur.) Et qu'entends-tu par « s'amuser encore plus » ?

— Je te présente ma sœur, Viviane. Elle aime bien prendre du bon temps, elle aussi. Pas vrai, Viviane ?

Vitala fit la moue.

— Ça sent mauvais, ici.

— Viviane, on s'en fiche ! (Ista se tourna vers l'officier.) La vie au campement, c'est nouveau pour elle, elle n'est pas habituée. Mais elle et moi, on s'amusait beaucoup, avant. Viviane, voici Gladius. N'est-ce pas là le plus bel homme que tu aies jamais vu ?

Viviane l'examina et hocha la tête, le gratifiant d'une ébauche de sourire.

— Mais ça sent mauvais. Et cette vieille bique à côté ne la ferme jamais.

Comme un fait exprès, la voisine recommença à gémir.

— Je ne vois pas comment je pourrais prendre du bon temps ici. Vous deux, faites ce que vous voulez. Je vais vous laisser.

Vitala se leva et se dirigea vers la porte.

— Viviane ! protesta Ista.

Gladius se posta devant la sortie, lui barrant le passage. Lorsque Vitala s'arrêta devant lui, il lui prit le menton et contempla son visage. Il sourit.

— Et si nous allions sous une autre tente ?

— Elles sentent toutes mauvais, lui objecta Vitala.

— J'en connais une qui ne sent pas, répondit Gladius.

— Où ça ? s'enquit Vitala.

— Dans le pavillon des officiers. Il y a ma tente à moi.

Ista eut un hoquet.

— Tu nous emmènerais *là-bas* ?

Gladius haussa les épaules.

— Je crois que, pour une fois, on peut faire une petite entorse à la règle. Les rebelles battent en retraite, et le campement va bouger demain. Pourquoi ne partiriez-vous pas avec un peu d'avance, mesdames ? Viviane a raison : ça pue, ici.

— Viviane, dis « oui », la supplia Ista. Le pavillon des officiers, c'est tellement mieux qu'ici !

Vitala regarda Gladius dans les yeux avec adoration.

— D'accord.

Le pavillon des officiers était sur une butte, entouré d'une clôture de fortune et surveillé par des soldats en uniforme. Certains d'entre eux semblèrent vouloir protester en voyant arriver Gladius accompagné des deux femmes, mais, après avoir jeté un coup d'œil à son insigne et à son écusson de sang, ils s'abstinrent de tout commentaire.

Une fois dans le pavillon, Vitala passa devant un officier cadet qui dévora des yeux la poitrine d'Ista avant de regarder Gladius, un sourcil levé.

— Des prisonnières qui doivent être interrogées, expliqua Gladius.

L'officier sourit, les yeux brillants.

— Besoin d'aide ?

— Non, ça va aller.

Tandis qu'ils avançaient, Vitala observa la disposition du pavillon. Les tentes étaient de tailles, de formes et de couleurs variées. Elle supposa que la taille correspondait au rang de l'occupant, les plus vastes étant réservées aux officiers les plus expérimentés. Une tente située au centre dominait toutes les autres. Sûrement celle de Cassian. Vitala sentit son cœur s'emballer. Ista et elle se rapprochaient de leur objectif !

La tente de Gladius, de couleur rouge, faisait partie des petites. À l'entrée, deux étendards de bataille étaient appuyés l'un contre l'autre, un crâne humain suspendu à l'un d'eux. Vitala relâcha son esprit pour vérifier les protections et en trouva une contre les ennemis juste à l'entrée. Avant qu'elle n'ait eu le temps d'agir, la protection se désintégra pour retourner dans la Faille. Ista avait été plus rapide.

Une fois sous la tente, Gladius remit un peu d'ordre, ramassant des vêtements, un casque et une cotte de mailles jetés sur des dossiers de chaise et sur son lit. Il les fourra en tas dans un coffre recouvert de cuir. Il sourit, déboucha la bouteille de vin puis s'assit sur une chaise et invita les deux femmes à s'installer sur le lit.

— Faisons un jeu, proposa-t-il. Pour chaque gorgée, vous devez ôter quelque chose.

Il tendit la bouteille à Vitala.

Vitala l'inclina, bloquant le goulot avec sa langue de façon à n'avaler qu'une infime quantité de vin. Elle retira ensuite l'une de ses ceintures et passa la bouteille à Ista. L'officier détaillait chacun de leurs mouvements, les yeux luisants. Pendant que le jeu se poursuivait, Vitala regarda autour d'elle et observa le lit. Il était trop petit pour trois. Qu'avait Ista derrière la tête ? Quel rôle Vitala devait-elle jouer ? Gladius semblait aimer prendre les décisions. La meilleure conduite à tenir pour le moment était donc peut-être de lui obéir. Ista passerait à l'action quand elle serait prête.

Vitala fit semblant de boire une nouvelle gorgée. Après plusieurs tours, elle ôta ses deux ceintures, sa cape et ses chaussures. Il ne lui restait plus que son syrtos. Elle le retira, ne gardant que sa chemise. Elle frissonna ; la pointe de ses seins se durcit. Gladius avait les yeux rivés sur sa poitrine.

— Gladius, trésor. (Ista but à la bouteille et retira à son tour son syrtos.) Tu sais que les miens sont mieux. (Elle fit ressortir sa généreuse poitrine.) Et ce n'est pas juste que tu aies le droit de garder ton pistolet ou ton épée ! Regarde tous les vêtements que tu portes par rapport à nous. Enlève quelque chose qui compte.

Il sourit et baissa son pantalon.

— Comme ça ?

— Oui, exactement, répondit Ista pendant qu'il buvait le vin à grandes gorgées.

Son regard se promena d'une jeune femme à l'autre. Il passa la langue sur ses lèvres.

— Alors, mesdames, vous faites souvent ça ensemble ?

— Oh ! oui, chéri, répondit Ista.

— Eh bien, dites-moi… (Son regard s'illumina.) Est-ce que ça vous arrive de… vous savez… de le faire toutes les deux ?

— Gladius, nous sommes sœurs. Ce serait de l'inceste.

— Oh ! tu as raison, j'imagine.

— C'est chacune notre tour, mon amour. Je serai la première.

Ista ôta sa chemise, dévoilant sa peau d'un blanc crémeux.

Gladius se leva et s'avança vers elle, mais Vitala vit le geste imperceptible que sa camarade lui avait adressé.

— Non, moi d'abord.

Vitala ôta elle aussi sa chemise, frissonnant en sentant l'air froid sur sa peau nue.

Gladius les regarda tour à tour avec des yeux ronds.

— Peut-être que vous pourriez toutes les deux… hum… (Il se tourna vers le lit : celui-ci pouvait à peine accueillir deux personnes, alors trois !) Hmm.

Même s'il était nu en bas, il portait toujours son syrtos avec ses ceintures et une cotte de mailles sous sa tunique. Ista lui ôta son syrtos et commença à passer la cotte de mailles et la tunique par-dessus sa tête. Vitala s'avança pour l'aider. Contre sa poitrine légèrement velue pendait sa pierre fendue : la topaze d'un mage de guerre.

— J'y vais la première, dit Ista d'une voix enjôleuse.

Elle posa ses lèvres sur celles du jeune homme lorsque sa bouche apparut derrière la tunique. Elle le conduisit vers le lit. Il la suivit sans opposer de résistance.

Vitala les rejoignit, un peu gênée, mais elle ne voyait pas d'objection à ce qu'Ista prenne les choses en main. Non qu'elle hésiterait à coucher avec cet homme s'il le fallait pour sauver Lucien, mais l'idée ne lui plaisait pas. Et si elle était victime d'une de ses crises ?

Gladius se plaça au-dessus d'Ista et, d'après ce que vit Vitala, la pénétra presque aussitôt. Ista gémit. Vitala pensa qu'elle devait simuler, mais c'était difficile à dire : Ista était si bonne comédienne ! Vitala se détourna et attendit, n'ayant pas envie de les regarder ou même de songer à ce qu'ils faisaient. Cela lui rappelait trop ses horribles séances d'entraînement. Au bout d'un moment, la respiration de Gladius se fit plus haletante, ses mouvements devinrent plus saccadés, plus puissants : il y était presque. Vitala déglutit, mal à l'aise.

Il grogna. Le lit se mit à trembler. Vitala entendit un bruit de lutte et s'obligea à regarder, au cas où Ista aurait besoin d'aide. Gladius, à l'agonie, était agité de soubresauts, tandis qu'Ista essayait de s'extraire de sous lui.

— Enlève-le ! dit-elle d'une voix étouffée.

La bouche sèche, Vitala fit rouler Gladius, toujours pris de convulsions, hors du lit.

— Dieux ! un vrai singe !

Ista descendit du lit et prit une couverture pour essuyer la sueur et la salive de Gladius sur elle.

Vitala contempla le jeune homme. Il n'était pas encore mort.

— Qu'est-ce que tu fabriques ? Tu rêves ? demanda Ista d'un ton sec. Habille-toi !

Vitala s'obligea à détourner le regard du moribond.

— Ça ne t'ennuie pas ?

— De quoi ? D'avoir tué ce crétin ?

Ista enfila sa chemise puis son syrtos.

— De tuer, tout simplement. Ça ne te donne pas de cauchemars ?

— Une personne qui se laisse avoir si facilement n'a que ce qu'elle mérite.

Vitala ramassa ses vêtements par terre et commença à se rhabiller.

— Et maintenant ?

— Je n'en sais rien. J'ai réussi à nous introduire dans le pavillon. Ce serait bien que tu aies une idée, à présent. Quoi qu'on fasse, ça devra attendre demain matin. Là, il y a trop d'officiers qui se reposent sous leur tente.

— Mais Cassian ne sera-t-il pas absent dans la journée, avec ses officiers ?

— Sûrement. On pourrait en profiter pour inspecter sa tente, et peut-être lui tendre une embuscade.

— Tu ne crois pas qu'on pourrait y arriver en le séduisant ?

— Non. Les catins ne l'intéressent pas. Il y a une femme qui lui rend visite presque chaque nuit ; une maîtresse qu'il a depuis longtemps. Je doute qu'on puisse se faire passer pour elle. Il nous faudra agir de manière plus directe, comme lui transpercer la panse avec une épée.

Ista se dirigea vers le premier des deux coffres recouverts de cuir de Gladius, l'ouvrit et fouilla à l'intérieur.

— Des vêtements. Hmm. (Elle alla vers le deuxième, mais ne parvint pas à l'ouvrir.) Trouve la clé.

Vitala s'avança vers le cadavre – Gladius était mort, désormais – en grimaçant et réalisa qu'elle ne trouverait rien sur un corps nu. Elle prit ses habits et fouilla dans ses poches.

— Tiens.

Elle tendit un trousseau de clés à Ista qui, en ouvrant le deuxième coffre, lâcha un sifflement.

— Devine qui est amateur d'armes ?

Elle souleva deux magnifiques pistolets, de très belle facture.

— Trop bruyants pour ce genre de mission, commenta Vitala. Mais parfaits en cas d'urgence.

— Et comment.

Ista prit un pistolet pour elle et donna l'autre à Vitala, puis se remit à fouiller dans le coffre. Elle posa par terre deux autres pistolets de moins bonne qualité, ainsi que plusieurs épées et couteaux.

— Oh ! regarde ! (Elle sortit plusieurs bouteilles de vin et les aligna également sur le sol.) Arrange-le pour donner l'impression qu'il a trop bu.

Vitala déboucha les bouteilles une par une. Elle versa leur contenu sur Gladius, puis déposa les récipients vides un peu partout sous la tente pour faire croire qu'il s'était soûlé à mort. Quand elle eut terminé, la tente empestait l'alcool, et Ista avait entassé les armes à côté du coffre. Vitala choisit une épée et deux couteaux de lancer. Ista sortit une série de fioles de poison cachées dans ses vêtements. Elles trempèrent les lames dans une substance paralysante. Elle n'aurait aucun effet sur un mage de guerre comme Cassian ou Gladius, mais cela devrait marcher à merveille sur toutes les personnes dénuées de pouvoirs qu'elles croiseraient en chemin.

— Nous allons devoir dormir ici, n'est-ce pas ? demanda Vitala. Avec le cadavre.

— Oui – à moins que tu aies une meilleure idée, répondit Ista. Au fait, je le compte à mon tableau de chasse. Je travaillais sur lui avant ton arrivée. Ne t'avise pas de dire que c'est toi qui l'as tué !

— Bien sûr que non. Il est à toi.

Ista hocha la tête, satisfaite.

— Dors. Je monte la garde la première.

Chapitre 33

Tôt le lendemain, Vitala fut arrachée au silence de son tour de garde par un grondement tonitruant qui fit vibrer son corps. Était-ce de nouveau la tempête, ou un tir de canon ? Un instant plus tard, d'autres déflagrations retentirent, accentuées par les crépitements saccadés de tirs de mousquet.

Elle courut jusqu'au lit pour réveiller Ista.

— Debout !

Ista se leva sans rien dire, armée et habillée.

Le campement commençait à s'éveiller. Vitala perçut des cris, du mouvement, des bruits de pas.

— Gladius !

La voix appelait juste à l'extérieur de la tente. Vitala se faufila derrière le lit et se cacha sous une couverture. Ista plongea derrière un coffre. Elles entendirent un entrechoquement. Vitala tressaillit, se demandant ce que c'était, puis comprit que c'était le crâne suspendu à l'étendard de bataille.

— Réveille-toi, Gladius, nous sommes attaqués ! (Une pause.) Gladius ?

Le rabat de la tente s'ouvrit. La voix, désormais plus proche, était pleine de mépris.

— Dieux ! Gladius.

Le rabat se referma et les bruits de pas s'éloignèrent.

Vitala sortit de sa cachette.

— Les forces de Lucien attaquent-elles le pavillon ? souffla Ista.

— Non, les canons sont trop éloignés, répondit Vitala. Je suis sûre que les officiers ont été réveillés pour renforcer les premières lignes. On dirait que Lucien tente le tout pour le tout.

— Ça pourrait être une bonne occasion pour nous, fit remarquer Ista.

Vitala acquiesça. Les deux femmes attendirent sous la tente que le campement se vide. Quand l'agitation fut moindre, Vitala passa la tête pour s'assurer qu'il n'y avait personne et émergea de la tente, Ista sur ses talons.

Le rugissement des canons leur semblait terriblement proche tandis qu'elles se frayaient un chemin vers la tente impériale, mais Vitala savait d'expérience qu'ils étaient en réalité plus loin qu'il n'y paraissait. *Loin comment ?* se demanda-t-elle. Où que se situe l'action, Lucien était sûrement dans les parages. Peut-être même aurait-elle pu aller le voir à pied. Évidemment, avec les milliers de soldats hostiles qui les séparaient, la distance physique importait peu.

Deux gardes se tenaient à l'entrée de la tente impériale.

Cachée derrière un râtelier d'armes, Vitala les observa et fit la grimace.

— Des Legaciatti.

— Pas sûr, souffla Ista. La plupart d'entre eux sont morts, tués pendant le putsch ou après, pendant la purge. Cassian les a remplacés par de simples soldats.

— Ah bon ? (Le visage de Vitala s'illumina.) Alors ceux-là n'ont peut-être aucun pouvoir !

— C'est possible, confirma Ista, mais mieux vaut éviter les suppositions.

— À mon avis, nous ne devrions pas les tuer, dit Vitala. C'est trop voyant.

Elles contournèrent discrètement la tente et tombèrent sur d'autres gardes. Elles s'en débarrassèrent à l'aide de leurs couteaux empoisonnés. De l'extérieur, la tente semblait avoir la même forme que l'ancienne tente impériale de Lucien – celle que Vitala avait incendiée. Supposant que la configuration intérieure était identique, la jeune femme devina l'emplacement de la chambre et s'accroupit au sol, le long de la paroi du fond. Elle commença à découper la toile tout en bas. L'épaisseur du cuir lui rendit la tâche difficile. Ista poussa les corps des gardes contre la tente et fit le guet. Vitala avait émoussé son couteau et en avait pris un autre quand elle parvint enfin à ménager une ouverture suffisamment large pour s'y glisser.

Elle jeta un coup d'œil à l'intérieur : c'était bien une chambre.

— Personne en vue.

— Vas-y, dit Ista. Rien à signaler dehors pour le moment. Je pousserai les corps après toi.

Vitala empocha ses couteaux et se faufila dans l'étroite ouverture en se contorsionnant. Elle passait ses hanches quand elle reçut un coup sur la tête.

Elle se mordit la langue pour se retenir de crier et se démena en silence, essayant de libérer son épaule coincée. Elle repoussa le poids qui s'était abattu sur elle, surprise par sa légèreté. Elle se retourna pour voir son agresseur : un garçon armé d'un couteau.

Il se rua sur elle, balançant maladroitement sa lame. Vitala esquiva le coup et lui attrapa la main. D'une pression sur le poignet, elle lui fit lâcher son arme et se pencha pour la ramasser. Tenant fermement son assaillant, elle pointa le couteau sur son cou. Ce n'était pas du tout un garçon. Son adversaire avait les cheveux longs et un visage aux traits délicats et féminins. Elle s'était battue contre une adolescente. *Céleste.*

Je devrais baisser mon couteau et la laisser partir, songea Vitala. Mais non, c'était une mauvaise idée. Elle devait d'abord s'expliquer, sans quoi la fille risquait de donner l'alerte. *Je devrais baisser mon couteau et la laisser partir.* Cette pensée ne cessait de revenir, insistante – et aussi étrange qu'absurde. Vitala battit des paupières, désorientée. Puis quelque chose monta en elle, de si virulent qu'elle faillit en vomir : elle chassa la pensée de son esprit comme si c'était un corps étranger. Dans le moment de lucidité qui s'ensuivit, elle comprit que c'était exactement ça : comme presque toutes les femmes de la noblesse kjallane, Céleste était un mage d'esprit.

— Bien essayé, chuchota-t-elle, mais moi aussi j'ai des pouvoirs. Tes petits tours ne marchent pas sur moi.

— Qui êtes-vous ? couina la fille.

— Crois-le ou non, je suis l'impératrice de Kjall, répliqua-t-elle. C'est Lucien qui m'envoie.

Une douleur la traversa : en regardant les yeux noirs de la fille, elle avait l'impression de voir ceux de Lucien. Il lui manquait terriblement. Cependant, Lucien et Céleste étaient différents. Elle avait des cheveux plus clairs que ceux de son frère, et ses joues étaient parsemées de taches de rousseur. D'où lui venaient-elles ? Vitala ne connaissait pas les ascendants de Lucien au-delà de deux générations. Sa lignée comprenait-elle du sang étranger ?

Ista se faufila par l'ouverture et hoqueta :

— C'est Céleste ?

— Oui ! répondit Vitala. Mets les corps des gardes à l'intérieur.

— Que se passe-t-il ? siffla tout bas Céleste, comme pour éviter de se faire entendre des sentinelles à l'entrée.

— Je t'expliquerai dans un instant, répondit Vitala. (Puis elle se tourna vers Ista.) Va chercher les corps.

Au lieu de quoi Ista se rua sur Céleste.

— Non ! s'écria Vitala.

Elle se jeta sur sa complice. Avisant le couteau empoisonné dans sa main, elle l'attrapa et l'écarta du cou de Céleste. L'adolescente se dégagea d'entre les deux femmes et s'éloigna. Vitala et Ista tombèrent lourdement à terre, se disputant le couteau. Ista donna un coup de genou dans l'entre-jambe de Vitala – une tactique assez inoffensive –, et Vitala, incapable de libérer son poing pour la frapper, répondit par un coup de coude en plein visage. Elle avait un avantage en taille et en puissance. Grognant sous l'effort, elle l'utilisa pour approcher la lame de la gorge d'Ista.

— Rends-toi, souffla-t-elle, ou je termine cette mission toute seule.

Ista lâcha le couteau et leva les yeux vers Vitala.

— Nous devons la tuer. Ne le comprends-tu pas ?

— Tu es folle ! gronda Vitala. Je ne tuerai pas la sœur de Lucien.

Un martèlement de bottes se fit entendre. Vitala se pétrifia, le couteau à la main, puis se retourna : les deux sentinelles se tenaient à l'entrée, leurs armes au clair, prêtes à attaquer. Céleste s'avança au-devant d'elles. Les gardes étaient deux fois plus grands qu'elle, mais elle leur ordonna :

— Tout va bien, vous pouvez retourner à vos postes.

Les gardes dévisagèrent Ista et Vitala. Ils savaient forcément qu'elles étaient des intruses ; pourtant l'incertitude se lisait dans leur regard.

— Vous en êtes sûre, impératrice ?

— Sûre et certaine, affirma Céleste. Retournez à vos postes.

Les gardes firent demi-tour. Vitala frissonna. La magie de l'esprit était l'une des choses les plus terrifiantes qu'elle eût jamais vues.

— Je peux les rappeler quand je veux, prévint Céleste en lançant un regard acerbe à Ista. Je vous conseille de ne plus me toucher.

— Tes gardes ne sont pas une menace pour nous, rétorqua Ista avec mépris.

— Nous ne sommes pas venues pour te tuer, la rassura Vitala. Du moins pas moi. C'est Lucien qui m'envoie, pour assassiner Cassian et te sortir d'ici. Cassian est-il là en ce moment ?

— Non, répondit Céleste, il est au front. Pourquoi vous faites-vous appeler « impératrice » ? Et comment Lucien aurait-il pu vous envoyer alors qu'il est en captivité ?

— Il n'est pas prisonnier. Tiens, si tu en veux la preuve. (Elle fouilla dans ses poches et trouva la lettre qu'il lui avait écrite.) Nous nous sommes mariés récemment.

Céleste lut la missive et fronça les sourcils, perdue.

— Comment est-ce possible ? Où est-il ?

— C'est lui qui dirige l'armée rebelle.

Elle écarquilla les yeux.

— Comment est-il arrivé là-bas ? S'est-il échappé ?

— Oui, je l'ai aidé.

Céleste parut encore plus perplexe, mais lui rendit la lettre.

— C'est bien son écriture, je la reconnaîtrais entre mille. En revanche, je ne comprends pas comment il a pu s'enfuir. Et, d'après cette lettre, il ne vous a pas envoyée ici : il voulait que vous soyez évacuée vers Mosar.

— J'ai interprété le message à ma façon.

Céleste l'observa.

— Et d'abord, comment vous a-t-il rencontrée ? Je ne vous avais encore jamais vue.

— Si, mais tu ne te le rappelles pas. Je n'ai pas le temps de te raconter toute l'histoire, dit Vitala. Lucien est en vie, mais tu as raison : son armée perd. Nous devons mettre un terme à cette guerre avant que ses troupes ne soient écrasées, et le seul moyen d'y parvenir, c'est d'assassiner Cassian. Veux-tu nous aider ?

— Oui, répondit Céleste. Mais vous ne pouvez pas le tuer. C'est un mage de guerre. Si c'était possible, je m'en serais déjà chargée.

Ista intervint :

— Elle a raison. C'est impossible de tuer Cassian – du moins si nous ne sommes que deux. C'est pourquoi Céleste doit mourir à sa place. C'est à cause d'elle que Cassian a pu s'emparer légitimement du trône. Sans elle, il n'est plus rien. Si Céleste aime son pays, même elle devrait être d'accord avec moi.

La jeune fille la regarda, bouche bée.

— Nous sommes venues ici pour tuer Cassian ! s'écria Vitala. Jamais je n'aurais accepté de venir assassiner la sœur de Lucien.

Ista sourit d'un air grave.

— Changement de plan. Qu'est-ce qui compte le plus pour toi : la vie d'une gamine ou l'avenir de ton pays ?

Vitala secoua la tête, refusant de considérer ce casse-tête comme un simple problème mathématique.

— Tuer Céleste ne sauvera ni Lucien ni Riorca. Cassian est trop établi comme chef pour être déchu juste parce que Céleste aura été tuée.

— Tu n'en sais rien, lui objecta Ista. De plus, avons-nous le choix ? Nous ne pouvons pas tuer Cassian. Il faut au moins trois guerriers expérimentés pour défier un mage de guerre. Nous ne sommes que deux.

Céleste déglutit.

— Je vous aiderai.

— Tu n'es pas un « guerrier expérimenté », rétorqua sèchement Ista. Tu n'es qu'une petite fille.

— Si vous avez besoin de trois personnes, c'est pour le distraire, la contra Céleste. Je ne peux pas me battre, mais je peux le distraire.

— Comment ? demanda Vitala.

Céleste haussa les épaules.

— Je pourrais le mettre en colère.

— Ce n'est pas une bonne idée, lui objecta Ista. Peut-être que ça marchera au début, mais, une fois qu'il se rendra compte qu'il est piégé, il t'ignorera et se concentrera sur nous. Ensuite, nous mourrons et il pourra te punir à loisir.

Les joues de l'adolescente s'enflammèrent.

— Nous sommes ici pour tuer Cassian, pas la princesse, insista Vitala. Tu sais aussi bien que moi que, si tu tues Céleste, le pacte passé entre Lucien et le Cercle sera rompu et nous perdrons tout : la paix et le reste. (Elle se tourna vers Céleste.) Quand Cassian rentre-t-il ?

— Sûrement après la bataille.

— Et après la bataille, les officiers reviennent-ils, eux aussi ?

— La plupart, oui.

— Il faut qu'il soit seul, dit Vitala. Y a-t-il un moyen de l'isoler ?

Céleste réfléchit un moment en silence.

— Eh bien… Je pourrais feindre une tentative de suicide ou une maladie. Mais, s'il rentre, il sera sans doute accompagné d'un Guérisseur.

— Il ne vaut mieux pas, déclara Vitala. Il doit être seul. Nous y reviendrons plus tard. Et les gardes à l'entrée ? Je suppose qu'ils n'ont pas de pouvoirs, s'ils sont sensibles à ta magie ?

— En effet, répondit Céleste.

Vitala hocha la tête.

— Peux-tu te servir de ta magie pour les empêcher d'intervenir pendant le combat ? Je préférerais ne pas avoir à les tuer : cela trahirait notre présence. Mais je ne veux pas non plus qu'ils nous compliquent la tâche quand nous nous occuperons de Cassian.

— Je peux les neutraliser, oui.

— Pourrais-tu faire en sorte qu'ils se battent pour nous ? demanda Ista.

— Sûrement, répondit Céleste. Mais ils seraient désorientés et se battraient assez mal.

Ista poussa un grognement.

— Laissons tomber. Ils nous gêneraient plus qu'autre chose. Écoute, si tu as toujours pu contrôler ces gardes, pourquoi n'es-tu pas partie, tout simplement ? Pourquoi être restée ici et aider l'ennemi à livrer bataille contre ton frère ?

Céleste s'irrita :

— J'aidais mon frère, au contraire. Si j'étais partie, Cassian l'aurait tué !

— Des menaces en l'air ! la railla Ista. Il essaie de tuer Lucien depuis le début. C'est l'objectif de cette guerre.

— Non. (Céleste nia vigoureusement de la tête.) Cette guerre vise les rebelles riorcans. Cassian retenait Lucien prisonnier. Il l'aurait tué si j'avais tenté de m'enfuir. (Elle regarda Vitala.) Mais tu l'as aidé à s'échapper, et à présent il est du côté des rebelles ?

— Je l'ai aidé à fuir le coup d'État initial. Il n'a jamais été fait prisonnier par Cassian. Les prétendus rebelles n'en sont pas : ils soutiennent Lucien.

L'une des pièces finales du caturanga se mit en place dans un déclic. À présent, elle comprenait pourquoi Remus et ses hommes n'avaient pas éliminé Lucien immédiatement. Ils avaient l'ordre de le livrer à Cassian, qui le retiendrait captif en secret et l'utiliserait comme moyen de pression sur la princesse impériale. Lucien ne s'étant pas laissé attraper, Cassian avait dû improviser.

— Mais je l'ai vu de mes propres yeux ! insista Céleste. Dans une cellule carcérale.

— Pas de près, je parie, dit Ista.

Céleste parut hésiter.

— Non, pas de près, mais c'était bien Lucien, j'en suis certaine.

Ista roula des yeux.

— Tu as vu une doublure ! Cassian t'a trompée, voilà tout. Petite écervelée, tu t'es laissé prendre au plus vieux tour du monde !

— Laisse-la tranquille, intervint Vitala d'un ton sec. Ce n'est qu'une enfant.

— Une enfant qui n'a rien dans le crâne et qui a fait le jeu de Cassian !

Céleste était affligée.

— Peu importe, déclara Vitala en étreignant la main de l'adolescente. Il a dupé tout le pays, pas seulement toi. Rassure-toi : Lucien est libre – du moins pour le moment – et il le restera si nous parvenons à assassiner Cassian.

La jeune princesse déglutit.

— Je peux m'arranger pour que Cassian revienne seul.

— Comment ça ? s'enquit Vitala.

— Je vais lui envoyer un message. « Je suis au courant pour Lucien. » Avec ça, il devrait rentrer en toute hâte.

— Ne viendra-t-il pas avec des renforts ? demanda Ista.

— Pourquoi ? Je ne lui fais pas peur. Il est deux fois plus grand que moi et hermétique à mes pouvoirs. Il se contentera de me menacer, peut-être de me battre, et me dira à quel point je suis idiote.

— Envoie ton message, dit Vitala.

De sa cachette, Vitala entendit un cheval galoper jusqu'à l'entrée de la tente, puis un bruit sourd lorsque le cavalier sauta sur le sol poussiéreux. Les pas se rapprochèrent, moins étouffés : quelle que soit la personne qui venait d'entrer, les gardes l'avaient laissée passer sans discuter. Vitala se rendit compte qu'elle ne savait même pas à quoi Cassian ressemblait.

— Céleste, quelle est cette histoire sur votre frère ? (La voix était grave ; l'homme devait être imposant.) Vous aussi, vous croyez les rumeurs qui circulent dans le campement ?

— Ce ne sont pas des rumeurs, répliqua Céleste d'une voix tremblante.

Embusquée derrière un rideau, Vitala fit la grimace. Jusque-là, la jeune fille s'était montrée si forte, si résistante ! Manifestement, elle semblait sur le point de craquer. Cassian devait la terrifier. Si seulement elle parvenait à se contrôler quelques minutes de plus…

Les bruits de pas passèrent devant Vitala. L'homme reprit :

— Pauvre idiote. Ce sont des rumeurs, rien de plus. Votre frère est sous ma garde et ne mène aucune armée rebelle. Vous l'avez vu vous-même.

— Vous m'avez menti. Vous m'avez montré quelqu'un qui lui ressemblait.

— Dans ce cas, ma chère, pourquoi ne pas avoir fui ?

Céleste hoqueta de peur et de surprise. Cassian s'était sûrement emparé d'elle : leurs voix étaient toutes proches l'une de l'autre.

La voix grave était pratiquement réduite à un murmure :

— Vous ne répondez pas ? Ça ne fait rien. Je sais pourquoi vous êtes restée : parce que au fond vous ne croyez pas à ces sottises à propos de votre frère. Si vous répétez ces folles rumeurs, c'est seulement pour me provoquer, petit laideron stupide.

— Non… mon seigneur.

La respiration de Céleste, terrifiée, était de plus en plus saccadée. Elle n'allait plus tenir longtemps.

— Vous comprenez que vous ne me laissez pas le choix, dit Cassian. Tout soldat qui contribue à répandre cette rumeur reçoit dix coups de fouet. Je peux difficilement faire une exception pour mon impératrice : elle doit donner l'exemple à son peuple.

L'adolescente ne répondit pas. Au lieu de quoi on entendit des vêtements se froisser, une lutte brève, un coup assené et un grognement de douleur émis par Céleste.

Voilà le signal.

Vitala bondit de derrière le rideau. Ista avait une courte avance sur elle et courait déjà vers Cassian, la pointe de sa lame dirigée vers son cœur. Cassian se laissa presque surprendre. Juste à temps, il écarta brutalement son épouse et se retourna. En un éclair, il dégaina son épée pour parer l'attaque d'Ista. Vitala lui jeta son couteau de lancer, le visant au milieu du dos.

Cassian se contorsionna de manière surréaliste : le couteau lui écorcha le flanc, déchirant son syrtos. Sa trajectoire déviée, l'arme vola à travers la pièce, atterrit avec un bruit mat contre la paroi de la tente et tomba au sol. Cassian cria. Vitala vit qu'il saignait, mais la blessure n'entravait pas ses mouvements. Céleste courut se réfugier derrière un canapé.

Vitala tira son épée au clair. Il s'en fallut de peu : Cassian fondait sur elle. Il avait mis Ista à terre après lui avoir assené une pluie de coups. Il attaqua Vitala, encore et encore. Elle para ses coups de lame, mais chaque fois ses gestes étaient un peu plus lents. Son adversaire était trop rapide, trop fort. Ista épargna à Vitala un coup fatal en frappant Cassian par-derrière, l'obligeant à se retourner. Vitala recouvra son équilibre, prit une inspiration et voulut poignarder Cassian dans le dos. Il fit volte-face juste à temps pour la bloquer et, avec un grognement de mépris, tenta de la frapper violemment à l'abdomen. Vitala dut rassembler toutes ses forces pour repousser son assaut. Il brandit de nouveau son épée ; elle fit un bond en arrière. Une douleur cuisante irradia de sa cuisse. La blessure, profonde, était sans doute grave, mais sa jambe pouvait encore supporter son poids.

Ista revint à la charge et détourna l'attention de Cassian avant qu'il puisse frapper la jeune femme au cœur. Les deux assassins se comportaient comme deux corbeaux harcelant un aigle, l'attirant chacun leur tour, bousculant les chaises et contournant les tables tandis que la lutte se poursuivait dans toute la pièce. Vitala se rendit compte que Cassian était un combattant hors pair, dont les talents et l'élégance des gestes n'étaient pas seulement dus à sa magie de guerre. Non seulement il voyait venir les coups, mais il y répondait en adoptant les parades adéquates. Malgré leurs efforts communs, Ista et Vitala perdaient.

Ista saignait d'estafilades à la joue, au bras et au ventre. Chaque coup qu'elle portait était un peu plus faible que le précédent. Cassian la contraignait sans cesse à reculer. Vitala avait le tournis ; malgré tout, elle le frappa pour essayer de l'attirer vers elle. Il se retourna juste à temps pour parer l'attaque et repousser la jeune femme, puis assena un nouveau coup à Ista, qui chancela vers l'arrière, trébucha sur un pied de chaise et chuta lourdement. Cassian fit face à Vitala avec un sourire triomphant. Il plongea, sa lame pointée vers sa poitrine.

Vitala l'esquiva, mais ses mains tremblaient sur la poignée de son épée. Sa vue s'assombrit. Elle secoua la tête pour retrouver ses esprits, mais fut écrasée par la volée de coups qui suivit. Elle ne parvenait pas à percer les défenses de son assaillant. Ista se remit péniblement debout, mais ne semblait pas assez forte pour représenter une réelle menace.

Avec un grognement de rage et d'impuissance, Vitala rassembla ses dernières forces. Les bras tremblants, elle brandit son arme pour parer un autre coup. Ista tenta désespérément de percer le flanc de Cassian. Il fit demi-tour pour l'affronter, puis hurla de douleur.

Ista ne l'avait pas touché ; Vitala non plus. C'était Céleste, agrippée au dos de Cassian comme un singe. Il la repoussa. Un couteau saillait de son dos, là où Céleste s'était tenue. Cassian chancela. Vitala bondit vers lui, balançant son épée. Les traits de l'homme se déformèrent sous l'effet de la douleur ; à chaque mouvement, la dague enfoncée dans son dos bougeait. Il mit du temps à parer ; Vitala réussit à lui planter sa lame dans l'épaule. Ista l'empala d'un coup dans le ventre. Avec un hoquet, Cassian s'effondra au sol. Ne voulant prendre aucun risque, Vitala dégagea sa lame et égorgea l'usurpateur.

Elle se laissa glisser à terre, trop faible pour tenir debout, et laissa tomber sa tête entre ses genoux.

— Panse ta jambe, grogna Ista.

Elle découpa un pan du syrtos de Cassian et le tendit à Vitala.

La jeune femme se fit un bandage serré autour de la cuisse. L'entaille était profonde mais, si Vitala parvenait à endiguer l'hémorragie, elle survivrait. Ses yeux tombèrent sur Céleste qui, le teint blême, était recroquevillée dans un coin de la tente.

— Tu vas bien ? lança-t-elle.

Céleste hocha la tête.

— Alors, dit Ista, essoufflée, qui l'a tué ?

Chapitre 34

Tandis qu'Ista dégageait l'un des piquets de tente et en affûtait la pointe, Vitala, affaiblie par le sang perdu et toujours assise, demanda à Céleste d'aller chercher une plume et du papier pour écrire :

> « Les dieux détestent les usurpateurs. Voyez le sort réservé à celui qui a menti à ses compatriotes et s'est octroyé des honneurs et des titres qui ne lui revenaient pas. Mon frère est vivant. Il est à la tête des bataillons postés au ravin de Balafre-Noire. Ils ne se battent pas pour se rebeller, mais pour préserver l'intégrité de l'empire. Je vous ordonne de cesser immédiatement les hostilités, d'entamer les pourparlers et de vous soumettre à l'autorité légitime de l'empereur Lucien.
>
> La princesse impériale Céleste Florian Nigellus »

— Refais ton bandage, commanda Ista. Ça saigne toujours.

— Pas beaucoup, répondit Vitala.

Malgré tout, elle déchira une autre bande de tissu pour la serrer davantage autour de sa cuisse.

— Tu es sûre que tu peux tenir debout ? s'enquit Ista.

Vitala hocha la tête.

Céleste demanda aux gardes, toujours sous son emprise, d'aller chercher des chevaux aux écuries. Puis tous les quatre – sans Céleste, à qui Vitala avait demandé d'attendre dehors avec les montures – empalèrent Cassian sur un pieu au milieu de la tente. Une fois qu'ils eurent terminé, Vitala ne tourna pas le dos à cette scène macabre mais la contempla pour la graver dans sa mémoire. Avant de partir, elle se servit d'un couteau pour épingler sur la poitrine de Cassian la lettre dont l'encre était encore fraîche.

Même si Lucien n'était sans doute pas loin, il aurait tout aussi bien pu se trouver de l'autre côté de la mer du Grand Nord. Vitala et ses compagnes n'auraient jamais pu franchir les hordes de soldats hostiles qui ne manqueraient pas de se dresser sur leur passage. Pour retourner à l'Aigle Blanc, elles auraient dû revenir par le chemin que Vitala avait emprunté à l'aller : quittant le bataillon, elle avait dû chevaucher vers le nord jusqu'à la côte puis embarquer sur un navire de marchandises pour remonter le fleuve Braise. Trop affaiblie pour entreprendre un si long périple, Vitala accepta d'accompagner Ista à l'enclave du Cercle la plus proche, emmenant Céleste avec elle : elle ne faisait confiance à personne pour veiller sur l'adolescente.

Vitala ne connaissait pas une seule des âmes de l'enclave, au contraire d'Ista. Elles furent accueillies par les membres. Après qu'elles eurent fait le récit des derniers événements, un messager fut envoyé pour porter la nouvelle à Lucien.

Vitala fut aussitôt conduite auprès d'un Guérisseur, qui soigna sa blessure à la jambe. La jeune femme resta cependant faible et vidée de toute énergie – un mal que seul le temps guérirait.

Pour une fois, elle ne voyait pas d'inconvénients à rester alitée et à se reposer. Elle avait fait tout ce qui était en son pouvoir pour aider Riorca et Lucien – du moins pour le moment. Céleste était à l'abri, hors de portée de tout Kjallan qui chercherait à succéder à Cassian, et Lucien était parfaitement capable d'assumer les suites de l'assassinat. Ne faisant confiance qu'à Vitala, Céleste restait constamment à son chevet, ce qui, à la grande surprise de la jeune femme, la réconfortait beaucoup. Elle appréciait l'adolescente. Céleste lui rappelait Lucien, qui manquait terriblement à Vitala. Quelle que fût la nature des épreuves endurées par la princesse aux mains de Cassian, Vitala avait l'impression que cela les liait.

— Tu veux en parler ? avait un jour demandé Vitala.

Céleste faisait mine d'écrire à son frère, mais la plume n'avait pas gratté le papier depuis un bon moment, et son expression lointaine trahissait son agitation intérieure.

L'adolescente avait sursauté et laissé tomber sa plume avant de la ramasser.

— De quoi ?

— De Cassian.

Céleste s'était détournée.

—Je ne vois pas ce qu'il y aurait à dire. Il est mort.

—Tu veux parler de ce qui s'est passé quand il était encore en vie ?

—Non.

Sa plume avait repris sa danse sur le papier. Une tache d'encre avait sali la lettre, lui arrachant un juron.

—Peut-être pas avec moi, avait dit doucement Vitala. Peut-être aimerais-tu en discuter avec ton frère.

Céleste avait ricané en reposant sa plume.

—En discuter avec mon frère? Quelle charmante idée! Pas question.

Elle avait froissé la feuille en boule et l'avait jetée par terre.

—Personne ne t'y forcera, évidemment, l'avait rassurée Vitala. Mais ton frère est un homme compréhensif, peut-être plus que tu ne le penses. Tu comptes pour lui. Sais-tu que, s'il a déclaré la guerre à Cassian, c'était principalement pour toi ? Il m'a aussi aidée à gérer certains problèmes. J'ai eu des soucis liés à... des choses que tu as peut-être vécues de ton côté avec Cassian.

Son regard s'était embrasé de colère.

—Et, à votre avis, qu'ai-je pu vivre avec lui ?

—Je ne suis sûre de rien, avait répliqué Vitala.

—Je sais ce qu'on raconte à mon sujet, avait dit Céleste d'un ton grinçant. N'allez pas croire que je n'entends rien.

—Ton frère a ses problèmes, lui aussi, avait insisté Vitala. Des blessures qui ne guériront jamais.

Céleste lui avait décoché un regard méprisant.

—Je ne dis pas que c'est du même ordre, avait ajouté Vitala. Mais, un jour, demande-lui comment il a perdu sa jambe. Tu risques d'être surprise.

Céleste avait haussé un sourcil ; Vitala avait piqué sa curiosité. Songeant qu'il ne serait guère judicieux de la titiller davantage, elle en était restée là.

Les espions de l'enclave venaient fréquemment faire leur compte-rendu, les tenant au courant des événements. Les officiers de Cassian avaient appelé à un cessez-le-feu pour entamer les négociations. Lucien n'avait pas immédiatement donné son accord pour les pourparlers, soupçonnant peut-être un piège, mais, au bout de quelques jours de confusion et de retard, ils eurent finalement lieu. Au cours de cette réunion, les officiers prêtèrent allégeance à Lucien sous le drapeau du Sage, et la guerre s'acheva.

Quelques jours plus tard, Vitala reçut une lettre d'un parfait inconnu. Il se présentait comme le chef d'une lointaine enclave du Cercle de l'Obsidienne. Le message disait :

« J'ai appris que vous étiez en possession d'un retriever de la mer du Nord appelé Flavia, dont les précédentes maîtresses étaient Hanna et Glenys de Tasox. Flavia est l'un des derniers représentants de cette race de valeur, autrefois utilisée par nos ancêtres pour chasser les canards et les oiseaux de mer sur la côte sauvage du Nord. Ces retrievers ont été pratiquement exterminés par les soldats kjallans, mais certains de nos compatriotes ont caché les meilleurs sujets, et la lignée a été préservée clandestinement depuis. Flavia a une valeur toute particulière, car c'est une femelle venant d'une excellente lignée de mères. Par conséquent, nous vous prions de nous la retourner immédiatement. Un mâle l'attend pour ses prochaines chaleurs à Worich.
Par ailleurs, si vous êtes attachée à Flavia, nous vous proposons de l'adopter, à condition que vous acceptiez de la faire se reproduire comme exigé. »

La suite de la lettre donnait de plus amples détails. Vitala sourit. Le chef de l'enclave avait du culot de s'adresser ainsi à l'impératrice de Kjall, et ne semblait pas réaliser que Flavia appartenait autant à Lucien qu'à elle. Malgré tout, sans les efforts de l'enclave, les ascendants de la chienne n'auraient pas survécu pour lui donner naissance. Vitala honorerait le souhait de cet homme. Lucien et elle deviendraient les maîtres de Flavia et la feraient saillir par le chien de Worich.

Lucien allait être surpris quand elle lui raconterait tout cela.

L'empereur envoya au Cercle un message exigeant que Vitala et Céleste retournent auprès de lui. Son armée campait toujours dans le ravin et y resterait au moins une semaine encore pour procéder aux funérailles et à la crémation des corps. Vitala se sentait trop faible pour faire le trajet, mais Céleste allait bien, et la jeune femme l'exhorta à rejoindre son frère. L'enclave escorta la princesse en un lieu sûr, où elle fut remise à un groupe de soldats mosari et de combattants de l'Aigle Blanc.

L'adolescente manqua beaucoup à Vitala. Une fois de plus, elle se sentait seule au monde. Mais l'escorte de Céleste revint avec une surprise pour elle : une lettre de Lucien ! Elle l'ouvrit avec empressement dans l'intimité de sa chambre.

« Chère Vitala,
Je t'en supplie, rejoins le bataillon dès que tu t'en sentiras la force. Tu me manques affreusement. On m'a fait le récit de tes exploits, que je trouve incroyables. J'ai hâte que tu puisses me les raconter de vive voix. En attendant, prends soin de toi. Merci de m'avoir fait cadeau de ma sœur.
Avec tout mon amour,

Lucien. »

Elle porta la missive à son nez et la respira profondément, espérant sentir le parfum de Lucien, même d'une manière infime, mais tout ce qu'elle perçut fut une odeur de papier moisi. Si seulement il lui avait écrit davantage ! Pourquoi cette concision ? Peut-être que l'idée que des espions du Cercle lisaient son courrier, ce qui avait sans nul doute été fait avant qu'on ne le lui transmette, lui déplaisait. Oui, ce devait être la raison. Que voulait-il dire lorsqu'il écrivait qu'il trouvait ses exploits « incroyables » ? Était-il fier qu'elle ait assassiné Cassian, ou horrifié ?

Peu importaient les sentiments de Lucien. Si ce qu'elle avait fait le contrariait, il s'y ferait ! Chaque fois qu'elle pensait à ce qu'elle avait accompli, elle ne pouvait réprimer un sourire. Elle s'était acquittée de sa mission. Elle avait assassiné un empereur. Ce n'était peut-être pas celui qu'on lui avait assigné à l'origine, mais quelle importance ? C'était un détail mineur.

On frappa à la porte.

— C'est ouvert ! lança-t-elle en levant les yeux de *La Septième Vie de la fille du potier*.

Ista entra.

— Tu te sens assez en forme pour chevaucher ?

— Ça dépend de la distance à parcourir.

— Ton empereur et son armée sont en chemin vers Kjall, l'informa Ista. Ils sont sortis du ravin et seront à quelques heures de l'enclave demain matin. Si tu te sens capable de chevaucher jusque-là, une escorte t'accompagnera.

— Je crois pouvoir le faire, oui, répondit Vitala.

Et voilà. Elle allait retourner auprès de Lucien et assumer son nouveau rôle d'impératrice de Kjall. Adieu Cercle de l'Obsidienne. Son estomac se noua. Était-ce dû à l'excitation, ou à la peur ?

— Merci, Ista. Tout ça n'aurait jamais pu se faire sans toi.

Ista afficha un sourire cynique.

— Je sais.

— Quels sont tes projets ? demanda Vitala. Maintenant que Riorca et Kjall sont en paix, les assassins seront moins sollicités. Aimerais-tu être employée au palais ? La plupart des Legaciatti sont morts. Lucien et moi devons mettre en place un nouveau service de renseignement. Tu pourrais le diriger.

— La vie au palais, ce n'est pas pour moi. Et que veux-tu dire par « les assassins seront moins sollicités » ?

— Riorca est libre, et je compte bien veiller à ce qu'elle le reste.

Ista ricana.

— Tu as trop foi en ton mari ! Les Kjallans ne changeront pas. Ils chercheront toujours à s'enrichir sur le dos des travailleurs riorcans, et ils le feront si nous nous couchons et leur offrons notre flanc. Et les esclaves riorcans de Kjall, qu'en fais-tu ? Tu crois vraiment que ton empereur chéri va les affranchir, alors qu'il ne leur a rien promis ? Va combattre les Kjallans depuis ton palais. Moi, je le ferai ici, de chez moi.

Vitala soupira : il fallait reconnaître qu'Ista avait en partie raison. Lucien n'était pas le seul homme de pouvoir à Kjall, et même lui aurait peut-être besoin de se voir rappeler sévèrement de temps à autre que les Riorcans devaient être traités de manière équitable.

— Fort bien, dit-elle. Mais n'oublie pas que nous sommes dans le même camp. Et, si tu changes d'avis, tiens-moi au courant.

Elle tendit les bras vers Ista, espérant pouvoir l'étreindre.

Ista accepta l'embrassade et, avec raideur, serra à son tour Vitala.

— Si *toi* tu changes d'avis et décides de redevenir assassin, tiens-moi au courant. Mais je comprendrais que tu n'en aies pas envie. Après tout, même si tu n'es pas mauvaise, tu resteras toujours en deuxième position.

Vitala leva les yeux au ciel.

— Je ferais mieux d'y aller. Je pense que Riorca est trop petite pour nous deux.

Quand sa jument atteignit le sommet de la colline, Vitala repéra le bataillon. Une longue colonne de soldats, de mules et de chariots chargés de marchandises serpentait dans les vallées et les collines. Les étendards de bataille, ornés d'aigles majestueuses en plein vol sur un fond bleu et orange, brillaient dans la lumière du soleil. Lorsqu'elle les vit, son cœur se mit à battre la chamade.

Elle chercha du regard la tête de file, mais celle-ci était cachée derrière la colline suivante.

D'un claquement de langue, elle lança son cheval au galop, abandonnant son escorte derrière elle. En queue de colonne, des têtes se retournèrent, les yeux écarquillés. Les hommes murmurèrent la nouvelle à leurs camarades de devant, diffusant l'annonce de son arrivée le long de la file de soldats, telles les ondulations d'un serpent.

La vague disparut au-delà de la côte. Au bout d'un moment, trois sons de corne retentirent successivement, exigeant une halte. Des soldats en sueur, couverts de poussière, se retournèrent pour voir Vitala lorsqu'elle les dépassa au galop, filant vers la tête de la colonne. Certains s'inclinèrent, d'autres la saluèrent en portant leur pouce à leur poitrine. Elle adressa un signe de tête à ceux qu'elle connaissait, sans toutefois s'arrêter – pas tant que Lucien n'était pas en vue.

Un autre son de corne retentit, puis la voix de Quincius résonna dans les collines :

— L'Aigle Blanc salue l'impératrice de Kjall !

Un millier de bottes kjallanes frappèrent le sol.

— HOURRA ! hurlèrent les soldats.

La jument de Vitala fit un écart, manquant de la désarçonner. Elle tira sur les rênes et s'arrêta pour faire face au bataillon, la gorge nouée.

Les hommes entrechoquèrent leurs épées à l'unisson.

— HOURRA !

Puis les détonations des mousquets claquèrent.

— HOURRA !

Elle ne savait guère quelle attitude adopter. Qu'était-on censé faire après le salut d'un bataillon ? Elle resta sur place, tremblante, et essuya ses larmes.

Un trio de cavaliers apparut sur la butte d'en face. Lucien était au milieu, perché sur un magnifique destrier noir. Le loros, récemment restauré par le Cercle de l'Obsidienne, scintillait sur sa poitrine. À sa gauche chevauchait Céleste, et à sa droite Quincius. Entre les chevaux trottait Flavia, récemment baignée, le poil duveteux.

Lucien s'arrêta devant Vitala, qui sauta à bas de sa jument pour aller à sa rencontre. Lui aussi mit pied à terre, atterrissant sur sa prothèse, et en quelques pas ils furent dans les bras l'un de l'autre, la chienne blanc et or bondissant joyeusement autour d'eux.

— Tu es l'épouse la plus désobéissante du monde. Tu le sais ?

Lucien l'écrasait tant il la serrait, plaquant le visage larmoyant de la jeune femme contre sa poitrine. Radouci, il ajouta :

— Dieux ! femme ! tu nous as tous sauvés.

Elle l'entoura de ses bras, soudain consciente que même un contact peau à peau ne suffirait pas à la rapprocher suffisamment de cet homme.

— Je n'y serais jamais arrivée sans l'aide d'Ista et Céleste.

— C'est ce qu'on m'a dit. (Il l'écarta pour pouvoir la regarder dans les yeux.) Céleste et toi me rendez très fier. Mais ne t'enfuie plus jamais.

Il lui donna un baiser à la fois rude et possessif.

Enivrée par le goût de Lucien, elle regretta d'avoir pour public le bataillon entier. Si elle avait pu, elle aurait aussitôt attiré son mari sous une tente. Elle lui sourit, le regard coquin.

— Tu vas me punir tout à l'heure ? souffla-t-elle.

Il lui rendit son sourire.

— Absolument.

— Il y a quelque chose que je voulais te confier sur le rivage, avoua-t-elle. À ce moment-là, je… j'ai oublié de le dire. Je tenais à ce que tu saches que moi aussi je t'aime.

— Je le savais déjà, répliqua-t-il.

Elle devint vaguement consciente des sifflets et applaudissements des soldats, dont l'ampleur ne cessait d'augmenter. C'était son peuple, songea-t-elle. Jamais elle ne s'était sentie si acceptée, si importante. Ni chez ses parents, ni à Riorca, ni même au sein du Cercle de l'Obsidienne.

Enfin, elle avait un chez-elle.

Chapitre 35

Vitala le sentait bouger contre elle, et c'était délicieux. Elle frissonna de plaisir et se blottit entre les draps, entraînant l'empereur avec elle. Il l'embrassa dans le cou puis descendit vers ses seins. Elle se raidit par avance : elle était si sensible à cet endroit ! Elle se cambrerait et il n'aurait aucune pitié tandis qu'il l'emmènerait vers des sphères de volupté plus élevées encore.

— Lucien, souffla-t-elle.

— Hmm ? grogna-t-il.

Il trouva son point sensible. Elle gémit, les muscles contractés.

— Je pense qu'il est temps d'essayer de nouveau.

— Quoi donc ?

Il la titilla avec sa langue et sourit en voyant sa réaction.

— Que tu entres en moi.

Il roula pour s'écarter d'elle, sa légèreté envolée, et se tourna sur le côté. Il lui caressa la joue, la regardant dans les yeux.

— Tu es sûre que tu es prête ? Tu viens tout juste de revenir. Et, de toute façon, nous devons attendre que les protections contre la fertilité disparaissent avant que tu ne tombes enceinte.

— Tu oublies que je suis une briseuse de protections.

Elle relâcha son esprit et repéra la nuée violette qui tourbillonnait à travers le corps de Lucien. Elle la suivit du regard jusqu'à trouver son point de contact et, après une manipulation mentale, la libéra, renvoya sa magie dans la Faille. Elle détecta sa propre protection et fit de même.

— Et voilà. Tu es prêt à présent, tout comme moi.

— Mais… tu n'as rien fait.

— Si, c'est juste que tu n'as rien vu.

Il parut impressionné, mais Vitala frissonna de peur. Libérer les protections était la partie facile.

Il l'attira contre lui et lui caressa le dos d'une manière plus rassurante que sensuelle.

— J'y réfléchis depuis un moment, et j'ai une idée, dit-il.

— Et quelle est-elle ?

— Eh bien… L'histoire dont tu m'as parlé, celle avec le jeune soldat. Dans quelle position étiez-vous lorsqu'il te faisait l'amour ? Était-ce toi en dessous et lui au-dessus, face à face ?

— Oui.

— Et c'est la position dans laquelle tu étais chaque fois que tu as fait une crise ?

— Oui.

— Je me suis dit qu'on pourrait en essayer une autre, et que ça résoudrait peut-être le problème.

Vitala cligna des yeux. Jamais elle n'avait pensé à cela.

— Et quelle position as-tu en tête ?

— Y en a-t-il une que tu préfères ?

Elle grimaça, gênée.

— Je n'en sais rien. Je n'en ai jamais testé d'autres.

Il réprima un éclat de rire.

— Vous, les Riorcans, êtes si vieux jeu ! On peut tenter par-derrière. Ce sera peut-être notre meilleure chance, du moins pour commencer. Ainsi, tu ne verras pas mon visage et il n'y aura pas de déclencheur visuel. Je vais te montrer. Ne panique pas, je ne vais rien te faire.

Il la fit rouler sur le côté et se plaça derrière elle, l'attrapant par les épaules.

— Tu vois ?

Sentir Lucien dans son dos pour un acte si intime lui parut étrange.

— Je ne sais pas. J'ai envie de te voir.

Elle se retourna entre ses bras et caressa sa barbe naissante.

— C'est mieux que ce que tu imagines. Beaucoup de femmes adorent cette position, qui rend la pénétration profonde. Et ça me laisse les mains libres, ce qui me permet de faire ça.

Il joua avec ses seins.

— Je veux te voir, insista-t-elle. Au moins pour cette première fois. Est-ce possible ?

— On peut essayer avec toi au-dessus.

Il roula sur le dos et la tira pour la mettre sur lui, positionnant ses bras et ses jambes. Il haussa les sourcils d'un air interrogateur.

Elle déglutit, tentant de maîtriser sa peur. C'était très différent de ce qu'elle avait fait avec le jeune soldat.

— D'accord, essayons comme ça.

Il la souleva légèrement et plaça son membre en érection juste sous elle. Elle n'avait plus qu'à se baisser pour le faire entrer en elle. Elle le fit en partie, soutenant son poids sur ses mains. Il s'introduisit à moitié. Elle sursauta, surprise.

— Dieux !

— Dieux ! oui, c'est bien ça, dit-il dans un hoquet.

Elle s'abaissa pour qu'il la pénètre complètement, jusqu'à s'asseoir sur lui. Elle attendit que la crise de folie s'empare d'elle, mais rien ne se produisit.

— Lucien, ça marche ! s'écria-t-elle, radieuse.

Puis elle se rendit compte que c'était bon de le sentir en elle.

— Oui. (Il parlait d'une voix tendue.) Maintenant, quand tu seras prête, tu peux bouger. Prends ton temps, rien ne presse.

Il prit son visage entre ses mains et l'attira vers lui pour l'embrasser.

Elle se pencha sur lui, effleurant sa poitrine de ses seins. Il avait un goût de mâle et de propre. Il laissa courir ses mains le long de ses épaules et de son dos. Elle se détendit, appréciant tout simplement l'expérience : Lucien qui l'aimait, l'embrassait, l'emplissait.

Elle se surprit à remuer. Elle ne le faisait pas consciemment, pourtant cela se produisait, son corps réagissant aux stimuli comme le corps des femmes le faisait depuis que les dieux leur avaient insufflé la vie. Elle tenta des variantes, essayant un mouvement puis un autre, jusqu'à trouver un rythme qui l'enivra de plaisir.

La respiration de Lucien s'accéléra. Elle le contempla. Elle aimait la façon dont il contractait le visage. Lui aussi bougeait, sa cadence calée sur la sienne, l'accentuant. Il glissa une main entre eux et la toucha, trouvant le petit point qui faisait toujours monter son plaisir en flèche. Elle balança les hanches, frénétique, jusqu'à ce que leurs corps soient parcourus de spasmes, l'un après l'autre. Ils roulèrent et restèrent allongés enlacés, toujours l'un dans l'autre, leur sueur mêlée.

Il se peut que je vienne de concevoir l'héritier de Kjall, songea-t-elle. C'était peu probable, mais pas impossible. Et si ça n'avait pas marché ? Eh bien, ils recommenceraient. Autant de fois que nécessaire. Et peut-être que l'autre position proposée par Lucien valait le coup d'être testée, elle aussi.

Elle était étendue sur le lit, vidée de toute énergie, mais à l'intérieur elle exultait. Lucien avait raison. Son problème n'était pas insoluble. Enfin, elle ne pouvait peut-être pas s'en débarrasser, mais il y avait moyen de le neutraliser.

— Tu es vraiment un homme intelligent, murmura-t-elle.

— Mmph, dit-il dans un demi-sommeil. Pour le moment, je n'ai aucune pensée cohérente.

Elle l'embrassa.

— Je ne crois pas que je réalise la chance que j'ai d'avoir épousé un homme si brillant.

— Et dire que, si le Cercle de l'Obsidienne ne t'avait pas envoyée pour me tuer, nous ne nous serions jamais rencontrés. Du moins, pas pour longtemps. (Il ferma les yeux.) Réveille-moi dans une demi-heure et je te montrerai d'autres positions.

Elle blottit sa tête dans le creux de son épaule.

— Souviens-toi seulement que tu n'es pas encore hors de danger. Si tu ne tiens pas les promesses que tu as faites pour Riorca, je te tuerai quand même.

Il souleva les paupières.

— Continue à me dire des choses cochonnes, et peut-être qu'on n'aura pas besoin d'attendre une demi-heure.

Il s'appuya sur un coude et lui caressa la joue.

— Alors, que comptes-tu me faire si je tiens parole ?

— Je ferai de toi un homme très heureux.

Il l'entoura de ses bras et sourit.

— C'est ce que je voulais entendre.

Remerciements

Toute ma reconnaissance à Alexandra Machinist et Claire Zion pour leur soutien et leur confiance en mon livre. Nous avons avancé nos pions. Il ne reste plus qu'à voir où le jeu nous mène.

Merci également à Angie Christensen et JoAnn Ten Brinke d'avoir compris qu'écrire avec des enfants à la maison représente un vrai défi. Vous avez toujours été là quand j'avais besoin de vous.

Je m'isole systématiquement pour mon premier jet d'écriture. Si la magie opère, c'est grâce à celles et ceux qui interviennent plus tard, lorsque d'autres personnes entrent en jeu. Nombreux sont ceux qui m'ont aidée à faire de ce roman un livre plus abouti. Je tiens d'abord à remercier mon groupe de critiques romance, Jessi Gage, et Julie Brannagh du Cupcake Crew – mesdames, votre talent est immense. Vous n'imaginez pas avec quelle impatience j'attends nos rencontres, même si nous ne faisons que bavarder. Seul un écrivain peut en comprendre un autre.

Ensuite, mon groupe de critiques SFF, Writer's Cramp. Merci à Barbara Stoner, Mark Hennon, Kim Runciman, Stephen Merlino, Steven Gurr, Tim McDaniel, Amy Stewart, Thom Marrion, Janka Hobbs, Marta Murvosh, Michael Croteau et Courtland Shafer. Je remercie aussi mes collègues critiques en ligne : Marlene Dotterer, Bonnie Freeman, Anna Kashina, Lisa Smeaton, Steve Brady, John Beety, Heidi Kneale, Jarucia Jaycox Narula, Becca Andre, Bo Balder, et tous ceux et celles qui ont relu et commenté le synopsis ou des chapitres isolés.

Pour finir, aux cinq juges anonymes du premier tour du concours des RWA's Golden Heart® : j'ignore qui vous êtes, mais vous savez qui je suis. Votre contribution a été essentielle. Merci à vous.

Aubin
IMPRIMEUR

Achevé d'imprimer en mai 2023
par Aubin Imprimeur à Ligugé
N° d'impression 2302.0140
Dépôt légal, juin 2023
Imprimé en France
2811350-1